朱天文作品集 8

巫言

目次

第四章
巫途

第五章
巫界

第一章

坐看

巫看

你知道菩薩爲什麼低眉？是這樣的，我曾經遇見一位不結伴的旅行者。

我自己也是不結伴的旅行者。我們給雙層巴士載到旅館，一棟鈦銀色疑似未來城的聳塊建築，入口窄窄，櫃檯亦狹，而明亮如冷鋼，仰頭見電扶梯升入空中，豁然拉開，好闊綽的大廳大頂，通往更高的去處。

我們在櫃檯前等分配房間，等得不算長，可也不算短，長短恰足以把酷感未來城消解爲一席難民收容所，大家紛紛開始上廁所，吃東西，或蹲或坐，行李潰散。配完鑰匙後篩出來兩個奇數，我，和站在那裡的、帽子小姐，於是我們同住一房。

迅疾間我們互相望過，眼光擦邊而去，但已準確無誤交換了彼此的信息：「別，別打招呼，別問我姓名，千萬別。我是來放鬆，當白癡，當野獸的。請你把我看做一張椅子，一盞檯燈，一支抽屜，或隨便一顆什麼東西，總之不要是個人。因爲我肯定不會跟你有半句人語的。」

我們這個歌劇魅影團，三天兩夜的長週末，五星級飯店，加上戲票，不到兩萬元「犒賞自己一下吧——到香港看戲」，所以我悄悄搭團來了。

爲什麼是悄悄呢？唉我很怕被笑吔。

笑我的人挺多。先是那夥比我小十歲，出校門工作了數年薪水三萬元上下的女孩們，紅酒族。她們節衣縮食，練就得一口紅酒經。其實她們喝紅酒的歷史老早在酒商炒作之前，爲了酒裡的丹寧酸說是健身、瀝脂而喝起來的，當時她們更喝別的酒。又其實喝酒是餘事，酒杯，才是主題。她們嚴格區分白蘭地酒杯，葡萄酒杯，香檳杯之間的差異。雪莉杯喝葡萄酒，利口杯喝利口酒，狹長的卡林杯喝發泡性葡萄酒或配方中含碳酸的雞尾酒。還有岩石杯，平底杯，酸酒杯。我一向小心翼翼，卻在那場李婕家的慶生會裡，由於無法坐視眾人將生日禮物好美麗的包裝胡拆亂撕並任其踐踏，便跟搶救古蹟般收疊著紙盒絲帶紗箔蝴蝶結而給弄得神志荒迷時，竟把 Medoc 倒進預備喝 Absolut 調萊姆汁抹鹽的岩石杯，喝了一口！一九九〇年 Medoc，壽星送給自己的禮物，慷慨奉獻給酒黨。

完了，觸犯祕儀禁忌，大禍要臨頭。我感到四周凝結的眼光，震驚，譴責，與哀悼的，我已經出局了。

怨恨她們嗎？不。她們跟古代以來那些千奇百怪或隱密或公開、繁文縟節得蠻爆笑的男性友誼俱樂部有何不同？她們不過是遲至今天才手上也有了一些可以自由支配的錢。她們是如此辛苦經營以區隔出，唉每個人都辛苦極了的在用各種小把戲區隔出自己，與眾不同。

因此第二個會笑我的，喬茵，王皎皎他們。喬茵和她同事，望之普通人而已，普通到，怎麼說呢，到令人沮喪的地步。就好比每週五報紙第四十七版，總會闢出一角落讓幾名自助旅行者投書發表經驗談，我一次一次被驚嚇，天啊這位住關廟鄉的人去過南極！請問關廟鄉在本島哪裡？又這位中埔鄉人告訴我，挪威的青年旅館設有廚房可自行煮食之外也提供晚餐，價格公道，五十克朗合台幣兩百五十元，某日他去峽灣區史翠恩，下了整天雨濕冷冷飢轆轆回來，排隊領餐時再耐不住而大叫一聲好香哇！配菜老婦竟無語言隔閡的完全理解，報以同情笑容且給了他超多量鮭魚。沒錯，他們都是普通人，他們出國，他們絕不搭團。

喬茵王皎皎之輩，住父母吃父母，可眼見的未來似乎不嫁亦不娶，一年勤勤懇懇，儲夠了休假日便結夥出遊，擲盡千金回國，再計劃明年去哪裡。他們收集旅行地，而最不屑旅行團。王皎皎更只一人，存飽錢囊，熄掉電腦和手機，一去月餘。

夏末至秋天，我收到王皎皎九張不同小鎮的風景明信片，全寄自普羅旺斯，一概四點九法郎郵票，旁黏貼紙上面的符文意思是「優先郵寄」。明信片正中兩紋戳章，圓戳年月日及小鎮名字，方戳乃小鎮的好別致的圖騰化，空無言，唯署名一個皎字。他用這種揮灑向我表達風格，但其實我們交情甚淺。每回一堆垃圾郵件中我撿出他的明信片，困惑如瀕臨一則禪宗公案。寄給我，爲什麼？他認爲我是他的同好，還是他的引爲天涯知己？三張，四張，五張後，我不樂起來，他就這樣未徵得我同意而選定我是，不管是什麼，我都一點也不想成爲他的是。

我悶悶去買了DK版的普羅旺斯指南，根據三點構成一平面，推測出他的活動範圍。顯然他採取小面積精耕的走法，他只走了普羅旺斯西邊，隆河口區域及沃克呂茲，眞奢侈。我猶豫未覆信（我有他台北家地址），倒著實閱覽了一遍他可能的足跡圖，在延宕之中模模糊糊牽掛起他來。結果我們不期而遇。正確說應該是，彼此正欲避開目光時亦就彼此看見了。我脹熱臉立刻輸誠，他聽了淡然：「是麼？」像是我說謊。我愈說愈多，努力證明他寄給我九張明信片絕對値得，而他仍淡答：「是麼。」我懷疑他是否才從北京歸國，說得這樣侉腔調的是麼，是麼。我感覺全身起了紅疹，更說更亂已淪爲病中譫語，最後他幫我收了場：「你要去的時候跟我講一聲，我告訴你怎麼走法才好玩。」

不對，一切都不對。那九張明信片並非虛擬，可是結結實實落在我手上的，之後，添加了我的慮心和思辨好像漆器上了一層又一層漆，它變得有重量，有體積，跟著我來來去去。故而突然相遇，他這樣輕盈，恰似翹翹板一端他騰往天空，我卻一屁股撞在地上。他走了，我爬起來，眼瞧另外一個自己氣沖沖攔到他面前詰問：「哎別裝了，別裝做我們之間什麼都沒有過。否則你寄明信片，寄假的嗎？」

可嘆我只是怔立，兀自爲一場不明不白的交錯懊惱不已。甚且從此我們互相就定了調似的，他恆常的飄逸，我呢，恆常的笨重。

第三個笑我的，老同學，陳翠伶。奇怪陳翠伶也就是嫁了一名長榮的高級主管，便像染患失憶症的完全忘記她從前怎麼過日子了好天眞建議我：「唔錶帶不錯，你應該配個 Gucci 包。」復熱烈煽動我：「不過今年最in的是二〇〇五，香奈兒大反撲了，台灣買也才五萬多。它設計得蠻body friendly，就是你坐飛機時能拿來當枕頭用的喔。它像根骨頭，又像殿（臀）部，光看外型你以爲裝不下什麼鬼，告訴你，它容量嚇死人。大小皮夾，名片夾，眼鏡盒統統放得進去，還可以放行動電話，還有像你們文人放書放本子都沒問題。主要是它夾層多，有一層用馬甲那種繫繩代替拉鍊，跟眞馬甲一樣，太炫了。你非買個不行。」

二十幾年來，陳翠伶依然講殿部，講完二字稍做停頓，待我糾正她，豚部。再是酗酒，她說凶酒，同時便無奈朝空中翻白眼等我發言曰、蓄酒，她回曰蓄酒，然後繼續談話。如今她屢屢把我推向共產主義，激起我的下流思想：「唉既然你的名牌包那麼多，何不分給我一個。」

她拉我參加過一次太太們的西華下午茶，整整三小時，她們談剛剛在香港銅鑼灣結束的路易威登新款發表會。Epi系列，暗啞和光滑交織成似木質似水痕的橫壓紋包包，今年推出七款，每款芋紫、香草白、褐綠三色，副料亦開發出鈦環釦和鬆緊紮帶。某太太的Epi包是金環釦時代產物，她簡直太抱怨了：「我一直很喜歡它很內斂的感覺，可是金釦子？怎麼搞的！」是的，每個人很明白她的微言大義其實在說：「看，我多早就買了Epi，最早的，比你們大家都早。」

如果人人皆持鈦釦包，搭配鋼錶、銀戒、鐵拉鍊衣出現於人人裡面時，你如何區別你、與人人？茶涼食睏，我陷入長考。若一階層人皆擁有愛馬仕皮件後怎麼辦？不錯，他們比舊，比皮件上的舊澤和柔韌皺褶。比舊，所以富過三代。所以知妍醜，所以貴族。是貴族，所以釀造出美麗與哀愁，繁花與頹圮。中產階級呢？唉中產階級壞品味，樹小牆新，庸庸無文物。所以所以，我還是不該要求陳翠伶分我一個名牌包的，正如我不能用莫三鼻克最近這場大洪水慘況來責難她爲什麼不捐一支路易威登去賑災……突地，太太們倉皇做鳥獸散，扔下我慢吞吞自昏瞶裡醒轉，原來她們要趕去接小孩放學，霎時跑得精光。我拾起誰遺落的知更鳥蛋藍（當然，第凡內藍）大披巾，一點不錯，正是那種六十乘一百八十公分大卻輕軟細薄足以穿越仕女戒指的帕什米納，我像撿到辛黛蕊拉的玻璃鞋揣懷中帶回家，想測試它眞能通過一枚戒指嗎。如果陳翠伶知道我搭團赴港看歌劇，笑話，她們長榮頭等艙飛到維也納聽三大男高音的。

第四個笑我是阿卡，他搞小劇場。他的晶黑小豆眼會狐疑看著我：「啥東東？《歌劇魅影》？太墮落了罷。」

第五個笑我的，我自己。

因爲啊有一種淚，它像水潑到防水布上，不沾不滯滾掉了。例如E.T.，它最終跟地球人道別時胸腔內的約莫是心臟物紅通通亮起來，劇中人哭倒，劇外人亦哭，邊哭且邊謝謝遞過來拉拉紙的同伴：「沒辦法，我的眼淚從來廉價，不算數的。」它跟拿支羽毛搔鼻孔打噴嚏一樣，乾的淚，滾過表皮就沒了。

我爲許多濫情劇掉下這種淚。不過《歌劇魅影》，有不同，它是一次銘記印象，對於黑暗天使的我最初的銘記。

這麼說吧，人魚公主。那是幼小不識字年代，老媽常跟我們講公主王子美滿結局的故事。偶爾老媽瞌睡得仰空長嘯幾乎要翻倒過去了，被我們一聲聲執拗的問句，後來呢？媽後來呢？搖扯醒來。這當兒，老媽煥發出異樣甜美的柔光和微笑，長大以後我明白，那跟課堂或會議裡一盹驚醒遂做出各式零碎動作以掩飾並無打盹是同樣的。我們殷切凝望，久久，老媽也許牛頭不對馬嘴繞了一段岔路後終於回來本題，也許攜帶著笑暈復沉入夢鄉。一如平常的這般惺忪境地，首度，人魚公主現身了。她未與王子結婚卻在太陽升起時化爲海上的泡沫。妹妹大哭起來，大人彎身攬她但她不依往後一蹬，四仰八叉跌榻榻米上朝天嚎啕，眼淚從身上四濺迸出。小的妹妹故也學姊姊，哭躺於旁。人魚公主，如此向我們揭示她的面紗而演成的好壯烈場面，深深映進我的純蒙雙瞳。

魅影，則現身於我猛暴抽長因此成日價龜駝著肩蝦腰蝦腳恨不能把自己形滅掉的青春期。暑假下午，我騎老鐵馬巨沉似坦克到村外四個站牌遠的街上看電影，換片必看，渾渾噩噩就看到了至今我亦不知道是哪個版本的魅影。當時，我覺得魅影，眞是，眞是可憐透了。

那女的，香港譯法叫做姬絲婷，跟她未婚夫，他們立於正當面，年輕，美貌，愛情，凡好處他們皆有。那未婚夫，即便在彼幼稚年紀我也都看出來了，他好笨。姬絲婷卻一路相信他並靠他解救，讓他佔盡便宜還賣乖。然而，魅影，他什麼也沒有。除了只會帶給他痛苦的曠世奇才以外他活著是個零！我全部感同身受到他的痛苦，與世間之毫無公平可言。我冰熱走出戲院，兜頭炸白的流火。踩老鐵馬回家，避開公車道，小徑一邊是密森森彎入半空的細竹籔，一邊是快給布袋蓮吃光了的大湖呈霧紫色噴吐著沼氣。我迷惑陡峭光源裡魅影現身時永遠以一襲斗篷，若垂天之翼。他又錯誤，又陰暗，然而我站他這邊。

時光啊白駒過隙，《歌劇魅影》再度搬上舞臺。這回的噱頭，巨無霸水晶吊燈橫飛觀眾席砸在臺中央，我遙隔太平洋已得悉諸般細節。演著演著演到亞洲來了，演到香港了，我心想，去看看他罷。當年的魅影，他還在不在？我還跟他站一邊嗎？

幽晦之祕辛，不足語焉。連跟家人，是的家人，如果我老實告訴他們我赴港看戲的蠢理由，第六個笑我的，是他們。我跟家人就說公司犒勞的免費套券，不去白不去，一派好鬆垮無聊狀。

無論如何，各方作用力加諸於我的，其結局便是，悄悄的，我搭旅行團來了。

是這樣不自由啊，活在眾人眼光之中。

所以帽子小姐跟我，我們分配到同住一間房。我們已相互交換的訊號再清楚不過了：「自由，自由，自由。」

我們留心不讓彼此的目光對上，唯恐對上就洩露了原來我們仍是人，並非物。是人，以及跟著人而來的交流，哪怕只有一丁點，對不結伴旅行者來說，都已構成衝突。

我們，我拿鑰匙，不是磁卡是鑰匙開的門，走進房間我很慶幸正好站在近衛浴的床前，行李順勢朝上一放，這張床歸我了。我不要用衛浴的時候貼隔壁躺著一人。多年前嫁到甘家的賈姬也有這個障礙，她如廁每要打開水龍頭讓外面人以爲她只是洗個手洗個臉什麼的，就給她婆婆當成飯桌笑料的屢屢拿出來開胃佐餐，大家嘻謔一片。好個家庭暴力圖！賈姬遭受的纖細折磨要到她去世後才獲解決，日本人發明了音姬裝置。音姬有時是琮琮琤琤，有時是唧唧啾啾，營造出美美的高山流水或鳥語，遮飾著不悅之音。此所以，唉我又陷入長考，此所以泡沫經濟破滅前日本人這支迦太基商團的魔法所在嗎？其魔法籠罩曾經披靡不能禦，被影評家議論爲*ID4*裡的外星人（日本人）碟船蔽天而來，日蝕般吃掉洛克菲勒中心、自由女神和黃金雙子塔。（世事變化小說追不及，二〇〇一年九月雙子塔從地平線上消失了。）

於是我跟帽子小姐無需交涉，即判然劃分了領域，靠窗那側歸她，浴室這邊歸我。壁櫥在她域內，垃圾筒也在。我戒愼佔據著兩支吊架掛衣服。不過帽子小姐壓根不用櫥架，包括大瞎拚來的新衣，扯開後一股腦扔成堆，或是提袋嘩啦一傾撒了滿床零碎，卻累得無暇檢點戰果，鞋沒脫就倒在戰利品上睡著了。我小心將另外幾支衣架併吞，謙卑跨越邊界去取衣掛衣，有一條看不見然而嚴厲的邊界橫亙屋中。邊界這邊，整潔得如不毛之地而那邊，大地震之後滿目瘡痍。

門鈴響我去應門，帽子小姐給掩埋在購物袋裡擠撞進來，頭上橄欖綠圓帽換成一頂麻編鐘形帽，雙肩帶揹包亦是新買且塞爆了。她道聲謝謝，我說回來了。

「謝謝」，「回來了」。或者「我先洗澡了」，「好的你先」。「鑰匙你拿」，「沒問題」。諸如此類稀少的發言，絕非人語，倒是符咒。符咒把我們團裹爲兩件互不干擾的物體，窄促斗室，運行得毫不擦撞。

晚上我回旅館，購物購得筋疲力竭。鑰匙在櫃檯，想當然帽子小姐還未返。可門一打開，怪怪，邊界那邊，慘遭小偷光顧般到處掀腸剖肚的盒子和包裝紙。帽子小姐回來過一趟卸貨了。想必她忙不迭把新衣新物在鏡前搭穿一番後，連稍微攏攏的空閒也沒，復二度出草在商店關門前再拚購一批。脫下來的套衫，褲子，小可愛，木屐式涼鞋，皆各以其被脫下時的形狀或癱瘓，或蹲踞，或奔跑的散佈著。帽子小姐也匆匆上了廁所，看來是消化不良。衛生紙筒一扯太長，飄盪於地。象牙色香皀泡在水裡，她眞有本事把盥洗檯搞成一汪子水鄉澤國。然後，我看見垃圾筒，像心臟教虎頭蜂扎了一下。

沒錯，垃圾筒。

長久以來，我非常病態的發展出自己一套垃圾分類系統，既被這個系統所控制，也用這個系統在度量衡，在閱人，在讀物。

瞧，帽子小姐的浴室垃圾筒。

她把三樣東西混貶成堆，衛生紙，破絲襪，和戳著吸管的優酪乳空盒。三樣物件生前，我意思是，變成垃圾前活著使用時，它們是不可能混放在一起的。它們各有位份秩序井然，用後，它們要有用後的待遇。

就從絲襪說起罷。凡此類比絲襪親密的更親密物，一定不能變成垃圾。它們曾經太貼近人攜帶著人的氣息和體味，隨便把它們用後即棄，等於把人的某一部分當做垃圾扔掉了。這個念頭令我感傷。故我掩土埋葬，致上悼辭。譬如有所謂界、門、綱、目、科、屬、種，它們屬於我的永生界。

但絲襪，由於它的易損性，它與人相處時間不長，總沒長到夠產生情愫前就先刺絲壞了，所以絲襪應該歸到重生界。

亦即家庭小百科裡各式偏方及廢物利用。像是教人莫扔破絲襪，可以留做打蠟時最佳拭具，或包裹樟腦丸驅蟲片，或袋裝肥皂碎塊，或用來網護有綴飾的絹帕褻衣等以免洗衣機攪拌壞損。或鋁窗歷經幾度卸洗後門合不牢導致蚊子入侵，我用破絲襪密密實實塞在橡皮條和鋁框縫隙間，自上到下，隱跡不見。破絲襪不料獲得了它的第二春，我也爲它高興。待數年過去終於又一次大掃除，卸窗時突然一物剝落垂下，逶迤於我眼前，啊久違了破絲襪。我撣掉它滿身塵縚，曬在涼風裡看它搖曳著。

我的永生界與重生界之外，尚有投胎界，再生界。

投胎界，早幾年的話還眞是，不得不借道於功德會。

何以是不得不？因爲啊，此功德會吸納了全國最多的供養和聲名，富廟富捐，富者愈富的絕佳實例，讓人委實很想劫富濟貧一下。其不斷增殖擴張的結構而結果是有一些錢花在供養這個結構，有一些錢用到宣傳公關，然後有一些錢在物流過程中按能趨疲原理的消耗於無形，於焉有一些錢最終抵達慈善受惠者手裡。所以我們不得不，覺得有必要做點平衡工作好比實踐個人一米米微不足道說起來挺可笑的，公平分配。爲什麼不？遠在天邊面目模糊的佛？算了罷。我倒心甘情願供養每週六上午來吆喝「修理皮鞋呃——」的老先生。

但就投胎界入口言，功德會最早提供了方便之門。此會曾於路口電線柱子旁設舊衣回收箱，使人錯覺是高壓電變電器械之類而危險勿近，當然箱上也寫有警告語，微弱威脅人不可丟置垃圾進箱。我將舊衣扣好每一顆鈕子，盡最大努力摺疊成的專業手法好像它剛從洗衣店取回，甚或平整潔麗僞似它仍放在專櫃上待售。我也學日本人的奢華包裝法，左一層袋，右一層袋，欣慰平日被我搶救下來的形形色色紙物袋物盒物皆派上用場。這一切無非爲了它莊嚴上路，不致遭人嫌棄，而也許因此獲得較佳的際遇投到較好人家的手上亦未可知。我可憐舊衣孤單，總拉攏三五成群一塊作伴。推開回收箱蓋子，黝黝奧洞，通往無名幽玄之途。我遲之又遲，放物入洞了默唸道：「好好投胎去吧。」聆聽它可能是咚一聲沉沉落到底，可能是噗啦的淺淺軟著陸，我合十爲禱：「此心本淨，無可取捨，各自努力，隨緣好去。」

到此爲止，我算鬆手了，不再追索它可能的去處。

誰知道它論斤打秤轉過幾手後出現在柬越邊境的市集上出售？那件保暖我好幾個冬天的棉襖，墨褐底金黃碎花，一如古早我們家後院還未被財團剷平蓋樓時斑爛怒開的虎皮菊草坡，奇怪伴隨棉襖的始終是那首《齊瓦哥醫生》煽淚的主題曲。也許，襖子馬上給分解了，棉花掏空，盤鈕割下，仍然鮮色的布面若歸不了檔就給打入物廢了？我爲它結夥不寂寞而特別搭配一條壓克力紗圍巾，是也當場生生拆散了？窮究其極，令人發瘋。回收箱果然也扮演了宗教撫慰人或者，痲痹人的功效。每有衣物送去投胎，回收箱像一杜立在崖頭上的告示牌，冷峻向我戒令：「遊客止步。」我便不再往那崖外伊于胡底的遐想處跨越，乖順折返了。

投胎界入口，若去尋覓也還有。

那雙油皮帆船鞋擱在梯階上太久了，久得已磨石子化與梯階融爲一體不識其貌，某日忽然被我認出來，拎了問妹妹：「這鞋子？」妹妹嘆口大氣痛苦道：「你就趁我不在家或沒看見的時候，把它處理了罷。」竟然她採取了這種拙劣的態度面對舊鞋。

鞋子膠底已經脆裂，陪妹妹走過蓮花的下埃及與紙莎草的上埃及直上到阿布辛貝荒廟，走過愛琴海之東土耳其西緣亦亞洲之西極，渡海至聖團武士所在羅得島，至宙斯生死之地克里特島，至白雪小鎮密克諾斯有著藍窗藍門藍天藍海和藍色月亮，當然，走過雅典，伯羅奔尼撒，奧林匹亞。因而我將它理容乾淨，於早上放狗時攜之入山。所謂山，即放狗路線一、二、三、四、五的最遠第五線，瀝青路鋪到底，分歧爲兩條人跡踩出來的泥草路，相思樹蔽空，會割人的五節芒高過人頭，我有時縱縱狗就走到這裡，策狗入林還給牠們一點野性。我找到一株相思樹根背後的隱蔽地，擱好帆船鞋，陪伴鞋的是隻綻口棉襪，我搭置它們如一幅 Timberland 休旅鞋的平面廣告在興高采烈呼喚著：「上路吧，朋友。」我滿意極了這個投胎界入口，與鞋互道珍重，牽狗離去。我彷彿聽見，它輕捷走進相思樹，不，橄欖樹林子，翻飛出灰銀葉背似波濤的橄欖樹林子，月神黛安娜風掣過林梢，我抓住空中飄下來一支羽毛，明白那是帆船鞋給我的暗號，它已重履神話國度。

帽子小姐的浴室垃圾筒，衛生紙用過並不攏好，掩妥，她如果是隻貓，是隻本能喪失殆盡的貓，不遮蓋貓廢暴露自己足蹤的輕率行爲，會陷牠於要命險境。破絲襪亦然，毫無尊嚴的一條腿在筒內，一條腿掛筒外，上面浮著鋁箔盒跟吸管。須知，吃的歸吃，帽子小姐卻把優酪盒混置在此，其亂暴，無異拿洗過腳的水來洗臉。看看兩千多年前釋迦已再三叮嚀門徒阿難洗過腳的盆不要拿來洗臉，更別說上個世紀初，不是十九世紀是二十世紀初，聖雄甘地苦苦教導他的同胞們排過人廢後一定要用鏟子鏟土掩蓋。如今帽子小姐隨手造成的景觀，沒救了，照我定義是，永死。我一向不認爲大自然裡有死，那看來像死的東西，不過是形變。只有人造出來的玩意兒，有死。不被留心，不被注視，不被分別的，死了。沒有人紀念的死，永死。它們眞的成了垃圾。

那麼再生界呢？且看帽子小姐的妝檯垃圾筒。

筒子已從她域內的妝檯下面移駐到邊界，換言之，我也有一半使用權和處分權。

首先我把倒栽蔥插在筒裡的免稅品型錄拯救出來，眞不解爲何有人把它帶下飛機，馬上又把它扔掉，跟市貨比價嗎？其次，我救張著口給壓縮扭曲的手提袋。袋中塞著，天啊帽子小姐是沙漠還是火爐，喝光光買兩罐送一罐的果菜汁三罐，礦泉水兩瓶。殘汁弄污了低限主義設計的購物袋，就像在日本式禪境裡呸了一口痰。接著我救電話卡，兩張，三張。再救衣服標籤。帽子小姐顯然是找不到利器剪割，又啃又咬扯斷的標籤尼龍線，齒斑累累，一口年輕好牙，還得加上急切的決心，否則尼龍線咬不斷的，不信儘管試試。標籤煞有介事拴一大串，廠牌，條碼，定價，成份，洗濯說明。其字告知是義大利進口質材，百分之百嫘縈，「洗濯時請參照洗標圖示，如因貴客處理不當而致產品縐縮變形，本公司歉難受理。」標價換算成台幣若沒有打折的話，貴。現在帽子小姐將洗標都扔了，收訊不到任何預警，犯下洗濯大錯，一件衣服的悲劇故此鑄成。

「不看字罷，這就是下場！」我心底對帽子小姐發出悲鳴。

字，舉凡紙上有字的，哪怕碎小到是從何處撕下來一截紙頭記著號碼歪斜難辨的，皆不許棄爲垃圾。字的歸字，只可回收，然後再生。我的再生界裡，字歸最高級，應列入第十一誡頒佈：「不可廢棄字紙。」

不獨我然，有位屬猴整整大我一輪的同業，他甚至恭敬將字紙焚燒送上天。這是圖形文字民族的集體潛意識作祟嗎？其來歷之久，那句話：「太初有言，言與神同在。」

即字即言，在遠之又遠的某個遠古，遠古裡，字能通鬼神，占吉凶，是高貴的權柄。字後來當然是世俗化並一路貶値到今天，但它早時的烙記之深烙於用字者之意識底層，已成原罪。我跟猴同業背負著我們的原罪，活在這個超連結超文本的虛擬V世代。

猴同業從不把我當晚輩，倒是同類，相濡以沫。他在我面前毫不修飾他對V世代、V書籍的一肚子不屑或者，一肚子不合時宜。他小小的研究心得與我分享，他說文字的世俗化過程，由先驗色彩的圖形文字，中文囉，埃及文囉，演變成抽象符號字母，先驗色彩便消失了。此是世俗化的第一階段。第二階段，發生於上個世紀末，是的就是二十世紀末，文字以超連，結合爲新圖形。因此管他阿甘阿花，因爲這就是民主不管誰都能跑到網頁裡超連結。繁複的非線性新圖形，史上之所未見能負載超多超多超多量資訊，超多到，唉拜託誰要那麼多資訊呢？拜託給我最簡單有用的訊息罷。「所以你看，」猴同業兼前輩憤憤道：「書店都是傻瓜書，傻瓜報稅，傻瓜上網，傻瓜視窗。傻瓜也算了，一不小心你發現手裡拿了本《白癡的二次大戰史》。隨手一抽，一本《白癡的美國南北戰爭史》。你絕想不到的，眞的，就有一本在那裡，《白癡的性生活》！」

唉傻瓜和白癡，dummy與idiot，他們是對哥倆好。

總之經我拯救後，妝檯垃圾筒裡只留下挨次站好的礦泉水瓶果菜汁罐，以及若干封膜塑膠套給團成球坐落筒底，它們獲得了條理，心平氣和不再怨怒，靜待清潔員取走。現在包裝紙已攤開熨平，手提紙袋也扳直脊梁摺好按大小一一套齊，連同型錄衣服標籤電話卡，集成薄疊一袋，放到帽子小姐域內的衣櫥旁。

現在，我眞是越界了。

不但我插手干涉了帽子小姐的垃圾，且整個行徑形同一名窺隱狂很猥瑣的在人家垃圾裡偵伺祕密。我得儘量節制，才能忍住不去把帽子小姐域內那些四處亂扔但暫時還沒進垃圾筒的物件一齊拯救。我擔心帽子小姐若是發現垃圾被大動手腳會羞憤嗎？不，我打賭她對我所做的變動一定視而不見，盲無所覺。老實說，她似乎患了隧道症，漆暗的周遭她只看見前方亮光處，除了購物，她什麼也看不見。

我漸漸嗅到，她的購物，散發出一種自虐氣味。爲了報復什麼的，自虐。

黑夜我睜開眼睛，聽見房門給帶上帽子小姐出去了。我翻過身，見橫敞的玻璃窗海景，照得屋裡幽明。兩天來我進房間第一件事，穿過邊界到那頭刷地拉開幃簾，腳底下，碧海晴空萬丈起，眩搖。半夜三點鐘吔，帽子小姐這時間出去？她的床，床罩沒掀堆著雜什，她晚上回來後就鞋也未脫往床上一倒，至今？我再醒來時，有水聲涮涮，是帽子小姐在洗澡。四點半了。

翌晨我下樓吃早餐，午前退房集合，我有的是時間喝長長的咖啡，看久久的維多利亞港。帽子小姐睡得沉，她只扒開被褥一隅蠕進裡頭蛹眠。她床罩上亂覆著無數罐高單位維它命C，E，B綜合，善存，香港買固然便宜但即使是親朋好友託帶或託買，也太狂買了點。又有一大把黑加侖，此類糖果跟一些小零嘴小玩意兒總是處心積慮給安排在收銀機旁邊，成功誘發不少準備結帳的人又掏出來更多錢。若順兩天來的軌道行事，鑰匙是由稍晚離房的人持交櫃檯，而我爲了等會兒回房不論帽子小姐還睡或也出去，遂打破規則留下紙條，告之我在三樓某廳吃早餐，集合前不會離開，如需鑰匙請來找。

早餐有好豐麗的各類穀物加牛奶和各色調醬乾果種子配生菜，讓人不由得神農嚐百草的每樣都試。港灣對面天星碼頭，鷗在空中低迴。一八八〇年代，煤氣燈微光顫動裡的巴黎，歌劇院魅影。

是的，什麼沒有照亮，什麼被審慎照亮，怎麼樣照亮，於是讓觀眾去想像沒有照亮的地方。魅影從鏡子背後出現，誘引姬絲婷進入鏡內祕道。歌劇院地下幢幢迷宮，魅影搖顫的手提燈光簇投射出百條千條闌干，幻造出龐然一座騷動的籠子罩著魅影和姬絲婷像兩隻松鼠徒勞在奔跑。

穿渡歌劇院的地下湖。我已悉知這個地下湖，十吋高平臺，藏有一百八十三度活門及一百五十枝蠟燭，每枝蠟燭其實是電動彈簧閃爍著硅膠罩內的細燈。湖面，湖底，燭焰映生出雙倍的燭焰，忽忽粼粼，魅影和姬絲婷划舟而來。湖的遠方，魅影藏身地。

唱：「除了這個世界以外，去哪裡都好。」

唱：「不想迷路就只有認路，終結時總會到達某處……」

音樂天使之窟，姬絲婷從未親見的無言師，以暗的部分更暗而亮的部分更亮，現身了。魅影告訴姬絲婷她一直是他的靈感，他教她聲樂就是要她唱出他的作品。魅影戴著一張光所變形的面具，如訴如泣。

我待到必須上樓取行李了。等電梯時，見帽子小姐據著一間電話，僅僅一瞥，我也感覺到她一定是打了很久而接不通的十分懊喪。她全部人，那埋藏在鐘形帽底下的半張臉，那戳鍵的手勢，那從頂到腳一身新行頭光鮮無比，全部的，都是憂煩。

我進房間拿行李，收好那袋帽子小姐當做垃圾卻被我救下來的字紙們。同時那遍地遭帽子小姐劫後的餘生，無二話我都一一救走。如今，我行李裡有三分之一裝載人家的棄物，搭機提回家，取出放在廊角舊報紙籃內待收廢紙的人領去。每次我千里迢迢帶回來自己的，室友的，同行者的垃圾，不是隱喻亦非象徵，它們眞的就是紮紮實實會佔據行李空間的實物。除非沒見到，見到了，我無法見死不救，這已成爲道德的一部分。

最後，登機前我跟帽子小姐在免稅店專櫃與專櫃間狹擠的通道遇見了。同居兩夜，這回，我們才算初次遇見。我意思是，我們的眼睛，正正式式看到對方的眼睛，我們已從物，恢復爲人。不會，不會，不會再有交流的機會了，所以我們放膽拉起眼睛的簾幕，坦白望向對方，竟如一對老搭檔哥倆好，一對嫖友狎黠而笑：「瞎拚喔。」

「唔，瞎拚。」

我們的招呼，我們的道別。不結伴旅行者，首度抬起來目光互相見到時，一點也不用擔心，因爲天堂陌路，前頭便好投胎自去了。

輕若鴻毛之生，互相看見了，頓時變得好重好重。我感覺自己的行李越來越重不是辦法，必須學會什麼時候什麼地方應該，垂下眼簾，眼不見爲淨。

我徘徊在學習的門外，東張西望，一不注意便身陷感情交流的進退維谷中。看啊湖的遠方，魅影要姬絲婷選擇，或永遠留在他身邊，或目睹未婚夫被絞死。然而時刻到來的瞬息，魅影放手了，命姬絲婷二人離去。緝捕者追臨，已不見魅影，空無一物的舞臺上留下了骨白面具。

唉結果魅影還是放手了。那時，黑暗消融了，然而光亮也沒有了。

沒有亮，沒有暗。那時，放下眼簾，目光低垂，死神一襲長袍如曳著沉香木濃濃的綠蔭行過大地，所經之處不見生靈，無有興滅。

那時好寂寞。

匿名戒酒協會裡有個戒酒滿九十天獲得滿堂采的孩子也是演講人說：「你知道九十天以後跟著的是什麼？第九十一天。」

那時，輪到另一名戒酒人站起來說話。他說：「我叫馬修，我今晚只聽不說。」

沒錯，那時我只聽不說。

菩薩低眉

怕與眾生的目光對上，菩薩於是低眉。

獸醫江醫生就是。

任何人，拉開玻璃門跨進他的小診所，一概智商當場減半，情緒商數亦陡降至近乎精神病。這些抱貓抱狗的人類，不分愚智賢肖，全都一個樣，都被他們手上的小動物控制了。

一位不戴隱形眼鏡絕不出門的美貌股票分析師，憂心忡忡頂著厚重眼鏡出現，只顧她懷裡的約克夏而任眼鏡擱淺於鼻翼，使她不僅像戴老花眼鏡老了十歲，亦焦距不良引起的臉相不良顯得至少無知了二十歲。配合這張臉的，是一連串自暴自棄式的蠢發問，期待換得醫生的勸慰和鼓舞。

江醫生維持他一貫的酷，不回應顧客們不當的期待。他把自己調到恆溫狀態，不多不少，不熱不涼。這是一種自我保護法，他受不了顧客把他診所當成小廟來求籤問卜，起碼的常識和理智全部放假當他是通神靈媒來依託。他不涉入，不威權，不溫情，他只對他們陳述事實。

而且他得忍住，各方面的忍住。

這位美貌股票分析師，有一雙稠密長睫毛，如此稠密，遮得什麼也看不見唯薰溢出濛濛醚味先將自個蒙倒了，以致每回在電視上分析股票，不但觀眾不怎麼信，她自己也不信似的屢屢報以淒迷笑容。而那些受邀來對談的專業人士，大家皆籠罩於醚味之中搖搖晃晃，恍惚在談星座，論運勢，倒成就了她變成算命師的報明牌。

江醫生得忍住，不露出一絲兒跡象他認識股票分析師。雖然這次他詫異發現股票分析師的煙視媚行狀，煙視，原來她是個大近視眼，錯覺爲媚行，冤枉她了。

照例他也不認識這位偶像歌手由女助理陪同親自把白色安哥拉送來，自稱把拔（爸爸）或拔，是偶像歌手跟貓講每句話的發語詞。這很普通，來診所的人類皆自認是小動物的雙親，對牠們發明出各種狎呼暱喊而不以爲恥。不尋常的是，分明馬麻怎麼叫做了把拔？爲此江醫生趁隙注意了一下，沒錯，是馬麻，外觀上不折不扣的是。

女助理負責說東問西，永遠知道上司何時要啓了便身子一斜耳朵湊高去，將偶像歌手嗡嗡嗡的蚊子語聽見後向醫生複誦一遍。

偶像就是偶像，排場得！一定不能第一手和群眾接觸不然就破功了。江醫生得忍住，才不致讓眼睛鼻子嘴巴面面皮總之一臉嘟嚕騷動的笑泡泡冒出來。

江醫生給貓肚皮膿腫成瘤的地方剃掉毛，劃開瘤口擠淨膿，打了一針消炎。過程中，偶像歌手不避穢也不管妨礙到醫生作業一逕貼近貓頰說盡貓語，女助理袖手在旁發著嘶嘶齒冷聲。從這裡就看出來，誰是父母，誰不是。

待知道貓兒子必須住院給膿囊裡灌藥，觀察一日，後日出院，偶像歌手恨吐口氣不語了。這是嚴厲的責備，女助理蠟黃臉默默承受，忽爾朝江醫生諂媚一笑解釋：「布朗娣怪我沒有早點帶牠來看醫生。她出國期間都是我照顧貓嘛，這次出國又比較久。」

女助理深信國人皆是她上司迷，故不時透露點小隱私，小佚事，小典故，當做恩寵賞賜於人。江醫生得忍住不接腔，實在，他跟偶像歌手間有段難忘的經歷。

他南下高雄，因懼搭國內線飛機便乘國光號。車上初聞某歌，明明唱的國語卻如何也聽不懂詞，那旋律努力要拉住詞亦仍然分崩離析，剩下舞曲節奏的強拍，與歌女的無邪奶腔，播了一回又一回，循環於長途密閉空間裡敲敲打打，打得乘客昏睏無力都成順民，竟沒有人起來反抗。他聽到第幾遍唱時幾乎嘔吐，分不清是否暈車，魔音穿腦跟住他到友人婚宴上，盡責扮完介紹人，夾尾巴直奔機場逃回台北。他震驚於六小時五十分的車程去，五十分的飛程回，從此敢搭國內線。

他得忍住不對女助理脫口唱出來：「太陽不升，月亮不落，啊十九歲的最後一天。」那是後來他出診到大牛媽媽家，忽聞此歌，很失態的擱下處理中的大牛耳朵，四望尋歌，看見綜藝節目正在打歌，他就那樣不顧一切傻看著螢光幕上列現的詞，把它跟歌像多年失散的兄弟總算互相尋得了。

大牛媽媽挺熱絡附和醫生：「偶像歌手喔。」

偶像歌手蹲籠子前和貓兒子話別，眼淚汪汪弄成一場倫理劇，女助理更苦了。江醫生得忍住不告訴她們，這隻白色安哥拉是半個聾子。牠吊插的杏仁狀眼睛看似斜視但不是，唯呈現出對人間事充滿驚異。白色安哥拉若藍眼大多是聾子，土耳其傳說裡，國父凱末爾轉世爲聾耳白貓。這隻左眼翠碧的安哥拉，左耳是聾的。

江醫生得忍住每次出診，大牛媽媽親暱的跟他講客家話，臨走又非要塞給他福菜，酸菜，蘿蔔片乾等客家土產，認定他識貨極了知道如何烹調它們。事實上，他跟驗光師老婆絕少開伙。他還年輕，年輕得其實他對父系客家語只能聽（母系福佬語），不能說，勉強說時不會比他的破爛西班牙語好些。大牛媽媽並且認定因爲同是客家人他必然少算了出診費（其實他沒有），遂把他報出的藥錢非要多添兩百元。他推辭，她執意，完全是在君子國。每次的行禮如儀，他不否認也不承認，他只是，大牛媽媽既然派定了他做客家小同鄉他便按譜奏曲罷。

他亦得忍住，花鬼主人把摺耳貓花鬼朝療檯一放，久病成良醫的說花鬼流鼻水了，要拿金黃八角形藥，拜託醫生幫忙先餵四分之一顆，因這種苦藥即使藏裹在花鬼最愛吃的雞肝裡也騙不過牠了。還請醫生配兩瓶甜甜會沉澱白粉的藥劑，乃家中黑鬼最近老吐舌尖又是牙齦腫潰，黃鬼也有輕微牙周病可一起服用。花鬼主人手下尚有狸鬼，灰鬼，白鬼，虎斑鬼，來來去去的流浪貓。

「江醫生，我要一瓶 Ear Mite。」沉緩如綠苔的女低音突然現身，花鬼主人下班繞路過來。

「Ear Mite？」

「滴耳疥蟲的。」

「不一定是耳疥蟲喲。」

「是耳疥蟲。」

「說不定是耳發炎喲。」

「耳殼裡面黑黑的，是耳疥蟲。」

江醫生沉吟了。

「耳發炎藥我有，就是瓶嘴尖尖長長的比較貴的那種，上次我們家狸鬼耳朵流水，江醫生說是中耳炎，就拿那種藥。江醫生說如果是黑耳朵，今天擦乾淨明天又變黑的話，是耳疥蟲。」

有記性。江醫生對自己的言論並非耳邊風居然被聽進耳了的，得忍住安慰之色。

狸鬼消化不良時，他調配藥，桃紅色漿劑，桃紅得令人想起五〇年代的塑膠杯若盛熱水會化學變化產生毒素。花鬼主人很吃驚：「以前是乳黃色藥。」

好記性。

花鬼主人抱隻剛長全牙齒的黃斑小鬼來打蟲，他交助手處理，先上秤。卻聽花鬼主人嚷起來：「不對，不是這種，是藥水那種。」

「啊？」

「江醫生是用藥水。一向是藥水。」

「沒有吧都是用這種。」

花鬼主人決定不以助手爲交涉對象，把江醫生從裡間的忙碌中硬是喚出來，氣不忿兒道：「這麼大的藥片，給牠吃四分之一！你看流鼻水藥那麼小顆，大貓吃每次也只吃四分之一。江醫生你說貓對藥物很敏感的吔。」

「基本上，單位不一樣，劑量也不一樣。」

「可是這麼大藥片看起來很恐怖。」

「還好吧。」

「爲什麼是藥片，不是藥水？」

「藥水早晚吃對不對，吃幾天。藥片吃一次就行了。」

「聽起來更恐怖。」

「基本上，這藥片算溫和，沒問題。」

「那為什麼以前用藥水，不用藥片？」

「基本上打蟲藥很多種，不一定用哪一種。」

「很多種？」

「有的是綜合，蟯蟲啦，蛔蟲啦，霰彈槍打鳥，都打。像一三五混三五八，有的有重複。」

「這藥片呢？」

「藥片嘛，方便。」

「那為什麼以前不用？」

江醫生得忍住不抬眼看花鬼主人ㄟ小姐你很愛問吔，把四分之一不到的藥片塞入小貓喉嚨，闔上貓嘴藥即俐落進肚。

「這樣就好了？」

「好了。」

「不用再打了？」

「不用。」

「這倒眞的很方便。」

江醫生臥蠶眉，丹鳳眼，滿頭亂髮全攏到腦後紮一把馬尾。從來，他得忍住不介入顧客，因此他把眼簾放下，目光啣在簾間。因此他似瞑非瞑，如笑未笑，壇座裡一位拈花人。

舞臺上有紅堂堂的關雲長，一樣是垂目掩簾不能睜眼，說是關公睜眼，就要殺人了。

不敢睜眼的，這世上至少還有一人，馬市長。

從遠方來看，遠到，這麼說吧，第二個千禧年的時候，有一群亞熱帶居民，住在太平洋靠近亞洲大陸的一個島上，島小得星砂般幾乎不存在，傳說中的名字叫福爾摩沙，意爲美麗之島。

馬市長是美麗島上首善之區的民選市長，他對首都市民的首要貢獻是，他長得太帥了。

這是莫大福祉。對照同時存在的南方之都市長，當選時曾引起市民哀嚎：「哇靠他的蛤蟆大嘴我們要看四年！死了死了。」

由於這些市長和高層，老是佔據著最多的亮相發言空間，若尚未看到他們有什麼建樹之前，起碼，他們先不要造成視覺公害。有民眾好端端人在家中坐，禍從天上來，只能好悲苦叫：「我招誰惹誰了大早起床給我看一坨屎。」

報紙上是他們，調頻裡是他們，打開電視是他們，轉個臺也是他們，除非變聾變瞎，都是他們。

原來物競天擇，適者生存，神鬼不覺的，美麗島已演化成一座綜藝島。島上一切一切，一切綜藝化。

率先被綜藝化天擇掉的首長是，阿舍先生。文雅，和平，吟哦的阿舍先生，宜於品茗之間無聲勝有聲，一旦曝光，其優勢全成爲不可饒恕的過錯。他有很多朋友，卻無半個群眾。他勉爲其難被簇擁著走入群眾的時候，很像一名遭羈押的嫌犯。他的公共肢體語言，不協調到不合人體力學的地步。他在群眾裡頭跟這個人握手，眼睛望向下一個，而微笑拋給第三個，讓每個跟他握手的人覺得他不如不握好。

會握手，會把眼睛集中於被握者臉上的首長，存活了下來。

握手之翹楚，左派的握手。強有力，打破階級和隔膜，兄弟愛的，照膽照心。能夠的話，佐以凝定眼睛，令被握者感到與握者間是一對一無二的。難度太高了，從一張臉到另一張臉，不斷變換焦距的結果，極易造成亂視或鬥雞眼，非天賦異稟不能爲之。

綜藝島上，新品種首長們天生具備握手功，注目功，攝影機一出現，他們就調門拉高立刻駭起來。無需前奏或藥物，他們是天然駭。故而與阿舍先生正好相反，約書亞先生只有群眾，沒有朋友。他之依賴群眾，以至於酗。酗群眾，酗攝影機，酗媒體。

酗者的眼睛，一如所有喝醉的人總是大聲宣稱他沒有醉他非常清楚。當然除了他本人，每個人都知道，他已經醉到茫醉到不行了。

故而存活下來的首長物種中，仔細考察，馬市長的眼睛是關上的。初步研判，因爲帥，他不能打開眼睛。一打開，就會放電。爲免電著群眾，以及自群眾迴向回來的電擊到自己，馬市長將眼睛僞裝成淡漠無神的三白眼即、豬眼，形成了絕緣體，防護罩。

這種僞裝，只有女性同胞能夠分辨出來。誰放電，誰不放電。誰放電卻放電失敗，誰好想好想放電但放電不出。馬市長不放電，有本錢放電而不放電，他把自己從一個會被女性競逐的男性角色立即換位爲中性。一個被女人所追獵的男人，變做了一個姊姊妹妹們的好兄弟，媽媽阿姨們的大男孩。那時，他綜藝十足的站在垃圾車上收取市民的計費垃圾袋扔進車裡，照片刊於報紙頭條，姊妹媽姨們看著，好寵歎：「帥啊，倒個垃圾也這麼帥。」

那時，馬市長的不可能任務，不但垃圾分類而且要垃圾付費，靠著姊妹媽姨們悅然從之的軟力之助，在綜藝島上或擔憂、或質疑、或吃味其搶走媒體焦點的一片看壞下，一如湯姆克魯斯那樣帥斃了的達到目標。

那時首都實行垃圾分類，然而前出版社社長仍堅持把紙張回收留給收廢紙的跛腳人。這樣，便還有一對低眉垂目人，跛漢與前社長。

銀碗盛雪，前社長一頭著稱的白髮。少年白，在那漫長的報禁三大張時代，或更早點，兩大張半時代，前社長頭髮便已花白了。

當年他看過女眷們跟破銅爛鐵收購者之間的角力，一把秤，移近移遠，練就得收購者好快的手腳在賣方還來不及抗議「秤得這麼翹！」已摔下物貨拍板定案，五毛錢，一塊錢，賣方縱不滿意亦只有口頭制裁下次不賣你了。到前社長處理廢紙物時，買賣單位老早以元計，起價也總有五元。他過手的最高紀錄曾賣到五十五元，是某次大掃除清掉了全部鉛排校樣。

後來收購者仍持秤，但秤的功能已退化而比較像一根節杖，代表收購者身份，做勢朝地上紮成一綑的紙物鉤鉤，先還提起來一下表示秤過，往後也不提了，也不鉤了，目視即報出數字。賣方不在乎那錢，買方意思意思，雙邊照章行事一番。

於是舊歲月裡的環境聲，「有酒矸倘賣嘸……歹銅舊錫簿仔紙倘賣嘸……」竟也借屍還魂作成歌，突然唱開來，爆銷百萬張。巫黑勁裝的吶喊派女歌手三度在可容萬人的體育館起乩，紅到島對岸，將她飆歌時苦痛和狂喜難以分清的高潮情狀偷渡至千台萬台螢光幕上，公開進行著一場神州洗心大祭儀。

渾然不察的神州官員們，拿此歌來訕笑寶島人民賣空酒瓶可見民生之凋敝。亦隱晦難明的，此歌預示了美麗島上即將開啓的淘汰賽，凡舊時代舊物事，一概，掃進歷史的垃圾堆。

前社長清楚感覺到自己逐漸退出社務，是二十四開書從每頁十六行、每行四十二字改版成十五行、三十六字的那時期，鉛字檢排讓位給電動打字。他至終看電動打字不順眼，行稀，字疏，十分之不結實。那是一個分水嶺。跨過嶺頭就是下坡，重力加速度太驚人，前社長選擇駐足下來。山頂風景好，心態上他早早從一名世事的參與者轉成旁觀者，回望者。

每天他讀三份日報，一份晚報，光譜涵蓋了統到獨，目睹一樁事件，四種語調。情感上他立即斜往統，視獨報爲奇譚，但疑異和求知欲倒每每壓過了他的價値觀被挑釁。他記得是接著鋪天掩地而來的六大張時代，那時候起，他不再向收廢紙的人拿錢了。

那時，前社長儘追報紙讀，夸父競日，氣喘咻咻。六張二十四版疊摺爲一落，他最在意的副刊版，必須翻山越嶺才找到，發聲分量即刻被稀釋爲二十四分之一。

不久，報中有報分爲兩落，副刊跟著地方新聞那一落走。八大張期間分三落，有陣子跟影藝新聞一落走，之後又跟家庭消費一落走，某日乾脆不見了，派報處漏派了。副刊的走勢，他們的命運，還未到副刊給稀釋至七十二分之一時，他們這類出版社已歇業了好幾家。

那時報紙得了躁鬱症，抑或過動兒？三天兩頭整版面，變字體，換字號。前社長好不容易習慣了行距加寬和電腦十一級字，早晨起床打開報紙，眼前田走湖移，字與字鳥飛獸散，一片亂。他對焦甚久，算是搞清楚，字又放大了，十二級罷，意見橋擴爲全版的時論廣場。前社長個人理解，每次改版改字，若非銷售量停滯廣告減少，就是人事異動，均勢重組。他還沒看熟新版新字，突地，又改了。

政爭期間，他看連載小說般看遍各報，往往早報沒看完，晚報來了，他等不及先睹爲快，並走到巷口買齊別家晚報看不同版本的說法，知悉最新發展後復回頭讀早報。他爲自己支持的一方患得患失，大清早開門搜索信箱，著急報紙如何仍不送達難道眞是政變了？待他支持的一方鬥敗出局，他竟感到空前解脫了的，從此壁上觀，欣賞勝方一分爲二又開始鬥，這會兒可是狗咬狗，一嘴毛，前社長幸災樂禍得很。

六大張，十大張，十二大張，廊角舊報紙籃很快就爆滿了，前社長等收廢紙人來收。卻像等公車，越等它，越不來。來了，杳杳晴空裡杳杳的叫買聲，除了狗耳朵，風未吹草未動，沒有人聽見，除了前社長。他停下手底給報歲蘭換盆正塡塞著蛇木碎渣，朝天凝望，沒錯，收廢紙人來了。

他站到門口等，見巷子內兩家，三家，出來人在買賣，跟他一般的全是老頭子，搬廢搬物，一台破沙發破得像床爛棉絮也死活硬往車上塞。上班時間，光天化日下退休老男們落單出現於家居環境中，顯得如此之荒蕪。婦女們呢？她們都到哪裡去了？都在上班嗎？前社長困惑著。老妻是跟練氣功元極舞的歐巴桑們登陽明山洗溫泉，吃山珍，然後拎回來一袋紅心番薯或一顆斗大南瓜什麼的。

跛腳收廢紙人，以前沒來過，動作特別慢，特別久，前社長耐心鵠候。待收廢紙人老遠即萬分抱歉的，快快朝他踩車來，快快跳下車，萬分卑微收小著身形閃進院子，一筒塑膠繩，一把秤，三兩下紮妥墳高的報章雜誌，打秤。這位仁兄，秤是眞秤，而非作態，亦非儀式。前社長遂打破慣例開口說：「別算囉。」

當然不肯。

前社長說：「不然怎辦，這麼一堆我還沒轍哩。」

仍要付錢。

前社長說：「幫個忙，就算幫我們處理垃圾好了。」

只得謝謝了。前社長更謝謝，執禮送出門。

原來儀式行之有年，爲的是大家生態平衡。一旦撩開，雙方跌跤。重新支起的和諧關係裡，施與受，施的一方前社長變得很低很低，兼之受者跛腳，施者也許又更低了一些。施比受有罪，他得彎腰更多，低眉垂目。

收廢紙的跛漢呢，他得站穩另一個支點。驚懼於平衡狀態之脆弱易毀，低眉垂目，唯恐一抬眼世界就崩裂了。

世紀初

那時都在講最後，遍地的什麼都是最後。都在倒數計時。

春天時候，他們說，世紀最後的春天詠歎！是幹嘛？賣春裝。

他們說，爲了要衝過時空限制，運動感的服裝風行起來，各種元素加入競賽。處理成紙一樣的絲，皮革嵌上鏡子。粉紅假裝自己像粉藍那樣無邊無際，鵝黃糖橘跟寶藍一起渡假到土耳其。

不慎打開信箱，洩洪直來的DM或EM，一片恫嚇聲，威脅收件人買這買那，便有一封如是云，「史無前例！站在二十一世紀往回看，一九九九年做的每件事，都是影響新世紀的重要關鍵，所以你要很愼重挑選一九九九年的態度，朋友，理想，住所，月曆，海報，卡片及信紙。用二十一世紀的眼界，來這裡預購一九九九年史無前例的歷史價值。」沒錯，他們賣聖誕卡，賣最後一本月曆。

Swatch beat，帥奇錶推出了第一隻數位錶。墮落啊。

錶癡只獨鍾於他們的機械錶，於最後日捧起錶，目睹萬年曆碎的，一九九九變二〇〇〇，千年一見，奇景比鐵樹開花。

所以穿越歐陸到印度，兩小時內白晝成黑夜，溫度驟降，鳥群失去方向。法航協和包機在大西洋上追逐月影，供乘客觀賞六分鐘日蝕。至少有六萬輛車子開往西南部康瓦爾郡，英國警方同救護機同紅十字會救護車駐進，牛津街及時推出觀蝕服裝配搭聚酯薄膜濾光鏡以奔赴這場地球秀，世紀最後一次日全蝕。

如果素以綳緊上唇作風聞名的英國人，冷靜，小心過度，絕不暴露感情，尚且也感染了集體最後症，就莫怪偶像歌手會唱出太陽不升，月亮不落，十九歲的最後一天。

主打歌水銀瀉地流向全島及島外海域上，漁火燦若星空，滿艙走私董公酒和烏魚子。主打歌流向荒涼如月球出產黑道大哥小弟的台西雲林，無垠窮地上驀然斜聳一座孤伶伶KTV，西施們在裡面跳鋼柱舞，門前故而是歐吉桑賣檳榔，螢燈小鋪，收音機收訊不良的貓叫春。主打歌流向銀行三點半，偶像歌手的女助理尋聲四望，來自頭頂天花板縫孔，聲源在玻璃隔間裡主任桌上的調頻台，女助理很滿意上司的高播放率。

那是偶像歌手最後一次公開歲數並且過生日，之前，她的生日一直是王儲大事般給記錄著。含淚進入十七歲的慶生演唱，悲壯如處女獻祭。十七歲的最後一夜，則狂歡像告別單身生涯的某兄弟會祕儀。偶數歲十八，平庸的偶數十八太令人沮喪，就停在告別十七歲的宿醉中，顛顛冶冶一整年，猛覺醒，十九歲了。於是即日起，她與她的迷們，與公司集團，朝向十九歲的最後一天開始倒數計時。

如果有人以近乎光速旅行太空的話，他的時間相對會變慢，他會比他留在地球上的雙胞胎兄弟較慢的，變老。他們說，主看一日如千年。

當然我懂你的意思，馬修說，過日子很長，過年卻飛快。

太空旅行者回望來處時，他會像是看見四分衛名將布勞迪看見的，比賽最緊張的一刻，時間突然以一種超自然方式慢了下來，人人都以慢動作行進，你彷彿擁有全世界全部時間，清楚看著接球者的移位模式，並知道對方的防守線正最快速向你逼近。

他也會看見地球人，因倒數末日兩千年將至而創出的龐大商機，硬是催眠了時間一格一格把空間放大，放緩，放滿，放停格，產生了一個與恆星年毫不相干的日曆兩千年，世紀最後症。

趕快，趕快登上搜救明日的諾亞方舟，他們說，帶著你的A6188太極三合一（手機、PDA、WAP），你的筆記型電腦，你的數位相機，渡洪波輕鬆達彼岸。

封存未來公司，趕著最後之前販出五萬具時代膠囊。用不鏽鋼鈦合金做成的文物密藏器，抽盡氧，灌入氬氣氮氣，密裝照片，剪報，小熊維尼，鬧鐘，血壓計，或隨便什麼東西，埋在自家院中留待後人挖掘。也有認爲地質之長久可信度超過任何一座保險箱，而把自己生活記錄影帶藏於膠囊埋下，他說我不願死後就此被遺忘，我希望有一天讓子孫知道，這是我，我生前的作爲。可國際時代文物密藏器學會發出通訊告知會友們，估計有一萬個散佈於地球各處的膠囊已完全被遺忘，所以埋者一定要在埋處做記號。

刻舟求劍，可能嗎？最大的密藏器原本是座室內游泳池，號稱文明陵寢，在亞特蘭大某大學內（消失的亞特蘭大？）封存著二十世紀各種代表文物從牙線烤麵包機到莎士比亞，到希特勒的新聞影片。又有興建中的千禧庫，金字塔型密藏器，包覆青銅刻著紐西蘭千年史。

在一間沒有黑貓的黑屋裡尋貓，據說地球人採取了兩種策略。一是分類，把渾沌分出段落，再分段落爲吉凶，爲福禍。一是預測，從段落的次序中標出數字，找到循環週期，以測知，以期待。天干地支，五行十二宮，一甲子，時間是箭，時間是輪。他們說，時間蒼蠅喜歡箭，而水果飛如香蕉。（果蠅喜香蕉？時間飛如箭？）

沒有太陽，沒有用。立棍於地，希臘人叫這根棍子爲可知，以駕馭陽光和陰影。

羅馬僧侶指出新月後，官吏大聲宣佈一月開始了，啓動農業年。日曆的原意是大聲叫。朝著亙古茫茫大叫出，我在這裡！我們在這裡！然而雨季的天空，從中洞察新月，不容易。故事發生時候，紅薯收割期的新年等著老僧侶來指認，但他聽不到神諭，看不見新月，結果存貨減少，氏族陷入危急，他們給鎖在舊年裡面，老僧侶丟失了他的權柄。

所以凱撒曆每千年多出七天，日曆年跟恆星年漸漸脫軌了。脫到日曆日提前恆星日十天的時候，教會已無法決定復活節在哪一天。怎麼辦？他們說，拿掉十天罷。然後他們說，每一百年取消一次閏年，每四百年恢復一次閏年。使用至今的格烈哥里曆，誤差二十五點九秒，日曆年跟恆星年達到兩千八百年不過相差一天。

時間廊推出了世紀之眼，指針及液晶視窗的雙顯示功能，倒數和平二〇〇〇到來時，二月二十九，世紀交替之閏年，四百年一次，碰，胡了！他們說，鮭魚。一次生殖的動物，牠不可能再有一回合，牠把體內的脂肪，肌肉，精力，消化及免疫系統在生殖期間統統、統統化爲卵子因此再無可能存活了，牠不會再有一次機會。

但是兩個中學教員嚴重爭執起來。唐教員投書提醒大家，本世紀還有一次升旗典禮，糾正了本世紀最後一次升旗典禮的說法。就是元旦清晨凱達格蘭大道前的升旗典禮，綜藝島上各路首長不得不爬出暖烘烘被窩率眾麇集於此，仰望國旗冉冉升入黑天。約書亞先生仍任市長時，攝影機只對約書亞先生感興趣，特寫著他目送國旗升空的恭良身段，並跳接摩西老大肅容，舉島皆知的他倆心中另有一幅國旗，因而傻瓜般立於摩西老大貼側的阿舍先生，便成爲外遇事件裡那位永遠是最後一個知道眞相的賢慧太太。

投書登出後，同校的林教員十分憤怒，指責唐教員誤導大眾有傷校譽，兩人展開世紀之爭大辯論。爭的二〇〇〇年，是二十世紀？是二十一世紀？

還用說，肯定是二十一世紀囉。綜藝世界站在林教員這一邊。電臺們哪家不是在播放，距公元二〇〇〇年還有多少多少天，讓我們一起跨躍新世紀！

中央氣象局和格林威治皇家天文臺站在唐教員一邊，平靜的科學口吻說，二十世紀起自一九〇一年，止於二〇〇〇年，同理，二十一世紀自二〇〇一年至二一〇〇年。顯然庫柏力克支持唐教員，他的《二〇〇一太空漫遊》啓蒙了許多電影工作者。

爭執不下，連袂來訪智者古爾德。智者是洋基隊忠實球迷，碰巧他的長子也在，一位智障少年同時也是換算神童。智者古爾德聽畢，一如禪師的並不解答，他講了一個小經歷，關於里程表的數字變化。智者古爾德說，某年深夜，家父開車載我和小弟，在我們住的地區繞著跑了十哩，就爲的是，目睹里程表從九九九九變成一〇〇〇〇，家父捨不得次日開車上班時獨享這份樂趣。

林教員綻放出喜色，不無示威之意的看了看唐教員。智者古爾德說，畢竟，二〇〇〇變二〇〇一，多麼無趣啊，世紀之轉換，我們期望四個數字全變，而非僅在最後一個數目上加一。

吔！吔！林教員開心得，竟跟他那批汗臭野蠻的無厘頭學生一樣，搖動雙V手勢歡呼著。

唐教員慢篤篤問，那您的意思是，格林威治皇家天文臺的說法錯了？

不，智者古爾德說，他們的說法是對的。

嗄？兩個中學教員一齊吃驚。

智者於是發偈語，因爲那時他們還不知道零。

那時六世紀，他們不知零。僧侶奉命監修史誌，便依據羅馬建國的年代，界分俗世和基督世，紀元前和紀元後。不知零，所以沒有紀元〇年，只有紀元元年。智者古爾德說，計算世紀的問題，肇因於起算數目是一而不是零。一世紀涵蓋一百年，邏輯的堅持，末兩位〇的年，一概是當世紀的最後年。一九〇〇屬於十九世紀，二〇〇〇所以是二十世紀最後年，不是新世紀的第一年。

唐教員如夢初醒說，啊他們不知道零。

意思是，我們白忙一場，白倒數了？林教員感覺很受傷。

所以如果起算數目是零的話？唐教員思索著。

林教員生氣起來，我是笨蛋，全世界也是笨蛋？倒數了一整年？

所以如果有紀元〇年的話，二十一世紀就是從二〇〇〇年算起了？

不錯，智者古爾德說，邏輯的年，跟感官的年，就非常理想吻合了。

太蠢了吧！林教員好怨毒，我還跑去參加市府廣場上倒數跨入二十一世紀，都跨過了，今年還要跨一次？成千上萬人ㄋㄟ，跨假的？

小古……，智者古爾德喚他的長子。

雨人小古抬起頭，看著父親。那種看法，像貓圓圓的眼睛。圓圓的嘴巴看著主人時，此外再沒有其他肢體語言的，主人心裡明白，這隻野生動物正傳達著牠對人類的絕對信任，絕對忠誠，令主人覺得眞不敢當故而絕不可狎暱牠，唯輕拍牠頭表示承接了。小古能將千年之間任一日子立刻換算成星期幾，如同達斯汀霍夫曼飾演的雨人，癡智，能一眼讀出撒落地上的整盒牙籤的數目。

父親問小古，千禧年什麼時候開始的，二〇〇〇年？二〇〇一年？

小古半點不想的馬上說，二〇〇〇年，最初的十年只有九年。

太好了！一世紀一百年，誰規定的？智者古爾德急於去看球賽轉播遂快快結束這場會晤道，我們就讓第一世紀只有九十九年爲何不可呢？老實說，太陽並無因此少照地球一年是不是。

唐教員跟林教員，兩造打賭輸的一方請吃阿舍先生吃的五百元便當，但目前看來，眞理的對面，還是眞理，誰也沒能贏過誰。邏輯年的唐教員挺快樂，他不在乎輸贏，他著意於過程，看不出他倒有一顆追求眞理的黃金心。林教員的感官年，則自我統一著昨是今非，今是昨非，眼下又鬧熱熱在籌備跨躍e世代。這回是兩頭搶人，市府廣場和凱達格蘭廣場，拚人氣，都說手上握有神祕嘉賓會出現，都要倒數進入二十e世紀，二〇〇e年。

前社長在家，忽接一份廣告單，畫著幻空幻美一對儷人，詞曰、「見證新世紀戀情的唯一選擇，我要申請神鵰俠侶信用卡，請寄申請書給我。」前社長仔細瞧去，儷人一位叫楊過，一位叫小龍女，分別印在萬事達卡上，急驚風報知，幾月幾日前持此卡消費滿兩萬元即贈寒冰對杯一組，不用說，杯上也有那對儷人。

最後症掃到前社長是，投票日早晨他醒來，四周住宅區一片淨空，像放了整個月炸聾人鞭炮的總統大選，突然間，歇止了。風靜無息，玉蘭花樹高高的。聽見鳥叫。聽見雲層裡有悶悶的飛機聲，一架，一架，又一架。前社長心想，這就是戰爭前夕了嗎？

昨晚爛纏至半夜仍散不掉的最後一場競選造勢，三處地方，看樣子是足球場一處勢最盛，約書亞先生當選可能性大增。前社長哀戚告訴自己，這就是了，最後一天。消逝的民國，最後日。淨空無息。抵達終點時，一級方程式賽車手舒馬克說，你的時速三百一十二公里，你視野清晰，以幾乎慢動作速度經過那些彎道，你感覺那速度慢到有時間踩煞車，有時間把車子整頓好，有時間算出航道偏差多少，然後你抵達終點，重重撞上終點，出了終點線，你的時速每小時二百七十七公里。

最後一天，前社長起床後去注滿浴缸水，不能沒有水。又去巷口便利商店補充手電筒用的一號電池，及收音機的三號電池，準備台海開戰發生像七二九那樣全島大停電的話，可以照明，可以聽消息。午飯後，前社長換上女兒給他買的克拉克氣墊鞋，偕老妻散步去國民小學，投下他們神聖的一票。

不結伴的旅行者(1)

帽子小姐深夜去哪裡了？半夜三點鐘，這時間出去，去哪裡了？

那時沒有手機，沒有國際漫遊。

旅館的電話太貴，老夫老妻不打的，打了倒是反常。時差三小時，打不對時間，以爲發生事故，嚇人吶，招罵。除非少年夫妻，除非熱戀中人，打回家告之旅館電話和房間號碼，對方再打過來，不計血本儘講廢話。

那時，他們這個印度朝聖團，便與母國完全斷了聯繫的，一行二十人，在那塵熱和豔色的境土上，東南西北渾沌走直走到有一夜，帽子小姐把烏漆漆車窗拉開一隙朝外覷，被那鑽進車來簡直像隻凶猛動物的潮腥氣驚醒，才突然恢復了地理感，外面是印度洋。舊曆十二，月光下印度洋亮得如一張錫箔紙，很近很近貼著窗。凌晨一點大巴士開往機場，這裡是孟買，他們在返國的途中。

沒有人要打電話回家。

除夕夜，導遊表現著他的體貼向諸位建議撥通電話報平安。導遊的言語，校長訓話般於嗡嗡的空氣聲裡蒸發掉了。次日遊畢泰姬瑪哈陵，導遊領眾走南面出口到街上，指許多牌子大黑字寫「STD、ISD、PCO」，凡門前豎此牌者可打國際電話，大年初一拜個年吧。消耗了大量底片在泰姬陵之後，無人對這條佈滿餐飲和平價旅館的小街有興趣，踟躕不行，或軟軟爬回車裡，餓乏了只想趕快回去喜來登飯店吃豪華自助餐。

各懷鬼胎，這個朝聖團。

帽子小姐焦慮著那匹金縷巾，昨日住進喜來登，就在廊階下首第三家店發現它，開價美金九十八塊六毛，殺不成，暫擱到今天再買。然而一夜夢覺，金霧金紗裡頭的藤葉，蘿枝，漫步著紫孔雀，藍象，紅鸚鸝，綠鹿，香花異草，金縷巾無限滋長已全部佔領她。可直到出發前，店鋪仍未開，帽子小姐只得隨眾上車下車，魂魄卻滯留於喜來登那家精品店。即便列名世界七大景的泰姬陵，她也索然，灰心瞧著滑白大理石建材上漓漓淅淅好多鳥糞。她害怕店鋪如果今日公休的話，她跟金縷巾就此死別了。

因此巴士開返喜來登吃飯，帽子小姐胸腔狂鼓，鼓得她亂了協調，下車時踩空一階險不跌個狗吃屎。她跟蹌直奔內廊，聽見斜刺追上來碎噹聲，貓女，果然又是貓女！貓女的班尼頓揹包上拴一串符鈴，永遠人未到聲先到。

抄捷徑貓女走另個門進屋，跟她幾幾乎同步搶進精品店，同叫道：「我要那個！」

幸好他們要的不是同一件東西。

他們老在同樣攤位前碰頭。

上一回交手是搶繡墊，密密繡滿紅綠對衝色絕無一絲空隙的曼陀羅式紋格裡釘著圓鏡片，他們同時抓到，都不放。劍拔弩張的瞬間，貓女一放手撩開，猛然鬆脫釋出的能量，擊中她，欺凌她。

她錯愕抬起眼，首次，她抬起眼正視團裡這位團員。見女子昂頭轉身，踏著無聲息宛若貓步的短靴去櫃檯結帳，身形嬌小，分明挺直著一根蓬蓬尾巴搖曳以背影輕蔑她。貓女！

如雄樹蛙的呱叫，爲了公平分據地盤而不發生衝突，每隻蛙好想逃避同類的呱叫，結果走向獨身。反之沒有地盤問題，雌樹蛙大部分是聾子。

如貓科動物雄性行動時，唯恐接觸，都成衝突，爲了不要遇見，牠們每隔一定距離施放一點氣味，作用好比鐵道信號防止兩輛火車相撞。

如不結伴的旅行者，暫時逸出人際網絡，不社交，不溝通，不負責，故而以各種配備來拒人於千里之外。好比貓女，掛戴一副冰霜面具，告知著：「對不起閒人勿近。」

好比帽子小姐，小頭，凹凸臉，天生帽架子，任何帽子到她頭上，都靚。她把三分之二臉掩在蕈形帽裡，帽蔭深深底下一截尖下巴，不看人，人也看不見她，傳達了再清楚不過的訊息：「謝絕交談。」

他們是不結伴旅行者。

偷來的休旅時光，不結伴旅行者只願服從自己的任性，當白癡，當野獸。他們矢志逃開人類的也包括他們自己的注視，曝野於無人類目光的所在，自由走蕩，無目的，無邊界。

帽子小姐是第三回不結伴旅行。比起前兩回，走得更遠，時間亦更久，她冀望這回堅持到底。如果到底，到底之後再回來人間目光的注視下生活，一切該有所不同。

而貓女，一家三口同行，貓女的母親、丈夫，跟兒子。注定貓女當不成不結伴旅行者了，更不幸的，貓母在另個極端，是位熱烘烘的結伴旅行者。

貓母並不看風景，覺得風景全部一個樣。古文明殘照，貓母的眼裡是一堆爛石頭。貧瘠大地過了這村不知下村在哪兒，所以但凡停車，貓母只管找廁所，如此也鍛鍊出尖銳直覺，方圓一瞅，立即朝廁所方向奔去肯定無誤。貓母不購物，不逛店，唯腦中欲贈紀念品土產的一長串親朋好友名單著實苦惱她，便尾隨團員殺進殺出，感染叫價時的格鬥氣氛，殺落跟買，結果購物比誰都多。每晚貓母把所購貨色和受贈者名單重新配對一次，困擾著某某總是配不到適合物，而某某某起碼已有兩三件了。故愈近旅程末期，貓母愈彷徨無主，何時何地都像站在十字路口茫茫四望，默語著：「買什麼東西好呢？」

貓女每次瞄見其母發茫待援狀，即心情大壞。由於貓母視與團員們打成一片爲最大樂事，只要身處人與人之中，就算在火星，貓母也安身立命得不得了。貓母的自我，是界定於別人跟她的關係裡面，沒有這份相對關係，貓母會大海漂流，迷途而竭。因此貓母的存在，之於貓女就是一股牢牢的人間目光，即便旅行在外也沒有一刻一秒放過她。

是這樣的目光注視下，貓女好幾次縮短了冶蕩時光去陪貓母上廁所，排隊佔位子，辨識調料裡是否有怪氣味的印度咖哩。甚至放棄自己的逛物路線，插手貓母那份送禮名單。她認爲誰某每每欺貓母老實儘些爛東西拿來做人情，又總要說上一堆辭藻附加價值，這種人，她反對送禮物。她亦認爲某親戚太膚淺欣賞不來民俗奇物，送了白送，不如回程免稅店買一盒巧克力打發即可，別說呢，巧克力還貴些。更有誰某欠錢耍痞，倒送禮物給他？以及誰某，永遠在搶付帳且永遠搶輸，既然從未讓他請過一杯茶一頓飯，則何必禮尚往來。貓女遂行著自己的公斷，賞罰分明，砍掉半數受贈者。

貓母從來以家人意見爲意見，當場都聽女兒的，可並不妨礙她背轉身去懲獎名單立刻又變回送禮名單，又還樂孜孜向女兒秀出買了件好東西給誰誰。

貓女刷地掛下臉，謂誰誰不是已選妥了東西。昨天，就是昨天在四眼神廟，貓女犧牲了去看周邊的黃教白教花教廟的時間，幫貓母搞定一串檀香鍊子，三隻藏文銀鐲，一條民族色羊毛披肩，一對木雕人像。貓母卻毫無警覺說原先那件東西打算給另外的某某了，所以誰誰現在換成這件東西更適合。貓女很生氣某某是個痞子講好不送禮物的爲何又送！貓母詫異女兒如此之當眞，解釋某某其實還不錯，每年都是他第一個來拜年的。

對，這樣他就可以欠錢不還了。

也有還啦。

還？是喔，還一萬再借兩萬，還三萬借六萬，看準你這個笨蛋。

貓母好想澆熄女兒的怒火，完全不得法，說某某也是可憐，老婆跑掉了孩子們不理他最近又駕照被吊銷……

貓女誇張叫起來，拜託你不要說服我。

貓母好怕團員發現他們爭執，哀求說不送就不送，不要這麼大聲嘛。

就是這種態度一直激怒著貓女，很奇怪，都是你在抱怨喔，抱怨也是你，送東西也是你，以後你就不要再跟我抱怨。

貓母裝聾撤走，唯恐女兒更嚷出什麼話，並加倍歡顏的參入團體之中，藉以掩飾剛才可能被人看見的母女衝突。貓母總也不明白，女兒怎麼這麼大脾氣。似乎女兒長大以來便是這副德行，對她忽厲色，忽和顏，沒個準的喜怒無常。上回燉冰糖豬腳吃得翻鍋，這回說是有囪味一筷不夾。前一秒明明聽見女兒罵某某王八蛋，她跟進罵，女兒卻倒轉矛頭指責她，誰是王八蛋？她知不知道王八蛋的理由是什麼，不知道就不要亂罵。女兒那憤憤抽搐的臉頰，令她不求甚解疑怪著，難道那王八蛋還有些好處呢？她倒比王八蛋還惹女兒生氣？

貓女則不解，貓母的等人症候群。

鬥爭往往一起床就開始。爲吃早餐，貓母大早已穿戴整齊待女兒陪同去吃，貓女不吃寧可多睡半小時，貓母說這樣不好吧執意等，非要貓女變色，鄭重告之吃早餐是權利不是義務，我放棄我的權利可以罷！貓母才走。去敲女婿孫子房間門，夥同吃，通常孫子也不吃，女婿一定吃。貓母吃完用餐巾紙包回白煮蛋啦鬆餅可頌啦給孫子和女兒。孫子一定吃，貓女話講得決絕了，一定不吃。

大廳集合出發，根據經驗，貓女必比集合時間晚五分鐘。貓母卻不，她的生理時間比集合時間提早五分鐘，她看錶，但她只遵循生理時間。爲此早一米米晚一米米的計較，貓女詰問其母什麼時候準時出發過？只有晚，沒有早。貓母說就是這樣想所以害大家等來等去，如果都準時，就準時了。貓女譏道可能嗎？不可能嘛，導遊早就把集合時間至少提早了十分鐘讓大家來遲到。

那我們準時的人都倒楣了。

是你自己要倒楣，你可以選擇不倒楣的。

人人像你一般自私！

對，我就是自私。

日日上演的拉鋸戰，貓女絲毫不想讓步卯上了的一定不準時於大廳集合，證明自己無誤，並刺激其母能否終於發現蠢行而覺悟的話，準不準時何妨，換言之，準時集合又有什麼不行。

貓母經常像隻牧羊犬，跑來跑去，設法把他們家四口攏到一處，攏齊後好向團體歸隊。貓母站在紀念館前，焦灼著大家都進去參觀了爲什麼沒看到女兒，見孫子搖搖盪盪出來，囑孫子別走遠，草地那頭有蚱蜢可抓。孫子是昆蟲迷，貓母一方面跟孫子旁邊久了而能十分專門的指認出鍬形蟲，一方面則除了鍬形蟲以外所有的昆蟲她皆叫蚱蜢。孫子無論看什麼總第一個看完竄出，沒法圈牢孫子，便在視線範圍內指點他去抓蟲。問媽咪呢？媽咪不要看紀念館要逛老市場。

之前逛老市場，還逛不夠？一條隊伍散得一里長，女兒永遠殿後。女婿儘管攝影狂，畢竟算維持得住女婿禮儀說讓他來等殿後君，媽媽放心去逛罷。貓母問孫子，媽咪怎麼跟大家會合？

媽咪說五十分鐘後會直接回遊覽車上。

永遠，只要是集合，貓女絕對只在出發前最後一秒現身，從從容容，絕不誤班，可也絕不早到。貓母按規定時間抵位，等這等那，著急不安一路升高使等候更加漫長更加難忍受，她苦苦生恨起來，認定這是女兒在故意折磨她。然而待女兒出現，鬆口大氣好舒快，頓時掃蕩掉剛才的苦恨感一筆勾銷得精光，唯剩下抱歉不已，深感女兒眞是太不合群了，爲此更加努力集攏孫子跟女婿以備隨時交代給團體，希冀大家把他們當成融融一單元故此不察覺內部有個離異分子。這當口，她格外慶幸有一位小姐墊底。那是比女兒最後一秒又再遲幾步現身的，趕得氣喘吁吁的，帽子小姐。

旅程後來，大家叫帽子小姐瞎拚女王。語氣摻雜了一點戲謔，她好會買，比他們當中最會買的還會買。一點欽羨，刷爆了哦。一點狐疑，年紀輕輕她打哪兒來的參加他們這個團？一點不以爲然，她獨來獨往不跟人講話。一點抵制，她甚至把臉藏在帽子裡不看人。一點喟歎，她眞的從頭到尾不理人呢。一點賭氣，既然她不理人他們爲什麼又要理她。最後，一點自暴自棄，女王嘍，新新人類X世代嘍他們能拿她怎樣。

貓母衷心感謝有瞎拚女王當靶，遮擋了女兒如出一轍的無禮形象。故而瞎拚女王滑壘成功跳上已啓動的車子，悍然穿越無言空氣和一張張的漠漠臉盤直走到後廂落座，貓母是唯一對之釋放出善意的團員，招呼道，瞎拚喔。

此時，帽蔭底下一截尖下巴，朝聲音來源咧咧齒，表示微笑。

貓女沮悶極了，一樁一樁，再再讓她驗證其母是塊黑暗大陸的不但撼動不了，而且不小心太靠近時就給捲入裡面，在那份你欠我我欠你因此到死也別想還清的奇怪債務裡滅頂。她對母親舉雙手表示投降，拒絕答話，高舉雙手投降。

貓女也不解，其母何以那樣汲汲於服從一個集合體？不愁找不到的集合體，三人成眾，二人爲仁。回旅館房間只剩他們二人，貓母馬上服從於長期以來母女間的慣性和基調，他們是，凶巴巴的女兒，跟問前問後不停討主意卻任憑討到的主意像開水龍頭般流掉的母親。那麼，若當下只有貓母一人坐在那裡，輕揮手帕扇涼，捺捺額汗，捺捺鼻汗，一人，然而較之二人三人共處時此刻貓母更鮮明位在一個古今超大集合體的、也是貓母自己的目光注視下，好矜持。

貓女舉手投降。旅途中突然冒出來的行爲模式，俯首垂目舉雙手，隨便，輸給你。

貓母好討厭女兒對她做出這種動作，甚感侮辱，幾至猥褻感。她朝空用力揮了一下手臂，像反擊，像刹那時光倒流她最後一次打女兒是女兒小學五年級天變冷了死也不肯加衣服。她好討厭正在盤算買什麼東西以及又將東西跟人名排列組合一番時，看見女兒對她舉雙手嘆氣。

貓母快速膨脹的巨箱，後又添購了一隻帶輪子帆布提袋，有好脾氣的貓夫無怨無悔搬扛，大軍遷移，貓女向貓母的龐雜行李舉雙手投降。貓母上車瞌睡，貓女不再從椅背後面探手戳她，看，高粱田開紫花。看，白色的牛。看，大樹。不再以眼神，以擦撞，或眾目睽睽下以意味深長的一笑，或索性拉長音節叫媽——制止貓母跟人聊個沒完。不再進諫其母別人也要看風景也有自己的程序卻被她纏住聊天又不好意思中斷，眞不曉得千里迢迢跑這裡來聊天是有病？不再凶巴巴的貓女，凡事舉雙手，俯首垂目。

團員問貓母，那是你媳婦？

我女兒。貓母脹熱了臉。

對方沖淡的笑容裡意思是，好冷漠的女兒呀。

貓母羞愧極了。若非居中還有貓夫貓子，大家會以爲他們是分配到同房間的兩個陌生人罷。這是畢生以來貓母的最大挫敗。女兒已不只脾氣大，根本是，是在懲罰她，認爲她根本不適宜旅行。

旅途將屆啊，抑鬱的貓母。以及，給貓母騷擾得當不成白癡野獸而懊喪不堪的貓女。

以及旅行兩星期，一對終於翻臉的好友，道友。爲的是一個逮著機會要關掉空調打開窗子讓氣流自由進出，而另一個不要。一個每天清晨五點起床呼啊吸啊做完整套吐納自認不會吵到人。一個梳洗後從不清理害人一腳栽進水鄉澤國。一個慢吞吞，一個急令令。總之就像一對夫妻如果沒有離婚的話，把他們一生的磨合驟然壓縮在兩星期內爆發，其慘烈可知。

貓夫公司裡一撮人信密宗，貓夫雖不信，爲人隨和故也不扞格。會報名參加這個號稱有大師同行的朝聖團，全是因爲貓女是個尼泊爾印度工藝迷。躲拜年，躲貓夫那邊年年行禮如儀的三通宵親族麻將，貓女好願意一家放逐到印度。他們點綴著朝聖團的外緣。

唯帽子小姐，沒有人知道她打哪兒來。

跟帽子小姐同住的葉阿姨，淡淡如一幅南宋水墨，三筆兩筆，一擦就給擦掉了似的眉眼五官，恆常笑嘻嘻。以爲她很容易親近，錯了。她是戴的另一種裝備，迷彩僞變，掩蓋著底下其實也是一名不結伴旅行者。以爲能從她口裡多知道點帽子小姐，並不能。貓母幾回試圖與她攀話題，都像走入霧中不見其人。葉阿姨屬於朝聖團成員，但曉風殘月，似乎葉阿姨走的是另一條朝聖路。

帽子小姐亦自己有一條朝聖路。她若是堅持不打電話到旅行結束，到回家，她就贏了。

贏了什麼呢？她問自己。

那時，泰姬陵的所在亞格拉，非聖地，走訪聖地必經之途。參觀紅堡，傳言將祭品鋪在舊皇宮皇族棺木上許願即可美夢成眞。帽子小姐感覺到周圍一股歡逸氣氛是旅途中沒有的，眼前忽就鋪開來一匹紅帳，撒上去玫瑰瓣和金盞花，霎時間絲巾繽紛出籠，從揹包掏出從身上解下，擲於花堆許願。不管訓誡是佛陀的是摩西的，此時一概放假，團員們好虔誠索求著世間種種。帽子小姐想想，告訴自己，要堅持到底，不打電話。

她最後的聯繫，搭機離境前，終於還是去刷了一下金融卡果然，一筆十萬元，兩天前男人匯進帳戶的。她嘆口氣，分手的決心像風中燭苗好脆弱。

第三回她決心離開男人了。不選擇的臨就搭個什麼團，只要走開，走遠，不論走到哪裡，只要能走離自己的命運。

上路吧，朋友。沿徑旅行，直到自己也成了路徑。

沒有準備，也從來不對地圖上那一大片板塊有半點想像，帽子小姐陡然走入咖哩和檀香氣味的國度。咖哩根本不同於她一貫以爲的咖哩味。以爲咖哩是一種叫咖哩的豆子磨成粉，不是，從來沒有過咖哩豆。

那是鬱金根，歡亮的黃和辛香，構成咖哩的基礎色。其色亦可以染布，佛衣，袈裟黃。

豆蔻，丁香，芥菜子，胡荽子，雞舌香，羅勒，檸檬草，大茴香，小茴香，黑胡椒，肉桂，生薑，蒔蘿，辣椒，馬芹，藻桂，香荽，無數香料全都研磨爲粉不識其原貌，抗低落，神祕催情。咖哩由十六到二十種香料混調製成，或偏紅一些，黃一些，金一些，千百樣比例配方，恍惚差別但一嚐即知的千百樣咖哩味，瀰漫著朝聖路。

她像掉在無止盡的阿里巴巴夢境。上車，下車，噗噗噗小飛機搖著螺旋槳，一程一程旅館，一間一間商店，芝麻開門，綻放出一窟一窟迷花眼的珠光寶氣。而在那程與程之間，光暗疊光暗，灰礫礫她什麼也不記得。除了咖哩味。除了跨進一個黑甜的光暗裡，檀香。除了摸嗅著琥珀色的樹脂凝塊。除了忽地湧至的油羶味，潮汐般捲裹著紗麗裙腳窸窸碎碎退去。除了有時像撞到一面牆似的膠稠的香，太稠的香聞起來是臭的不知什麼香，茉莉？廣藿香？麝香？不知道。洋金花和大麻，纏生在濕婆神周圍。焚燒大麻的花，喝大麻種子的茶，一種風格由此展開，人類最早記載的春藥方子。實踐妲特羅，生活於社會之外。鹿子草混合寬葉香蒲。亞硝酸戊基。駱駝篷或是茄參，或是毛蔓陀羅……

完不了的夜，夢都疲憊下來了好疲憊的長夢，星星大得像火焰永不熄止。悉達多太子發現自己沒有味蕾了。最辛辣的咖哩，也嚐不出味道。

別無選擇，他得去找回失去的味覺。上路吧，朋友。

孟買到曼谷，吃茴香子餅，塗抹雜有芫荽的蔦綠色醬，和一塊甜得噎死人的三角糕。那是最後一程的印度。接著西太平洋風颳進艙，把那夢境一乾二淨全部颳跑。

率先醒來藏不住一臉笑意的，是美食家密宗大師。想到很快即可過海去中環吃清蒸青衣，尤其是，那鮮妍蒸汁跟白米飯澆拌後吞進肚子的第一口，那口感，密宗大師竟然笑出聲來。

香港，帽子小姐等不及脫掉吸飽咖哩氣味的厚衣，晴日才暖，已有春裝搶先上市，一點折扣不打的，帽子小姐面不改色全身換新。四處可見電話亭，她已回到家門前了。經過 7-eleven 即入內買電話卡，五十港幣的？一百港幣的？她要一百的。如今卡在她身上，帶來帶去，她得努力購物，補滿時間空隙以防一不留神就走那隙間去電話亭。馳騁畋獵，令人心發狂，她驅策自己在幾處大 mall 裡面獵物，跑斷鞋跟，骨拆骸散。

所以她床罩都沒揭開的和衣倒斃，一覺醒來，銀白如晝。久久，久久，不曉得在哪裡？舉手看錶，差不多三點鐘，下午三點嗎？她在哪裡？

不可思議那銀晝是月光，從海上反射進屋的。帽子小姐一恢復意識，時間空隙即在她眼前迸裂，像漣漪，像流沙，一種什麼汩汩湧出將她覆蓋，涼軟的。她覺得男人受的折磨夠了，她得去打個電話。

此時男人的家人不會在，寒假都去了洛杉磯舅舅家。帽子小姐選擇這個時候出離，一爲報仇男人（他不要以爲家人不在就可以肆無忌憚跟她在一起），再爲激憤自己（她白白放掉了一大把跟他在一起的機會），而這兩件都爲的是堅定分手的決心。因爲她能這次這樣的放掉，她就可以做更大的放掉。因爲如果她能破紀錄十五天不打電話給男人，她就可以十六天不打，十七天不打，二十天不打，一個月不打，像戒菸，或是戒酒一樣，戒掉男人。

她下樓到旅館大廳打電話。響兩下，電話就接了。男人好惺忪沙啞的喂聲，當下，她就後悔打了這個電話。

把你吵醒了。

現在幾點鐘？

三點。

兩個人都一股腦氣上來，僵持不語。

她就要掛掉電話時，男人問她現在在哪裡。

香港。

那明天就回來了。

她嘆口氣，就差那麼一點，差那麼一點點她就破了十五天不打電話的紀錄。

幾點到？我去接你。

她嘆口更長的氣，做最後抵抗。

瞎拚啦？

對呀，就是瞎拚。

刷爆沒？

還沒。她聲音裡起了笑意。

男人於是問她瞎拚了些什麼東西，她開始報給他聽。報到最後她說格數快沒了等電話自動斷掉就不講了……而由於沒有告訴男人班機抵達時間，她又跨天橋去街角二十四小時便利商店買電話卡，又講了更多話。

帽子小姐走回房間，感到一切如此之輕易。既然打了第一通電話，便打了第二通電話，那麼還差第三通嗎？輕易於焉變得更加輕易。

那時，帽子小姐帶回來的風塵僕僕的印度行李，塡塞得結實如球因此一時也無力去拆解它，或者說，無慾望去打開它。帽子小姐任其擱置著。直到有一天，她奇怪這綑髒兮兮的袋子恐龍蛋化石般蹲踞在角落，遂一拆兩拆把它拆開。瞬息，五味七色竄出，升空凝成蕈形雲如一千零一夜瓶子裡放出來的巨魔，嚇到了她。

一件一件，她陌生不識，又依稀記得。

連金縷巾，連繁花星辰的繡墊，若不是此刻看見的話她如何就也不記得它們了。它們脫離那個阿里巴巴夢境出現在這裡，顯得這樣七零八落魅力全失的，她簡直不記得當初爲什麼買下它們的？

帽子小姐迷惘仰視蕈形雲，她的確去過一趟旅行，然後回來了。東西散置於地，如何竟像光天化日下的魔術道具，再平常沒有了。

寶變爲石，那是帽子小姐當過一段時間白癡和野獸的唯一物證。

不結伴的旅行者(2)

天涯海角。

有這樣的地方嗎？有的。

在蔚藍海岸。在那裡，如果是步行，任一轉彎，任一登高，一旋身，一回頭，都會哇哇哇驚叫起來的到處看見天涯海角。

有人，王皎皎罷，喬茵罷，都行。王皎皎就被那一個又一個的天涯海角，一路貪心追看而越走越遠。春天五月，太陽到晚上九點還不落。塞尙也嚷嚷起來：「這裡的太陽烈得可怕，所有東西對我來說，都成了一片剪影。」

好幾回，王皎皎對自己說，這一定是了，盡頭，不可能不是的，絕對是，盡頭。

站在十九世紀初所建目前是八線道公路的「英國人散步大道」上，眼前曠古無物除了藍色，深深淺淺的藍，除了天就是海，除了海就是天。然而若非有一條漆白欄干於其間低低橫過，一切是沒有意義的。因爲那一條欄干，劃出來一道界線，於是，空間發生了。當然，時間開始了。此時有一張，兩張漆白鐵鑄椅擱在欄干前，雖是空的但可能有人坐過或等會兒有人來坐，所以那時間空間裡就有了人。而那人，一生之中他或早或晚將會發出王皎皎一般的歎息，這就是盡頭？

果若一個人站在世界的盡頭，他會想什麼？他要幹什麼？

男孩想去尋找金羊毛。

女兒化成了精衛鳥，銜微木以塡滄海。

印象派畫家哀嚎著：「我費盡心力和太陽搏鬥，好個太陽！在這裡我根本得用金子和寶石來作畫。」

帝王派出一艘艘童男童女船去求長生不老藥。

彷彿站在長實總部七十樓樓頂俯瞰玻璃帷幕腳下的香港，男人微笑說：「這是一個物質的社會。」

王皎皎爬上盡頭。他是被一條狹仄的街坡吸引，天梯般通往高處的絕人之路，那路頭看出去會是什麼？他絕沒想到，看出去是紫，紫到無欄無界的薰衣草田。

他大叫起來天哪！天哪！可是沒有人聽見。

未曾有過片刻像現在，他渴望極了旁邊有一個人，一個伴，他們互相聽見互相在叫喊天哪天哪。

沒有人。沒有回音。紫，在他發出驚歎的那一同時紫也消解無蹤。沒有人共同見證的紫，紫是不存在的。他內裡的呼喚，因爲沒有人聽見，一接觸空氣便氧化掉了。天涯海角，他瀕臨在頃刻間就可能會散失光光的飽和邊緣。他好希望有一樣什麼能釘住他，不教他氧化於馳蕩的無邊際之中。

這樣，他開始寄明信片給友人。

一地一地，精心選購出具當地特徵的明信片，貼好郵票，註上地址跟友人姓名，然後，然後在上頭寫些什麼呢？不，不寫什麼了。沒什麼好寫的，唯署上自己名字。就這麼多的牽連，恰恰好就這麼多，再多也不了。有時交櫃檯託寄，有時直接投郵，大概人都返國了這些卡片還在途中流離罷。無論如何，經由這樣一串舉措，他已把自己黏著於世間。

看哪在世界的盡頭，人人皆配帶手機的二十一世紀初，人人皆掏出他們的手機打給地球上某一個人。

打給誰？

心愛的人嗎？剛剛學走步會響亮喊出爸爸讓人眞是甘願一輩子爲之做牛做馬的小小女兒。在盡頭，好渴望聽見她在手機裡叫聲巴比！

打給戀人？妻子丈夫？還是各種不倫之戀的對方？

還是打給老媽。永遠嘮叨的老媽卻是聰明透了的搶前報告，每天都有按時餵花鬼消炎藥，凹罐罐（貓罐頭）跟凹干干（貓餅干）吃很多，吃完就跑到隔壁梁家門臺上睡覺，餓了又回來吃……好貧乏的起居注啊然而叫人打心底放寬。很感謝老媽並發誓以後不要對老媽不耐煩。

打給酒黨果然沒有意外的這時間就在南樓，「喂爐主（倒數第一名）。」「你豬呀變態蛋白質（笨蛋＋白癡＋神經質）！」「你莊孝維（裝瘋子）。」「天使（天上的狗屎）！」「嘿嘿嘿我在普羅旺斯。」「3Q（謝謝你）！」「粉嫉妒喔。」「你種芋頭（上大號）啦！」相乘的惡毒咒詛中切掉手機，快樂死了。

還是打給平常萬萬不敢打的暗地戀慕的女神。或顫抖，或雲淡風輕狀充滿著禪腔，或鎭定得不得了因此㹫像神經病。要不是在盡頭，不會打的。

那時，假如王皎皎也有手機，他會打給誰？

沒有誰。沒人寫信給上校。也沒有誰他想要打，可以打，能夠打。沒半個誰，他想不出誰他想要打。也許那盆大麻葉子罷，託養在姊姊家，但心理上他已把自己建設好當作麻已枯死。

他奇怪的邏輯是，譬如某次他婉拒掉對方好動人的邀約而用了這樣的外交辭令他說：「我不願意出生，因爲我不想死去。」

譬如那位巨蟹座帥哥，爲的好怕被人拒絕，遂戴起盲者按摩師墨鏡先擺出拒絕人的架式。譬如唯一牽掛的大麻葉子，但每回他離家遠行，就當麻已枯死。譬如他重塑自己變成一種人，隨時，熄掉電腦，他即熄掉所有的聯繫。即飄蓬高飛，隨便到哪裡，撒哈拉，吉力馬札羅，西藏，佛陀涅槃地拘尸那迦羅，隨便。事實上過去他苦苦在搏鬥的，即在設法削去他自己跟世界的關係。眼界大千皆淚海，爲誰惆悵爲誰顰？好狂誕的姿態，造成他，他演音法師出家前跟世界無比緊張的關係。

譬如這麼說吧。生，老，病，死，一個起碼是以年做爲單位計算的代謝週期，在他，以分秒計。人們要用一生來走完的代謝所以平瀾，平淡，平凡，平庸？而他，或他們，用時，用日。他們以雲霄飛車的速度，代謝著一番番生老病死，這是煉獄。

記得嗎，俊姐兒王嬌蕊說：「年紀輕，長得好看的時候，大約無論到社會上去做什麼事，碰到的總是男人。」王皎皎就是。根本，他走到哪裡，都是男人。

他跟男人的關係，他跟世界的關係。他不能做什麼事，除了全副精力都在對付自己這個男人身體的猛暴大獸。到後來，他知道關它是不成的，只得放它出柙，任其爲虐四方包括也把他踐踏如泥。他的自救辦法是，如果他能把自己消除，那麼這個寄身於他的大獸就也消除了。故而人生路上，他的同代和同儕都在拚加分的時候，他獨自往減分去了。

一毫毫，一寸寸的減。很難很難的，減。直到他自己成爲一條相反的路徑──減之又減，萬法唯減。

直到一天，是漸悟呢，是頓悟呢，留給世間去吵罷。一天他到友人的錄音室取物，友人不在，外間一名少年百無聊賴坐那裡摩挲著頸前吊著的皮繩銀飾。大球鞋，雷鬼頭。超大尺碼襯衫，超大尺碼褲子。敞著衫，露出鍛鍊過的褐亮胸肌腹肌。露出高腰內褲褲頭，CK的。他靜觀少年，像蜥蜴學家觀察一隻新品種蜥蜴。少年抬頭看他一眼，跟看屋裡搬進來一棵馬拉巴栗盆景沒兩樣。而就在友人推門出現的一刻，他冷水灌頂猛明白，他看少年的，以及少年看他的，如何如何，身上的大獸如何已經離開他了，消失不見了。

他震驚莫名。少年，少年居然沒有引起他生理和心理上的反應。這是不可能的。

濃髮早稀，髀肉復生。頹危將傾的居所啊，大獸已經撤走了。

突然間，世界變得好寬敞。寬敞得過分了，涼風呼呼的吹，他聽見自己的空皮囊跟骨架相撞發出來恫嚇人的鼕鼕聲。

他竟不會和寬敞相處。就像演音法師面對親人的詰責回答說：「就當我是患虎列拉病死了罷，便又能怎樣？」幾乎是負氣。妻來山寺求見，演音也不見，哪有解脫？他還刺血寫南無阿彌陀佛呢。

以戒爲師。滅法之法，王皎皎的滅法之路。他適應著這份寬敞，小心翼翼的，好拘謹，好寒簡。有一陣傳言他在尼泊爾剃度了。

這樣，他跑到世界的盡頭。

那裡是鐘塔，望見古代貿易船從點漸漸浮凸爲斑爛的面。那裡是無罪聖胎聖母教堂的一簷靜臥於明藍大氣層中。那裡是八線道公路通往摩納哥方向的轉坡被一棟焰金大H字旅館截住，車子開到那裡一閃沒有了，或是一閃，生出輛車子。

那裡是畢卡索的城堡工作室。持笛的半人馬怪物，舞蹈的酒神女祭司，農牧神蹦跳，森林神吹排笛。他不畫他所看見的，他畫他所知道的。

好詭異的，那裡是孤懸在，在他佇立的那個臺階一回首看過去的天涯海角，一座電話亭。他不進不退保持不動，不敢再上一階，因爲恰恰好他所在的視角看過去，電話亭孤懸在天邊。前不見古人，後不見來者，鈦銀色調的電話亭。

那時，他覺得他可以打一通電話。打給去世的父親。像時差是白天黑夜，黑夜白天的兩個地區，電話裡他會向父親問候道：「你那裡現在幾點？」

第二章

巫時

不結伴的旅行者(3)

這是一篇告解。由於欲告解的內容，其過程太慘烈不忍卒聽，告解者決定用他，而非我，來陳述。

一切從他接了電話開始，也許他不接，或沒接到，就不發生任何事情了。所以電話眞的不是什麼好東西，無非證明了一句實話：「人在家中坐，禍從天上來。」

電話是家庭好友打來的。家庭，爲什麼？因爲，他的社會關係是零，是鴨蛋。

煮蛙理論罷，蛙在漸溫漸熱漸滾燙漸沸騰的鍋中而渾然不知死之將至。他初起婉謝各種社交活動的時候，多麼爲難，心虛，低聲下氣到說盡好話只差沒把自己給賣了的奴婢態度啊，到他被對方理所當然的邀約口氣所激怒遂打斷說：「對不起我不上電視。」到既然他如此之自絕於人，人又何必要來找他的於是沒電話，沒信件。到他父親去世後的第二年年末，第三年開春，他終於沒有等到一本年曆記事簿，連一本也沒有，他父親名字終於在幾家機構的公關贈送名冊上消除了，他才大夢驚覺，對照於即便已從職務上退休了N年的父親，他自己原來是個無職稱，無頭銜，無一點社會關係的人。

他幸好還住在家庭裡面，否則他肯定變成一個貓人，或狗人，這點自知之明，他是有的。

多年前，鄰巷租居一名獨身老外，酒精醺烘的臉已不知其本來膚色爲何，每覺是一直處在灼傷後皮肉新生的赤赤狀態中，不跟人打交道，照面時點頭微笑，並非招呼，倒是防衛性煙幕。草木不修的門庭，蹲踞著五六隻大肥貓，閹過的肥法，睵覷眼朝空嗅嗅時若有遼野之思。這些貓似曾相識，困擾他好久想不起來在哪裡見過，某日的刹那，大放光明，蒙古人祖先可不是！在歷史課本上見過他們的，成吉斯汗窩闊臺汗忽必烈汗，蒙古大汗們。未成爲汗以前，就是說沒有發肥前，鐵木眞時代罷，多麼結棍精悍。而今，老外一返家，大汗們紛紛翻下牆頓時變成一群可愛透的乞食幼兒。

有關於老外的，只知道一件，奇怪哦他是方塊舞俱樂部的會員。對他們這個老社區的居民結構而言，方塊舞俱樂部？既然不是人手一支玩翻天的俄羅斯方塊，那是撲克牌囉？

你是說橋牌俱樂部？

方塊呀，梅花紅心黑桃方塊。

不是。是跳舞。你看他頭髮往後梳，油光水滑，穿戴好整齊出去的時候就是。

方塊舞俱樂部？眾皆缺乏資料供想像，口水乾乾無話可說。後來聞言老外右腿打石膏，不大不小一樁車禍，竟激起社區婦女們的母性混雜著民族意識，欲展現中國人（或台灣人）人情味的衝動，不由分說，一股腦雞湯滷味水果直闖上門去。他會在場，是給拉去當翻譯，結果哪需要，婦女們自然天成的無障礙溝通喧譁極了。援救一隻擱淺豚鯨？一名落單於地球的外星人？他若感覺窘，全是因爲老外窘迫得連一向酒赤的臉都看得出來更赤了些。婦女們排妥送食物的班，令其交出髒衣物代洗，動作快者已找到塑膠袋把堆滿牆角的台啤空罐收拾走。

出得門，婦女中有年長的嘆道，下流啊，過成這樣。

看來是女朋友也沒有。

有才怪，一屋子貓仔臭，誰受得了。

他深深記得了婦女們的評議，告誡自己，千萬不要變成貓人。

千萬不要踩越邊線，越線了，就是瘋子，精神病。他約束自己於家庭生活之中，慶幸無需像上世紀初的人得爭取「自己的房間」（經濟獨立和一張書桌）。他壓根不需要空間的自由。事實上，他的問題是自由太多，空間太大，他倒要拘住自己，免得伊于胡底去至無無之地烏何有之鄉。

他在旁發現，人的無數種關係裡一種叫作婚姻的關係，欲維持此關係，三個人以上比兩個容易，就是說，有小孩比沒有小孩維持容易，也維持得久。又有一種友誼關係，其親密度依存於雙方的下一代，就是說某個時期大人們之所以聚在一起，全因小孩子在一起的緣故。或者說無論大人們在搞什麼了不起事從擬寫宣言編戰報之類，到黑手黨教父的買賣交易，不管在誰家，地上爬的，懷裡抱的，滿屋子鑽來鑽去的，都是小孩子。所謂家庭好友，便是。他夥同在內，浸染著親子性，並無單身貴族逢此場合掩飾不了也不要掩飾的不適應跟不耐煩。

事實上他父親還在世時，對家裡出生的第三代，他和父親都只有投降的份。他們內心最最柔軟無抵抗力的部份被第三代喚起，可比如葛林兄曾說過，人心中有些地方原先是不存在的，要到受苦進入之後才出現。葛林兄是受外遇不倫之苦。而他，若沒有第三代，他一直認爲自己是冷淡無情的人，錯了。他父親又才更是呢，居然向他抱怨第二代父母眞狠心，放著第三代哭不准人抱！他想起他母親說他兩歲時無理取鬧哭被他父親憤怒得一把拎起來攢到床上哭閉了氣的，嚇死人。故此某日第三代就那樣哭斷肝腸的哭，第二代喝令不准抱。基於訓戒小孩時務必步調統一的默契，縱然任憑第二代貫徹其管教風格，但也到了忍耐極限，他覺得他父親漲滿了眼淚，於是他走過去抱起第三代，說我們去散步步（發音爲傘啵啵），抱出門來。

已巨大抱不動的第三代，走不多遠，放下來，換個重心抱起再走，到路口轉角處一座廢置石磨，把張大嘴巴哭的赤足第三代放上頭。如此大哭，如此傷心，他驚歎不已那眼淚，不是液體，不是嘩啦嘩啦哭濕一片，是珠光，迸射彈出的，有聲音。可如此傷心，卻連還未有自我意識未有情緒呢，晴天下白雨，待止了哭，不留半點啼痕，眼睫裡閃動著水珠。

他說看噢好嫩的香椿，採回家給公公拌麻油吃，把第三代舉至牆頭叭嗟扯下葉枝，他亦掐了好些葉芽囑之裝口袋裡。改用揹，老祖母馱孫子般揹回家。沉入睡鄉依然牢牢攢住手心絕不會丟失香椿葉子的第三代，伏在他背上，那重量，錙錙？甸甸？潑潑的？不是人身體的重量？不是。是夢的，酣夢，夢的重量。

他後來再想遇見像那天那樣的淚，悄祕裡與小孩廝混，冀望不定好運氣又讓他碰上，而他才知道，也許他再碰不到了。

所以家庭好友，其份量是非凡的。如今家庭好友打電話來，期期艾艾解釋著，他努力聽，終於聽出個名堂，一言以蔽之，是邀他出席一場茶敘。爲了請動他，家庭好友笨拙包裝了層層修辭，說明他們請了哈金來，本以爲九一一爆發後哈金來不成，結果還是來了……只是大家見見面，很隨意的，不用發言，不談什麼嚴肅話題，就是喝茶聊天……不過，因爲聽說有這麼個聚會，就跑出來一些記者也要參加，到時候，恐怕旁邊會有記者在那裡……不過沒什麼事，很輕鬆的……秋天來了，一下子，太陽都變成金色了，出門走走也不錯……

他說好的，妹妹回來會告訴她。

你也來吧，家庭好友說。

嗯。他用力應答著，便在電話將掛未掛沒個收場的游移空隙，被逼出一句好的，會去的。掛了電話，他心想，當然，妹妹會去的。

家庭好友，比起他，這種關係更在妹妹他們第二代父母的人際範圍內，妹妹跟妹妹的先生自然會去。家裡三口第二代，兩口參加，若說出份子，一家一份，他們家出兩份，夠了。但隱隱裡他好悲觀，無他，只因爲不偏不倚被他第一手接到了這通電話。如果不是他接的，任憑二手傳播，他裝死拗到底，不知者不罪。可現在他知道了，他就對告知的對方似乎有那麼一點責任，除非突然間他重感冒，或落枕脖子扭筋不能動，或角膜炎沒法戴隱形眼鏡，卸責的藉口向來不缺乏，要不要病遁，再看罷。

他決心不受這通電話擾亂，重新穿戴上無比醜陋又笨重的工作服回到崗位。那麼你要問，他是幹嘛的？什麼不得了工作搞到這副密藏德行？

唉他的工作，借用化學家李維兄的說辭，化學的起源微寒，或至少曖昧——那是煉金士的窩。煉金士想法荒誕，對金子著迷，他們是騙子和魔術師的綜合體。他們尋找哲人之石，深信世間有此配方，可以點石成金，可以長生不死。他們在實驗室攪合各種元素，一邊耗費心神辨讀古代先驅者留下的祕笈，一邊爲了避開不明白他們妄志大業的貪婪人士之覬覦並確保配方不外洩，他們亦極盡僞裝之能事，用私晦的代號，謎樣的術語，記錄著實驗過程和發現，爲那難解的符文系統又更添了霧障，迷人迷己。

看哪，溫度達到一千四百五十度攝氏了，他從通風口覷去，不見火焰，見是熊熊燃燒的空氣……煉金，得瓷？沒錯，煉金得瓷。

他執念要煉出黃金，但瓷器？是的瓷器是他向世間證明他並非騙子的唯一機會。他悲哀得不行，在實驗室門上銘刻諷句曰，上帝把煉金士變作了陶匠。

你看這兒有一篇葛氏的記載，葛洪嗎？抱朴子還是神仙傳？不，不是葛洪，是葛里森氏。記載上說實驗室位於易北河邊東城牆下的，處女稜堡。此堡傳言有錯綜祕道通往一架處女身形的鋼製機器，被處死的人送進機器割碎，落下地底活門，仍抽搐不停的肉塊遂無聲息流入易北河裡。他窯爐設於堡內，他跟助手每天站在巨型凸透鏡前測試礦物質，鏡的強刺反光損壞了他們視力。他找到來自柯迪茲礦區的灰細黏土，中國人稱之高嶺土，是一種水合矽酸鋁，由無數極細小的薄片構成，可以互相移動，故使黏土充滿彈性，適合捏塑。最重要的是，高嶺土於高溫燒製時會轉爲純白，那種東方瓷器的白。

可高嶺土只軟化，不融化，若想製出東方瓷器不透水的透白坯體，尚需融溶之物塡塞氣孔，且生出玻璃般光滑的質地。他試驗能與黏土共融的礦物，各種含石灰質的雪花石膏裡，來自諾德豪森的效果最好。他以拉丁文和德文寫下七帖配方。一、光用黏土。二、黏土四，雪花石膏一。三、黏土五，雪花石膏一。四、黏土六，雪花石膏一。五、黏土七，雪花石膏一。六、黏土八，雪花石膏一。七、黏土九，雪花石膏一。

鍛燒五小時後，根據記錄，配方一的樣本有白色外觀。樣本二三破了。樣本四成形，但色澤不對。樣本五六七令他欣喜若狂。

這些不打眼的小土片在高熱之下保持原形，而且，它們白色，剔透。看起來是，全歐洲渴望的瓷器配方如今在他手中。連囚禁他令他煉金若煉不出就處死的奧古斯都國王亦興奮莫名，頻頻探詢實驗結果。

六天六夜，他燒著。燒得牆壁的刷底跟膠泥融化爲銀白色從屋頂一塊塊掉落，炸散。窯爐滾冒毒煙，混拌著飽含水分的空氣差點沒把人活埋。燻焦的拱室似乎就要自燃起來，吞噬於大火中，迫使德勒斯登守衛們鎮夜鎮日拿水澆灌外牆，阻隔其上方牆堡內的薩克森王室正在舉行盛大舞宴。

奧古斯都領著親王來至拱室，以爲下到了地獄。

他自濃煙裡現身，一個四濺著火渣渣火星星的黑炭人，帶路去看窯爐。

爐火熄後，門打開，一片白熱什麼也看不見。奧古斯都朝裡望，要親王來看，「他們說瓷就在裡面！」

白熱逐漸轉紅，看到了火泥箱。奧古斯都指了其中一箱取出。他啓開火泥箱，一支小茶壺，因熾燙而呈紅色。他箭步前去，用鉗拿出茶壺浸入水桶。火與水，冒泡發出震天巨響，奧古斯都歎道：「破了。」

「不，陛下，它通得過考驗。」

他捲袖進水，從水裡執起壺，交給奧古斯都。

完好的白色瓷壺，雖然釉感不佳。

奧古斯都爲之驚倒。下令於整個燒製過程結束而窯未冷卻之前，任誰也不可以開爐，奧古斯都要成爲見證成果的第一人。

他找到坯體的配方，但釉色距東方瓷器的清澄明豔還遠得很，釉下藍和彩釉仍未開發。他苦苦實驗用來創造顏彩的金屬混合物，不知四百年前中國景德鎮人已用氧化鈷製作釉下藍，他的難題才開始。他發明了紅瓷，較燒製白瓷容易亦穩定，能夠量產。

當年他曾大膽推翻瓷與玻璃的關係。最早見過瓷器的威尼斯人，嘗試製瓷，只製出昏暗不明的玻璃。佛羅倫斯大公也在陶土配方裡加進沙、玻璃、粉狀水晶。巴黎的師傅則組合了白陶土、玻璃、石灰和白堊，燒成算是最接近瓷的軟質瓷。他憑直覺不用玻璃，而是融化石塊，令之質變爲他物，與陶土混，再火燒前所未有的高溫。彼時歐洲通行低溫彩陶，或高溫陶石器不滲水，他的量產紅瓷細緻又堅硬，遂使原先的陶器法則，從塑形到裝飾，一概不管用。他混調成份略異的紅土，造出大理石斑紋感，乃至無需上釉，卻是打磨上光。而若只一部分打磨，一部分保留平鈍，就有了層次感，瀲灩的明度。他請來雕刻師爲雛形做細部修整，請來波西米亞工匠以寶石和玻璃工藝聞名在紅瓷上切割，拋光。於是他也開拓了打磨機，磨製瑪瑙跟半寶石。

他創出彩燒鍍金配方，較冷琺瑯持久。發現彩燒飾銀法。他在王水中溶解金幣產生閃亮的粉銅色，研配出深綠色，棗紅色。亦改進了紅寶石玻璃配方，添入黃金粉末，唯在玻璃與黃金的混合物遇熱時才會顯色。鐵的混合物生出棕色，在某種溫度下，呈淡綠。而製作櫻桃紅最好的配方是取英國的菱鋅礦，這在隨便一家藥房皆可買到，磨成小塊以水覆蓋，靜待三天溶解後，置鉗鍋大火燒十五分鐘，紅色遂現。

他解讀前人和東方的文獻，驚愕其不但有誤，且是故意誤導。至今，他一直還沒有找到釉下藍……

所以你看，電話鈴響了好久，他便這樣腳蹬石棉靴從燒得滾滾的拱室地板上奔跳出來，頭髮焦曲因奔跳引動的氣流復又燎起了火燼，魑魑魑發著紅光。

在粉末酊劑溶液的顛來倒去裡，第二通，他又親手接獲家庭好友電話，雖然找的是妹妹，他仍感覺多收納一回對方的聲音便等於自己這方又加重了些些責任的砝碼。他聽見妹妹忽爾語音一轉，朝電話嫣然講起幼兒語，自稱鼓ㄍㄨˊ（姑姑），如何如何，一個又一個名詞自空中抓出，魚兒豆豆，榕樹，榕子，欖仁樹，瓶刷子樹，Jaguar，BMW……聯綴著記憶珠璣的綴起對話雙方最近一次瘋過了頭的玩耍時光，相約過兩天在有黑板樹的大院子房屋見。

茶敘眼看將成爲家庭聚會，可參加，可病遁，徘徊間他去東區買哈金的書，中文版三本都買了，專櫃上並列著中譯的英文原著，有四本。

第三通電話家庭好友打來時，他已讀完哈金的長篇《等待》跟新印行的短篇小說集，故而正處在毛躁不堪的狀態裡。若不是家庭好友，他何須讀哈金，不想讀也不要讀。可既然蹚水讀了，他希望會有意外但還眞就沒有半點意外，不過是印證了他之前的成見歪見，就是說，他爲什麼要去讀一位唸完英美文學碩士的中國人到美國後以英文寫的小說，而這些描寫大陸生活的小說現在又被別人翻譯成中文出版？

他好心往下讀，但一逕升高的不耐煩是，假如你已熟讀了某原典，《紅樓夢》吧，現在倒要你來讀它的精華版袖珍版，青少年讀物版？甚或是，既然會有《白癡的性生活》，又爲何不會有《白癡的紅樓夢》。

亦譬如容器，恰恰好那樣深淺的內容，裝盛在那樣英文的容器裡，合宜，速配，不多不少。又或者風格化日式碟皿，缺邊缺角，製造出不對稱感的禪味，哈金用中文直譯法寫英文小說，「什麼風把你吹來的」、「癩蛤蟆想吃天鵝肉」，恁生鮮感，有拓殖語境之功。可現在，它還原爲中文？「坐井觀天」，你感覺怎樣？一文不值是不是。

他困惑著，今夕何夕兮，中譯本的哈金彷佛一名急凍人，醒來時惘不知上世紀八〇年代以降大陸發生了哪些事，好認眞好興頭講著人家已講過的事，又沒講得比人家好。所以他推測，爲何哈金不親手中譯，理由很簡單，你看，侏羅紀公園裡的恐龍蛋尙且也生命會自己找到出路，何況中文，它怎麼可能沒有自己的生命，譯下去，難保不譯出一個跟英文全然不同的東西？

這話的另一層意思，想必你也看出來了，哈金的英文著作可以譯成不論哪一國文字，就是不好譯成中文。一句話，中文版會見光死，得五個燈，不，五個國家書卷獎也救不了它。

電話裡家庭好友向他描述整下午跟哈金一起，人非常好，非常謙虛。他心想那麼就出席一下表示支持，家庭好友的職場壓力是很大的。

茶敘在官邸古蹟活用，大院子裡是帶著孩子的母親們，姑姑阿姨們，還有非得要再吸一口菸才肯進屋的父親們。一缸子人，他瞧瞧，其實不多他一張臉。也許，他若順從本性自然列入婦孺隊留在外面大院子玩，就不發生後來的事。卻是不偏不倚，他恰巧看到一部黑頭車打開門，下來一位，他暗叫一聲，拜託不要又一位扣鈕釦人吧？奇怪但凡是人坐了黑頭車變成官，下車必配動作是，一攏敞開的西裝，扣上鈕釦。配合此動作的音效是車門於身後砰地關上，那砰響呵，大丈夫當如是也。來者乃新政府的官，這點可學得又快又像。而此動作又必配備一股溢於言表的密室氛圍，如此狎色，彰揚著其爲核心份子的因爲知道攝影機正在跟拍，又且如此行色匆匆哪有工夫搭理因爲正在趕往下一場的重要決策途中。這位來者，曾提早洩漏國宴菜單，以示其爲核心裡的核心。

他奇怪今天茶敘，黑頭車來幹嘛，來他們佛陀頭上著糞？他尾隨國宴菜單洩漏者身後進屋，思索其憑藉什麼身份出現在這裡？

榻榻米房間坐滿了人，記者、讀者、社會賢達，以及差不多都認識的同業，同行。一屋子中文文字使用人。

他腦海一靜，明白了，原來幾個協辦者中，一個直屬約書亞總統的單位出了點錢，現播現收，絕對不放過任何曝光機會的派人杵在現場，做法甚似犬溺爲記，宣告此處亦勢力範圍內。既然這樣，那麼他倒要把自己一張臉也杵進人堆裡，好顯示出另一種勢力範圍。

茶敘已順勢轉型爲談話秀，談給記者和讀者聽的，同業們維持著禮貌與客氣。比起來，社會化較深的男性同業更會做球，做給來客回答出漂亮應對。他瞧見前方矮几上收齊的一疊剪報，黑錚錚大頭條斗粗字，下著這樣的標題，「哈金震撼台灣文壇」。他心想，這是一個文字貶值的綜藝世代啊。

主持人點名發言，跳過去沒有點國宴菜單洩漏者，太好了。兩支麥克風個別在席間傳遞，他目睹國宴菜單洩漏者把一支遞給斜側坐的人，以一種太理所當然差不多是命令的口氣說：「傳過去。」

側坐人道：「你自己有手，不會傳？」

好！大快人心的好。他眞想挪用晴雯姊的譏誚來附和：「你可信了，我們到的地方有你到的一半兒，那一半兒是你到不了的呢。」

發言進行了一圈，男性同業開始移動，溜出去抽菸。他感覺既有人幫他挫折了國宴菜單洩漏者，趁此就也正好菸遁或洗手間遁以免被點名講話。但他的目光停留於剪報上，與哈金震撼台灣文壇同版面的一大幀藝術婚紗照，奪目的是那座達利的招牌沙發，一張紅唇，佔據著照片的焦點。攝於約書亞總統自家庭園，槭樹枝葉覆滿了背景，在濃綠和紅唇之間立著一對粉妝人兒，約書亞公主和駙馬。圖文說明攝影者拍過，對，它說拍過，人權婚禮，所以這次新世紀婚禮的掌鏡由其負責。

此時主持人點名妹妹的先生發言，咦人不見了？剛才還看見坐那兒的嘛？是喔抽菸去了。主持人遂點名妹妹。

他瞧著剪報上諸般小標題，「八月雪選角，高行健來台」。「符合西方文學批評標準，未來將有更多作家向哈金看齊」。「鋼琴家陳薩訪台，手指不長，樂迷好奇」。

誰是陳薩？女鋼琴家。她說，重要是技巧的掌握，跟長短沒有直接關係。咦，怎麼回事？她在跟一名性障礙者談話？

「幸福的青鳥，與畫家達利的紅唇」。

「哈金和高行健等人的成就，無疑提升了華人的自尊與信心，也意味華人創作路線將愈來愈向西方文學潮流靠攏。」恍惚間，他差點以爲這是記者的戲仿？還是反諷？還是時光倒流一則中華少棒榮獲世界冠軍的消息？

這是一個綜藝的世界啊。那麼一切已挽逆不了，主持人望向他，點名他發言。他接受了這個點名，迎向命運。以下發生的事不會超過五分鐘，然而在他反覆倒帶的審視裡，成了無限放大到已辨不出屬哪個部份的粗顆粒碎片，那滿目悔疚的靜音停格，無法抹除，無法重來。

他開始說，爲了出席這場聚會，他跑去誠品買書，三本都買了，這兩天就在看，都看完了。（什麼，他居然到現在才看哈金的《等待》！他完蛋了。影劇版已數次報導此書將改編成電影，找周潤發演男的，張曼玉演女的且故意顚覆既有印象演鄉下元配，而城裡的外遇則找華裔美籍人劉玉玲，一部英語發音的英文版。）

他說，他看的時候很困惑，一直困惑到現在……（室內一暗，他感覺那是？那是哈金的臉容正了一正，肅耳欲聽。那一暗，噓，請聽，命運的斗篷似隻大鳥撥剌剌飛過他們頭上。）

其實在座好多同業，同行，剛才有幾位也談及……您回答時也說了……（哈金已十分明確的表白，關於華文寫作，加不加入，肯定絕不多他一個人。他生活在美國，他必須選擇以英文生存，思考與寫作。你看，哈金可自己比誰都清楚極了。）

但我有些還是困惑……（他猶豫在辭令和眞話之間，遂這般的語焉不詳一句句如罕跡之路消失於刪節號的沙漠中。）

我想我應該讀英文本。（好個社交辭令。）

因爲評論總提到您使用的英文，簡潔，直接，有海明威風，（兩天後他讀到一篇專訪，哈金自己的用語是，中性的英文），可是翻譯成中文，這些，都沒有了。沒有了之後，只剩下題材。可是這題材……（他想把話語扭往另一個方向，但話語已有了它自己的出路而走向前方。）

在讀的時候，就有一個參照系統。這個參照系統是，大陸從七〇年代末開始出現的尋根文學，當然那之前的傷痕文學我們也看得夠多了都是，題材。其中像，（參照於哈金筆下木基市地方誌式的道德史）東北有鄭萬隆，西北有張承志，太行山是李銳，陝西賈平凹，南方有湘西的韓少功，八〇年代一路到現在二十年來，該怎麼說……（他搏力扭住前去的話語，工整工整，格鬥聲再也掩護不了的傳洩出來。）

因爲參照系統在那裡，像是，（他突然長出複眼似的瞧見斜後八點鐘方向一位同業，抱緊兩臂垂下頭預見災難即將發生而好想從現場隱形掉的樣子。）

讀您的書感覺上像是科普版。

（他以為自己至少補飾以輕鬆幽默的語氣了，顯然沒有。或其實他的意思可以是，科普書的貢獻多大呀，深入淺出擔當著橋樑角色，不容易的。）

就說《湯姆歷險記》，（他逆勢一搏，擒住一個支軸點，把話朝後扳。）

我小時候是讀青少年版，後來才知道它非常世故，非常多細節是本成人看的書——（此時支軸點超過負荷，崩叭，斷了。）

（他跟話語被強大作用力彈到空中，四散落下，不，不是落下，是失去重力的，他跟他支解了的話語在室內無主漂沉。他倒栽蔥看見宛若一塊浮木的《湯姆歷險記》漂向天花板，天啊為什麼是它？《湯姆歷險記》？近日不知為何突然出現於客廳錄影機上，然後出其不意打他話語裡露面，弄到兩兩這樣子的顛倒重逢？）

（語言肢骸與他便在這個密閉空間裡沉浮交錯著，在座皆成為這一幕景觀的目擊者。）

像您這樣也有用英文寫中國人故事的書……（他及時閉嘴沒有讓那些不能類比且根本不同級的書名跑出來，《喜福會》，《女鬥士》之類。）

當然您跟他們不一樣……

只是您剛才曾說，用英文寫作，讓您感到孤絕……

怪怪的噢，（囁嚅語，唯他自個兒一人聽見。）

我的意思是……高行健罷，他長居法國，但他只用中文寫作，（寫作需要孤絕，這不是更孤絕。）

也不爲發表，（他瘋了，他是指哈金不該發表作品？）

本來創作就是在跟自己對話，整理自己，自問自答，（那是他自家關起門來事，難不成他要當眾脫衣？）

怎麼說，人活著罷，（天啊公共場合他講生死，他當眞要脫衣服了？）

就是口氣，（他開始脫了。）

不管怎樣總要有活下去的理由，創作就是這個理由罷……（他又脫了一件。）

這個參照系統……支援系統……

（他求助的四面八方望去，眾已不忍皆紛紛拉上了屏幕，唯臺上主持人，勇敢目視他並還帶有笑容。）

如果這樣說不會冒犯的話，（拜託他眞的脫光了。）

我覺得出版這三部中譯小說是弄了一個科普版……

謝謝。

（他力圖保持尊嚴的坐下。）

哈金回答了。以一種軟和的聲息回答，像撿起滿地狼藉的衣服拿給他，讓他穿回去。哈金說，眞抱歉打亂了你的生活步調……

他坐在那裡。坐到結束。無所遁形一個赤裸裸的，沒錯，你也看到了，一個貓人。

他離家前精心妝扮過的人模人樣，如今眼線也塌了，唇形也融了，眉毛半禿半焦，頭髮亦再也箍不住的冒出一股子硝煙接著劈劈啪啪炸散開。以及，知道是榻榻米會場必須脫鞋子故而穿妥的好襪好鞋皆不成材的露了餡，他佈滿燎泡和燙疤的雙腳啊。他終於被大家看出來了他是一個貓人。

是日，秋光冉冉，貓人現形記。

他立下咒誓，再也，再也，不出門了。

不接電話。

不見人。

不發言。

爾今爾後，他之所以還活著，是一個負面列表式的活。一個以不字開頭的活。

除非，除非他終於找到，啊為什麼這麼難找的，所謂釉下彩飾，趁瓷器素燒乾燥時，把圖案繪上瓷體，再上釉燒以高溫。可這色彩，得由金屬混合物變化而成，只要混合過程或燒製溫度略差，就不成功。他找到蛋黃色，海藍色，寶石紅，毒藥綠，薰衣草紫，甚至如東方青瓷的青，但是釉下藍呢？除非有一天他找到釉下藍，他的存在對這世界而言，將永遠是一個否定的，不的，存在。

巫時

時間到這裡，只得，沒辦法的只得，慢了下來。

是「長遠現在鐘」嗎？又一椿千禧年壯舉。

這是一千萬美金的投資計畫，說是由作家兼發明家布藍德發起。好奇怪的頭銜，作家兼發明家？

我曾經在一場政見發表會上收到陌生人遞來的名片，印著粗黑字，OK聯盟——找OK，萬事OK——對摺的名片掀開來，密密麻麻詳列服務項目，涵蓋範圍之廣，共十二條，我試列前面六條謹供參考。一、喜慶交際用花圈、花籃、花球、蘭花、盆栽。二、法律顧問、諮詢、稅務、民刑訴訟。三、油漆、水電、木工、裝潢、泥水、漏水。四、專利商標（智慧財產權）、新產品開發、工商登記。五、疾病預防、體質改善之天然均衡營養食品介紹。六、紅娘聯誼、旅遊計劃、慈善活動。我抬頭看名片持有者（準備立刻扔掉名片落跑），確定其人不是變態狂，或會把藥物塗在名片上迷昏人的金光黨。如此請容我將後面六條服務項目再列出。七、室內設計、園藝造景、水族景觀。八、帆布、玻璃、鋁門窗、鐵欄、空調。九、商業廣告刊登、企劃、招牌、印刷、攝影。十、保全、電腦資訊、宴席酒會、搬家。十一、房屋租賃及買賣資訊。十二、產物保險、人身保險、旅行平安保險。末了一橫字：提供更多更周全的服務，是OK聯盟的一貫精神。

各種名片到我手上大約都給撕碎了裝在封套裡，待收廢紙人收去再生。務必撕碎至看不出名字的程度，因爲我是先驗圖形文字的中蠱者，深信名符與實存之間絕無空隙，名字即人，人即名字。沒有撕碎的名片，讓我感到等同是把那人送去資源回收，這個，未免就太失禮了。

但是這張廖總經理的名片我一直留存至今。曾經，十年前了，曾經它會是一件密碼，一張啓動它即可通往另一個陌生國度的磁卡。當時只要我夠好奇，撥一下OK服務專線，或廖總經理個人專線，我就進去了。

進去一個什麼樣的國度？只要看看當時我們是在什麼樣的場合遇見的，政見發表會。

出現於此場合者，既有一種是，隱喻層面上的金光黨和變態狂，他們聚攏來一群人自甘被催眠騙倒，或等候被煽動起來好借個膽作瘋作怪一番。也有一種是夸夸其談，迂闊到以爲他們能變動現狀的，社會畸零人。

偶數人一定不會現身在政見發表會上。畸零人呢，各方面來說，總在尋找另一個奇數，渴望兩兩相加成爲一個偶數而從此穩定下來。畸零人四處流蕩，有一部分就流到政見發表會來。

我們，除了在這個場合遇見以外一輩子也碰不到一塊兒不相干的奇數人，化學元素般撞上了，產生出形形異異的化學現象。有些像鹼金族兄弟碰到水，鈉在水面跳舞冒泡放出氫氣，鉀不但放出氫，還轟然起火炸穿水槽。廖總經理讓我想起友善的錫，跟鐵結交成爲錫器，跟銅合金好耐久，跟鹽酸一起變成氯化亞錫可以做鏡子。他的服務項目裡顯然還有一條沒列出，十三、競選、文宣、圍事、政見。我沒有名片交換給他，沒有頭銜，沒有職稱，爲了表明我是來聽政見而非交際，我說對，我是家庭主婦，以此結束了我們八竿子打不著的談話。

作家兼發明家布藍德？美國的廖總經理？總之是個奇數人罷。但他居然搞到了一千萬美金，在內華達州東部買下一座小山，於山頂建造八十呎高大鐘。鐘體是鐵，與鐵結盟了鈷鎳鋁的合金鋼，與鐵結盟了鈦釩鉬的高科技鋼，然後交由世界最慢最慢的電腦控制，叫做「長遠現在鐘」。它並非每小時響一次鐘，它每世紀響一次。不是每秒滴答一聲，是每年。廖總經理說，不，不是，抱歉弄錯了，是布藍德說：「此鐘乃一帖解毒劑，解除我們對當下，對現在，的耽溺。」

布藍德且朗誦艾略特的〈四季〉：「現在時間與過去時間／兩者或許都存在於未來時間／而未來時間包含於過去時間／如果所有時間都永恆存在／所有時間都是不可彌補的。」

繞口令的囉嗦詩，不如愛因斯坦直截了當說：「過去，現在，和未來的分野只是一種幻相，即使是頑固的幻相。」

是的在重力的影響下，時間會變慢，或變快。時間穿越捷運木柵線的隧道時，磁場丕變。此隧道，漫遊者對之作過一次絕佳的描繪：「隧道裡，乘客都自動停止交談，小聲呼吸，微微覺得耳鳴，黯夜般的隧道內，車廂窗玻璃變成了鏡子，你們的身影幢幢落在四壁鏡裡，沒有窗外的景物做定點標識，很容易失去速度感，於是你們像飄浮在大氣中，更像擺盪往冥府的渡船……」

於是時間丕變，空間換軌。

穿過隧道出來，溫度驟涼，天際下屋頂浸著濕濕的深色，行人皆撐傘，柏油馬路亮晶晶。時間，慢了下來。

這麼說好了。好端端我人在家中坐，忽然收到一份自稱「Wa Cow（哇靠？）靈」機構送來的問卷調查，開宗明義它指出，這一波科技產業大浩劫造成大批雅帝族（Yettie）失業，如果我目前仍在科技界屹立不搖的話，它恭喜我，我已證明自己的實力。至於我是否當今最ㄆㄚ（？）的雅帝族，請做完以下這份問卷。

一、我擁有最新款的PDA。二、我隨身攜帶膝上型電腦。三、MP3是我出門的必要配備。四、我的行動電話可以上網。五、我身上的衣服多半是上網購買的。六、我出門要帶很多東西，拎的包包比一般人要大得多。七、我常穿休閒鞋或球鞋上班。八、我偏好比較休閒品味的名牌服飾。九、我喜歡運動，每週至少上健身房一次。十、公司每年給我的員工配股（台灣股災發生以前），曾讓我賺到一筆可觀的財富。十一、我常搭飛機出國公差，累積的里程數讓我賺到不少免費機票。天啊至目前為止——此時一支Nokia 6210廣告把我打斷，短切畫面呈現著雅帝族在煮一杯咖啡的時間裡，迅速完成了跟女友調情，跟客戶開會，瀏覽工作行程和備忘錄，玩game，查閱球賽結果——

至目前為止，我是以上皆非。十二、我喜歡異國美食，分辨得出義大利菜、泰國菜、法國菜、日本菜。十三、我常看的雜誌是*PC Home*、《數位時代》、《網路E世界》等專業雜誌。十四、我上咖啡館常點拿鐵或花茶。十五、因為使用滑鼠，手腕痠痛難忍。

滿分十五，我僅獲一分，被哇靠靈歸入摩登原始人。

我檢視一遍，問卷調查倒沒威脅人要去買這買那或訂閱什麼東西，它只是，對，它只是必須把週末增張的版面設法塡滿而已。它委婉建議我說：「你堅持質樸簡單的生活，是對的，但偶爾也要懂得使用電腦行動電話等科技產品，這會讓你生活變得更有趣，眼界更寬闊喔。」

謝謝了。

就像糾葛甚深復又約見的昨日戀人，沒錯的話，那是葛林，等待之中他說我們盼望什麼事情竟能盼望到使自己與失望爲伍？此時遲到五分鐘的女子進來了。他說他運氣眞差，剛好被她看到他正在看錶。他聽到她的聲音說對不起，我搭公車來，路上交通很糟。他說地鐵比較快。她說我知道，可是我不想要快。

沒錯，沒有一種愛沒有攻擊性，沒有一種無愛之恨，那是葛林，與他的愛情的盡頭。

可我呢，盡頭？什麼的盡頭？我想我是那女子的回答，可是我不想要快。

策略很多，卡爾維諾的不失爲一種。快與慢，相對於快，推遲時間的流程，他提出離題。從這裡到盡頭，最短的距離是直線，偏離，就能延長此距離。他老先生說：「假如這些偏離變得複雜、糾結、迂迴，以至於隱藏了偏離本身的軌跡，誰知道呢，也許死神就找不到我們，也許時間就會迷路，而我們就可以繼續隱藏在我們不斷變換的匿逃裡。」

我選擇離題。拖延結局，不斷的離題，繁衍出我們自己的時間，迴避一切一切，一切的盡頭。

所以時間經過隧道，換軌移位，面貌翻然。常常，隧道這頭大雨滂沱，那頭，炎陽高照下的乾旱地，我們連人連車像從水底浮出濕透了的不定還頂著一頭水藻貝介，以及不論是拐杖傘或防紫外線的輕薄傘，滴溜水拎來拎去就忘，害人不時折回銀行郵局咖啡館餐廳去撿，最終仍是掉在不知何方。反之，那頭下雨，這頭飄雲，平日發出貓叫聲的翹尾鳥挺立於芒草頂端，張大嘴高喊人言「氣死你得賠，氣死你得賠」（請以台語發音）。求偶的春天，鳥皆紛紛講起人言。隧道穿腹的山上林子，五色鳥又名花和尚盤據其間，密隱不見身影卻整日聽見其接近喉音的聒噪聲「郭，郭郭郭……」果然就在敲木魚。於是時間滯留在兩棵蔽天大桂花樹裡，不是白桂是金桂，迷路的時間爲芳香所惑，忘記前行，跟那一窩子每每疑似葉片搖閃的綠繡眼共棲於枝間。

於是濃濃樹枝子底下一口超級大信箱，超大到不僅扔得進最大開本的八卦雜誌，也撥落箱蓋即可放進一爐手焙蛋糕。事實上多年老友，老到話也不必說即使屋內燈火通明也過門不必入的，狗也不吠因爲熟知那汽車聲和氣味的，老友打開信箱置入一盒有時是三協成喜餅（他去了淡水），有時是滾滿花生粉或白芝麻的糀粩（他又回基隆老家了），有時是台中太陽餅，是京都二年坂下來第五家的八橋，是屏東萬巒豬腳（沒有口蹄疫這檔事的古早時代）。隨後他再來電告知，信箱裡面有東西。碰到不會腐壞的，好比是瓷白烙著雙叟標記的兩盎司咖啡杯，他連電話也不打了。當然，他從巴黎回來，去了那條日本人一定去的聖傑曼大道，一定的花神咖啡館，一定的沙特和波娃，一定的海明威。

樹枝子底下摩托車送來一包封套，按門鈴知是不管用的，撥手機進來：「快遞。」一張新面孔。紫色超寬運動恤長袖，外罩短袖黃襯衫，再套件車棉灰背心，及超寬休閒褲有抽繩褲腳，三角斜揹袋，一身行當，板衣板包板鞋酷得冒泡的滑板小子，莫非踩滑板送件來，就像魔女騎掃帚宅急便。不，不是板鞋，是鞋背上一個大A（acupuncture）字的銳舞鞋。我簽收完，甚覺要發出識貨者鑑賞之歎否則他這套裝束簡直是錦衣夜行。我目視其鞋說：「是針灸嗎？」

滑板小子當場解酷，綻露無比天真的笑靨，且踢高鞋子讓我看鞋底，雖已污灰，仍可見那對小熊圖案，雌雄性器昭昭可辨。我說：「那你有沒有小熊項鍊？」

他不可置信伸手進領口裡掏出乳白的男小熊，橡膠質材頗似一塊小熊餅乾。他喊我伯母——差點，我掩門逃回屋裡，何時我已老到從姊姊變阿姨，不久前還是阿姨，今天首次變伯母，我像空心比干晃盪於市卻給一個再平常不過的擔籃小民的吆喝聲「賣空心菜……」喊破，頓時駭亡於地。滑板小子喊我伯母，是我碰到第一個有禮貌的E人類，大致E人類根本不喊人的，都是禿頭句。而滑板小子說：「伯母，你也去銳舞ㄋㄟ？」

「我是伯母吔。」

「那你怎麼知道針灸？」

小鬼還是小鬼，這就譬如問我去過非洲嗎不然我怎麼知道非洲？我說：「對啊，英國街頭人腳一雙針灸，你們吳彥祖不都穿這個？」

他致上惑異的笑容，彷彿時空錯軌他忽聞恐龍講話，固然奇妙透了，但最好還是敬而遠之。他以一種肢體語言類似滑板族習慣性的鉤板動作向我表達，是的他在表達：「伯母再見。」我答以毫無疑問絕對是恐龍語的：「騎車小心噢。」他像滑板豚跳動作時會秀出鞋底乾坤那樣的一翻身，跨上摩托車，或其實是，一蹬滑板，射箭般，弦聲還在人已不見了。

鏡中人哪，我是伯母，我是恐龍。我是威尼斯聖拉札洛島修院僧侶，寸步不離自己的一隅，而妄想探求世界最偏遠角落的知識。我知道小熊項鍊的來歷。早在六〇年代，伊比薩小島湧至大批，對，大批遺世獨立的，嬉痞。遺世獨立？大批？這半點也不矛盾到了一九八五夏天，島上已遍地夜吧，擠滿了歐洲的靈肉解放者，嗑藥、跳舞，絕大部份是已成爲雅痞的嬉痞。伊比薩在哪裡？在西班牙東岸巴利亞利群島上，出地中海即抵北非阿爾及耳。夜吧中的夜吧，浩室中的浩室，尤其巴利亞瑞式迷幻舞曲，驚動到當時龐克王朝的中心倫敦，馬上收編納入倫敦街頭，跟浩室混血變出銳舞，壯大後向外擴張，到歐陸，到亞洲，到全世界，銳舞的日不落國。如此爆發了一九八八英國人稱之爲的，第二次愛之夏。數萬人，隨著一個相同的節奏舞動，相同的波長浮沉，面朝相同的月亮或太陽，踩在相同的地球上——喂，這是不行的。常識都知道，即便一列威儀凜凜踢正步的軍隊碰到橋，也要立即解酷（或解駭），打碎正步，哩哩拉拉胡亂過橋否則橋肯定垮。

總之第二次愛之夏，和平、愛、合一、尊重，銳舞四大信條，孿像第一次愛之夏的精神復興。當然，迷幻與反戰的烏士托音樂節，第一次愛之夏。但感覺上，顯見是第一次大戰比較希臘式，第二次大戰——唉抱歉嘴誤了，第一次愛之夏比較希臘，第二次愛之夏很羅馬。那共同踩著平均每分鐘一百二十拍，一強一弱拍的砰滋砰滋，面向同太陽同月亮踩著同地球的第二次愛之夏！好熟悉的經典畫面，《意志的勝利》，不是嗎？

愛之夏之後，迷幻浩室 Acid House 登上排行榜，地下升級到地上，倫敦全是印著黃色圓形笑臉的T恤上面寫「Where's the acid party?」迷幻派對，狂舞到天明，有人率先配備奶嘴項鍊用來防護藥力駭高時咬破唇舌。奶嘴項鍊？還得了，人人掛戴起來，取代了皮繩鋼圈卯釘或瑪丹娜的鐵血十字架。

上個世紀的事，早就飄忽泯跡，剩下小熊項鍊變形轉世，卻是它的質材，橡膠，傳了下來，存在對那古老源頭的惘惘記憶……

這在談什麼？伊甸園之東嗎？這在談小熊項鍊何以是橡膠製品。

可哀的伯母，知道這個幹嘛呢？就像知道威尼斯有一種極厚的半透明千層玻璃製法，將玻璃無數次浸入熱融的玻璃漿中，每次由熱漿中抽出即裹上立即散成小氣泡的金箔或銀箔，一次一次，百層千層，沉沉的水亮片，恰似威尼斯的水和水裡的反光。雖然伯母還知道就像日本合成樂器廠 Roland 生產的那些個 TB303 、 TR909 和 808 之類便宜又好用的雜什兒便給ＤＪ們拿來搞出了浩室的新品種迷幻浩室之後——但是，算了罷，知道這些幹嘛呢？傳道書千年前已厭世的哀感過了：「著書多，沒有窮盡。讀書多，身體疲倦。」

我拆開滑板小子送來的封套，裡面一頁電子信拷貝，兩筒傳真紙。事情是這樣的。

傳真紙用光了，老還沒去買。起先我打電話給遠在台中有車的小妹，拜託她下回上來台北時繞道一下數年前她載我們去過的賣場大潤發（而今安在否？）買兩盒傳真紙，十二筒，夠用到死了。等這兩盒紙抵達之前，皆無人去街上。

所謂街上，步行十五分鐘紅磚道可到。若逢木棉炸殼時，撲面飛絮叫人直打噴嚏昏花淚眼的走在春末大雪裡，被一對逐偶黑剪刀閃電般掣過眼前嚇一跳，聽見牠們漫天扯開喉嚨叫：「非常好笑，非常好笑，非常非常喲。」我假設自己是盲人杖行於凸直紋磚鋪出來的一窄條盲人專用道上，將恐怖發現，此漆黃導盲道，到不了街上。它猶猶疑疑，心虛的朝前延伸著，拿不定主意繼續走還是往左拐因爲正前方有，噯喲撞上了，有紅綠兩座郵筒。沒關係，它重起一段再來，堅定、果決、直直的走入，對，直直走入一堆違規停放的摩托車陣中，復直直走出陣，微笑前行突地，不見了，墜下懸崖了？是個斜坡匯集的分歧十字路口，紅磚道高出柏油馬路，唔，若非一丈也有幾尺，反正得用跳的下去或爬的爬上來，不然若是老婆婆老公公或窄裙高跟鞋女人，只好不顧觀瞻的不管採取何種方式最後總會下到馬路或爬上紅磚道。可是盲人呢？這些興之所至隨意起個頭的導盲專用道，果然就也始亂終棄片面消失於一個坑洞前，一柱刺鼻尿騷味的牆基前，消失得如此之不給個說法，還不准人質問，甚且像個，沒錯像個惱羞成怒的新政府倒過頭來罵人：「看吧，看不見還要四處瞎跑，這樣子，現在誰有辦法咧？誰也沒有辦法了。」

街上很近，然則對盲人和某些人來說，很遠很遠。但凡一人宣佈要去街上，好比老媽，血壓藥筋骨藥吃光了要去診所拿藥，屋裡人都激動起來，奔上奔下忙忙翻找各種證件託老媽辦。荒置甚久的不知什麼鬼文書，收到當時讓人當場變成文盲但此時非要立刻處理就當場也看懂了，塡單子蓋章的，加減帳的，掛號郵寄的火速打包寫信封。臨了，我還是叫回老媽把提款卡撤下免辦，原因有二。其一，爲刪除老媽跟機器接觸的機會。否則面對提款機，首先，她得掏出老花眼鏡戴上，而爲此老花眼鏡，先前已經動員了屋裡人到處找，可眼鏡這玩意，越找它越不著，非要放棄不找了卻乍乍眼梢一亮可不它就擱在濾水壺上或鞋櫃旁，氣得人咒罵祖宗。如此，老媽權且度過老花眼鏡一關。然後她得從一大把五顏六色卡中辨識出我的卡取出，並假設卡沒有紛亂掉地於是得殭屍腿（退化性關節炎）折腰去撿而萬一僵在那個姿勢上直不回來遂導致腦充血的話？然後她得正確無誤插入卡，包括辨識出有箭頭符號指示的那一面向，以及找到插入口，這兩樣都可能造成她一陣慌張以爲機器故障。當然，密碼，爲防止忘光光抄哪裡了，就抄在最方便可目睹的裝所有證件的封袋外面，斗大字以區隔出剛才在封袋上演算帳目的各組阿拉伯數字，又僞扮成塗鴉狀但恐怕並騙不過誰除了混淆老媽視聽，咦這團數字是幹嘛？故我不得不再用鉛筆的輕淡痕跡於其側註上二字：密碼。至此如果老媽都過關了，甜美的電腦女音奇怪從來沒有男音的也有效啓動指令了，接下來，沒錯，接下來就交給上帝罷。我祈禱老媽的殭屍指（末端神經痲痹）不要突然發作以致不聽使喚按錯鍵，此舉會讓她極度驚恐之下中風，就像那次投票她竟蓋以核對身份用的私章而非規定之桿章等於廢票可已經蓋下去挽救不及了，她漲紅著頭跟臉快要血管破裂的樣子嚇壞我們，她亦是很可能暴斃於提款機前的。

其二，如果上帝保佑安然提到款，現地沒遭搶，之後穿越僻靜騎樓過斑馬線到對面通往傳統市場的路上也沒被跟蹤打劫，那麼就祈禱她不要被菜攤上那些舊識灌迷湯又超買了大批貨物塞爆冰箱之餘，自己把得來不易的提款拜託啊，弄丟了。

我站桂樹枝子低低裡，目送老媽走出幅蓋甚廣的樹蔭直走到烈日下，而就在那蔭與日的交界，時間顫震了一下，我看見一個不同於阿法南猿的人屬直立原人走出去，抑或那位三百萬年前的嬌小露西？伴隨她的是早上十點鐘的影子亦步亦趨朝前走。我看著她撐把防紫外線材質的覆盆子色傘，肩掛 Sogo 贈品凱蒂貓環保購物袋，手提膨膨一包保麗龍盒準備送去連鎖超市資源回收，擔負著屋裡人託辦的諸般文明事。這一程她會搭計程車保持心脈正常抵達診所量血壓拿藥，隨後走去郵局、超市、銀行、照相館送洗底片並影印身份證，區公所申請戶口謄本卻發現此處影印身份證便宜一元，在舊市場巷尾一口氣買了兩箱蔬菜水果攤販照例答應收攤子完送貨到府，最後拎回巷頭的湯米粉大腸油豆腐當作屋裡人的中餐。道阻且長啊，露西猿人能夠全身而返嗎？我感到憂愁。

街上，這麼遠的街上，不是十五分鐘遠，是三百萬年遠。由於暫時沒有人去街上，所以沒法買傳眞紙。

那麼城裡呢？出捷運隧道即城裡，可城裡，又更遠了。

會去城裡的，屋裡人約有三位。一位不算數，她正充當本島史無前例第一批廢除高中聯招的白老鼠，清晨七點進城，下午四點離城。眼看是無甚希望的白老鼠只對昆蟲感興趣，回屋來先要餵食小蜘蛛。她巡睃室內一周，用食指大拇指捏到一隻蚊子，這點我倒佩服她。若說體積最大的台中蚊，某次小妹自台中來謂此蚊跟他們台中家的一模一樣，儘大，不咬人，唯盤旋聲像座老舊引擎好吵人，只要不過分，任其或飛或止也可以。其實不待久，牠們將整批不見了，換上一種（當時還沒有登革熱）腹部黑白條紋分明的斑馬蚊（白線斑蚊？埃及斑蚊？）過不久，復被一種灰撲撲的模糊蚊取代。五六種蚊，或更多種已超出我肉眼所能分別，輪番出現消失又出現或永遠消失，按什麼樣的週期和法則，我尚未研究，混血嗎？兩個物種在相遇處交換基因，結局彼此變得愈來愈像。還是爲了避免混血，而同極相斥般彼此排開，這叫特質替換。藉由特質替換，物種在生態系中得以更緊密結合。物種之間演化出的差異越大，彼此因競爭或混血而消滅對方的機會愈小，如此能夠無限期共居一地的物種數目也愈多，物種多樣性就更豐富，求異不合同，上個世紀末生物界留下來的熱門話題喔。

還是特化現象？物種（蚊子）一旦有了優渥的資源（屋裡人六名或五名，狗八隻，貓三隻到九隻不定）即去適應利用，爲著擁有這項資源而對抗競爭者並保持優勢，該物種遂放棄競爭其他資源的能力。天擇的驅使，此物種世代在此好處下，退縮到較小的活動範圍，故而容易遭受環境變遷傷害。某些特化基因的物種，一度獲勝，可後來終歸失利，乃至全體滅種。

還是生態解除？在缺乏競爭處演化停滯——唉離題的伯母，差不多點罷。說回來國中生白老鼠，她捏到大體積的台中蚊不算本事，連那種短小黑精精的快閃蚊，她亦捏得到，跟著摘菜似的摘掉兩翅，餵蜘蛛。

煤玉蜘蛛是國中生唸小學五年級那個秋天出現的，藉鑽進紗窗縫來不斷伸延的九重葛爲支樑，拉了一條絲至屋頂，在那角落搭開一張謙遜小網。牠來時比豌豆略大，這些年不見長，依然那般大，卻是往精緻上走，愈發長成一枚煤玉（又叫黑琥珀）雕出的小墜物，那刨光效果好亮的卵形凸面切磨，含著黃銅金屬澤感，令我很想拿熱針觸之便會散發一股臭臭煤炭味。以前小五生把蚊子放到網上讓煤玉蜘蛛吃，粗心的大人掃除屋子一帚撩掉那網，小五生哭得如喪考妣，給了大人一次震撼教育。煤玉蜘蛛偶爾把網收起，杳無蹤跡，當牠遭害了，過一季復出現，歡樂雷動，挺招人牽掛的。往後牠不再搭網，只要國中生站在牠居處底下以前須登上沙發椅，手臂朝上伸直，空中即降下一線，煤玉蜘蛛接過國中生指上的蚊子，一捲裹脅於腋下，升空返巢。小六生時代，她遇見一名昆蟲高手小法布爾，相偕趕天黑前跑五色鳥隱居的後山抓昆蟲，返屋收妥蟲子，黑天了仍轉去鄰巷抓，回來小六生通報：「金龜子都停在你們投的2號旗上！」選里長，下午投的票，旗海遍插仍未拆除，自然是2號旗的亮黃色（無黨籍）把金龜子全吸上去了。次日起床，小六生對母親表示嘆服，昨晚山上聽蟲鳴，她只聽出六種蟲，小法布爾聽出來八種。

再說第二位會去城裡的屋裡人，妹妹，小六生的母親。一陣子，近午時分，妹妹拎著那一陣子拎的提袋出門，對屋裡人也像自壯形色，也像知其不可爲而爲的笑嘆口氣：「輸錢去啦。」

屋裡人停下手中調勻著奶粉的叮叮噹噹銀匙聲從報紙上抬起眼，那是老爹。端看那天他起床較早一點的話，他便已戴好假牙因此矍矍坐在一團薄荷氣息的清輝裡，並看完報紙社論瀏覽到第三版。而若晚一點起床，便頗些狼狽。這要怪上個世紀下半葉屋子正在建的時候，大家，主要就是老爹老媽，全都年輕得，怎麼說，年輕得以爲可以永遠年輕下去不會老，故而樓上三間房外加前後陽台，聽誰說何不把後面陽台違建爲衛浴或至少隔出半邊做一廁，想也別想，大家要的是花草攀滿的陽台，以及恨不能開鑿得越敞越透光越看到天邊樹林的大窗戶，誰要多一套衛浴設備多一間廁所啊眞是蠢。他們不知道，有一天膀胱會鬆弛夜裡必須起來不止一趟，撳亮走道燈下樓，小心睡眼懵懂踩錯階摔個骨折。他們不知道會閃到腰，會瞪視著磨石子樓梯卻如何也找不到支點的能使出力氣將自己往上搬一階，只好屁股坐下，背向樓梯，兩手撐著階，一蹬一蹬朝上蹭。他們不知道會生病，會下樓上樓竟然變成一天裡最困難的事。不知道女孩會長大，要沖戴隱形眼鏡，抹臉，畫眉毛，僅有的一間浴室於是擠爆。不知道長大的女孩們當中一個不結婚，蓬頭亂顏罕出門，弄瓶弄盞的研配精油蒸出一屋子丁香味彷彿走進牙科診所，不然用檸檬香茅取代防蚊的薰衣草以免同時熏睏人遂熏得精黑快閃蚊搖頭晃腦各自跌地，若國中生段考K書就滴迷迭香蒸溢著澀澀皀鹼味以固強記憶力。

女孩們一個不結婚，一個假裝結婚。假裝嫁出去就嫁在對門，因爲世間結婚皆如此的便也假裝生小孩，每天抱小孩走過來屋子度日，晚上抱回去睡覺。房租每年漲，所以也別裝了，搬回來在兩層頂上加蓋一層永久住定，從此三層屋子多了一間浴廁。夜深人靜，樓上水箱嘩啦，牆裡的水管聲經過後陽台壁疑似一群四足動物撒蹄野奔，待那奔蹄過後，夜奇靜，一天就這時候聽見了自己的心跳，律動得像催眠師在施法。這是和妹妹假裝結婚的，人？他盥洗完熄燈入睡了。

三樓假婚人，始終趴在木板地上寫字，一冊一冊字，趴著寫出來。他是小津電影的攝影師？爲捕捉榻榻米上日常活動且保持平視的觀察角度，必須長時間肚皮貼在冰涼地板上以取鏡，未幾，首任攝影師報銷了，後繼者呢，靠了一副勇健過人的胃算是撐到底。經年匍伏於地，冥冥中，假婚人漸演變爲爬行綱的鬣蜥科。海鬣蜥？加拉巴哥群島的灰綠海鬣蜥，乃現存唯一海生蜥蜴，登岸時體色全黑，利於吸收陽光提高體溫後變回灰綠。或是犀鬣蜥？眼睛前方隆起三、五鱗片極似犀牛角故名之，愛吃燭台草和毒木的果實葉子。彼等皆有強力的四肢跟大頭顱，假婚人右臂膀則因寫字而特別發達粗壯，中指第一骨節處有厚繭如甲殼。

我數得出稀少的幾次上三樓，幾次恍惚步入石炭紀。那些書，除了書，還是書，蓋滿每一處可以蓋滿的地方遂令屋內每一件設施都迷失其原貌，書桌跟椅子不見了，矮几印花布墊不見了，一度發憤減肥斤斤計較碼錶上減了多少卡洛里的踩步機，不見了。厚灰塵的書，曬焦發黃將成礦物的書，如前一個泥盆紀時期的先驅植物群，構成結實的墊層和灌叢，之後（六千萬年後），覆生了由石松類喬木、有種子蕨類和樹木賊組成的石炭森林，棲息著蜻蜓，一架架老式飛機般的古生代蜻蜓，幾乎皆飄浮在空中度過一生。此間，堪堪一條人走出來的可辨小徑，從推開紗門懸吊的阿爾卑斯山牛鈴噹啷一響起，穿過外間，通往裡間，通到床鋪。妹妹跟女兒躡步小徑走入裡間，準備開冷氣呼呼大睡，故而心虛又尊敬的不要打擾了林中吹拂著小巴掌電扇熱風趴在地面查資料娑娑娑寫字的？一點也沒錯，寫字的蠹蟖。

午前或早上，寫字蠹蟖進城上班，處理完公務，到附近咖啡館繼續寫字，侍應生問亦不問端給他一杯什麼都不加的黑咖啡。他的往返動線上，我估計了，並無可賣傳眞紙的商店，這樣勤勉的寫字者還兼上下班，就再怎麼天大了不起事，我也沒法開口請他可否拐出動線彎到哪兒哪兒買一筒傳眞紙帶回來好嗎？

至於屋裡人老爹，他若晚一點起床的話，手拿螢光紅的塑料帶蓋馬桶鑾像持盞油燈當心不要風吹熄，戒愼著一階一階下樓來，浴室教女孩們佔據了，只得將像油燈的馬桶暫擱好在牆側，坐至茶几前翻報紙等廁所，可直到妹妹拎了提袋出門，老爹仍未排上隊梳洗成功。

未戴假牙的老爹，就譬如在他周圍畫了一圈符咒，叫他乖乖坐那裡不許動彈，不許講話，低眉垂目他俯瞰頭條新聞狀實則是在收歛著唯恐一晃動便會溢散出來的倉儲味，老人味，或乾脆稱之爲的禿鷲味。他盼望符咒趕快解除，然女孩們蜜蜂營巢般進進出出敏捷又穿梭，他非但抓不到機會插隊，還被迫要抬起眼回應輪番拋至的各式發話，好比老媽舉著一盒凍箱取出的絞肉問他晚飯吃皮蛋肉粥如何，如吃，就解凍。大家毫不察覺他凹陷著無牙之嘴不願發言的苦衷，他氣惱大家欠體諒，雖並不對女孩們表示出不滿，可老媽，他就格外怪她粗神經遂回之以怒目睜視。老媽呢，原本也不過是告知多於詢問的，逕拿肉碎解凍去了，平白攪起老爹一肚子火，自個兒悶燒，自個兒熄止，生滅一場，平白無人見。

是故老爹被迫發展出床上寤來時獨對樓下浴室門的關上和打開，超敏感的聽力。門關上，或只是掩上，或關上並不鎖，代表了不同的室內活動。盥洗聲、無聲、瓦斯轟水隆隆聲、吹風機聲、鎖匙啓嚓聲、門打開的空氣聲、滾滾湧上來洗髮精稠香，以及動靜節奏屬於屋裡人哪一個的，他都收納在耳，自動歸檔並綜合分析後速即通告他：「目前浴室暫空趕快下樓使用。」這樣，大致迴避了假牙沒戴給晾在那裡的窘境。這樣聽見二女孩對屋裡人說輸錢去啦，他便得以從容抬起眼頷首微笑，無言，意思是：「抱歉幫不上忙但是，你做得到的，而且一定做得好，比我好。去吧。」

妹妹拎提袋出門，去她慣去的咖啡館，吃頓早午餐，咖啡無限量續杯，坐到下午差不多女兒放學時間離開。坐那兒幹嘛？怪了，也是寫字。妹妹拎提袋返家，門推開，屋裡人，啊屋裡人像分針停格的與午前出門時一個樣，都在看報紙固然看的是晚報，抬起眼見她回來了，招呼道：「成績怎麼樣？」

「還在輸錢。」

輸家全拿嗎？那是葛林，他的賭城緣遇。

那時，他遊蕩於蔚藍海岸，偶得一名老漢賣給他賭方，若按賭方去賭，可贏得全部錢。唯一是，老漢告訴他，此賭方必須先輸，一直輸，輸到你信心動搖，意志潰決，輸到沒得輸了輸到底了才開始贏，一贏，全部贏。我根本懷疑那老漢是高僧，是一則公案向世人偈示曰：「輸家全拿。」

於是那一陣子日日進城的葛林，不，妹妹，面對她那攤在咖啡桌上的空白本子呆坐，一字未寫，回家。次日再進城去坐。坐到尾椎疼痛，無意識的咬牙切齒引起三叉神經緊繃而致耳鳴，坐到白紙發黃捲起了毛邊，回家。空白依然空白，空白得像在煤礦堆裡尋找黑貓，找一隻本來就沒有在那裡的貓。到底了，還是去坐。終於這一天，妹妹拎提袋回來，對屋裡人說：「開始贏錢了。」

妹妹是可以託她買傳眞紙的。前世紀末尚不能在路口OK便利商店繳水電和電話費的時候，妹妹是最常進城順便繳費的人。捷運動線上，她也負責拐進 Sogo 憑DM卡換取贈品，或地下超市買些生鮮，帶回一盒蛤仔煮湯令疑似B肝帶原者小六生喝掉。不過傳眞紙用完的這一陣子，妹妹並未在輸錢贏錢的狀況中，她跟屋裡人一樣，不出路口，不進城。總之，沒法子了，沒人買傳眞紙。

公司人，這要分別出舊公司，新公司。舊公司人一向知道我的慢船慢時間，傳輸系統到傳眞機止，既缺留言裝置亦無自動切換，需電話告知請開機後再撥傳眞。我們默契良好，運作無間。是以某日，某E人類竟催我校對完的話就派快遞來取磁片，各方面來說，都惹毛了我。我惡意詫笑起來：「對不起我不用電腦。」

對方小朋友啞著。我很高興嚇到了他。

新經濟，不，新公司，走得順風到了我這裡很倒楣的就凸槌。它把巴黎E來的郵件要傳眞給我，我說眞是對不起傳眞紙沒有了。公司派快遞送來，一張紙而已。它不是密函，不是情書，不是要封蠟姓氏的縮寫圖案或家徽以遣人專程送至親啓，它不過一紙普通商務信，只因我暫缺傳眞紙或不用電腦，就必須行使了這種古典的專人親送傳輸法，其名實之不符，其動員資源之奢侈，令我不舒坦極了。

隔日，又有電子信要快遞，我還來不及建議請以限時郵寄很快也可收到的。仍是一張紙。若說紙的內容有何急迫性，我評估了，今天，明天，後天，毫無差別。可過兩日又仍有急件要傳，永遠是急件？每件都是急件？騙阿財吧。我語氣不善的要求，請勿用快遞，用寄。不聽我言，不但快遞來所謂急件兩張紙，且附上一筒日製富士龍，而非台產永豐餘的，它叫做，Fujilong 感熱紀錄紙。

裝上不久，合該是自投羅網，我密集收到一個組織不斷傳來的通訊。此組織是，自作主張把我列入爲他們的菁英分子，幹嘛呢？除了繳交年費外，要捐款，要募款。這是由於幾年前我偶爾獲得一筆巨額獎金，大學校友會立刻跟我聯繫上，適逢校慶，將在活動中心頒發傑出校友獎，恭喜我是此屆四位得主之一。這便好比人生過了一半忽然跑出個激動人自稱是幼年失散的兄弟與你相認，認是不認？我是不認的。不能認。我效法菩薩低眉，垂下眼簾不看見。

這類困境，好難回絕的困境，我意思是，強者你當然可以回絕，弱者你如何回？或是你可以不理人家的壞心，但善意呢？這時候，我眞謝謝還有寫信郵寄一項法寶可以使。

我可以寫信回絕。我會先拋開自己而跟對方站在同盟陣線，陳述出九十九條我應該接受的理由，包括對方都想不到而我可以替他想出來的理由。但是，那唯一的但是，極其卑微的但是，那最後剩下一條還未被陳述的理由，是否可以保留給我，容我表白一下我不能接受的立場。那朦朧如昧幾至成立不了的可疑立場，那一比九十九的懸殊恐怕是個笑柄的理由，那唯一的理由卻也是全部的理由，無法用說（電話），只能用字（寫信）回絕。是的，用字，字的密度如此之大之高我相信只有字，才擋得住人情滲透，義理遊說——唉我在扯什麼，回絕一宗賄賂？一個職務？一件密謀舉事？我只是想告訴校友會，可不可以不要頒這個獎給我。

電話回絕不行嗎？肯定不行，電話是個大疏網。對方的聲氣、音質、語調，甚至停頓，四面八方穿進網來逼在面前，我只能投降。

傳眞呢？傳眞用字也不行？不行。它少了一道關鍵步驟，用紙。一枚不收邊的手漉紙，其所負荷之情感重量（壓力），大於使用隨手撕下來的三百字稿紙好多倍。用紙不當，我曾經收到詩人把字寫在含金箔碎屑的珍珠色箋紙上寄來，讓我無以回應且起了莫名反心，遂不了了之一場並未開始即已結束的來往。

與校友會寫信的結局是，頒獎當天由於我人在國外不克出席，家屬代表皆忙也無可參加者，只好請校方派人代領，返國後再去取回。我自知弱點，連電話都抵抗不了，何況人跟人碰。也虧得沒碰人。此後一位聲音昂揚的女祕書開始打電話來，寄文件給我因爲只要是傑出校友便自動成爲組織的成員而無需任何入會資格或推薦。我仔細看了成員名單及簡介，發現隱隱一幅政商學界勾連圖。原來這麼回事。那我倒可以好乾脆好痛快回絕了。我還升起黑暗心，待昂揚女音三次來電要我去拿獎座，我哼出報復的笑聲：「那也沒關係，就暫時放你們那裡罷。」

報復什麼呢？報復那幅政商學界勾連圖。可惜不是組織首領接聽的，白費了無辜的女音執行者消降其昂揚度若干。獎座擱在他們辦公室裡不去領，上面有名有姓表達著一個人對於他們組織的輕蔑，不言語一個比言語更令他們不安適的存在，想像其景，我很快樂。

自此女祕書不再催電，除了傳眞前得先打電話，年年寄來年會通知，認捐，募款餐會，活動報告，甚至一張年費積欠列表。「作你的美夢！」我扔進回收籃裡，簡直笑不出來。

後來聯絡人換爲工讀生，我亦變成組織的一項例行公事繼續給騷擾著。亦果不出其然，逢到選舉，組織就或深或淺，或含蓄或露骨，轉化爲某一方競選者的後援部隊。又或是，成員名冊落入某參選人手中，情況就更糟，我收到一堆垃圾傳眞。這多少要怪老媽，最誠實的露西猿人，她有機器恐懼症乃至傻瓜相機也是一種機器，連帶那些來電說要傳眞的人，都讓她慌慌張張像債主上門，叫樓上的趕快撥傳眞。她無法當即辨聽出又是那恭腔恭氣的造作聲遂應之以謊言，諸如傳眞紙沒有了傳眞機壞了之類而拒收。我搶接過數通，意欲封殺掉彼傳眞，卻接不到。偏偏沒接的一通因爲在門外簽收包括好幾戶上班鄰居的掛號郵件，沒接的一通，就又被露西猿人接到了。猿人忙不迭攀爬上樓，像是若趕不及在鈴聲復響起前撥妥傳眞便會發生災禍。終至，坐視著垃圾湧進屋來。

不久前似乎才安裝好的，對，它叫做富士龍感熱紀錄紙，吐光畫有水紅色直槓記號以警示紙將用罄的紙捲後，在我的慘叫聲中眞的，又沒有了。

沒有人買傳眞紙。

公司要傳眞，眞是無從說起，當我在訛公司的紙罷。隨即我收到快遞送來電子信一張，跟兩筒，感熱紀錄紙。

快遞和郵差，皆知壞掉的電鈴。壞掉至少二十年以上即等於不存在，有狗吠。若猛一串凶惡的拍門混雜著凶回去的狗吠，肯定是新來者不明電鈴狀況，不然是受了老闆氣或交通不良氣藉此發洩煞出一張凶臉：「拜託電鈴修一下！」

屋裡人咕噥著：「急嘛呀。」

郵差則熟腔熟調叫喊某某掛號。無回答，就再喊某某某。吆喝出一股韻味可入曲入謠像冬夜裡聽見的賣燒肉粽。我拿印章出來，沒人，郵差善於調度的先去轉彎幾戶送信再回來蓋章。正午無影，樹蔭子收束起來矮矮簇簇掩擋著人。剛才我驚聞自己的名字給大叫出，像晴空霹靂，一道電光來攝魂。空巷子空人，一輛沒熄火的郵綠摩托車支在巷中央，一名手持印章披蘿掛荔頭插鯊魚夾的空空兒，一個滯留忘行的時間……

一棟桂樹盤據的老屋。

花落如毯，其厚度，可推測它看不見的樹根在地底多廣多深蔓延，交結成迷宮網路伸到財團劃山所建高樓公寓的地底，伸到放狗路徑最遠再去就是生著五節芒和相思樹的隧道頂。林間群集絲光椋鳥，飛行時，直線，快速，銀鏢互射。我曾在飯局上遇一蓄鬚著功夫裝者忽然點指我說：「你家裡兩棵樹吧？」

鬚者素有善卜之名，酬酢場合，我也樂於成全其名遂顯得十分之驚訝。鬚者道：「砍掉。」

嘎？

鬚者語止。席眾都幫我追問，鬚者只一句：「否則你婚姻難成。」

爲什麼爲什麼的喧譁聲中，我與鬚者，該怎麼說法好，鬚者是笑而不言，我呢，我就配合著捻花一悟罷。

桂花低，一次伯母恐龍與E人類的相遇。

以前沒見過，以後也再沒見，我想快遞兩筒感熱紀錄紙來的滑板小子是代朋友的班。又或者其實是未來時間，不，是共時的異次元，在某種明迷不可捉摸的跳軌交錯之瞬我們恰巧抬起眼，恰巧看見互相的目光停留。恰巧，這般的恰巧，其機率，也許是一兆光年的平方。

E界

「yy——eee——ssss！」車狂崔哈跳起來，把自己像巧克力雷霆灌破籃框的從天花板高度摜下，跌進沙發裡，哭了。

那時，車狂崔哈，他支持的麥拉侖M.H.在鈴鹿站痛宰法拉利蟬聯世界冠軍，他鍵出二十九個驚歎號E媚兒給小麥，麥拉侖的死忠小麥。

身爲地球上速度最快的男人，M.H.海肯南說：「沒人能設想未來，人生實在太無常。」

車狂崔哈，他鍵著：「昨夜太緊張，沒睡。下午看完比賽，太興奮睡不著。還撇束！決定先做收心操，打掃我那劫後餘生、奄奄一息的家，然後去懺悔。帶渺渺逛誠品，買了一本Computer Video: how to begin non-liner editing tutorial，還沒看，好像很炫。」

海肯南，車俠。那年十一月十日，澳洲阿德雷站，他連人連車撞個碎，昏迷十日夜。妻，經紀人，領隊丹尼斯，輪流榻旁呼喚他。四個月後，他重返車壇。

小麥鍵寫道：「麥拉侖頭號英雄，淡泊名利，忠心耿耿。誰像他那樣肯和車隊簽長期——你說它是賣身契也不爲過。尤其前幾年車隊陷入低潮時，M.H.和丹尼斯情同父子，麥拉侖工作人員就是他兄弟。可見的將來，M.H.只會爲這支車隊賣命。」

車狂崔哈鍵著：「舒馬克就是缺乏這種風範。」

車神舒馬克，不，舒馬赫。赫或克，不重要，是神，就要撂倒他。車速快到馬路兩邊都毛捲起來變成一條隧道。前一秒，無盡遠有目標物呈黑點出現，下一秒，已擦身飛過目標物。

晚上十一點?!太太太，太早了。

十二點都早。午夜場出來兩點鐘，差不多，週末這時候才開始。帥黑勁裝，一對夜遊神，皆掛雙肩帶背包，皮短靴，輕盈。他們去取車。車裡，閃動冷冽星芒，車狂崔哈的銀耳環。人車一體?人機一體?戰鬥機和汽車的唯一交集點，一體性。Saab 一直強調他們是戰鬥機製造商。夜遊神，駕著陸上飛行器，瞬間，已在不知哪個空間的途中。

蒙地卡羅。

下過雨，地中海橙花香，汩汩泌進他膽汁裡，稠稠攪拌著。車狂崔哈，亮出手機鍵碼，一接即應。夜遊女啊，等他電話等到這樣丟兵棄甲，不顧尊嚴的地步!他就在手機裡親她，時差七小時，親她親得她在手機裡嗚嗚咽咽哭。

「不要這樣。你對我到底有多不滿說出來討論一下好不好，看我到底要怎麼做。我們眞不要吵了，吵架眞的很累，我不行了，我沒有那個體力了……」

凍結住的，所以並沒飛過四分之一地球，並沒經歷三十二小時，鍵碼解凍，車狂崔哈跟夜遊女，吵著他出門前一模一樣的架。

雨與橙花的蒙地卡羅，靜悄得，他故意遙遙落單於小隊人馬之後講手機，也覺全城人都聽見了他在親吻，在和解。然而三星期後，這裡，就是他站的這裡，三千CC自然進氣引擎，二十二具，將一齊咆哮發出聲浪，勢猶十萬隻蚊子壓境來。

八百匹馬力，車重五百公斤，意思是，一馬力只拖不到一公斤，故此F1，一級方程式賽車，成了陸上飛行器。

寬敞賽道，直時十二公尺彎時十公尺，可時速兩百公里以上時，寬度縮成一個點，由點連成賽車線。錯過這些點，輕則被超車，重則轟進緩衝區，不然，撞牆。

「我眞的搞不懂你們巨蟹座，情緒來太快了。你看我起床還要查月曆，結果他媽的果然是初一初二。你有時候也等等我，我就是直的一條而已，每次要跟上你腳步眞的有問題。好不容易跟上你一個彎，你已經轉了好幾個彎，這種追法我眞的有問題。」

「我只是想要有女生的空間，我也有我的壓力要去透透氣，你每次這個不好那個不行。」

「我沒有不讓你出去啊。我知道你想出去看看，我也去找過阿修羅，和他商量說你想看看外面別人的生活，叫他安排一下看 Peace 怎樣。我還不敢先告訴你，等他OK我再回來和你商量看你要不要去看看。我有在做嘛。你要和咕嚕，和誰出去我沒反對。我也年輕過，你走的路我都走過，只是有些人可以不理就不要弄了。我比你早出來，誰可以交，誰算了，我可以先告訴你。那一天家裡的局我只是很單純的認爲家裡應該要有個女生在家裡處理一下。也許是我沒考慮到你那天的心情，你要說啊，不能叫我什麼都用猜的，我猜不到。」

「你也不能什麼都不知道，我怎麼知道要怎麼說，什麼時候會碰到你的情緒我怎麼知道，眞的很難嘛。」

哭累的臉，和說到累的臉。

他想她開心，沒方法，就宣佈身上有最新的E，大家一起去釷星。手牽手下樓，駕起陸上飛行器。

「光束分解去史考特那兒!」

駭，駭駭到飛升。

史考特 Scotty，有沒有?電視影集五年級耳聞過而四年級看過的，《星艦迷航記》，史考特用光束分解人，以便從此處移到彼處。「Beaming up to Scotty !」

一大堆圓形笑臉，從天而降，下著藥片雨。

冷卻區，或是馳放區，鈦霧色塑膠簾扯開，拋進來毛骨悚然的微笑，雷米說：「叛變的機器人早已滅亡，金屬人也已生鏽，人類流血受傷。」

歐文威爾許笑破鐵幕的：「看，我的身體像條長廊，看看，鯊魚就在長廊底端門那裡。」

紫光燈下，猛然湧現一批泰德族。頭紮大花手帕，兜胸工作褲，赤膊，露刺青，笑容眞可掬，「aci——ee——d !」愛兮，齊齊怪聲叫。

爲什麼不，臨時自治區，打駭不打仗。

蝴蝶鍵，冷光藍簡訊：「眞的來了，在 Discovery 看到的那個爆破專家到台灣來了。若他眞的要炸房子，是不是去拍一下?」

螢光橘簡訊：「考察 Shiva Space，果然又是個地獄。更 heavy，清一色是 Trance。」

簡訊：「E界找到新家了，光復北路大台北瓦斯旁邊，前 R&B 對面的地下室。」

冷光流動式螢幕，冷光按鍵，鎂合金背面板，霧化外殼一體成型，T28。李氏的手機人類學謂：「T28是女性特質的男生愛用。他們很溫柔，擅旅行，交遊廣闊，機子要夠輕薄，才禁得起他們的自由。」當然，第一支鋰電池的超薄機。

冗長會議中，瞄瞄機子，太好了有簡訊：「你晚餐吃什麼？」

鍵入：「昨晚我喝太多了。」

立刻回訊：「Z剛染頭髮紅色，不喜歡，決定剪掉。」

情人是橙色，朋友是綠色，八十公克 GD90，如高級房車般全機烤漆，日本偶像劇最佳配角。李氏手機人類學：「長髮女生穿高跟露趾鞋，短窄裙。機子改裝後呈果凍色，掛滿一串凱蒂貓、趴趴熊、南方四賤客、小丸子，外加一個女生兮兮的珠織手機袋。螢幕親密紅色緊迫盯人，一天照三餐打，沒營養的情緒，絕對值得用最昂貴青春來換。她逛街殺價的嗲聲，她接到電話的長尾音喂——粉紅戀人之 GD90。」

泰山簡訊給黑猩猩，Nokia3310：「m()m」象形，一人垂頭雙掌伏地，對不起！

(^^)，臉上一對飛揚的眉，快樂。

(^_^)，很快樂。

(^o^)，極快樂。

（*^o^*），快樂到不行。

「快樂丸代表英格蘭！英格蘭！」聽見了沒，在女王陛下御前唱，在世界盃足球賽上唱。New Order，替英國代表隊作的主題曲，登上排行榜第一。「只要有堅定的意志和一張好信用卡，什麼事都辦得到。」狗屎。佘契爾企業主義下的孩子們啊，藍領階級廢物，波西米亞遊民，城市空屋竊居者，貧者愈貧啊，所以，用力玩。

「It's E for England。」

「yy——eee——ssss。」

濕婆界Shiva Space鍵出通告：「星期一是濕婆日，好日子。並且那一帶有一間異教的廟，正處於魔力小徑上。時機好，藥也對勁。」

砰，砰，砰，砰，無弱拍，一概是強拍，砰到底，超過脈搏跳動一倍，不，如果是硬芯，Hard Core，每分鐘達兩百拍以上，貼出禁令：「心臟不佳者勿入內。」打得人，靈魂出殼，全飄浮在鋼筋水泥裸露如廠倉的屋頂。夜越深，人越多，靈魂層低低滯在人頭上，濃濃滾滾，大蛇翻了個身。

紫光燈裡人只剩下，一排白齒，兩個眼白，白燐燐，發射森光。只要是白，一切白，白條紋白T恤白鞋，浮凸成白毛毛發光體。塗白的唇，白指甲，白眉毛，連兜帽夾克佈滿白塗鴉。突然爆裂雷射光，炸開了漠漠紫光燈，閃瞥間，照見軀殼，奪目的雪青與硃紅，夜遊女，一堆碎片，明滅蹦跳。

高速離心力，如果一場跑六十圈，如果每圈以十五個彎道計，脖子，就要承受頭顱和頭盔的重，至少一千八百公斤。銀，跟紅，兩台搶冠軍。

緩衝區太少了，只有護欄，保護觀眾的。跑道由街道組成，上坡，下坡，隧道，幾乎沒直路，一百三十度彎角當直線衝。路沿石與地面呈七十度，碰上，懸掛不毀也車胎要爆，想用路沿石將車尾甩出入彎，不成。

下雨了，地中海雨，有礁上女妖的歌聲。幾天連續試車，彎角處處是煞車痕，雨中開始溶解，滑溜到不行。跑完一圈，五台車汰出。六十七圈完，剩三車外加一車進入維修區，只有三台車跑完。

恐怖賽場啊，必須不斷換檔，過彎，二檔換六檔，六檔再拉回二檔，試煉變速箱，詭異多彎的摩納哥，珠中之珠，搶。冰河藍鍵道：「他為什麼可以那麼快？」

車狂小林回訊：「因為，冠軍與亞軍的差別。」

摺疊式星絨灰殼彈開，粉閃橘螢幕簡訊：「他過彎角度非常尖銳，屬於晚入彎而早出彎型，很誇張。」

水母藍鍵道：「晚入彎？煞車點也晚？可是他跟別人在同一點煞，並沒晚？」

粉閃橘：「對，入彎點速度最慢的時候，他不但沒馬上入彎，而是開始加油，然後才轉方向盤入彎。」

都市雅灰鍵道：「但，會轉向過度怎麼辦？」

粉閃橘：「他比別人更快回正方向盤，也就是出彎，來防止 spin，結果就形成一個尖銳的過彎角度。」

「所以他過彎的路線比別人短？」

「速度也比別人快。」

「出彎速度快，所以直線速度也比較快？」

「快零點幾秒。」

排隊等候在整骨師父的客廳進行第四個療程，水母藍鍵道：「一開始，他們說他對車子設定的要求很奇怪，沒有可能。結果試下來，每一圈都比上次試快一～一．五秒。」

粉閃橘：「對，他要他們修改後輪。」

水母藍：「他們的後輪穩定性太好了，不適合他的超 sharp 過彎。他要他們增加前輪的而減少後輪的穩定性。」

是飆資訊？是炫內行？粉閃橘鍵入：「那是第一次在西班牙試的時候嘛。」

水母藍：「他來了一個月，他們都說前所未見。」

車狂小林鍵入：「感謝 Beneton 電腦資料，有他在銀石跑道的全紀錄，可以上去看。」

針灸空運來電音巫師。銳舞鞋針灸，銳舞派對，買鞋換票，隨票附贈小熊項鍊。女小熊，男小熊，人頸一條。DJ們都來了，觀摩巫師打碟，默記於心，準備剽竊。

全部是 Trance，勸思？出神舞曲？狂喜舞曲？還太新，沒有定名。果阿勸思，部落勸思，加快節奏到每分鐘一百六十拍的深勸思。那時，只要將勸思字眼放在封面上，就好比得到一張准許印鈔證。出來了，9 p.m.（Till I Come），國歌出來了！翻起一片白手套手，朝空齊搖。

「你知道他入彎前，並沒有右腳一抬油門全關的紀錄。他比別人稍微早一點收油門，而且是一點一點的收。」

馳放區，礦泉水瓶之外還是礦泉水瓶，滿目狼牙森森。自以爲是果阿勸思得道者，Goa，一身螢光服發出得道的藍白光。

「他從全油門到百分之九十，八十，七十，到百分之三左右，也就是說，他是慢慢的在收油，但又不完全放掉油門，而且他再次全油門的時機也比別人晚一些。注意，不論他全油門的時機比別人晚，還是收油門的時機比別人早，他都一直保持著油門至少維持在百分之三，所以速度上沒比別人慢——」

「了解。」

「相反的，在速度頂點時，他卻比別人快了些。」

「快零點幾秒。」

「對，所以他在彎中油門的控制，就用不停的踩放方式，在百分之六十間，次數頻繁，爲了要控制後輪，有點滑又不太滑，來配合他的尖銳過彎路線。」

「了解，他不停的在彎中修正方向盤。」

果阿得道者決定公佈其證果，大聲宣告：「你們！都很！上道！」

酸葡萄人忽然插花：「他太不 smooth 了。」
「你是說他過彎時不斷收放油門和修正方向盤？」
「太粗魯。」
「這就是他的駕駛風格。」
「對，如果不是從電腦裡查，你根本不會發覺到他後輪滑動。」
「他的駕駛風格——冠軍與亞軍的差別。」唯一的理由，車狂小林堅持。
在路上。達摩流浪者，凱魯亞克跑進馳放區朗誦其新作：「西部這一帶的星星，就像我在懷俄明看到的一樣，大得像羅馬焰火，又寂寞得像達摩王子。」
來了，部落勸思。非洲鼓，藏密吟哦，南美叢林，日本雅樂的不協和音。
「他失去了祖傳果園，所以在北斗的星柄上一站一站尋訪，想把果園找回來，這是爲什麼星星會在夜空中緩緩輪轉。在星星都轉完一圈，而太陽又未眞正升起前，會有一道巨大紅光照向西堪薩斯以西那一片微褐色蕭瑟的土地，屆時，鳥啼就會升起於丹佛之上。」
在不知何處的途中。一種雞尾酒，苦艾調香檳，叫午後之死。
一層一層超巨停車場，大巴士載走世界各國人種，隆隆駛出狹窄閘口，陸上飛行器卻逆向而入，翩然降臨。赫茲租車三台，小銀，小灰，法拉紅。超長手扶電梯一折一折，峭壁上的古要塞城堡，多媒體及多國語言放送蒙地卡羅故事。如果被天色吸引，不小心推開沉重玻璃門像推開時間之門，猛然跌入無重感無人煙之境，這是哪裡？世界的盡頭？天懸一角上，地中海無聲，無波，極目八千里的空曠，卻不颸風？

駭異不似人界。慌慌張張掏出手機鍵碼，琺瑯質的火星紅，簡訊：「彳飽了ㄇ？」

時差七小時因爲夏令時間開始了，四分之一個地球遠，立即回訊：「沒，你ㄋ？」

火星紅：「我也沒。」

車狂崔哈鍵無人。不久前，他與夜遊女的手機和解以如此內容做結：「不要這樣，我就只有這種情緒的表達。假如我講話傷到你或你媽媽，我眞的抱歉，抱歉。這點我眞的改不了，我能怎麼辦呢。我哪也不會走，我不能像你一樣一不高興就想走，我要守著這個家嘛。這是你跟我一起建立起來的家啊，我愛這個家。你眞的要走，我也留不住你，但是我不能走嘛……」他們在手機互相親吻裡結束談話。

九點太陽西墜，摩納哥公國，親王宮博物館大教堂所在的舊市區，平頂峭崖上，店全關了，小隊人馬找地方吃飯。車狂崔哈鍵不到人，他想告訴夜遊女，皇宮廣場前最後兩家商店關門前搶到一件繡亮片玫瑰的月白無袖T恤，最in的，送給她。可是沒人接，手機，電話，都沒人。

他走失在緋色牆，鵝黃壁，寶藍天空下，地腳燈照射棕櫚宛如假樹。據說是美好年代，他們叫 Belle Époque，造了一大批聲名狼藉入不了建築圈的，蔚藍海岸新藝術。華麗積木式堆疊，小塔，尖頂，圓拱，雕像立柱，繁複花紋，人物飾邊。他走失其中，想跟夜遊女說，這裡怎麼很像台中那些拍婚紗照的地方？對，不是台北不是高雄，是台中。不，應該反過來說，台中那些地方怎麼好似複製再複製，轉手又轉手後，面目依稀的摩納哥公國？婚紗攝影棚。

車狂崔哈，他聽見小隊人馬嘻鬧聲，明明在隔牆，隔巷，繞過去，卻沒人。彷彿走遠了，穿過拱壁出來，聲音就在前頭。緊走去，卻走離巷子到了大路上。馥馥潮氣襲面，撥頭看，白花白樹忽至眼前，煞到他。路往堡下走了？遂折返，鑽回巷子裡。車狂崔哈，只好鍵碼吐司男。

台灣碼，時差七小時訊回去，四分之一地球遠，再訊過來，吐司男接訊，已在餐廳落座了。他按吐司男指示，三兩下走至皇宮廣場，鍵碼。鍍鈷鍵，夜色典藏版漆殼。講著話，已互相聽見對方的講話聲，互相從那像搭景的照明暗處走出來，收機。吐司男說陳桑請客，當然，公司出錢。

車狂崔哈點了墨魚麵，出來抽菸，白淡萬寶路。

清晨五點鐘，台灣，夜遊神的玩酣時分，可他不在，夜遊女啥好玩。上網連線玩麻將？大老二？不然一幫子人，輪流來陪夜遊女，吃夜遊女媽媽的菜，喝酒，看DVD。禁菸風潮，二〇〇六年起，所有賽道，塗裝車，車手，不准再看見任何與菸相關物，金主泯跡，一級方程式別玩了。他奇怪家中為什麼無人接訊。明天，不，今天了，星期天，夜遊女照顧渺渺日，或其實是，跟渺渺玩耍日。渺渺叫夜遊女阿姨，短短一陣喊過媽，現在是姊姊。星期天晚上他們送渺渺回爺爺奶奶家。

星期六中午，渺渺跟媽媽吃飯日。星期一，憂鬱的星期一，上學日。

下午三點起床，夜遊女會吃一大碗肉燥飯加滷蛋。洗杯子，倒菸灰，扶正沙發墊，收一屋子垃圾。一週三四次，夜遊女媽媽送好菜好飯從中壢來。他出國，她會出門收會錢，繳他沒繳的水電瓦斯費。天近黑，就下樓餵一隻怕貓的黑狗兒。他回來，晚飯後開始派對。星期三、五、六銳舞，如去釷星會帶貓餅干餵流浪的疤面黃。爲什麼鍵無人，她去釷星了？還是E界？不會的。他知道她在家。鍵碼陶小株，沒人。

在Peace，清純學生制服的陶小株，白衫黑褲，酷。小株：「我的行動掉在學校，打電話給導師請他幫我收起來。他問我急不急用電話，我說不急不急，明晚再拿就可以。結果第二天碰到，他說喔！你的電話一天都在並乓叫，總共四十七通沒有接，你趕快拿回去吧。」

「株啊，你怎麼看還是矮儸妹。」

「沒辦法，出校門風塵味就來了。」

鍵咕嚕，無訊。

陶小株：「今天不喝了，明天學校要體檢。」

搭五點半校車前，陶小株至二一六巷苦茶之家喝一大杯苦茶，排毒。晚餐在校車上吃，全麥或雜糧麵包，講電話，不然睡到學校。下課後，大致直接回家，星期一到星期四晚上，比較不會去派對。寫作業，上網看東西，上酷毙拍賣網站，博客來書店。整理郵件。也會玩電動，鐵拳，格鬥，直到累了睡。假日白天偶爾去朋友家，故宮對面至善天下打壁球。其他，不是跟男友一起，就是跟夜遊女一起。

鍵高弟，沒人。金妮，點點，孔八，X，Y，Z，都沒人。這世界怎麼回事都死光了？都在E界硬芯或勸思？

陶小株：「後來想想，玩就玩大的，吃了半顆E，明天帶我妹妹的尿去學校送檢就好了。」

極光藍快速通報：「昨天吃一種怪E，咖啡色XO，頭暈目眩，可以吐N次，我只吃4分之1，只感覺腳軟，其他人都掛了，千萬別吃。」

E媚兒：「昨天吃錯藥——高弟很熱情送了我們兩顆咖啡色XO，一人半顆後，全身麻，咬牙切齒，四肢發軟，還吐了三次。趕快補一顆CU，才找回那種好舒服的感覺。回到家，CU退了，XO卻還在，慘。每個鐘頭起來尿一次，直到下午一點。陶小株更慘，一整天沒睡，還要上體育課。」

車狂崔哈，喉嚨一陣咽，放下墨魚麵，出店抽菸。他想夜遊女是否泡澡瓦斯中毒了？那整個鎖死的公寓後陽臺堆滿東西，瓦斯桶和熱水器貼浴室窗口放，太有可能。他後悔曾經動念要把那封閉空間打開，卻沒執行。

人生實在太無常，海肯南的肺腑之言，不是不可能。那年，聖馬利諾站，起跑後第一個彎道，誰料到是練習賽且並非髮夾彎，洗拿意外身亡。神中之神，超神，洗拿也會死。他後悔出門前在吵架中，竟沒有擁抱她。

如果每小時一百五十公里，他替車狂雜誌寫試車報告，一到積水處，車從內線直飄至四線道的最外線，即對方車道，左邊車身擦著護欄過，欄外太平洋。每小時一百三十公里的話，改走外線，一樣飄，飄至對方車道的內線。怪罪輪胎？懸掛設定？不可考。如果兩輪都壓過積水，車立刻扯一邊。唯一對策，降低速度，很低，每小時六十公里。

他鍵入，轉向不足，椅面太滑，轉彎離心力稍大，人就移位。輪胎尖叫聲幾可取代喇叭聲。

假定每小時八十公里，一個九十度彎角，車可能越過中心線，至對面車道。有些輪胎很會叫，但行車線並不偏離太多。此車輪胎叫聲與其滑移成正比。車尾很穩，轉向不足。

夜遊女，他忽然瞭，她是隻野生動物。目前他不過是，幸運的與她共居一簷下而已。她從不會，到會穿衣服，都是他教她。她一套接一套，自信的把不同衣服用不同擺姿展現。

陶小株：「這是你最喜歡的功課吧。」

夜遊女滿足笑了：「對啊，每次出去喝酒回家，我最喜歡換很多套衣服給崔哈看，他就要一直看一直看。」

她的內容，以前都是他給她。而今她只是，她也想要自己有內容。可是他叫她什麼都不用管，開心就好。天啊他叫她什麼都不用管開心就好！

在哪裡？在陽投公路，山上起霧了，時速不到二十，如果每小時五十，逢車過車。跑陽金，使用煞車是，含著就過，過了就放。

在雜誌上他定義過，跑車，個性化外觀，強勁火辣的動力輸出，以及不好馴服的操控性。玩家皆知，最好玩是，車的操控性，和扭力。

他鍵寫，偏軟的懸吊，遇到急彎，不知是煞車好？還是踩油門？如想更近跑車水準，勢必改裝——換組較硬的減震筒，彈簧。

原廠底盤設定軟，對坑洞及直線的穩定性，十分好。但你若想要有更佳的操控性，舒適性就要打折扣。這讓一車多主的公車，對，公車，可能歷經多次家庭協商仍得不到結論。除非，老婆也愛刺激。所以不宜稱它爲跑車，稱它轎跑車較適宜。在街上，在高速公路上，上山，賞月，看幽浮，都成。

他們原路走回城堡停車場。就在那伸進寶藍海天的懸峭堡端，看見空無一物，除了電話亭。像一個裝置，一個觀念，一個極簡主義。

車狂崔哈，直直走去電話亭。有一刹那，他覺得他可以打到未來。不，打給過去。啊過去，如果死亡正在，或已經，發生的話，他的電話會在那個時空裡響徹，堅決的，直到把夜遊女喚醒。

有一刹那，他簡直咽出聲，神啊，借給我一點時間！

請，請再給我一次機會。再有一次機會的話，他將完全，完全知道要怎樣對待她。知道得如此之清楚，不能再清楚了，清楚到他沒有機會來實踐這個清楚了！

車狂崔哈掉下眼淚。以致，他沒有聽見手機響。聽見時，他竟以爲是電話亭在響，濕婆神回訊給他了？

是夜遊女。

他暴怒大哮：「他媽的全部人都死光光了！我打了N通！N通！」

「神經病啊，我餓死了去全家買豆奶喝。」

「不是，我眞的笑不出來了，N通。」

「我嚇死了回來看你打那麼多通來，以爲幹嘛了。」

「他媽的手機也不帶？」

「我去一下就回來嘛誰知道，你又剛打過。」

「去一下？我打了N通你這叫去一下？」

「我在翻雜誌不行嗎，媽的怪佬子死老古板跟你講不通！」

不給他機會罵回去，夜遊女掛了電話。手機關機，亦電話拿起不接了。

才去一下嗎？車狂崔哈想，爲什麼他覺得去了一輩子。

那時，他站在盡頭。至少是，恍恍似世界盡頭之處。那時如果他回眼一看，那輝煌搭景般的摩納哥公國，如同專程來台灣的爆破專家把大地震後的危樓爆破掉，在螢光幕上，無聲無息，消解於濃塵裡。

第三章 巫事

巫事(1)

因為我知道時是時，空是空，
所有真實意義皆限於一定時空。

——《聖灰星期三》

兩千年五月，一張電子郵件的影本送到我手上。

寄件者點點，主旨是、「我的店——一所懸命」。

點點寫說：「各位親愛的朋友們，我是可愛的點點。在前一段時間，我為自己的未來做了一個計劃，一件對我來說，很突破很重要的事，所以請大家多多幫忙和支持。我在士林開了一間小店，叫一所懸命。這個名字的日文意思是，很努力。而我就是要很努力的把它做起來，也請大家很努力的來捧場。我店內有很多元化的商品，美美的髮夾、耳環、戒指、小娃娃，還有我各種團子三兄弟的收藏品，當然還有衣服、褲子、裙子等。雖然現在貨不多，但慢慢地，我會進更多貨品，提供大家不同的需要。希望你能來參觀比較，不然來捧個人場，我也會很開心喔。五月二十日正式營業。士林夜市內有一條少年街，地址是大東街十六號之十三。請大家告訴大家。」

送件來的人，不是快遞，不是郵差，是，唉是公司老闆吔。

沒錯，公司老闆。

我在屋內瞧見豔黃車頂跟天線閃過院牆的鏤空花磚停下，便搶在狗吠和叫人之前跑出門。老闆鑽出計程車，把東西交給我，復鑽回車，開走。如果自城裡進隧道來，老闆就是去山上舊公司。如果從山上來，即要出隧道去城裡的或者新公司，或者咖啡館，於是關機不接電話或發呆或塗鴉或讀字，或趴桌上盹一覺醒來去吃個肉丸或麵再回咖啡館坐。老闆打城裡來時，進隧道前會先撥手機告知我快到了。由於隧道內無法收訊，調幅也好，調頻也好，不論怎麼聒噪和言之鑿鑿，皆頓時消音。偶爾我回家的深夜，超速的話，橘燈隧道便收縮成一束光，人車於光中靜浮不動般，久久，比感覺上更久。倏然，換軌移位，人車滑出了隧道，見又白又大，以為是日光色溫五千六百度的鹵素燈在拍電影？不是。是白大月亮，好低的，低低貼著橫穿公寓樓棟間的捷運高架橋，我到了盧梭的超現實畫境。

有時候，如果我拜託老闆帶東西給誰，就走出溢滿牆外的桂花樹蔭至轉角，待計程車到，從老闆搖下的車窗將物遞入。一年四季，包括大冬天西伯利亞冷鋒過境，老闆永遠一雙白布鞋，狀似矮僱。兼又小平頭，盲不可測的酷墨鏡，如此流氓造型鮮明到不行，每使老闆與我的易貨行徑宛似一宗黑社會犯罪。事實上，我們的易貨清單駁雜之極，容列如下。

各種辣椒製品，老闆太太的拿手絕活，辣椒醬，剝皮辣椒，辣椒塞肉，辣椒小魚。早年，早在還未有新經濟新公司的上個世紀末老爹還在世時，經過老爹嚴格認證，老闆太太的辣椒是所可吃到的辣椒裡最辣最辣的。此乃總也嫌不夠辣的老爹一旦頷首嘖舌稱讚辣，話傳至老闆處，遂供貨不絕。辣椒來源，說是老闆晨間爬山途中菜農所賣。山階路，最遠老闆會走到山頂小學那裡，見榕樹下一溜高矮單槓，忍不住就吊就拉就翻轉幾個大車輪，以致鑰匙掉落沙坑待回家才發現進不了門只好叫車繞遠路上去，沙坑裡，果然就在。今世紀初始，老闆送來一瓶新妍如香療沐浴品的辣椒醬，容器不再是岡山哈哈豆瓣醬或斗六川伯壺底蔭豆豉之類，而是北海道 Haskap 漿果物語果醬瓶。我觀之二日，嗟歎今時越來越多浴妝品做得像餐桌廚檯上可食用的果醬蜂蜜奶油契司香料調味油，食物則越來越似 Spa 產品。譬如我手邊這盒鹽（每令人當場變成土包子的猶豫著天啊搞不好是浴鹽的話？）係法國一八五六年便開始出品的鹽，四點四盎司，叫做鹽之華，鹽玫瑰。它脫離那華麗場域孤伶伶來到毫不缺鹽的東方島國，領有法國菜執照的友人說，這是最好的鹽，謙遜又驕傲。冬春包穀季，我將此鹽灑抹於快鍋煮出來的包穀一口氣吃掉五六根，心想鹽啊，你是落難的貴族。故而家中再沒有人吃辣的新世紀，我請老闆來取走浴妝品般辣椒醬，帶去山上舊公司必是員工們叫便當吃時佐餐的搶手貨。自老爹去世後，至此，老闆太太的辣椒製品遂絕。

夏天，老闆太太做芒果布丁，紫蘇梅冰，杏仁露，蒟蒻凍，檸檬愛玉。端午包潮州粽。中秋是綠豆凸和蛋黃酥裝在有塑膠凹穀保護好專業的盒子裡，乃老闆太太參加日僑洋菓子班的優良戰果。甚至一缽提拉米蘇。幾盅符合現代人怕胖口味不太甜的巧克力或綠茶慕思。端看老闆太太那一陣子著魔什麼了，壽司捲，XO醬，混拌枸杞南瓜子黑芝麻的雜糧饅頭。某年，時興印花布，椅墊背靠枕套啦，百慕達褲啦，以及就穿在老闆身上花到不行的夏威夷衫。復古風吹襲，我也分到一支怎麼看都不像業餘自製的英國式花園圖案手提布包包——爲此，不識貨的老闆認定這種老土布包不大不小誰要呀而不肯送人，惹火了老闆太太沒辦法只得代爲贈發故羞澀對每位受贈者囁嚅囁嚅。

還有廠商酒。外景地帶回的稀罕土產，蘭嶼飛魚乾，白河鎮新採蓮子。

我交換給老闆兩瓶芒果青，此並非市上所售漬得過度的情人果，卻是老友故鄉玉井土芒果曾經年年箱寄來，熟的吃，特選生綠的爲做芒果青。老闆帶上山給對此物有癮的剪接師，一吃屢試不爽，立即掃蕩其昏盹狀態，神啓起乩好漂亮剪出了一段進度。

亦有大袋洋芋片跟玉米片，是牡羊座小朋友伉儷又去大賣場之後繞路送來N包及一加侖裝墨西哥辣沾醬，完全服膺此星座衝動無算計的特徵，令受饋者哀叫連連。我苦嘆此等物除了短暫滿足口腹之慾，接著火氣大長痘子並累積成體重之外沒有半點好處，便央告老闆領走若干包，帶給嗜食肯德基炸雞塊的祕書會計小姐們吃。年輕小姐們好令人妒羨的新陳代謝系統充滿了彈性，每在暴食暴飲暴胖後不費力餓兩頓就立刻瘦回來了。

老闆自東京返，交換給我新潟的味暖簾米果。一粒一粒精選新潟米製成的米果，一方方，一箋箋，置於正方形錫鐵盒子裡，爲了保鮮市面不售只接受電話郵購或宅急便。多年來日本人的友誼，這位會用一句完整漢文寫便條的友人若超過便條長度就夾漢文日文英文或簡圖以達最大溝通可能，多年來，日本友誼一如味暖簾米果永遠在那裡的，只要老闆在日本任何旅處近如新宿大久保，遠則京都四条河原町乃至北海道夕張逗留超過五天，友人即遣宅急便送達此米果。錫鐵盒類若無印良品原色原味的原生包裝，盒內贈有插著一枝新澄稻穗的素白籤卡，其上手寫墨書或楷或草，我望漢文生義讀懂的一句是，風吹著雲影走過的青田。幾幾乎要令食者起了反心認爲恐怕又是說的比看的好，看的又比吃的好的那種，日本式美物罷？但味曖簾米果，它不是，它實至名歸眞的很好很好吃。

當然，夕張。老闆不說夕張而說，Yu—ba—ri——音韻沉抑，像一首浪華悲歌。

這麼說吧，夕張的百分之百純濃哈密瓜果凍。純濃得！驚爲天人，但凡族中誰去北海道，忙不迭囑託代買，以爲那形同超級市場的千歲空港免稅店肯定有。沒有。沒有這種。所以得知老闆將赴夕張勘景，就烏爲食亡再顧不得公私分際，根本是爲吃失節的懇請老闆能否，能否代尋此果凍。

啊夕張？日本友人好狐疑，夕張有什麼可拍的？夕張只有哈密瓜。果然，老闆眼花撩亂帶回一盒似琥珀似黃水晶的？老闆說，鹿鳴館的喔。

我打開見一箋印以鹿鳴館夜櫻爲襯底的說明書，不，血統鑑定書，鑑定這是，百年幻果，鹿鳴館布丁物語。這是明治維新急欲脫亞入歐的北海道煤礦產業重鎮夕張，於大正時代所建迎賓館，資本家政治家貴族外國人出入其間，庶民望之如雲上城。彼時，餐末甜點，只能用附近農家現擠牛乳和庭中走動母雞現生雞蛋所製，如此鮮產之英國傳統點心，味道深邃又素樸，是客眾至鹿鳴館的終極享受。我平靜放下手上物，不受絲毫迷惑。我只消看一眼即知，沒錯它們都是哈密瓜，慕思，布丁，甚至果凍，可它們都不是多年前我邂逅的純濃天人果凍。

二月夕張大雪，老闆從拍攝地返，雪曬黑了，交換給我一盒說是夕張市長所贈，（即溶顆粒的老闆，我意思是，像即溶顆粒會立即溶入環境而被當下薰陶得不辨其原貌的老闆，便操著一口標準日本外來語的拙劣發音說）mellon pure jelly。

我失望過多次，早已自我建設成功再不役於此物。冷淡打開包裝，照面，倒是它。多年來，我一直削去法的不是不是，那麼究竟又是什麼呢不知道，可眼前一出現，就是，絕不遲疑亦絕不錯失的，就是。

包裝上浮貼市長的秀雅名片和問候語，我細細查索產品出處，它出自，夕張市農業協同組合。原來江湖道上不見其蹤影，它另有管銷通路。我終於找到其間線索，其間九年，上次跟這次，兩次都是，夕張映畫祭。

原來，爲使煤礦廢棄的清冷小城再生因此設置了電影節。一年一度，那老得有時間一半老的居酒屋，擠著奇奇怪怪來自世界各地的人，半夜凌晨滿滿仍是人。那屋裡背駝得跟地面呈平行線的老祖母。那梳妝儼然鬢髮濃黑稠亮如江戶婦女的媽媽桑，女兒三個嫁到札幌每於電影節期間都回來幫忙店。九年間，老闆就像黃石公園馳名世界的間歇泉，時不時噴湧一下，如夢似眞講起夕張那間店。最後老闆把夢中事付諸具體，在旅館皆滿訂不到房間的電影節期間拍夕張。零下四十度，有一條街，密密看板全是老電影，有卓別林，有奧黛麗赫本，有約翰韋恩，三船敏郎，一堆一堆上個世紀家喻戶曉的人在無聲飄雪裡。

我好奇老祖母還在？

「在呀。」

「背更駝了。」

「也沒。也許老到某種地步，老就沒有差別了。」

沒錯九年，對老祖母九年如一日。對老闆，九年，他越剪越短遂短成流氓小平頭因爲不剪就一頭雜白夾灰好喪氣的，不然索性全白了倒又神采的，天啊九年。我諫告老闆拜託不能再短了，否則會以爲是智力受損不幸的龍發堂同胞。

其間九年。我經常把看完的兩份週刊交換給老闆，値得一看的內容摺出頁角老闆就會看。一份時尙雜誌給祕書小姐。剪報啦，影印物啦，書啦，月刊啦。而做爲月刊的長期訂戶不再續訂後，三番兩次接獲催續電話，從柔聲婉轉到好強勢質問我爲什麼不再訂閱讓我錯愕自己成了負心漢，懊惱答說因爲你們雜誌怎麼搞的越來越像一個政府啦啦隊吔。有時，老闆將物件釘在公司佈告欄上，我就看見剛轉給老闆的一篇徒勞呼籲釘在那裡，「擴大全民參與監督國大修憲」，令我登時面紅耳赤。我不認爲老闆可以這樣將個人的主張昭示於辦公室。甚至社論，「由在野領袖到元首的那一代！」社論指出，那個由不滿份子成爲國家元首的一代已到了劃下句點的時候。被點名的有哈維爾金大中曼德拉，最完蛋的華勒沙，當然，沒有被點名的約書亞總統但誰都知道是寫給他看的社論，不過肯定看不到。此因自從約書亞當了總統後就毫無抵抗力的走向當總統的可悲宿命——他只看他想看的，不想看的不要看因此看不見故而就也不存在了。社論跟許多卡片函文釘在一起，雜沓堆疊，新件覆蓋了舊件，唯社論不會被覆蓋因爲那是老闆張貼上去的。我懷疑老闆是否過度擴張了一個老闆的範圍。

老闆並且還，那時，老闆並且還付諸行動。

沒錯就是那時，摩西老大黨跟約書亞黨開始外遇的那時，即溶顆粒老闆，我意思是，立即溶入監督此外遇事件好心急情境中的老闆，急急聯絡了同樣好擔憂的半個同業，更正確說，三分之一同業，無二話允借排練場上一次課，修憲課。老闆以發通告的方式呼朋引伴，亦即，將之當成在拍片的發出命令要人員準時抵達拍攝地，而所有接獲通告的人全都乖順聽令齊至排練場。

有一整面牆鏡的排練場，間或拉起幾幢黑色幃幔，演出又富實驗性又好看的劇（照理二者不可兼得眞是個奇蹟）。排練場的裸亮牆鏡，無所遁形收納著所有人，這人跟那人，八竿子打不著除了在這個場合遇見以外一輩子也碰不到的人，因爲老闆，在這面牆鏡裡碰到了。

演講者是第三黨黨魁，當日早晨有其黨員十幾人跑到盆地周沿無數山丘中最華麗的一座去獻龍袍，拉布條云「恭賀摩西王朝登基」，摩西老大黨在山上開三中全會。

第三黨黨魁未到前，牆鏡呈現來眾分佈成聚落狀，三三兩兩各自恍神著，爲那鏡中一瞥，啊鏡中那不可置信的一瞥！有人大吃一驚自己發福了怎，麼，可，能？有人駭異自己應是稠稠劉海裡的眉睫幽深卻如何稀毛禿目好醜因此頻扯額髮覆掩住。有人後悔沒先打聽是櫸木地板必須脫鞋遂不愼穿了爛鞋破襪來。有人喪氣好挺拔的長褲一旦脫掉高底鞋頓時短了一截腳且臀部又低又塌所以好想把高底鞋重新穿上就算光鑑木板地又奈我何，鏡中不是就有一個沒脫鞋的還在那兒笑語晏晏！

著軟底便鞋的沒脫鞋人，素以品味講究傳名，卻如何拎支遍處氾濫醜中之醜的紅白條相間塑膠袋，令無數目擊者狐疑此中莫非有玄機？安迪沃荷的普普風？壞品味時尚？大巧若拙的無印良品？抑或不堪品味品牌負荷之後的大倒味，完全印證了數千年前老子先生就已預言的，五色令人目盲，五音令人耳聾，便絕聖棄智拉倒算了提支塑膠袋？但我咦怪的是，如此品味講究者終至拉倒算了者，什麼天大理由他會對修憲，沒錯就是修憲，他會對修憲感興趣來上修憲課？想來想去只有一樁，沒脫鞋人，莫非他懾於老闆的，不，不會是淫威他們從未有上司下屬關係，我斷定是，懾於他跟老闆之間的，男性情誼。

沒錯男性情誼。無需說明，不給理由，只一句，阿明你來一下吧，就來了。

據我目視所及，明顯就有幾人是跟老闆的男性情誼而出現於鏡中。看吧，那位說話拿三字經當逗點的余經理，嘴巴滲著血紅正四處找容器吐檳榔汁。那位垮痞，原始人披髮隨意用橡皮筋一紮一把杵在顱後，向以攝影報導蘭嶼原住民著稱。那位冷面鬚生，廣告製作。而副導小紀好恭敬引進一行三人，為首者白頭飄蓬，骨態崢嶸似鍾馗，長居東京每返台摩西老大必召見全程日語交談好貪戀那鄉音沁人遂問不盡摩西母國種種。

一介鍾馗，老闆曾率眾走京成線去他習志野家攝錄日據時代老照片資料。盛開水仙和吹雪的鍾馗家，椿花高齊二樓尚未開，石榴菖蒲還在睡覺，悄靜懸落窗簷下的江戶風鈴是盅玻璃罩子其上繪著水草和鼓眼紅金魚令人想念夏晝蟬嘶裡盪開來的丁丁丁聲。鍾馗家除了書還是書，書與墨澤如古松的日式老屋結為共生體，不可粗率抽取或搬移否則會轟然屋倒。於是樓下人六名，美術服裝偕助手，拍照大個兒，副導持V8，老闆廚房沖茶之後刨富士蘋果皮，皆屏氣凝息宛似格列弗在小人國唯恐一呼吸把國吹塌了。樓上人鍾馗在寫字，多篇時論於此完成交國內報紙大幅刊載終至後來跟摩西老大漸行漸遠一如所有古代以來諍友的命運，以及不管是諫言或預言一概是卡珊德拉的預言，好悲哀，好無用。我被派上樓送一碟涉過鹽水因此不會很快變黃的切片富士，夾樓梯書牆危危峨峨，我躡步而上走入古松奧處，見鍾馗坐書的梁柱間可能原本是檯書桌，墳高肩背底下銅鑄樣的臉望著我但其實望穿我停在遠古某一時空點上，我不敢驚動將碟子放好合十退出，喜悅自己像一尾稻荷狐狸供盞於神祇前。於是老闆打電話給正巧在國內的鍾馗，鍾老師老闆親熱喊，第三黨黨魁講修憲——不待說明，不囉嗦鍾馗打斷老闆話問，什麼時候？在哪裡？OK他會帶兩名學生一起過來。

於是八竿子打不著的人聚到牆鏡裡面來，折照幻殖出兩倍三倍人。就譬如第三黨黨魁，來眾是同時見他正面人跟他背面影在講話。亦譬如當做是接獲通告老實來報到的憤怒二人組和國民美少女、

是的國民美少女。波浪髮瀉到腰，漁夫帽覆住大半臉以掩避公眾耳目，混搭的多層次衣裙迤垂腳踝，若非美少女，此種裝束必淪爲一名掃帚女巫滅頂於布堆裡。但美少女！全場，唯全場她一人敢目視自己的鏡中影，不但沒被嚇跑，而且從那漁夫帽掩體底一視再視鏡中影，挑釁又愛戀。憤怒二人組，只來了憤怒甲，說是憤怒乙暈倒浴缸旁查原因是鈉離子流失現躺醫院裡吊點滴。憤怒甲反穿夾克，及一頂帽舌反扣的棒球帽其悠久歷史曾經閃手大師好甜蜜憶歎道：「如果霹靂舞者打算做一些接觸動作，飛踢啦，搞怪騷擾對手啦，就會把帽子反扣，表示，聽著我現在不是和你軋舞，我是要傷害你。」故此憤怒二人組和國民美少女，兩者由於分屬不同陣營，另類派跟偶像派，他們互相於鏡中誰也瞧不起誰。但是啊別忘了，正跟負，是磁吸的。青春俊美是磁

吸的，男女是磁吸的，他們在鏡子裡無聲息進行著一種以為是相反可其實是相成的緊張關係。

有識之士皆愁容了，焦急這面攝魂的牆鏡如此施放幻人於幻生空間裡迷離衝撞肯定要搞砸這場演講了。即溶顆粒老闆，嗅著空氣已潛行至三分之一同業身邊，鏡中我見彼二人頰貼頰囁語，知是老闆請啓動幃幔將鏡子遮住不過似乎出了什麼問題無法啓動。我亦甚憂愁。

那時春晴如夏，第三黨黨魁，理性又煽動的雄辯家，理性？煽動？沒錯這半點也不矛盾結合於天秤座的風系平衡上，那時便成了孤力競抗攝魂牆鏡的大法師。看吧大法師洪洪誦著咒辭云：

「我們堅決主張責任內閣制。」

唉此辭，此辭灌入美少女腦中是否無異於心經密碼，「故得阿耨多羅三藐三菩提」？我太憂愁乃至太敏感脆弱而變成一枚紅外線感熱器，不休止掃瞄鏡中每人對大法師咒辭的反應，有兩位竊竊私談者已被我用最嚴厲的譴責目光封住嘴。美少女的反應是我檢測下限，比三字經當逗點的余經理更墊底。於是憲法，憲法，大法師口中如數學定理根本不必再解釋的憲法二字，可憐啊我見美少女宛若端坐我案頭的白腹橘背貓圓圓眼睛看著我遂好溫柔我把封夾上的燙金字唸給牠聽，「出版權讓與契約」，聞言牠收回圓圓目光啃起封夾上一截繩結，唉我說這就有點難懂了是不是？牠便七擦七擦在封夾上磨起爪子來。美少女收回鏡中魂魄凝成人，張著圓圓眼圓圓嘴聆聽法言，我好可憐那馴良得如空空無內容，無經歷，無閱世的人子之形啊。

法言難聞，人身難得，「這一刻眞美，請停駐。」我竟默唸出浮士德與魔鬼的契約。

那時我嗟歎法師法力，將如此抽象絕對聽者藐藐而閱者當場變文盲的憲法二字及其條文，賦予如此聲光和實感怎麼可能？不信請試講講看，內閣制的特色是一、信任制度憲法第五十五條，二、副署制度憲法第三十七條，三、責任制度憲法第五十七條。有識之士眞謝謝法師，不僅法師沒塌臺且半點不怕給看光光的買一奉十，索百送千，悍得。然則我驟憂驟喜驟嗟像洗三溫暖，怵怵於自己功力簡直不是普通的差也來不及了唯趕快先牢記法師咒辭和撇步以備即日派上用場。且聽法師誦出咒辭，啊又更難懂了咒辭曰：「護憲保國。」

護憲？保國？那時上個世紀末，何以九十年過去仍與世紀初二次革命時候講的話一樣，這就叫輪迴？

所謂輪迴，輪迴之香，不可思議。以檸檬輕盈揭開序幕，奏之以茉莉紫羅蘭鳶尾水仙依蘭，最後沉底於玫瑰頓加豆檀木的記憶忘川裡。Samsara，輪迴之香。

我詫異於那時綜藝島上，全國絕無僅有大法師一人，僅他一人在相信憲法，此所以其悍魅法力之由來？遂令憲法如兩千年前那位拿撒勒人令病亡坐起，癱瘓走路，憲法啞巴開口，於是憲法好感激的不說不說卻說了千言萬語。

那時，便憲法宛若瘖啞美人兒，非但法師要救她，亦有在場聞法者，沒錯法言難聞，直信難有，大心難發，難難都是難但亦有聞法言者驀地裡起了英雄膽，看吧國民美少女一臉煞黃道：「好可怕喔。」

美少女，不，白腹橘背貓，果然比當下任何人都更實感，動物式實感的，感到總統制之危險了。此乃法師舉例正在上映的院線片 ***JFK*** ，誰殺了甘迺迪，大家都看過吧？美少女是看過的猛點頭，她眞高興完完全全聽懂誰殺了甘迺迪六個字。我也看過只覺奧里佛史東好吹噓，弄得雷大雨小快不行時結局一場長半小時法庭大辯論史東的精華出盡總算保住顏面。法師咒辭描述總統制，凡總統制之國兩百年來除米國外，對，米國，幾無其他一國可有十五年以上政局穩定。我國憲法基本上內閣制，現階段稍加修改即可，講白點就是，回歸憲法。再白點，遵守憲法。

約書亞黨呢？約書亞黨豪賭總統制，亡野之徒反正本來無一物但如果贏，就是制憲，就是建國。

至於摩西歐吉桑？唉自其繼位老大黨一旦坐穩總統後，沒什麼例外的開始怨嘆哪知當個總統這般不夠力，可不是嗎女人永遠嫌衣櫥裡少一件衣服，擁權者跟有錢人亦永遠覺得他們又權小又錢少天啊連他們也權小錢少的話這世界其他人怎麼辦。其他人？哦沒關係只要擁權者他們有權之後因爲他們有好大願景所以要匹配好大權力以實現願景到那時候，其他人可不就一齊翻身出頭了。於是摩西歐吉桑如今摩西老大，開始發動修憲部隊其實他打心底討厭這部異國憲法以爲是落後異國的落後產物，如果現實允許由此可見他多麼沒有權力否則一夕間，他叫動紅海就直選總統制憲了。

於是摩西猶太人也有一說摩西是埃及人，不，摩西台灣人或更貼近眞實說是摩西台日人，不，日台人，摩西日台人遂聯手約書亞黨修憲，好時髦鬨起口號，總統直選擴大人民選舉權。看哪，便綜藝島上無需前奏不必E丸即可搖頭，搖到駭，搖到爆。

沒錯，時髦的一方永遠不必舉證。可憐只有法師一人在相信的瘖啞美人兒，無罪聖胎神聖聖母，法師打遍全島呼籲回歸她。負責舉證的一方，曠野之聲，法師的生動言語。可言語咬不痛權力，唯當下的生動煽亮眼前，好焦急一室鏡子裡，美少女熱通通發出了聲音：「那這樣怎麼辦我們可以做些什麼？」

頭戴漁夫帽不欲被人認出傳達著如此清楚訊息的美少女，眾在鏡中便應之以禮節的看而不見，其發聲，儘管眾皆耳聞且覺得眞是喊出了自己的心聲卻也，聽而未聞。法師呢？法師定定一眼聲音來源，沒有回答，繼續咒辭。是的美少女，那聲音，那質地，那調門，與其說在提問題，毋寧一句本能反射之呼喊。可憐啊橘背白腹貓，她可以做什麼？請她跟憤怒二人組替國代候選人站臺唱歌拜託噢唱不對人唱不對場罷。請她影響親朋好友讓老大黨拿不到四分之三席次而約書亞黨不到四分之一。請她鼓吹票投第三黨我亦正奮力默記法師咒辭曰，讓中道立場理性力量來主導修憲推動改革以確保本島的民主與安定。

唉橘背白腹貓，叫她貓言如何講人語。那動物式實感，那頓刻的覺心覺信覺身，好美，好飄忽。只要走出排練場這棟樓，這條街，街角一轉一家咖啡專賣店，滾滾湧至的咖啡香，霎時掩過飄忽心苗，什麼什麼沖得精光一句也不記得了。也許剩下感覺還留著，危險的感覺，焦急的感覺。那麼你問她何以是危險的？因爲，因爲有人殺了甘迺迪。那又何以是焦急的你再問？因爲這個嗯，好像不過後來結果所以好焦急可到底爲什麼焦急呢？唉呀不知道吔。也許幾天，幾星期，撐不到一個月，一縷清風吹過，橘背白腹貓仰空嗅嗅，嗅到了，啊吹走了……瞇擠擠眼，伸個好大懶腰，夏日的煙雲。

那時，英雄膽老闆，不，即溶顆粒老闆，溶於法師咒辭中而成爲護法供養人。

我們都成了供養人。

秋末一場雨後天變冷時，老闆太太託順路鄰居趕快送來老闆的畢業證書身份證印章，我攜之並一份繳費八百七十元的檢核表前往考試院，果然地處偏隅，文教區多樹多蔭，走入檢核司第一科，孤簡無人煙唯二人，我跟另一位，是的另一位，俠盜羅賓漢的本島版，義賊廖添丁。此人多年在地下電臺講古廖添丁，以古諷今擁有廣大癡醉聽眾故而搬上舞臺自導自演廖添丁，跨界仍然轟動，所以再跨界，無黨籍義賊試圖競選立法委員。檢核司戴著官方面具告以畢業證書有問題，語調客氣，太客氣了點幾乎聽得見笑泡泡幾顆破掉聲，畢竟，義賊哪需要畢業證書對不對。義賊莊嚴離去後，代理人我遞進老闆證件，嗄，也有問題？臨時畢業證書，不算數，必須正式證書或由學校出證明。一輩子用不到畢業證書的供養人，爲了名字拿去給第三黨掛不分區立委，急電母校從檔案裡找出二十年前不來換取的正式畢業證書快捷寄達，其上貼有老闆二十年前兩吋黑白照片使我踉蹌一跌，原來人是會老的，我以爲已經很老了，但還會更老！我受到驚嚇攜之再進考試院，一輩子不可能來的地方竟也來了第二次，取得檢核書便可申請不分區立委表格給拿去當票筒掛。

報名截止前，老闆太太又拜託旅行社把放在那裡的大頭照底片立刻加洗一打送第三黨總部做報名用。其時老闆於福州將軍廟拍剪辮子戲，百餘頂辮子係大鬍子好友從北方京城調來，一場二鏡，剪掉五十萬台幣。於是第三黨掛妥票筒全島區域立委十九名，每名保證金十二萬皆黨付，大法師黨魁沒錯黨魁所以負責一百萬，吳護法名律師所以錢較多亦負責一百萬。不分區立委提三名，第一位楊護法，乃資深市議員帶槍投效。第二位，老闆。第三位，噚噚第三位，我妹妹。

楊護法主持決策會議，缺席的法師在外募款，並返回其選區繼續行程蠶食般一小站一小站耐心釋法綿密行遍那盛產大哥小弟的黑道故鄉。決策會議通過三人為不分區立委，保證金十五萬，楊護法說明妹妹跟老闆的保證金由黨付，實在，楊護法說，已經太委屈你們了。法師僕僕於風塵道上，遙知老闆來掛票筒敢有影？待公諸於報閱之始信為眞仍道，是眞的？

其時橘背白腹貓打電話來，抱歉口誤了，老闆太太，唉某方面來說也是另一隻橘背白腹貓，老闆太太打電話來，愁苦問我要是老闆選上立委的話豈不糟糕了？

「放心百分之百選不上。」

「那還選？」

我好溫柔對之講起貓語，不分區立委與區域立委之不同果然貓是不知的。我說若按總得票數比例分配，最最最樂觀，第三黨也僅夠送進一名不分區自然那是排第一順位的楊護法，所以，貓語說：「所以老闆跟我妹妹是形象牌，做號召，講白點就是，名字借去用一下。」

「有用嗎名字？」老闆太太不掩飾笑起來。

「唉我想是沒用。」

「就說嘛都是一群窮光蛋。」

即溶顆粒老闆並從福州傳眞給冷面鬚生，請幫忙攝製廣告其時島上首度開放電視政黨廣告。冷面鬚生很快成了供養人，男性情誼其語酷斃了說這哪是幫忙，不過是為自己也認同的想法盡一點公民責任如此而已。老闆不言謝正在拍拆飛機，本島光復期間有濱江街居民把灌了鹽酸的廢機拖出來敲，鋁歸鋁秤鐵歸鐵秤賣給古物商，道具飛機搭得像史前大蜻蜓只好遠距離拍，荒莽草長裡飛機小小的，人更小到不見了。冷面鬚生向我妹妹轉述老闆言，還有妹妹的先生無論叫他假婚人或叫他寫字鬣蜥，他跟妹妹兩人負責廣告文案因而與冷面鬚生互相初識。冷面鬚生謂老闆的傳眞言，今天拍了飛機場戲，很棒，陽光裡反差很大很過癮。

老闆自福州回，交換給我一綑牛角梳子，有柄的沒柄的，原色的黑色的，說是太便宜了不買對不起梳子誰知後來碰到更便宜的，又更便宜的，結果弄到這樣一綑梳子，抱歉請我這裡女眷們及友人如地瓜藤蔓延甚廣代爲吸收一下。我忙不迭交換出去一厚疊剪報像資訊焦慮症患者將此症傳染給老闆，很不幸，若光看剪報消息會以爲本島已爆發族群內戰。那時我趿拉著拖鞋走三分鐘至路口國民小學接小一生可見島內不靖短短歸途也不敢讓小一生獨行，走經校門口警衛室我聞裡頭電視聲，一嚇，差點摔跤。

是老闆。

十餘秒鐘，老闆出現在午間新聞的螢光幕上，手持擴音喇叭講話，頭綁黃巾，胸前斜揹紅布條墨字某某某，如此也算幫某某某曝光了十餘秒？

立委抽籤日，大早老闆應召去中山堂門口，幹嘛呢？圍事。不，彼時尚無圍事二字，都說造勢。某某某向以肥皂箱上發表政見著稱，小市民代言，其黃衣團黜黃背心一隊人馬從頭到尾只追國會頭號金牛打，我意思是，我不只一次看見黃衣團的小發財車跟屁蟲般跟定金牛豪華車隊開到哪兒盯到哪兒一路播放擴音器似歌似謠罵，竟罵衰金牛至落選。抽籤日，老闆爲黃背心站台，站在一張可以拎來拎去的肥皂箱上發表支持感言。其言攫取鏡頭停留之秒數，多過素面白臉扮包公者及隨扈王朝馬漢的造勢團，多過股市大亨以其招牌裝束一褂敞襟唐衫名士派姿態卻也淪落到來抽籤？甚至秒數多過，沒錯，多過才因土地增値稅而沸沸揚揚被摩西老大（財團們告御狀），和約書亞黨（祭起族群咒辭外省人搶本省人土地），二者聯手幹掉的財政部長因此逼上梁山出來選立委，其事跡辣辣猶鮮小市民目送一介布衣自光復廳抽籤離去不由熱淚塡膺叫一聲，王部長，加油。

我震驚老闆的秒數多過王部長。而就在這多過的幾秒內，朝生暮死。老闆由於跨界此場合遂顯得又凸槌又新奇的名字，我似見一件換季新產品登場撻亮打出字母，new arrival，幾秒內，這名字已經消費掉了。如同不久前剛被消費掉的王部長，眨眼之間，老闆已淹沒於突然漂流來大批幼童持汽球好似蝌蚪的造勢團中，此團屬於一個叫不出名字但見其斜揹布條名爲林秋土者。

誰說的，死亡使一切平等。錯了，不是死亡，是綜藝化。是綜藝化使愚智賢肖和垃圾，一概，平等。

儘管絕不天眞，我仍然被這遲來的發現擊中，直到小羊叫聲喚醒我。是小一生，用角，當然啦是用頭，一下下觝觸我肚子表示親愛。小一生今天決定當隻羊，兩手握拳置於身前握姿準確傳達著不同於單蹄目動物，牠是偶蹄目，得得得跟隨主人走回家。遇見含笑小羊上前嗅碰花苞表示吃草，主人耐心等候，吃飽了嗎主人問？小羊答以滿足而輕快的咩咩。

羅馬人說，出非洲一如新生。我說，出南島恍若蠻荒。那時世紀末，我們一輛九人巴，行駛在蠻荒上。

車上我跟妹妹，即溶顆粒老闆，開車阿毛，胡阿毛嗎？小學課本裡那位把一卡車日本兵開進黃浦江的愛國司機胡阿毛？雖不中，亦不遠矣。我從公款袋取出五千元裝好封套塞給阿毛權當開車費，阿毛刷地掛下臉唬道：「我們是朋友吧？你把我阿毛當朋友這錢就不能拿。」

好罷，酷。第二酷。

第一酷，玉井老友。不寫信不打電話不聯絡的老同學唯年年夏天箱寄玉井芒果來，那時卻突然來電話，我驚聲啞住，發生了什麼事？老同學問我帳號欲匯款六萬元知道我們在選立委。我解釋倒也不是選立委而是第三黨——

老同學直截了當說：「我是不管什麼第三黨，我只認你這是給你花的啦。」

既然這樣，不婆媽，不推辭，我接招言謝，互相完成一種高空炫姿，看哪多麼像雪碧汽水的廣告詞，「雪碧風情萬千，因為你依本色行事。」

六萬塊當成公款，還有一位專跑工運和弱勢團體的記者志願隨行，我們五人行走於蠻荒之中。我們越過，是的我們越過彼時皆曰外省人休想越過的濁水溪。不小心打個嗝，一股九層塔味是中午從三義交流道轉下找到街上那家小店吃了頓客家菜，茴香和九層塔炒蛋，九層塔即羅勒換個名稱當場變成時髦的地中海菜。我們直直開進北港競選總部，一干女眷在摺紙，西曬冬陽裡惚惚時光倒流三十年在做家庭手工業？在摺文宣傳單，剛送到還帶著油墨氣。介紹是法師的媽媽，法師的大嫂，三嫂，大姊，以及星期六下午不上課故而族繁不及備載的下一代都動員來摺紙。競選總幹事法師的大哥，奉茶敬菸。法師大哥有著一凸奔岩額頗似南極仙翁的壽星頭，與三哥四哥無意中走到一起時，三個壽星頭，彰顯著家族標記。遂由法師大哥帶隊去各處後援會，都說台北來的讀冊人，彷彿迎接一車文曲星下降。後援會毗鄰鬧街皆供養人捐借場地，牆壁張貼捐獻榜單，其名其捐無非百元千元，茶幾斤，汽水幾箱，酒幾打，鞭炮蜂炮幾綑。後援會無止盡供應滾煙的紅豆湯紅白湯圓，長壽菸整條整條拆，保麗龍碗跟紙杯成落成堆如雪山，或叫便當，或炒米粉，一刻來掃一次遍地渣渣響的瓜子花生殼。電視二十四小時播放豬哥亮秀架高於半空，其下永遠黏聚了大批笑傻的人。一隻貼地匍行像狗的鱷魚，抱歉，一隻像鱷魚的肥狗，好快樂逡巡著。即溶顆粒老闆立即溶入環境之中，其台語輪轉不但南部腔且必定是磁波共振效果，放眼望去，已共振來一圍大小兄弟在互遞名片，不，互遞檳榔跟吐汁的杯盒便一啓口皆滿嘴溢紅彷彿吸血鬼聯盟好親密的狎做堆。

斗六後援會，虎尾後援會，西螺後援會，會與會之間黃昏西沉天黑下來。農業縣的黑，往往一程不見半盞燈火，無垠黑地，唯車燈劃開省道照亮前面宣傳車看板上的法師名諱和大大的阿拉伯數字，4。好晦氣四號，籤抽到時幸虧法師朗朗成咒曰、「四兩搏千斤，百姓才會興」，當場令擁眾翻轉尷尬爲笑顏，之後收進宣材當做標語，唸成口訣也響亮。宣傳車好喧騰載著擴音器駛入市鎮，熱切呼喊鄉親支持四號，那呼喊儘管肉感，在無明長黑的省道途中反覆聽之也讓人聽出來有著一個小小的邏輯和故事性。它訴說，三年前因爲鄉親拒絕賄選，抗除謠言，遂以最高票將法師再次送進立法院爲咱鄉親咱縣打拚。君不見，法師二度暫緩政府調高農保費用，爭取到水租全額補助使全省五十萬農戶受惠，立法鼓勵產業至咱縣發展爲咱縣經濟帶來希望。而今年，派系金牛摩西老大黨團剿更激烈，約書亞黨耳語中傷更毒惡，故請鄉親再次發揮正義力量用神聖選票替法師討回公道。它說，不怕（有時候它說不信），不信人性喚不回。

可有時候宣傳車也累了，關掉擴音器大家打個盹。總是一盹，沉沉沉沉如永夜，但也許不過幾分鐘，幾秒鐘。那無數個盹與盹之間啊漂浮過斜聳於地平線上一座KTV城，巨型霓虹塔映亮四周荒涼如月球因此那城恍似空城，或者一座廢棄的太空站？或者漂浮過一珠串火彩黃榴石，那是天邊高速公路交流道上的燈？或者飛掠過一戶接一戶釣蝦場暗橙橙洩著光。飛掠過森幽幽螢燈的水族箱？呃，檳榔攤。或者就是黑，靜駐不動的黑，唯前方車燈有光晃悠推進才醒知是在車上。可憐啊兩個票筒，老闆跟我妹妹，一個盹著一個警醒，盹入酣境的老闆果然就像一個傾斜的票筒那樣倒在車裡。那時好沮喪。我看見像兩個捕蚊燈，努力發射了整夜明藍螢光如今也沒電了。

多年前我還年輕時候夜晚接得電話說有漁船出海捕一批過境烏賊，急央少年好友飛車到八斗子上船，我們持一支小網伏在船隅狂喜癡看因燈照匯集來的烏賊萬頭鑽動。而今，我們一車兩票筒像拋擲於浪中的捕魚船，自北至南，從南返北，三更半夜開進台中市一幢幢比賽蓋成聳動異國風情的汽車旅館使我愕然以爲正從沙漠開進賭城拉斯維加斯。

我們借用隨行記者的報社之名訂得旅館優惠六折，翌日在北屯國小門口人潮來去處幫台中李姓票筒撈魚，呃抱歉，助講。中午到小妹妹家吃麵疙瘩一大鍋吃得鍋底朝天，肚飽昏瞶，瞧著巨隻但不咬人的台中蚊在我們頭上吵人盤旋像座老引擎。司機阿毛好厲害，嬰兒一到他手上不哭了，老闆也會抱小孩，抱抱嬰兒也睡了。斂聲躡步莫吵醒嬰兒，搬上車三箱白柚兩箱白布帆楊桃，小妹妹公認是第一會挑水果的人已先代購最佳產品，包括一袋紫糯玉米一鍋膠稠仙草。我們直駛新竹鎮安宮幫曹姓票筒助講，臺上臺下隔一條馬路不時有車開過，颳起旋地風，亮蒼蒼斜陽也打了個哆嗦。

於是去城隍廟前約書亞黨大本營助講。可憐不會講台語的妹妹，永遠搬出母系客家人血統做盾甲，再或搬出新竹中學時因參加排球隊讀書會而去綠島住了一年半的大舅舅做頭盔，看狀況也揭示其夫家假婚人的出身來自黨外聖地嚇、宜蘭！眞僥倖有此三張免死牌遂得以立足臺上至少把話講完。

於是聞知虎尾，啊虎尾竟存在空軍眷村？就去發傳單。過橋，那橋過去卻像塞外，曠礫礫的是有一個村子且村門口插有兩桿法師旗幟遼望去，好孤枝，好似北海邊蘇武牧羊。捕魚船忙趨近如逢故人。蓋成連棟水泥公寓的故人，不再是村，是樓，眷樓。我們分頭遞傳單，輕敲門若開，致上笑容跟咒語。僅五分之一門戶有人應門，下班時間，已聞見噴噴紅燒肉香，老弱婦孺，帝力於我何有哉的遙遠和茫然。我們沮喪捕魚船是個闖入者。

日頭炎炎，島上漂荒的二十二個票筒啊。

生平不認識，可釘上牌子掛出第三黨旗號就認識，而且好認識的票筒同志啊。

那崖海渺渺的票筒同志，那法師承諾必定會現身的迢迢後山，遂由駕駛七小時奧迪來的藍護法夫婦誦了一大段咒辭合理房價及生存空間，再由搭機來的黃護法誦社會安全制度辭。接力復接力，撐到最後確知法師不能來了便冒充法師文書由老闆登臺宣讀致歉，為撫平翹首魚群，老闆連唱四條台語歌算是補償，或抵債？可憐啊一向慣搭國內線飛機的老闆選擇走鐵路六小時，以及火系星座中衝衝衝初生星座的老闆最怕久坐一處不能動彈因此曾恐怖說，若把他關在一個密閉空間然後灑一點香水，那肯定不必用刑什麼什麼都招了。鐵路六小時令噩夢成眞，老闆嚎著三字經一字經五字經並拔斷毛髮無數，怒到大惑不解，既然掛票筒就安靜做一個票筒講那麼多有用嗎？有用我頭剁下來給你當球踢。有時他嚎當椅子坐。

可憐，臨到火旺現場，即溶顆粒老闆好宿命就溶入現場，台語咒辭越講越溜誦著農民退休年金制。復又溶入國父紀念館，為黃衣團肥皀箱的選前最後萬人造勢（起乩）高唱兩條招牌歌，〈港都夜雨〉，〈媽媽請你也保重〉。後者訴說鄉鎮小孩來到大都城做工流淚想念媽媽但旋律好歡揚，是啊，那個明朗劃一南島起飛的生產線時代，竟叫世紀末新貧時代緬懷？不，返祖。老闆應掌聲哨聲之邀再唱一條新製曲，本島版靈魂藍調〈無聲的所在〉，那一股腦江湖空氣靡靡漫開，之於小市民們，太冶蕩了點。換由搖滾叛黑如今好慈眉善目吟起他自個的〈戀曲一九九〇〉，最後結束於光頭藝人帶動臺上臺下打成一片齊唱非常小市民口味的（稍異於中產階級的C大調），〈瀟灑走一回〉。

啊那時，黑槍頻響，中彈頻傳。

票筒同志中有富於動員力者小個子阿南，其兄流氓阿雄帶一批辦事之徒，辦事果然整齊頗是社會中堅而非學生式陽春或畸零份子。其保全人員（保鑣）乃警察阿國好大個子，其同事皆臺下警察也維持秩序也圍事。兄與保鑣雙方，相濡於老闆的浪華悲歌裡，散場後竟散不掉，席開八鍋羊肉爐在競選總部。此部原是小個子阿南計劃中的餐廳，木工做了三成停止仍是滿屋子材料氣味，錢卻砸進選舉光光。好大風險的投資案，擇法師名號靠行或許仍勝過單幹戶，十天前釘牌掛旗開張。一名認同法師之法的寂寞奇數人也是機場現役軍官經過，料不到撞見此奇數驚喜入內欲相加而成偶數於是成為小個子阿南的文宣。奇數軍官變造其軍中科技，搞出一牆電子螢幕聳立在民主廣場可同步映播法師的法相法言。雖然結果是法師晃點，代之以老闆連講帶唱彷彿綜藝又俗辣，可憐，更對味。圍羊肉爐，羶香襲面，蹲著坐著站著，野戰篝火，露水的同志，一似玉堂春好華麗唱腔裡催老流年聽哪、「我與你露水的夫妻有什麼情」，我們乾杯到天明。

我行走路上接到空中撒下一紙云，「做著歹田望後冬，嫁著歹尪一世人，選呼（約書亞黨旗）有希望，當呼（老大黨徽）子孫足悽慘！演講者：中央助選團，海外助講團，專家學者全力助講。」

那時哀鴻遍野，求爺爺告奶奶搶救某某某一票。苦肉計自射大腿一彈登上四版頭條也好。忽然一晨，好爽淨半版翻亮眼前，歲月的塵色調，大頭照戴復古式小圓鏡片眼鏡，誰個候選人恁斯文，啊胡適？嚇人吶。第三黨平面廣告，此是寫字鬣蜥幹的好事，援用世紀初胡蔡一干民國小子「我們的政治主張」，幾行字，天啊七十年過去這些主張依然適用完全適用只有更適用？廣告意圖把時空拉開拉大透口氣，然則短暫一瞥，清明之聲，第三黨自己過癮罷？沒錯，我自高歌我自遣幽懷，畸態一樁，替蠻荒綜藝再添一筆後現代。

看哪法師安步當車自己的節奏，謂之釋法？謂之啓蒙？密織嚴繡一小隙不放過的鄉親之地掃蕩一遍，選前起乩再掃一次。大稻埕廟前，法師到時放起煙火沖天蜂炮，法師偕太太先進廟裡拜拜，出來登場。那場子已由各路護法和供養人使盡各種撇步暖得烘烘只等法師現身，包括龍發堂遠來南島之南自組鑼鼓鐃鈸隊伍每每舞一番龍獅爲法師開道。此堂，收留智力或精神受損同胞，多是家屬長年照料不堪負荷後送來堂裡當做出家。捐獻和香油錢，出家同胞養雞生產雞蛋種菜自給自足，或叫做民俗療法亦有療癒者復返家庭。堂頗佔面積雞蛋生產量足以市上供銷，我在募款餐會上吃過便當其中滷蛋即是，但也那麼一下下，慚愧啊那麼一下下須得理性告訴感性，食此蛋絕沒半點問題難不成還會變笨變癡？所以，所以就有社會體系見此堂難以歸檔既入不了醫療系統又無法可管，就違建拆除之何妨。一如約書亞總統還做市長時恃龐大中產階級之勢建設光鮮城市，最正當就是把最大公約數認爲的城市破銅爛鐵和垃圾消滅反正他們票數少得可憐，看看約書亞怎麼對待拆遷戶和公娼罷。所以堂主陳情四面八方不果，陳到法師這裡終獲緩拆重議，且終於還成功推動了精神衛生法。「報一飯之恩」，堂主的外交辭令漂亮云，便卡車一輛舞龍舞獅團加入助選。於是坐滿一卡車的出家同胞，與阿毛駕駛的捕魚船，百年修得（同船渡，十世修來共枕眠），我們共渡過一程農業縣的漫黑省道。

看哪，留德的法師，不罵摩西老大，不咒約書亞，我自高歌背誦一段浮士德，用德語，用台語，娓娓道來有個了不起的人名字叫歌德，他開啓現代德國之先聲。

舊曆十九，旗幡在飄動，人鴉無息。

「上帝的靈運行水面上。上帝說，要有光，就有了光。上帝看光是好的，就把光暗分開了。」

法師台語創世紀。月十九，仍圓，仍大。雲片馳過大圓月所以月像在疾走。

「上帝稱光爲晝，稱暗爲夜，」

暗裡看去，一個，兩個，彪形大漢五個，六個，許多個，大頭大臉幾刀斧劈出的石雕，沒錯，讓人想起復活節島上那些向著海洋的巨石群，他們站穩有利位置擋暗槍。那時我像背得爛熟的主禱文默默跟著法師唸：「有晚上，有早晨，這是頭一日。」

主看一日如千年。

這是千禧年，這是啓示錄，這是末日學。

從天啓聖諭至倒數計時，這是西元兩千年。老闆交換給我一本書參照，《末日早晨》，說是某些元素可以用。

我交換給老闆幾頁劇本本事，其實更像一份簡譜，它有許多可能性，若演奏成兩種完全相反的風格也不奇怪。我且附上一本夏卡爾畫冊，表達我想像中的一種可能性。

那是上世紀初第一個十年，二十三歲的夏卡爾來到巴黎，煤氣燈照亮裡的巴黎，照亮他，照亮他攜帶著俄羅斯陰鬱拖不動的厚重巨影。那是立體主義解剖刀般把物形析解之後使互相遠離的時間空間並列在一起，時間因素加入，三分鐘前看見的臉跟三分鐘後看見的臉，同時並存於平面上。析解法使他拆散現實，重組現實。使他輕盈。他不畫他所看見的，他畫他所記住所夢想的。

我用標籤夾頁，〈我與我的村子〉，那是革命前沙俄小城河對岸的猶太貧民區，景物皆掙開地心引力在沉湎中靜止，而顏色在回憶裡激動。綠色側面的夏卡爾，對比著襯底東正教的紅，深藍之黑夜黎明乳牛的大眼睛垂看人間，黃是俄羅斯娃娃身上的黃塗在圓頂教堂上，黃房子藍房子紅房子綠房子和擠牛奶的人和農民肩著長柄鐮刀和指路的婦人，他們在深藍裡都變成爲星星。

我跟老闆說，這是我想像中薇其的西元兩千年。薇其的回憶和敘述，回憶她十年前倒數並且跨越兩千年的那時候，也許是像夏卡爾的這幅畫？

老闆便邀二三人勘景，捷運圓山站下車。東邊是城市的臉，西邊城市的背，好貧瘠的背。我見過一副寺前楹聯云，佛身圓滿無背相，四方來人皆對面。當然那位票戲成癮的財閥一代暨兩岸使者是說，下臺的背影要下得漂亮。而就在城背的黃昏極處亮著一顆明星，久久，久久，原來是飛機，正對準我們捷運月臺飛過來。

閃眼間，飛機已到跟前，機輪從空中伸下，像命運之神如果命運是有形體的話它就是長成這個樣子的，轟然輾過我們頭頂——

萬念俱息。

然後，我吐了一口氣，回過神，飛機已在東方降落。航道下的足球場，靜如廢墟。

我與老闆對望一眼，是的，末日的早晨。

其書曰，然而我確知曾經有一個晚上，世界在預言實現的邊緣猶疑了一會兒，卻朝著背反的方向去了。

e-mail 和V8

九月二十一日

有時候我眞的無法想像我已經二十歲了。

胡丁尼他現在都會說我長大了，有自己的想法，比較不聽他話了。兩個人的感情也慢慢穩定，他要開始把重心放在事業上。最近我老愛說，以前胡丁尼他都會怎麼樣，現在都不會怎麼樣。其實我知道他還是對我很好。

他現在爲演出光是部隊上已快忙不過來了，而且他對每個人都說好，好，把自己弄得很忙，卻不是每件事做得好。所以你們可不可以等他十月七日演出完了再找他，這樣他才不會因爲事情沒做好而自責。他表演完會放長假，十五天吧，我們會出去玩。我跟趙哥講做到十月中，店裡已經找到人。

十月七日

他把哈雷機車變不見。而且就在他快被電鋸鋸到的時候，消失了，然後騎哈雷從空中下來。

十月八日

他想趕快帶我去看車，說他這次放假出來最主要是要教會我開車，考到駕照，他就可以放心回部隊受苦受難了。他說忍痛把哈雷賣掉，就是因爲知道開車前跟開車後不一樣。不要我騎小綿羊，說人肉包鐵皮很危險。

車是中古的紅色 Toyota，三十萬。他先把哈雷抵給部隊對面的車行當第一期費用。還有一輛機車就自己留著找買主，等賣到好價錢再付尾款。

我覺得胡丁尼他並不會想融入我的生活。像中秋節前一晚，第五元素烤肉，我叫他跟我們一起烤，他說有事，送我去就走了。後來來接我，是有變魔術給趙哥他們看，但總是一個距離在，聊不起來。離開第五元素走回車上，他一直問我喜不喜歡車子，我是很高興啊，只是心情還在那裡，他就以爲我不喜歡那台車。

如果開車，我會想像旁邊坐著我的小孩，一種畫面啦。

後來他要去跟別的魔術師談事情，我說，只有你一天到晚跟魔術師談事情，別人問你就說，你太愛現了，你要保持神祕一點。你的叩機和電話都沒電，等一下我怎麼找你？他就說，看我們有沒有緣啊，有緣的話等一下就會路上相遇。

十月九日

在 Peace，後來我不是先走嗎，不想一個人回家，所以去找我阿姨。

本是想等胡丁尼電話再叫他來載我，結果我阿姨都要走了他還沒打來。他的電話和叩機沒電，找不到他只好自己回。到家他才打來說快回了。我聽電話裡明明很吵，猜他一定沒這麼快，果然，早上五點多才回。因爲被我猜到了，所以就不想理他。他也居然說沒兩句睡著了，我就更氣，乾脆去睡外面椅子上。女生最氣男生這樣。

後來睡外面椅子上像人家說的被壓，又像做噩夢很可怕的那種。我一直叫他來救我，他都沒聽到。

十月十日

我們在車上。他手機響了接，我聽見是女生打來的。一直想，她是誰？心裡不舒服但也不想問。因爲如果是男生打給我，而他在旁邊問，我會覺得麻煩，所以儘管不高興也不問。

胡丁尼他竟然唱起我的自創曲，我摀住他嘴不准唱。以前我錄在手機答錄裡，別人留話前好倒楣的先得聽完我唱歌。

十月二十六日

我們清晨才回台北，前一天又去了東澳。我賴著胡丁尼不肯睡，一直到中午他回部隊之後才睡。他原本昨天下午就收假的，又請了一天假陪我，說是出來拿魔術表演道具，鴿子。

十一月十五日

打電話給東京我媽，聊了一些後，問起我叫二哥帶去的電動好玩嗎，才知道有一台被我哥拿走了。之前我去讀書時留了一台，共兩台。我很火大，一定是我哥拿給他女友玩。不是我小氣，那是我的心意，希望媽媽和多桑一人一台。我哥沒和我說一聲就拿走，而且是給別人玩。他女友自己不會買一台喔，越想越火大。

十一月十六日

你們是不是有朋友要買機車，四百CC的重型嬉皮車。

胡丁尼他那時候跟車行其中一個老闆付的頭期款，交情不錯，沒有簽合約什麼的。前些天在車行，兩個老闆當著他面，因帳目不符起爭執，總之他就得月底湊齊尾款還給車行老闆。

胡丁尼他每次處理事情不先考慮清楚，就像別人要他做什麼事，他反正先答應，過了沒時間才後悔說自己時間不夠用了還要處理其他事情。錢也一樣，什麼都想買，買了才擔心自己錢不夠用。他本來是有放一些賣道具的錢在我這裡，可是他還在當兵，我目前沒工作，然後他放假兩個人的開銷加一起錢就又沒了。

聽說他向你們預支錢。

十一月十七日

我在想要不要告訴我媽胡丁尼的事。

其實我媽有筆錢放銀行裡由我保管，我哥他們要錢都是我去銀行提給他們。我在想告訴我媽好了，看可不可以先借給胡丁尼，不然他現在在部隊也變不出辦法。可是我又不想向我媽拿錢。因爲每次提錢給我哥他們，我會覺得很討厭，都這麼大了還要跟家裡拿錢，尤其我二哥，不找工作，每天也不曉得幹嘛，只會打電動。但我想胡丁尼他也不會用我媽那筆錢。他知道我很不喜歡從那裡拿錢用。我想乾脆和表姊去發傳單，也不能沒收入。我是比較少上網打麻將了。我在想到時候會不會沒錢繳電話費。

十一月十八日

我跟我媽提了胡丁尼的事。我媽說先拿去用，等有錢了再還她就好了。這樣，我卻不想動我媽的錢了。

十二月六日

那天我陪他回部隊後，一個人到部隊對面的車行，問胡丁尼他到底還欠多少錢，誰知車行也說不清楚，結果被胡丁尼知道了罵。他眞的很生氣，說是因爲不希望我一個人在家想太多。他一定是覺得我去問車行，他很沒面子。

他就是這樣，有的事不告訴我，說他自有辦法，以爲我不懂。還抱怨我不去學開車。我們現在不像以前會一直聊天了，上次回新竹，一路上，講不到十句話。我問他，爲什麼不會像以前那樣哄我，他都是說部隊忙，很多事煩到他，叫我要多體諒他。

昨天他放假我們去看電影，隊上長官打電話給他，找他去喝酒，我一直跟他說沒關係，推不掉就去，我回家看電視就好了。雖然我們很久沒一起看電影了，但我也不會因爲這樣不高興。看他那樣要陪我看電影，又要擔心長官會不會不爽，我也會不高興啊。我眞不曉得，反正九二一大地震後什麼事都很衰，沒什麼事是好的。

十二月三十一日

我一定不過問胡丁尼他錢的事了。

一月一日

衰上加衰，遲了兩分鐘沒趕上倒數。

本來我們想停車很難所以把車放在他部隊附近，改搭捷運到台北車站換板南線，結果台北車站塞爆了，根本擠不上。四個人跑出站換計程車，到仁愛路圓環又大堵車，趕快下來用走的，走到市府廣場人家都數過了。滿街，全全全部是人。回家兩點多，接到金妮電話去天母後花園，吃呀喝呀，天亮了，去釬星。陶小株朵麗施他們從遠企陳桑那邊過來，駭到不行，十點結束又再去KTV，K到下午三點鐘，搞不清，還以爲是晚上三點。朵麗施他們要上山泡溫泉，我們回家了。

一月九日

胡丁尼他瘋了，把紅色 Toyota 換成中古的韓國 Kenwood。他放假把車開回新竹車場，認識的人看了那輛車，說原先的車牌是計程車，出過事，就用兩台車把它再組裝，總共是三台 Toyota 拼在一起，加上第三塊車牌拿出來賣。胡丁尼他聽了快崩潰掉，毫不考慮把車換了。他說這次這些人說的話他可以信，何況既是出過事的車就不要開。而且這個車場的人剛好有門路，可以把紅色 Toyota 再分解，再賣給其他組裝車場。所以當天就談好付兩萬塊手續費，馬上換成 Kenwood 二手車，八百CC，紅色，手排。

總之我一定不去學開車了。

二月二十九日

我二哥去我媽東京店裡學廚房。他和我表姊去日本，還是我大哥打電話告訴我才知道的。我已經懶得管他，都幾歲了，每天在家打電動跟我媽拿錢。我也不想去日本找我媽了，想到要看到我二哥就很煩。反正他現在在我媽那裡，我也不用管那麼多了。

又回第五元素上班，從明天開始。有一次趙哥的媽媽來帶了一些飯菜，趙哥沒和媽媽住。隔天趙哥叫我不用買飯，他幫我帶便當，結果他眞的用微波爐可以加熱的塑膠便當盒帶來。那時候的感覺是，好久沒有吃到這種便當了。我笑他遜，怎麼沒用小時候那種鐵盒便當啊。後來我一個人坐在吧檯吃，覺得趙哥眞的對我很好。

三月十日

現在我跟胡丁尼，我們好像是不同世界人。他在部隊的事我都不知道，問他又不說。我在元素上班，跟他說一些店裡客人的事，他也聽不懂，我們這樣會不會分手啊。像阿達跟菲菲，就分了。我高中同學菲菲，每次放我鴿子。阿達在當兵。幾天前菲菲來打牌，帶了一個男生，我不認識，她贏牌還親他一下，看起來不是那種普通朋友的關係。我那天一直覺得怪怪的，後來菲菲才說和阿達分手一個月了。她說每次阿達放假回都要帶她去朋友家，不是看電視就是聊天，一屋子人，她眞受不了。看她這樣，我都覺得是不是我和胡丁尼以後也會分手。

三月十一日

胡丁尼去拿他新魔術服裝。他想開始準備新的魔術，參加年底的台灣世界魔術大會。唉又是一筆開銷。

三月十二日

我說過了，我不相信他。

他告訴我是他亂按，自己寫的。如果是他自己亂按手機，怎麼可能會是一句完整的英文問候語加上驚歎號，而且還把它存起來。連我叩他520，530，都是馬上被洗掉。是不是他在乎她ㄋ，想到這，我比他更難過。總想到我一人在家，上班，睡覺時，他們可能聊天聊得很愉快ㄋ。或是他說被禁假，其實和她出去了ㄋ。而在我不知道以前，他和我在一起時，心裡想的是別人ㄋ。或是他故意給手機沒電，讓我聯絡不到他。我不知道他還有什麼事瞞著我。我決定，分手。我不想再提此事，既然決定了，多想多氣，不是ㄇ。謝謝你們的關心。

三月十六日

其實我不是氣他去 Peace，也不是氣別的女生打電話給他。以前他媽媽跟我說，胡丁尼他的缺點就是比較虛榮。而且以前跟他變魔術，我也看過他變魔術給其他女生看的樣子，所以如果他告訴我他去 Peace，或跟誰出去，有別的女生在，我不會生氣，我只是氣他騙我。反正他也說不出來，就沒什麼好說的了，我也不想說了。

三月十七日

胡丁尼他前幾天去花蓮演出，昨天回部隊，跟我打電話講到早上四五點。

起先我說你是不是因爲我沒人關心，才來關心我。他聽了很難過。後來我說，我們先做朋友吧，因爲我也不可能現在說沒事就算了。他最近好像晚上都會喝酒，我是不願說我們分手了，他天天在部隊喝酒。可是我又不願說我現在原諒他，讓他以爲下次還可以這樣反正我會原諒他。我們講了半天，他不高興，我也不爽。雖說要分手不開手機，可是有空就把電話打開看有沒有他的留言。若他沒打來留言，我又會怪怪的。目前只能先這樣，不然我也想不到能怎麼樣。

他這次演出出問題，所以下禮拜給禁足。他說還有一個榮譽假，希望能夠調出來。

三月十八日

最近我又不想去元素上班了，跟趙哥吵架。起先趙哥一直向客人抱怨蛋糕櫃的燈壞了，在東區找很久都沒有那種燈。他明明知道環河北路有賣，懶得跑那裡去買，就是要在東區找。我站在外場聽了煩，回頭叫他直接去環河北路買不就好了嘛。他要解釋他不去的原因，我說他唸了一整天，我在旁邊覺得很吵吔。他就說我說胡丁尼的事，說來說去都一樣，他也會覺得很吵，叫我以後是不是也不要吵他。好煩喔，不想上班了。之前胡丁尼也叫我考慮不要做了，因爲我每天十一二點才離開，擔心我一個人太晚回家。

昨天我買啤酒喝，不到一瓶就吐了，然後打電話給胡丁尼留話。說一個人在家無聊，喝酒喝到吐，是故意的，因爲我也不喜歡他喝酒。

他今天會來。放投票假回新竹，他講投完票來找我。

「長大以後他想幹什麼？像你一樣當偵探？」

「現在就想了，他不想等長大。我不怪他，太多人等不到了。」

「等不到什麼？」

「長大。一個住在街頭的黑人青少年？他們的平均壽命還不如果蠅長。阿傑是個好孩子，我希望他能撐過去。」

——《行過死蔭之地》

他站在電子花車上變手帕，國中時候的他。手帕生出手帕，掏不盡的手帕。長針戳汽球，拔開針，球不破呢。灌水在無底的玻璃瓶子，水到哪裡去了？生澀得眞擔心他穿幫。他變出鴿子時好倉皇的笑容，彷彿是被自己居然變出來一樣活物所驚嚇。

V8攝下的，業餘又搖晃。

縣市活動中心，稀朗民眾，辦桌，年終團圓餐會，橫布條上面的字，桃園家庭扶助中心。小孩子四地跑，臺上冷場到不行。黑西裝人是他罷，七零八落，看起來在變魔術，淹沒於那收音極差又回聲極大的屋子裡。

感恩憶父親之夜，蘆洲市婦女會慶祝父親節。

一九九七年二月十三日，在凱悅表演，是啊我十九歲，聲音說，準備一小時，表演五分鐘，把手帕變拐杖。走廊還是通道，蹲在地上的他，疊捲著棍形物，儘擋人路。廣角鏡中變形的他，斗大頭，凸畸臉，不了了之的細軀幹。

大衛奇幻魔術劇團，道具箱上銀漆字標示著。他唸藝校期間組成的。

有國旗，有國父遺像。布幔浮貼四個團金字，鵬程萬里。青溪國中大禮堂，有籃球架因此兼體育館。學生席地坐，成畦包心菜，教官巡行其間。他在國父迷濛目光注視下變手帕，變鴿子。

白鴿飛遠復飛回停在他指上乖得像假鳥。

然後她，甩短髮登場，緊俏似快打旋風裡復仇的春麗。她把他上手銬，裝進布袋綁好繩結，鎖入箱內。她跳到箱上站定，用條幃布一遮，一扯，再看時，已變成了他。她呢？她給裝進鎖箱和繩結布袋裡了。

David創意工作室，他的名片，魔術表演與教學，會場佈置。擅用汽球佈置慶生會，喜宴，週年慶。跟親戚批發來幾毛錢一支的汽球，摺成狗啦，貓啦，嗶嗶剝剝，各種造型，一個賣幾十元，聲音說，可賺暴利。也賣魔術道具，最好賣是牌，成本十元賣四十元。

聲音說，我七歲就搬小板凳到燙髮客人前面變魔術，最常把一塊錢變不見，變出來。媽媽開美容院，爸爸是公務員。新竹家，到現在也沒變，用毛玻璃隔間。小時候睡覺躺著，看爸爸站隔壁椅子上，從上半窗拉開的毛玻璃那裡，伸進來兩隻臂，變手帕。

我一眨也不眨，聲音說，我一眨也不眨瞪看著，你知道嗎，手帕，就在我瞪著眼看時，就，不見了。

我張大眼睛盯上去，在那空空沒有東西的地方，一直盯進去……去到哪裡了？唉沒錯，夢鄉。

一站一站，夢鄉裡的遊園地。

都電荒川線。

大囍字，直排輪世紀婚禮，主辦亞洲樂園，協辦終身大事攝影帝國暨直排輪推廣委員會。紮成簇簇拱門廊的汽球陣，甜心汽球群。

宜蘭國際童玩節，小丑魔術表演七十場。有一次她鑽進插刀籠裡，被戳傷了，聲音說。

台南貝汝世貿演出二十一場。

國父紀念館，全國優良駕駛頒獎晚會，變鴿子。

聲音說，她小學父親死了。國中時候母親去東京打工，後來嫁給日本人。她跟兩個哥哥住阿姨家，去年阿姨搬到林口，他們三個就各跑各。後來我收到兵單，總算在報到前找好房子租下來。房東說看我們年輕，老實老實的，算我們便宜七千五。結果我們在房東留下的化妝檯抽屜發現前一個房客租約，七千。

是啊東京下町，荒川土手，她母親家。

荒川？喔荒川就是防止隅田川氾濫的人工河。土手呢就是，孩子的遊樂場，年輕戀人的談心所，更是蹺家蹺校後一個人的晃盪藏身地。

好歡鬧的環境聲，卻也永遠好哀傷，因爲黃昏總在一瞬間到來。記憶總在遊園地。

所以陽臺上，往東眺，天邊雲堡裡的新光超高層。

往下看，夜市於白晝，悄然無息一如不思議之國，神隱少女誤闖地。市招如林，無聲，誰知道呢，下一刻就豬羊變色沸起來。

嗄嗄叫迷你火鍋。南機場大碗公。炒翻天，海鮮現炒八十元。平價熱炒，阿興快炒老手，熱炒一律七十元。斗六魷魚嘴羹。三立筒仔米糕，鯊魚煙。現炒黃牛肉，不一樣。修改內衣，穿耳洞。Quickly，快可立，快速可口立即享用，徵早班，外場工讀生，滿十八歲喔。空中高吊一列紅燈籠寫著，臨水法乃宮。

屋子重新粉刷過，聲音說，她選的色，本來想刷綠，不過綠牆壁綠屋頂，她很害怕會跑出一個綠鬼來。

所以淡紫壁，深紫頂，奶黃門窗框，滿屋團子三兄弟卡通圖案的日用品，或無用品。水泥屋角一口猙獰洞，硬生生鑿開卻不做半點修飾的大破洞，就鐵梯垂直往上爬。

爬洞出，炸眼逆白光，第三類接觸？光從無數縫隙射進因此曝掉的鐵皮屋，充斥魔術家當，浮隱於光塵裡。浮出一面老海報，古味又複麗，是逃脫大師胡丁尼，神主掛在屋中央，煥熱將融。

胡丁尼，我的偶像，聲音說。變形，或叫做替換衣箱，是至今爲止最多人表演過的戲法，就是胡丁尼發明。超厲害，那時候字典都有他名字，胡丁尼——茲，動詞呀，使從手銬，綑綁，拘禁跟扼殺裡逃脫。上個月我賣掉一套替換箱，十二萬。箱子不要做得太炫，越普通，魔術顯得越有說服力。

聲音說，每次我趁放假把道具拿回家，之後就利用要出來拿道具的理由請假。這次魔術比賽，我弄到二十天榮譽假。有個南非來的，對我大鋸美女特別有興趣，當場下訂單，可道具歸部隊，我得再做一架。像這個黏假腳，給腳塗色，穿襪子。所以箱子下半截你們看到的腳，是假腳。

火焰變手帕。

還有空中結帕，剪不斷的手帕。陸光綜藝團，坐船三天才到大擔小擔，一個排，勞軍給三四十人看。

是啊明年七月退伍。陸光藝工隊，在庫倫街那裡，隊上有綜藝團，就是勞軍。那些會唱會跳的女生，團外聘來的領薪水，上下班制。混熟的話，早點名晚點名當然人要在，中間蹺兵跑出來就蠻容易。跑出來陪她買鞋啊。還有買電腦，幫她設定網址信箱，幫她下載戲谷麻將和撲克牌。

結果第二天她一起床打手機來說上去了，可是不會玩，動作太慢被趕出來了怎麼辦？叫她找陶小株。後來她下班就早早回家，連線打麻將到第二天中午，玩了十二小時共四十九道，交到一位澳洲牌友。戲谷麻將台八千多人，她一天之內排到第四千名，蠻厲害。

通常她是睡到下午三四點起床，洗澡出門，騎小綿羊到東區，買好晚飯進第五元素，六點的班，十一點打烊，但她總要晃到十二點才回家。看電視香帥傳奇，一邊吃夜市買回的東西。然後坐電腦前玩接龍，上網聊天啦，打電動啦，清晨六七點上床，躺床上繼續打 Game Boy 到倒斃。

當初會租這裡，因爲上面有這間鐵皮屋可以放道具。竹籠子，劍刺籠中人。這個戲法的要訣是，竹籠子必須口小身大，以及助手縮進籠子的姿勢，要儘量把身子縮在籠底，然後就是不斷練習把每支劍插在助手的手腳之間。像這樣，一邊旋轉籠子，一邊刺劍。印度魔術師的發明。

鴿子是藏在袖子裡，拉很多屎。悶死過一隻。

開洞的三腳圓桌，鏡子，屏風。這個魔法叫做，會說笑的斷頭，利用鏡子的反射原理。

白鴿們挨蹭在籠子裡，禿毛露頭魔法盡失的。而小綠小龜兩隻不動，似乎會發臭的無波魚缸。違搭鐵皮屋，熱如雨下。

所以從猙獰破洞往屋底下看，十一點半她回來。東西隨手放，泡麵，餅乾，飲料盒。

十二點，她表姊的朋友山姥來，十根深綠指甲吐著金屬光澤。來就湊上電腦桌，連線打麻將。

一點半她表姊妞妞來，超小個兒。台灣版的TLC團員，超大T恤，超粗銀色鑰匙鍊，超寬超低腰牛仔褲，露出顏色毒豔豔之四角內褲。沙啞聲音，刺青手臂。我不給新宿大毛刺，他刺青要預約一個多月，不爽給他刺。我看他那本目錄可愛就幹來了。點支菸，紅色萬寶路。來幫我擦藥，ㄟ這個還會痛ㄟ。

表姊妞妞脫掉T恤，裡面黑色運動型內衣，趴地上，攤成一張標本，叫她擦藥，是脖子後方貼髮根處的一枚，薔薇刺青。

她忽然，感到頂上有窺伺目光的而忽然抬頭看。

看著鏡頭看著你。

螢光妹

那時，安德烈帶著我，往美術館的停車場走去。天已昏暗，從停車場駛離的車，紛紛開亮了車頭燈。就在那時，我發現自己開始閃避一些離我很遠的車。安德烈問我怎麼了？我告訴他，我的眼角被開大了。就是說，我發現我的眼角餘光，起碼擴大了十倍，離我身後尚遠的車燈，像曳光彈，一顆顆擦臉而過。

——蔡氏

這麼說吧我的愛，一個E丸E過還未褪的眼睛，一個眼角被開大的眼睛。黑。黑是黑曜石的黑，透著一種雪花結晶的靛青電氣石光。女DJ，電音巫師 Techno Shaman，或隨便怎麼叫她，女祭司？背對唱盤打碟，用腳混音，閃手大師的風格，又會播歌又會娛樂人。而可敬的酷哈洛克，就是趴在唱盤上播歌？黑透結晶裡，DJ跟DJ臺，遠遠懸吊於鋼梁，琥珀凝封的史前蜘蛛？如此遠，遠得像時間一樣遠？

如此黑。螢光點點，螢光棒，螢光環，遍處搖。

如此之黑呢？浮浮踩階往上走，卻黑裡黑得流沙往下陷。無明長黑之甬道，我的愛，莫回頭。相信此時你聽到的心跳聲，呼吸聲，空氣擦過聲，直直往前去……

陡地，鑽出地下室，幽明鏡廳，是湖水泛著光？就大膽學耶穌踏上湖面走過去。是國際商銀大樓，非住人區，地下祭場，祭司打碟。

一頭撞上太陽光，張不開眼，金融區巨塊的天際線在頭頂旋轉了三百六十度。

雲飄過大時鐘，七點零三分。

帷幕牆萬丈直下折映著對面帷幕牆，冰山鏡境，地底出來二三個移動點，人吧，給收進黯黃甲蟲裡，開跑了。

排班計程車，謝謝不搭。地底祭場，沒有招牌沒有標識，知道的就會來。通宵達旦，上午十點鐘歇業。清晨，正迴光返照，瘋到不行。

於是街道在透明液體中剖開，走過，即泌合。剔亮極了，我的愛，街景微微搖曳著。

無比空敞。只有公車，一隻，兩隻，領航鯨？三隻，四隻，好幾隻小抹香鯨？其上貼有不認識的大頭臉叫人投票給他爲什麼？

看啊有怪獸，兩個，三個，嫋嫋迎面來。一種物種，名字叫學生，跑錯界了？三個五個六個好多個，湧現於前，都是睡覺裡被挖起來而此刻仍在睡境邊界的支著一莖一莖白糊糊臉。

時間動線上絕對碰不到的人，地下人，地上人，異次元人，不同界面人，這時間，互相碰到了，映入視網膜，暗叫，有怪獸，有怪獸！假裝沒看見的話亦即不存在，互相是空物，飄渺過。

清鏘，收銀機。

螢光的粉紅，藍，黃，紫，維珍汽水瓶，曲線好窈窕。5°C冷藏茶，玫瑰，紫羅蘭，菊花。辣萊姆，辣藍莓，麻麻碳酸水。小寶特瓶，Arizona有一仙酋長人像，紅茶，綠茶。還有透光細長好現代主義的DNA。

歡迎光臨，叮咚果凍門切開。

還有老牌黑松呢，鮮泡1222，螢光黃，螢光橘，新包裝出現個嗆到腦袋裂破的大頭人，舌頭開花似大湯匙的尖牙人。耳邊響起ㄅㄧˋㄤ汽水的警告說，味覺膽小者，資深世故人，幽默感貧血重症患，請勿嘗試。

一口哇沙米卡滋卡滋辣卡滋，一口藍莓辣汽水，辣到爆。

收你一百元。謝謝不用塑膠袋。好樣喔，做環保。

結果只喝礦泉水。像一台淨水過濾器。

看，天上駛過藍白捷運，穿雲，出雲，倒影在帷幕牆上。雲中之城，何以如此高？高得像最早最早的祖先坐在那裡朝下望。

望見你，我的愛。

滿頭塑膠夾子，昆蟲夾，星星月亮心型夾，珠珠球束髮帶，麻花繩。如果在地下，黑暗裡，全是螢光色。腕到臂，套滿塑膠圈，琳瑯塑膠環。十根指頭戴滿塑膠戒。在地下，一概發螢光。螢光睫，螢光唇。削肩白T恤削到肋骨邊。眼尾太陽穴貼片，螢光淚。

地底螢人，出地面，煞白煞白人，掛滿見光死的廉價塑膠物。

摘下即賣，五十元，一百元，整數不找了罷謝謝，爆利哦，半夜至天明，好好賺。
於是放慢格的大跨步，墨鏡銀駭客的步，有磁浮？一跨一丈遠。
手握一束螢光棒，拎瓶礦泉水，指尖拈菸。拖到膝蓋長度的斜揹包，一丈一飄飛。
不是揹包長，是個兒小，小到只有在童裝部找衣服。直筒牛仔褲，勾勾復古白球鞋。
尋得小綿羊騎回家了。
但且慢，再吸口菸。一口好深的菸，連齒，連胸腔，連肺，吸得癟癟，癟癟的。是紅色的，紅色萬寶路。
我的愛，萬寶路牛仔肺癌死的喔。

你們知不知道點點最近在幹嘛呀，她居然還晚上喝酒，在我手機裡留話。我這樣眞的喔，就煩惱吔。我實在不曉得怎麼跟她說了，我說什麼她都不願意聽。不然我什麼都不要說，讓她做決定好了。可是三年多的感情難道一定要這樣嗎。上次也是，我眞不該把錢的事情跟她說，結果她每天在家亂想一堆。我眞的煩惱吔，不曉得怎樣才好。

——胡丁尼

一個報復的眼睛。
歌聲單直似小兒，手機答錄裡自唱的自創曲，來電留話前先得聽完這首歌。歌曰，你講你不愛我，我就愛認命，爲什麼，爲什麼，天公伯你奈ㄟ不疼我。

電子花車上釘滿燈泡和霓管，一枚紅紙劈劈拍拍，風靜時見墨黑字，慶祝福德正神千秋。

二人幻麗如冥偶杵在花車上，他跟她。

夏雨要落不落。轟然爆開來配樂，潮濕擴音器亂炸著，007之黃金眼，煽懸疑。

鑽進道具箱，準備給大卸八塊。

我的愛，身首異處。

四肢支解。

分裝於三組盒子中。然後，盒子給攏到一起。

他，抓一把符咒往箱子撒，揭開箱子的話，她會出現，完美無瑕。

出現的不是她，是DJ女祭司？是薇其？嬈驕一頭美洲豹，邁開長步繞著他，嗅嗅他，似乎決定等會兒再吃他。

飄開去，飄離開，墜墜往上飄。電子花車漸小去，變成一隻腹底放出熒熒光暈的黑背甲殼蟲。小去了，住家屋頂，一撮一撮。是山嶼懷抱的小港灣，東澳嗎？灣上有船，船外大海，那裡無雲所以月亮沉在海底成金幣。

仰臉，卻碰到滯留的雲，下雨了。

還是淚？

濕漉漉飄墜著，好重，好重啊。輕盈於一切之上的，自己的歌聲，純淨似透明，你講你不愛我，我就愛認命，爲什麼，爲什麼，天公伯你奈ㄟ不疼我……

雨停了。在哪裡？在盆地上空。奇怪盆地一片黑，全台大停電？

全台大停電。於是盆地鳥瞰圖，藏藍跟黑蓋滿廣告全版面，除了一棟樓，亦僅有，唯有，盆地裡的一棟樓，遙遙亮著螢火黃，We are here——唯有蘇黎世人壽給您完整不打折的保障，做您一輩子的發電機。

是的在那裡，那卜星，螢火黃的那卜星。

墜過去，墜下去，樹從腳下撥刺刺過。

街在樹底下，芒果行道樹。好重的露水，故以爲樹是藻，涉潮藻登上那卜星。

南機場一期整建住宅。

前世紀中葉最早最早的第一批國宅，水泥之迴旋樓梯，三十五柱，攀爬，支撐著，七百戶住家，今世紀依然在。其所繁殖，違建，招牌，霓虹鷹架，荒草，盆景，機械馬達，排油煙之蟒長囪筒，塔桶，水瀑，電線，纜管，無盡延伸結成峨峨一座那卜星，懸吊於盆地之中。

盤旋直上第五層，樓頂，她跟他的窩。

黑裡，如果適應了黑，黑裡是有顏色的。豔澤紋身，無限曳展在那兒，佔據著她電腦桌前的榻，優渥而從容，美洲豹薇其。

頓時，軀殼的她，道具箱裡的她，攫住飄墜的她。血肉佔滿的她，心臟，壓縮成一碗汁。

所以最後的那一瞥，她看見她自己，在鏡中——浴廁門打開時出現的他，跟他背後盥洗檯鏡面裡的她。妒恨，而炯炯發光的她，終於燙到了他。因此他來不及抓住她的那一瞬間，她從陽臺投下。一片黑砰電來了。

在哪裡？如果低眉垂目往下看，我的愛，你會看見南機場夜市熾熱的燈，橫過東西，跨越南北，形成一個輝煌大十字平躺在地下。

它們像是都睡著了，連那些睜著眼睛的也是。又或許它們皆置身於一種迷茫的荒涼而無法入睡，連那些閉著眼睛的亦然。

——《帕洛瑪先生》

在死亡邊界的眼睛。

電話響，屋子是一口共鳴箱，響徹。

睡在外間椅子上。一直睡，睡出重重的黑眼圈，蒼白臉，灰紫嘴唇，以及？以及帕洛瑪先生觀察的鱷魚眼睛。啊鱷魚眼睛，死亡邊界的眼睛，那陰暗與光亮的凝滯並陳，那白晝與黑夜的靜止混合。我的愛，剩下聽覺。

聽，最細末的聲音，滋，滋，蛇吐信？啊不完全燃燒的一氧化碳，漏自瓦斯熱水器，逐漸籠罩於屋中。

最橫暴的聲音，電視。在播報選舉開票，整棟樓，從上到下整個覆蓋了那卜星。

櫓——櫓——洗衣機轉動著負荷過重轉不動的洗衣聲。排水聲。聽，肥皀泡沫渣渣聲。注水聲。二次清洗因此輕盈得多的呼櫓聲。是螺旋樓梯上來第三層，後戶，右側人家在洗衣。工隆工隆，機身簡直要裂解的脫水聲。

吹風機吼吼聲，一樓的電棒染髮燙髮。鏟炒聲，鍋盤鏘鏘。

喀嚓，鑰匙轉動聲，隔壁不鏽鋼門推開，接著匡淒一震把整個那卜星都震了一震的門關上。手機響，最期待的因此最美妙的和絃鈴聲，一回，兩回，又一回，啊當然是胡丁尼，他投完票開車上來了？電話響，好執拗的響，非把人叫起來接聽不接則不罷休的響。

但請，請注意聽，第五元素的聲音嗎？那統樓式的五元素，刷滿喧騰熱帶色的牆。向街落地窗一覽無遺，把客人都變做了時髦景框。侍者酷妹們，黑T恤，胸口一紋酷斃的五元素圖案。打烊後，吧檯燈仍亮，銀黑景框之中如寶石藍如琥珀黃的吧檯裡面，有人影走動似月兔。

啊最遠的聲音，總是在黃昏，航道下，巨大機械於天邊以光點出現時，停滯著不動般，久久，像頂亮頂亮一顆星星。

是航道下，庫倫街，捷運圓山站以西，城市背面的環境聲。那些盛開著無款無遮攔大黃花的黃槿樹下面，洗車的，修車的，器械亂散阻擋行路。

而總是，擴音機播放的誦經聲。那個小門小戶小到不行的小人國，志雲新村。照眼，村口一間鮮亮公廁似玩具，某次選舉的承諾新建罷。當空大看板，雁行四名朝氣青年分別穿陸海空聯勤軍服燦笑著，國軍人才招募中心，村外的水泥樓。村人幾度搬遷混居後，供拜不明神鬼的小廟，做醮紅燈籠低低吊滿一村子。

好寂寞的心跳聲，小綿羊泊在村巷裡，跨座上長長的依偎，好累好累的互相眷戀。或者是，一場無休無止剖白心跡後的疲乏，太疲乏了，暫且擱置罷，苦澀的無聲。

卻最終永遠是，看著回部隊的胡丁尼跑進藝工隊門禁裡去，空咚，心被抽掉的沒有著落的荒蕪聲。

聽，尖銳笛鳴，從遠方，馳往近處來，是警車是救護車？如此近？近得在窗前在耳邊，停到樓座底來了，爲什麼？

竄起鞭炮聲。砰，砰，煙花開拆聲，有人當選總統了。

啞然。

一片啞然，我的愛。

潮汐聲吹拂過是芒果行道樹。沉在樹聲底下，沒當選的，險險當選的，並且連那當選的，全都，啞然。奈乁按呢？怎麼會這樣？

轟——地，巨大機械來到頭頂，掣空而過，把建築物，把地皮，把人把一切，全部掣走了的，精光。

光光大十字路口，航道下，剩下她一個人。

啊親愛的最愛的，綠燈亮了喔，請你，請你往前去。不可以回頭，千萬不可以。相信此時你聽到的心跳聲，呼吸聲，空氣擦過聲，直直往前去。我的愛，直直往前去。

從空中窺視，穿雲而過的土地。

——馬諦斯

巫事(2)

這是一個偏執實驗的失敗。

老闆試圖想把電影時間，現實時間，把兩者一致。

天啊這表示什麼?表示老闆打算放棄電影發展了一百年來累積的所有資源和利器，打算徒手，對，就是徒手兩個字，不多不少就是這兩個字的表面意思，全部意思，老闆打算徒手捕捉獵物。

山頂洞人?洞窟壁畫的原始智人?或是一百年前盧米埃兄弟第一次捕捉到火車進站，第一次將之顯影在銀幕上嚇壞觀眾抱頭鼠竄。

可有沒有搞錯，世界已進步到，他們說已進步到某遊客夫婦九一一在布拉格旅館看電視報導雙塔倒塌以爲又是一部好萊塢災難片，一年半後更進步到米伊大戰置入性行銷。embedding，置入性行銷。

好熱門的用辭是不是。本島人始知此辭，係約書亞政府欲把各部會政令宣導費集中起來統一發包，買廣告買政論談話買新聞買民調然後置入各種電視節目。事端外露引起輿論大譁，鬧了一陣子你置入我我置入你笑到宴桌上，八卦成某某入珠人士嘩嘩作響如何也過不了海關偵測門原來是懷珠其罪。於是就有米國鷹人倫斯斐大搞 embedding 謂之隨軍採訪，將新聞報導置入戰爭規劃。五百名各國記者遣至米軍推進線，戰地訓練，免費傳輸，共同畫面，簽下同意書：「生死由命，米軍可就地火化屍體。」鷹人倫斯斐於開戰前最後簡報指著幻燈片上一名馬尾巴米國小女孩說：「請小心報導，不要讓她失去在前線的父親。」鷹人逐個審核進場名單批准了MTV，滾石雜誌人物週刊男人健身雜誌，最後一張入場券，當然，給了半島電視台。於是從可移動式到可攜帶式衛星傳送，SNG架上坦克車，主觀鏡頭推進伊拉克。TV pool，電視共同畫面中心，供應全球同步訊號，收訊按下播出鍵，就是live，戰爭現場直播。CNN主播顫懼警告著：「以下畫面會出現什麼內容，我們無法預測，若有猝不及防的可怕畫面，請觀眾要有心理準備。」看吧，征服伊拉克，鷹人說，先要征服電視畫面。

傳播人說，We are what we watch。

墨鏡酷導嫌攝影師還不夠粗暴說，你的鏡頭就像在強姦他，你要用鏡頭強姦他。

主觀鏡頭雄偉推進肥沃月灣。

麗日不語。

聖賢不再，天上地下我們皆無同盟。阿拉伯人說，絕對，不原諒。一個都不赦免。

然而老闆打算徒手捕捉獵物，一如海明威的獵人父親從小告誡他的：「絕對不許爲殺生而殺生，如果殺了，就要吃掉。」這條法則，成年後海明威已棄之不顧。

老闆在搏鬥中。

無需劇本，沒有我的事。

聞知老闆在搏月。

那是從大屯山氣象臺一路下到盆地底，老闆碰到一次大圓月。溏心蛋黃色，澡盆那麼大，貼著車子走，拐個彎，摔到左邊去，拐個彎，摔到右邊來，相依相離，走下山，走進城，不見了時，在樓跟樓峭隙間。老闆興奮說可以捕捉來當做序場。連幾天，帶著攝影師，搶狗狼暮色，分不清是狼是狗的魔術時間只有七八分鐘，光圈與暗下去的天光吋吋競逐終至天完全暗了，如此以捕捉到物廓的歷歷，黃昏當夜景拍，magic hour，魔術時間。可有霧呢，有雲，塞車，有光害，老闆不氣餒待下回月圓時再來。沒有下回了。再沒有碰到那樣一隻活物像金烏像玉兔像麒麟的大圓月了。稍縱即逝，若不是有同車人做證，我根本懷疑是老闆誇張了其所見，渲染成夢竟至以爲眞？

老闆在拍鱷魚，呃，在等天氣。某方面來說，不是嗎？那長長的等待長到無言，長到都冷了像兩棲類像爬蟲類。等太陽，等到血糖不足，血壓下降，潰散去吃燒仙草芋圓湯肉粿魷魚羹，去洗個頭剪個髮。等等等，等到變成了鱷魚的眼睛。沒錯，鱷魚的眼睛，帕洛瑪先生在動物園看鱷魚，回來說：「牠們像是都睡著了，連那些睜著眼睛的也是。又或許牠們皆置身於一種迷茫的荒涼而無法入睡，連那些閉著眼睛的亦然。」如果運氣好，好極了，就忽然大地一亮，陽光射進第五元素咖啡館挑高如廠倉的空間設置，逮住了，趕快拍。

老闆恍若深入烏鴉往熱帶內陸方向飛去的三分之一河域，那河，祖先傳下告誡說：「河沒有頭髮，要是掉進去，什麼也抓不著。」老闆恍入其中在拍 Munde。自稱爲蒙蝶的印第安人，人口二十五名，按偉大人類學家所記錄的，「就我所知，自我那次和他們碰面以後再沒有人接觸過他們，以前的人類學著作中也從未提到過他們。」不是嗎，恍若人類學家老闆在記錄一批南島當下族。

當下族，啊橘背白腹貓，依本能行事，刺激反射，動物式實感的只有當下。老闆即溶顆粒溶於當下族，田野當下。臨待拍時，默默老闆靜佈一餌以誘發，以催化，觀察之，不，觀察也不了，就拍。老闆恨不能有隱形術把攝影機隱形不見，在無外者目光注視下因此捕捉到眞實，因此逮住吉光片羽，出乎意料。

老闆人類學家般來到夢寐河域，從未有人接觸過的蒙蝶人，就要爲他而且只爲他，映出他們的第一個恐怕也是最後一個影像。他們就在眼前，他觸摸得到。

老闆甚至要順塲拍，把電影時間和現實時間，把兩者一致。無論是影劇，是影戲，老闆皆對之減之又減，負之又負，對之走到一條完全相反的路徑，走到不能再走的邊界世界的盡頭，那裡是什麼？

是、日常的永遠無效性。

是盡責的老媽在廢稿紙上面記的「黃咪行事錄」以便女兒出國回來好交代。什麼樣的行事錄？四月二日星期日第一天，於主人房間睡到午後兩點多聽見樓下用餐動靜起床下樓吃了幾顆貓餅乾及不少馬頭魚肉，午後五點半自外歸餵以餅乾沒吃幾顆又出去了，晚九點來家沙發上睡到十一點餵飯昨剩飯加煮的鮮魚吃很多飯後出去一點多復回又吃了一小把餅乾跟上樓進主人房間夢主人去者。四月三日星期一第二天，凌晨四時許外出晨八點多來家大吃一頓飯食後於沙發睡到中午外出，午後四點返一把餅乾外出，十時許返沒餵竟冒雨出去也沒回來吃飯睡覺。四月四日上午八點多回，大吃一頓直睡到下午始外出，晚十點出現吃飯，外宿。四月五日八點回大吃睡到下午，傍晚外出，餵飯時候回沒怎麼吃就上樓大睡。四月六日九時許吃一頓，不一會又上樓睡直到下午吾等回來，外出，餵飯時回，大吃，上樓睡。四月七日上午吃一次，沙發睡大覺，四點半吃。四月八日吃兩次，夜外宿。四月九日晨回飽食後直睡到下午始外出……放棄不記了老媽好喪氣，就是吃飯和睡覺呢？

所以那裡是，偉大人類學家他跑到地球另一端，跑到天涯海角尋找幾乎是無法辨識的人類起源的各個階段。他不顧一切障礙全心尋找古代停滯的遺痕，逼近野蠻的極限，進入之世界時間觀念不存在，記下一個南比克拉瓦女人的採集清單「幾顆橙色布里提果子、兩隻肥胖毒蜘蛛、幾粒小蜥蜴蛋、一隻蝙蝠、幾顆棕櫚果子和一把蝗蟲」，請問，其意義爲何？

其看來幾無意義可言的行動，唯一目的，他說是爲了重新捕捉「主要意義」。主要意義？是的主要意義，黃金結構。

他說人類學家是史學領域裡的拾荒者，從垃圾筒篩選出他的財富。

他的唐吉訶德主義，對，他的唐吉訶德主義是執著於從眼前之種種現實發掘以往。

可他在自己的社會是嚴厲批評者，卻在其他社會成爲擁護隨俗者？

他對自己所屬社會的態度，不是其內部一員，而是置身於外一名觀看者，無論在時間上在空間上他都是從遠方來看？他把線索，把謎底，建立在離他所屬文化最遠亦差別最大的文化經驗上？

他說人類學家比任何人更無法忽略他自己的文明，更無法認爲自己和自己社會的錯誤缺失沒有關係。所以，啊所以人類學家本身的存在根本是一種獲取救贖的努力？一個贖罪的象徵？否則，如何理解他那些幾無意義可言徒勞的行動？

他是還債。

此所以人類學，一種召喚？他說人類學像數學像音樂，是極少數眞正的召喚之一。召喚嗎？還是還債？不，是中邪。老闆中邪走入日常的永遠無效性裡了。

這樣我來到現場，野蠻之極限，世界的盡頭。

我遇見第一個當下族，車狂崔哈。

在人行道鬱鬱蔭蔭至少一里，至少三十五年樹齡的本島土芒果樹下，牛仔褲，黑Ｔ恤，車狂崔哈厚重皮靴重得會踢死人的（鞋幫裸著黃色車線）果然是馬汀大夫經典八孔靴。超重版之圓型鞋頭內鑲鋼片，對，就是歡樂分隊主唱二十三歲紅翻天自殺身亡時他跟他的超重版馬汀大夫吊在空中低盪。而我妹妹，Laura Ashley 英式碎花連身長裙底下一雙馬汀大夫，曾經一整年那是她的出門裝因爲搭配成功不必再花精神搭配了。一襲走天涯，譬如她在午前提支袋子出門對客廳人嘆口大氣「輸錢去啦」，老爹便從匙杯叮噹和報紙三版標題裡抬起頭應之以清輝笑顏。輸錢／贏錢行頭，深秋到來加件賈姬式套裝外套即成票筒行頭，助講行頭，捕魚行頭，走南走北捕魚助講第三黨。

車狂崔哈亮出小刀，不，手機，可多麼像啊彈簧刀在喬治卻克里斯手掌心叭地彈開寒光一懾，迷人！上個世紀中差點禁演的《西城故事》。我癡看車狂崔哈手機鍵碼，其通話對象正從馬路對面巷子裡出來，小二生渺渺。蘑菇般幼巧的渺渺，兩旁護立祖父母衣冠儼然，可怎麼看，都像小主人在溜一對忠義老狗拉布拉多犬。沒錯，小主人聽手機指示領著祖父母朝前走到ＯＫ便利商店騎樓下等待。

然後我遇見第二個當下族，夜遊女。

雙門跑車，不，銀灰飛行器，滑至路邊載車狂崔哈。駕座上亮晶晶彷彿沾滿露珠的夜遊女，掩簇在擋風玻璃窗裡其上映滿芒果樹枝葉懸綁著無數紙鶴紙籤剛剛舉行過芒果祭。夜遊女兩耳一排鑽孔密釘亮環，而且眉環，舌環，顧盼間，紛灑如露珠。飛行器U轉到對面OK店，男女落地，扳開前座讓渺渺偕兩位忠義老犬祖父母入後座。夜遊女低腰牛仔褲，縮水式T恤綳住胸身，臍環閃閃。進了艙，換車狂崔哈駕走飛行器。

我遇見第三個當下族，遠遠行來，拇指神功鍵著手機，矮短腿卻不忌七分喇叭褲敢穿就贏，下面耐吉喬丹某一代運動鞋。其人邊走邊碼簡訊，一路碼過我旁邊，味來，味去，綠茶香水。

我行經滿佈紅紙招貼的代書家騎樓，爬六角迴旋水泥樓梯至頂樓，住著一雙當下族，點點和胡丁尼。此樓屬於前世紀中葉島上首建第一批國宅，違建復違建，龐大堆疊似懸在太空中危危峨峨的那卜星，卻本世紀九二一大地震時安然無恙連絲牆縫也沒裂。樓裡當下族胡丁尼和點點，情人裝，一式及膝運動衫，印花布大褲，褲襠垂至膝。點點在衫裡加了件棉白小背心，闊衫敞腋，從中幾可遁出遁進好似寄居蟹。無邪的棉白色，喚起浴畢皀香味好爽淨此時新換衣物尚無體味只有蓬鬆曬陽味，棉白色的性感。當下族才搬來，老闆拍他們漆屋子。

是的漆屋子，沒有前言後文亦不負擔任何作用，表面的行爲即全部的行爲，就是漆屋子，給牆壁刷上薰衣草紫。沒有任何即興意外或驚喜，刷牆壁刷出了什麼趣旨嗎？沒有。即便已經清場再清場，精簡再精簡，仍然，狹室裡我什麼也看不見只看見叢林泥沼般壅塞著器材和電線，而人們於其中跋涉。

老闆走出來，風霜焦乾的黑，黑到只剩眼白跟齒白，駭我一跳黑到變成爲另一種人種。

於是我識出小姚小蔡賓哥阿霞杜哥，一式的黑，他們追隨老闆走入這步田地日常的永遠無效性裡迷失了。他們不明白這批當下族有何可拍者？他們也簡直的不理解老闆何以對之如此深情款款到拉來一班技專藝高人杵在這裡曠日曠時，對之耐心守候能候得何物，一顆啞果陀？我目擊這班藝高人，他們被老闆偏執專悍的意志催眠了在不知伊於胡底的長征路上跋涉著，身心俱疲，黑如槁屍。

我駭異望向老闆。

森森的眼白齒白，老闆吐射著幽光。

啊在那烏鴉往熱帶內陸方向飛去的溯河途中，是黑暗之心？是現代啓示錄？老闆已迷失其所尋。他成了自己意志的俘虜，一個狂人，一個巫覡。他已把自己變成爲目的，戰鬥都在他身上踏過，直到他自己也成爲路徑。

第四章

至人達

巫途(1)

而我來，我來是因爲老闆要我來現場看看。他說：「你來幫我把盒子搖一下吧。」那是馬修史卡德。

假如，我是說假如，假如遇見馬修，天啊還是不要遇見罷因爲我可以預示當場會有人，面紅耳赤直赤到頭皮裡遂顯影出一臉雀斑並窘出蕁麻疹，情急之下果然俗蠢不堪問：「你們偵探都是怎麼辦案的？」

「※＃※＠＊？」

「我意思說，你通常怎麼開始第一步？」

「四處打聽吧。」

馬修會好耐心好親切告訴我，除非碰巧給瘋子殺死，一個人的死和一個人的生活必定有密切關係，一個人的生活有很多你不知道的地方。對，就是四處打聽，馬修說：「有時候我們知道一些事情，卻不知道我們知道。」

沒錯，我的漫長寫齡經驗告訴我，在我還沒寫之前，我怎麼知道自己知道什麼呢。我會機智極了拈來，機智得簡直有巧佞迎合之嫌，我拈來皮條客錢斯跟馬修的對白：「有時候我們說出一些事情，卻不知道我們說了。」

那是《八百萬種死法》那次，馬修一驚醒來渾身冷汗，深信自己在夢中破了案。他覺得自己已拿到所有拼板，只剩如何拼湊的問題。那時對方繼續仍說話，但馬修已心不在焉。對方其實並未眞跟他說什麼，並未添塊新拼板，可對方眞是幫他把盒子好好搖了一下，讓他看到每片拼板該擺的位置。馬修閃出光芒說：「去他的，東西全在那兒，只是我看的方法不對。」

所以我來到現場。

來到剪接室。終於，我也目擊到虛弱時刻的老闆綻裂著疲憊和頓挫，對我竟咧開蠻幼稚的笑容說：「東西全在那兒嘍。」

即溶顆粒老闆，我意思是，眼前當下，每溶於當下而不辨其原貌的即溶顆粒老闆經常嘆大氣：「唉總總，電影在腦中想的時候是活的，卻死於劇本的紙上作業，到拍攝當下復活了，又死於底片，然後在剪接裡再次復活。」

所以按老闆指陳的，東西全在那兒了，死底片，滿坑滿谷，滿目琳瑯。我大致看看，泯滅細節像從空中窺視，穿雲而過的土地。我放開自己不做設定，像羅浮宮透明金字塔倒映著變幻的巴黎天空。老闆希望我能寫點什麼，非劇本，一個故事，一則文論，一篇散文詩，都好。

老闆即溶顆粒好像波赫士，強記者波赫士。那位落雨午后摔下馬失去知覺再醒來之後的波赫士，眼前一切，龐雜又鮮明，連那最遠最末微的記憶，都強烈在眼前。他見得一株葡萄樹藤上所有的葉子、捲鬚和葡萄。他記著某一次破曉時分南方的雲彩，與此比並著他僅看過一次某本皮革封面的紋路，以及某次戰役裡一支船槳划起的漣漪。他可以數察不停跳動的火焰不可勝數的灰燼，並且一次守靈長夜中死人的許多臉部變化。他可以持續辨識出腐爛的寧靜進展，潮濕的蟄蟄推移。眨眼瞬間，他觀察到繁複而同時並存的世界。可是吶，可是他無法抽象思維。譬如貓，他難以了解概括性符號的字貓，是指無數大小形狀不同的貓。他不可思議，三點九分從側面見到的貓，三點十分從前面見到的貓，兩者竟然名稱相同？在強記者波赫士，在他過於富饒的世界裡，除了細節和緊密相連的局部細節，再無其他東西。

所以那些死底片，活細節，局部與局部拼塊，繽紛奪目，卻無以名之。我得幫波赫士，呃，幫老闆找到一個概括性符號的，字？沒錯，就是字。

一篇題字，一則命名。

而我一向總在命名不是嗎？

在命名，在找字。在路上，在途中。

我的找字之途，我遇見馬修。在那曖曖蒙昧時光中，大白天也得開燈，突然叭嗟響，斜打窗前，落雨了，一陣明亮起來雨裡放光雨是有光的？疊映於窗前樹蘭，燈泡溶在雨光裡像一顆柔色太妃糖。簇簇樹蘭的鵝黃珠花和葉叢深深處我房間一切，那長頸陶瓶插一杈乾桃枝，那香水瓶身DKNY扁峭冷冽像一把匕首像貝聿銘的中國銀行大廈戳進天空壞了香港風水，那牆上墨寶「人在藐姑射之山」，那鑲著果凍般不規則塊狀的黃玻璃綠玻璃的鐵鑄十字架購自一世紀以來從未完工的聖約翰大教堂是那個霧日我沿一百一十一街穿過百老匯直走到阿姆斯特丹大道上意外遇見而走進，這一切，浸映在窗前雨光裡。我幽息不敢驚動，連驚喜也含住不露唯恐驚破不見了那絕無僅有，當下並存的，雨，與晴。

便是那時，雨晴中，我遇見馬修對我說：「其實百分之九十八的調查工作皆毫無意義，但你只能把想到的事都做好，你不知道哪件有用。你就像在煤礦堆找尋一隻不存在的黑貓，但除此之外我不曉得還能怎麼做。」

是喔我熟極而脫口馬修自己的話：「有時你從街道這端往另一端走，敲每一戶門。這是形容，也是事實。每件資訊小碎片兜起來，指引你去另外一條街道，敲其他的門。待你走過許多街道也敲夠門之後，末了一扇門打開，答案在那裡。不輕鬆也不簡單，可是要找出眞相，這是一個很合邏輯的方法。」

馬修苦笑：「但這招不是永遠行得通。」

那我說：「有時可也像拼圖。好比先把邊緣直的圖塊找出來，拼好周圍那圈，然後按顏色分類，試試這塊又試試那塊，久久，才有一點點進展。有時你要找特定一塊，卻找不到，肯定不見了，你想寫信給製造商抱怨。此時你拿到一片之前試過三四次的小圖塊，你想這不是你要找的那塊，可這回，居然，你湊對了。」

馬修包容的笑：「這招也不是永遠行得通。」

我說：「可破案不是每每憑直覺？你收集細節，產生感覺，最終答案會突然從你心中某處浮現出。總之絕非像福爾摩斯那樣對不對，至少對你而言從來都不是。」

馬修說：「是的從來都不是。」

那時，我書桌玻璃墊投影著樹蘭枝子和簷外十萬八千里遠的高空雲堡，玻璃墊下平壓一大張鋪開的紐約市地鐵圖，雲堡以幾乎不察覺的速度移動，茶盞間從皇后區移出哈德遜河，而我循馬修步履來到五十七街第九大道，街角是韓國人開的蔬果店上面四層樓，此乃西北旅館矣？（有一回西北旅館在第九往第八大道間。）我仰視其上，尋找馬修看雨的那扇窗。我望見他坐在黑暗窗前望著外面篩過街燈的雨絲，他坐在那兒想著長長的思緒，而我仍記得年少時候的思緒，是長長長長的思緒。我遇見七〇八〇年代自我放逐的馬修，他每次對客戶說他從來不知如何定價，他的時間，因爲只對他具有意義，對別人能值多少他如何知道。那些年他不記帳，不繳稅，不留收據，當然也不拿執照。他說：「總之我辭職，是因爲我已經不想再當警察。或者當丈夫，當父親，當社會中堅份子。」

「是喔看盡局裡的貪污腐敗。」

「不，不是。腐敗從來沒有干擾到我，沒有腐敗我哪來足夠的錢養家。」

好罷如果我搭R線，就可以到達布魯克林西南角七十七街走進庫爾里家喝一杯黎巴嫩式咖啡，或者你叫它土耳其咖啡。一九六一年馬修警察學院畢業分發到這裡七十八街分局，與老手馬哈菲搭檔辦案。馬哈菲教他許多譬如教他怎樣以巡邏警察的薪水還能吃得好：「要是天空飄下一張一元鈔票，又正好掉在你伸出去的手上，那就把手指闔起來抓住錢，然後讚美天主。」

他學會血腥味像銅的味道，某些時候也像嘴裡含鐵，鐵味。而極度痛苦中，他像是可以嚐到金屬和皮膚上的鹽分。警察看過太多死亡齷齪於是只得把死者非人化：「他們搬運屍體下樓時，幾乎用拖的，屍體就在一格一格階梯上撞來撞去，那是把屍體弄得不像人類的一種方式。如果你處理起來跟垃圾一樣，你就不會有感覺，不會痛苦，不會去想這種事也可能發生在自己身上。」

「是喔波本加咖啡。」

咖啡使一切速度加快，波本使一切速度減慢。我轉過五十七街沿第九大道朝北走，遇見阿姆斯壯酒吧（雙塔消失的一年後也消失了），我進去要一杯「早年時光」波本威士忌，不加冰，與馬修坐上一晌瞪著玻璃杯裡的琥珀色液體像是裡面藏著答案。像是透過琥珀色濾鏡看世界：「喏，讓光線變暗，音量降低，稜角化圓，它沒有答案它只是溶化了問題，但往往那樣也夠了不是嗎。」

如果我再朝北走一點，橫過大道，五十八街和五十九街間我會遇見聖保羅教堂。我會繞過側牆，走下一層狹窄樓梯到地下室，AAA，匿名戒酒協會。在那裡，輪到馬修講話時他總說：「我叫馬修，今晚我只聽就好。」

——不，我叫馬修，我是個酒鬼。我剛剛不喝酒那時，我的輔導人告訴我，如果我一整天下來一口酒沒喝，就算成功的一天。那時我唯一賴以生存的清晰信念是，別喝酒，並參加聚會。

——唉我這一生老掉牙的寫照，輔導人吉姆法柏說，不是遲了一天，就是差了一塊錢。

——那麼艾迪死的時候沒喝酒嗎？一名戒酒成功很久的人只在乎這點。

——應該沒喝，房間裡沒有任何酒瓶，看不出他破戒。

——噢眞是感謝上帝。

——感謝上帝什麼呢？不論喝醉或清醒，反正他都死了不是嗎？

——沒錯，輔導人吉姆說，但如果他非死不可，我會很高興他死的時候保持清醒。

「我說吶，」那時我忍不住插嘴：「你們這些戒酒人對這點，看得可眞嚴重。」

「的確，這點似乎對我很重要，我想查出他死前是否保持清醒。也許因爲如果是，那他除了一連串挫敗便一無所有的人生，就有了一項勝利。所以我知道水合氯醛的事以後，就朝這個方向緊追不放。」

「是喔一旦咬住就不鬆口的牛頭犬馬修史卡德。」

「唔，我必須往前走，我無法往前走，我會往前走。」

——那麼我不可能收買你？你是那種絕對清廉的嗎？未來紐約州州長說。

——大多時候我是容易收買的，馬修說，但你不能收買我，惠森達先生。

那時山茱萸盛開疊疊似積層雲的五月，我來到偵探作家協會票選最佳謀殺城市第一名，紐約，站在五十七街第九大道街角彷彿站在世界的中心。I of me，世界的中心。我朝西望，第十大道東南交口上，公寓二十八樓敞窗開向南及西，西街從華盛頓橋到砲台公園，越哈德遜河至紐澤西，一望在目。麗莎郝士蒙的公寓。馬修來到公寓，脫掉靴子像脫掉他的生命留在門口，亦砰然把世界關在門外。我說，當然，馬修說：「這始終是麗莎的意義。不僅僅是某種歡樂的來源，某次征服的慾望，某個好伴侶。她是一道我可以走出去的路。而我是那種總要走出去的人。不管我的生活其實多舒服，或我和我周遭一切多契合無間，我總會要溜出去一下晃盪。我的某一個部份。」

啊那已是兩千年前夕（站在世界的中心我訝歎著遙遙當空一架 Sony 螢幕正在跳動變換著跨世紀的倒數計秒和計日），終究取得私探執照的馬修爲了工作起來方便些？收入合理些？因此體面些？「就說罷，我拿執照是希望自己合法化，成爲正常社會的一份子。」

合法化的正常社會一份子有沒搞錯啊。是頭殼壞掉？被收編了？墮落了？是江郎才盡？是老了？我與馬修對望一眼，苦苦笑起來。以上皆是好不好，千禧年了吔。

——所以麗莎，我毀掉你的生活了？

——波本加咖啡？

——我是說眞的。

——我知道你是說眞的。答案是，不是。就像其他人一樣，毀掉我生活的是我自己。

——是罷。

——總有一天，你不會再打電話給我，或者總有一天你打電話來，我會跟你講不要，你不要過來。只不過現在，時候未到。所以，何不憐取當下？

「怎麼說，憐取？」

「憐取當下。」語出古中國詩：還將舊時意，憐取眼前人。

如此我站在世界的中心。朝東望，斜對街有大廈一棟，不可思議叫 Vandemdome，凡登大廈果然是？一九九三年馬修隨伊蓮搬來，大廈後面十四樓。但馬修仍然保留了西北旅館一間房做聯絡處，一間自我所在的小小私閉地？一支對過往棄不掉的奶嘴？我知道伊蓮喝蔓越莓汁加汽水，我也喝一杯。

我沿第九大道朝南走，在五十六街後面找小貓小姐酒吧，已經消失了。一直走，五十二街巴黎綠酒吧，也已消失了。巴黎綠，一種砷的化合物，砷和銅，變成了毒藥綠。再南走，五十街我折西過馬路往第十大道走，前方轉角處，那是葛洛根開放屋，我彷彿看見櫥窗上霓綠燈閃著豎琴牌麥酒和健力士啤酒的矮胖桶。如果我走進去，那是間老式愛爾蘭酒吧，一吋平方的黑白兩色磁磚鋪地，桃心木長吧檯，檯後等長壁鏡。典型的吧，不提供食物，一台自動點唱機，一架電視，一個飛鏢靶和幾條觀賞魚，那是米基巴魯的店。

屠夫米基巴魯。頭顱又大又硬好似復活節島上那些風化巨岩的米基巴魯，眼睛綠得像綠玉髓，顴骨上數道血疤有幾道橫過鼻梁。關於米基巴魯最被廣傳的烏何國故事，他帶著一口保齡球袋走遍第九和第十大道酒吧，逢人便拉開袋子給看某某的腦袋。人們傳誦，他喜在店中穿那種肩膀到腳都遮住的潔白（除了上面的污漬）長圍裙，彷彿剛下班的屠夫衝進酒吧快快喝杯酒。人們說他會指著一塊新污漬說：「知道這是什麼？是告密鬼的血。」

記得吧那條愛爾蘭民歌〈愛國者之母〉，母親要兒子就是死在絞刑台上也不要出賣祕密給敵人。仇視通敵者的了不起傳統是嗎，但我聽過米基說：「所以嘍，你也很清楚另外一面意味著什麼。意味著，我們有通敵的了不起傳統。你怎麼可能只有此面而沒有彼面？」

米基喝十二年份的詹森牌愛爾蘭威士忌，加兩塊冰角。但米基店的執照，連同行車執照，農地產房地產，皆登記是別人名字。我癡聽米基如癡聽佛法云：「不論你有什麼，文件證明的或祕密擁有的，別人都可以從你手上拿走。若你不在乎，我想你就不會有問題。失去的東西倒也罷，怕是你戀戀不捨就麻煩大了。你不擁有，人家想拿走便沒那麼容易。」

——沒錯印地安人說，人類並不擁有土地，不過借用而已。

——我們怎麼說啤酒的？你不能擁有它，你只是去租它。

——你也可以這樣說咖啡。

——或是所有的資產，所有的事。

站在五十街第十大道轉角，天色已暗，阻我前行。設若我前行，前面是地獄廚房。凶殺新聞稱之地獄廚房而房地產廣告名爲柯林頓的這一帶區域，已轉型成中高級住宅區，我應可前行。但晚霞紅得像血腥瑪麗的紅將城市塗上一層紅，我遂告訴自己，這裡是邊界了啊邊界，我好想前行，我不能前行……我站在公用電話旁邊，像一個巫，呃，一個巫人，站在左邊的左邊。

這麼說吧馬修，光譜上，如果右邊是社會化，左邊是不社會化，巫在最左邊，不能再左了。可如果再左一步呢？馬修，再左一步那裡會是有去無回的，非人區。

不是神不是鬼，不是動物（沒有自我意識不知生亦不知死的動物比人可愛多了），皆不是。對此我無以名之，只好相對於人，名之爲，非人。

非人區有去無回，沒有從那裡回來過的報導人，沒有拉撒路那個從死境回來把一切告訴大家的報導人。那裡蠱蠱的霓光映上我臉讓我脊冷冷一顫而豔異的霓影已長長伸過邊界伸上來時，我拔腳折返了。再回頭，亮起霓虹市招的邊界肅空無人，無車，唯公用電話一柱立在那裡爲明滅跳躍的霓虹所佔滿。

邊界的電話。

多年前我遇見一位打國際電話的帽子小姐蕈形帽遮住大半張臉只尖尖一點下巴露出，她一通接一通打，一大把電話卡很快被吃掉像硝煙裡炸開的彈殼迸飛落滿地。我亦目睹一名熱戀相思人，去到巴黎心不在焉只管一邊換算七小時時差一邊張望何處有郵局和菸草店可以買一百二十單位的電話卡打給戀人，黃底藍色信鴿標誌的郵局和 tabac 招牌和電話亭，構成了熱戀相思人眼中的巴黎。我也曾在摩納哥公國面向地中海的天涯斷處看見曠無一物，除了一座鈦銀色電話亭，那時我堅信從亭裡我可以打往海底，打到過去，打給晴日好風跳上牆頭走入桂花樹叢中就再沒回來的貓咪牠的名字叫麻瓜。感傷的馬修啊，那些立柱式公用電話若全數取代了玻璃亭電話之後超人要去哪裡換衣服？

我遂告訴自己，待天明，對，就是天明一大早，有人有車有市聲甦醒時，我會搭L線換A線到十四街下車，往西走，我會遇見聖本納德教堂，每天清晨七點有一場彌撒，八點有另一場在左邊小房間。米基的屠夫父親總在上工之前來望彌撒，常常帶著還是小孩的米基一起。我會看見米基和馬修，無論你稱他們是男性情誼或者，男人那一套？他們總在各自，或者共同，完成一件耗盡心力的殘酷任務後，相偕來此待待，總在夜盡天明，清晨的屠夫彌撒裡。（其原型顯然出自《教父》結尾的暴力美學，平行剪接著復仇屠殺和嬰兒受洗。）所以我看見他們隨儀式進行站站坐坐或跪下，唸一段以賽亞書或一段路加福音。他們並不領聖餐，不告解，不祈禱，然後，對，然後他們離開。往西走，他們穿過哈德遜街格林威治街，走到肉類批發市場。

看哪肉市，Meat Packing District。那些充溢血腥味死肉味的牛肉豬肉並排掛在人行道上，那些著屠夫圍裙的漢子把屍體搬下卡車吊到頭頂掛鉤上。那蔓延十九世紀風情的石板小街，卡車換成馬車便是老時代。可絕對難相信，絕對，Jeffrey New York竟在這裡開店了？最新Balanciaga包包和無處尋得Chloe金鞋，最好的最找不到的，在這裡都找得到。看哪我以爲我看差眼，一家，兩家，擇此地做爲旗艦店那酷靚櫥窗宛若高科技未來世界之入口。一名慾望城市女腳踩本季Manolo尖細高跟鞋越過條條屠體來。Little Pie Company，長龍人排隊等買剛出爐的派。往南四五步，不得了還有Pastis，露天座小憩一瓶沛綠雅礦泉水加檸檬，瞎拚女或凱莉或莎曼珊或帽子小姐，腳邊堆砌提袋戰利品其意態好馳蕩好滿足勝過任何一場上床。我東張西望走失其間，岔途再岔途，不復與聞兩男人，當然，兩男性情誼走進何處酒吧裡。我知道米基會要一杯威士忌喝酒像喝水，馬修一杯黑咖啡彼時喝可口可樂太早了點。米基說：「那個女孩死了。」

那個從印第安那州來大城市找機會獨來獨往好孤單的女孩，她那麼孤單她能去哪裡？她會去公園跟鴿子說話嗎？馬修感覺聞見血，但那只是肉市的肉腥味。

屠夫彌撒，不是嗎。

馬修對我說，那時他向下看著自己的玻璃杯裡面是蘇打水，但他看的那副樣子讓人以爲那是酒。馬修說：「我們從古至今都一個樣。沒有變得更好，也不會變得更好。歷史上因我們罪而犧牲的人，簡直死得輕如鴻毛。我們回報以更多的罪惡。」

——唉我說，輔導人吉姆法柏發話了，你以爲你是誰噢，你以爲世界上所有烏煙瘴氣都跟你有關？

——我不該這樣嗎？

——你只是個人而已，你也只是許多酒鬼裡的一個罷了。

——就這樣？

——應該說這樣就夠了。

可不是，旅途中最自然不過的事，我走累了，我推開任何一座教堂門，外面一扇，裡面一扇，永遠的兩扇門。減壓裝置般的門，讓瞳仁放大適應驟暗光線，讓心臟跳慢，血液流緩，雙重隔音隔光隔世塵，頓時清涼。我默坐那裡，有時碰到彌撒，便柔順讓管風琴的宏宏共鳴彷彿大鵬之翼帶我穩穩升空進入冥王星之海。大多時候我便癡望各式各樣彩繪玻璃窗，彷佛置身熱帶雨林深處仰視陽光刺透蔽天濃木落下，有金剛鸚鵡斑爛掠羽飄止林間。然後，我拉開一扇門，二扇門，步出教堂通常教堂總有階基高高的，我頓時暴曝在叫人睜不開眼的塵光中恍似立在高高祭壇上，塵世之聲排山倒海來卻如此之遠近有別，層次分明。我像一階一階走下祭壇走入四周建築的陰蔭裡感覺塵世如此之高畫質，高解析度的顆粒通透而綿密。屠夫彌撒不是嗎？我做著我自個的屠夫彌撒。

於是我走入馬修不會走入的聖派翠克大教堂，彩繪玫瑰花窗寶藍紫藍深紅描述著玫瑰經奧義。不是因爲教堂太大太奢豪且老是麇集了日本觀光客，而是因爲這一帶並非馬修生活動線。好奇怪有些路我們天天走，年年走，有些路其實就在旁邊我們卻一回也不走好像不存在。但這次，我做了一件以前隨意走入教堂時不曾做的事，我學馬修爲死者點起一支蠟燭。（啊我也開始有了我的死者。）

那是馬修。多年前他開始點蠟燭爲一個被他流彈打死的小女孩，一旦開始，成爲習慣，而死亡的行列一直在壯大。他也養成了一種習慣，他會把所得捐出十分之一給碰到的第一座教堂濟貧箱，天主教堂他光顧最多因爲開放時間最長。馬修對我說：「現在很多教堂祭壇都電氣化了，你丟進投幣孔兩毛五，火焰狀燈泡亮起來，亮上值兩毛五的時間。蠻像停車計費器，要是你停太久，他們就把你的靈魂拖吊走。我不會浪費兩毛五去買一枚電子火焰。」

我說我也是。

「我是不知爲死者點支蠟燭對他能有什麼好處，但我想起伊蓮的話，又有何傷呢？」

於是我放了一張一元紙鈔在濟貧箱。我用壇上一支蠟燭的火焰點燃了新的一支，想著我去世一年的老爹。一年來我措意不怎麼去想他，就譬如家人好端端在著那兒你怎麼會去想他甚至你根本不意識到他在那兒，因爲若我去想，我便只能想到他不在那兒了他已經死了。淚水於是滾落卻一點不像液體，而像斷了線的珍珠紛紛滾下我臉頰。

「那些影像迅速一閃而過，一幅接一幅，每一幅皆覆蓋了濃烈氣味。我站在那裡，任一切掠過心頭。我不想多做聯想。我不是掃羅趕往大馬士革路上突遇耶穌顯靈，也不是匿名戒酒協會創辦人篤信掃羅那個白光經驗。我只是回憶，或者想像，或者兩者兼具，一大堆事情，一幅緊接一幅。」

是的我想著那一夜我睡在醫院可以折疊可以平放的沙發長椅上，睡時如醒醒時如睡的，我肯定那不是夢那是眼見，我見到側臥病床的老爹伸出手臂去取錶，一看，擱回床邊小桌檯上。如是動作，一夜無數次或其實，並沒那麼多次？或其實只是我的視覺滯留而在那寐寤之間讓我以爲竟有無數次？

「我想只有幾秒鐘罷。做夢也是如此，夢所發生的時間，遠不及做夢人後來追述夢境時那麼久。影像一幅緊接一幅，幾秒鐘的事，最後眼前唯靜止著蠟燭，好溫柔的光暈，以及蠟與燭蕊燃燒的氣味。」

「我必須坐下，思索我剛剛所經歷的。然後我起身四處走走，複習記憶中每一幅畫面，像個暗殺迷重複研究著甘迺迪遇刺的錄影帶。我無法眨眨眼或聳聳肩就擺脫掉，我明白了一些之前所不明白的。」

但我明白了什麼？那個取錶一看的手勢。

夜太長，長得失掉時間感而那就是醫院的時間。瓦解的時間。

我知道愛因斯坦把物理時間的行進形容爲，在空間裡顛簸，此顛簸來自於重力的動能。對病患和家屬來說，那個重力，似乎癱瘓了。

癱瘓在各種數據和藥物之間譬如一天量三次的血壓、脈搏、體溫，有狀況便抽血檢驗的單蛋白血紅素白血球指數，化療完的CEA和LDH指數。癱瘓在斤斤計較於每一回合是否喝掉半杯優酪乳，半瓶生機汁由蘋果梨蓮霧包心菜苜蓿芽葡萄乾芝麻杏仁胡蘿蔔打成汁，或又大半碗黃耆紅棗枸杞燉雞湯，或多幾匙豬肝肉粥多幾口蒸鱈魚。或廁所出來笑咪咪告知順暢極了好漂亮的大號。或腳部腫脹用精油茴香和絲柏各五滴稀釋於三十毫升荷荷巴基底油裡按摩。或有一陣食慾恁佳居然體重節節上升了兩公斤半，隨之沮喪發覺兩公斤可能是水腫。或血鉀值太高了些呢？對心臟負荷很大怎麼會這樣？原來是日日一杯粉沖的小麥草汁不是說增強免疫力抗癌嗎誰知鉀含量最高，唉唉大錯特錯快停止不能再喝了。來家庭拜訪的藥學博士修女判讀著家屬巴巴捧上的數據記錄，修女持一種抱歉又低盪的語調講話可無論那語調多麼撫慰人，也任何分析和建議，都令家屬為之心碎。

癱瘓的重力。癱瘓在一切一切都在不確定之中，時間瓦解。那永久開亮的皇皇照明，那沒晝沒夜的醫院裡。

所以老爹伸出手臂去取錶，石英錶以時針分針一格一格的空間走出來的時間，X軸Y軸，將一片混沌識別出光點，這樣星星們就看見了自己的所在。原來，老爹在找座標。

取錶一看的手勢，在找座標。

那手勢烙痛我，令我每想起時便掉頭迴避之。因為，因為我發覺那或者是唯一一次，生病的老爹畢竟，該怎麼說，畢竟也感到恐懼了？

我知道《病人狂想曲》的老卜，一個了不起的病人，老卜說他怕得要死，怕被貶抑，被毀損。嚇到老卜的也許不是死本身，而是變醜，變笨，變糟糕。他害怕自己一塌糊塗快要變成怪物了。老卜的方法：「每個重病患都得找出一種風格來對付他的病。只有堅持一種風格，才不致因疾病貶損變形而失去對自己的愛。有時候一份虛榮正是讓你活下去的唯一理由，虛榮表現爲風格。」

在病中建立風格免得喪失自重自愛此謂之，生存的意志？風格讓你保持自信？爲你的病建立風格就比如在自己掌握的情況下與病相會，讓病成爲不過是你故事裡的一個角色？自壯行色的老卜，自我啦啦隊的說：「讓生病的人知道這不是世界末日，我們仍可本色做人，比本色還更本色。」

「病至將死，所餘即風格問題。」

我欽慕老卜是個強者。可怎麼說，風格毋寧是結果，是一生的總算帳，死前談風格，未免來不及了點罷。而老爹，病中也許唯一一次的，是恐懼嗎？

但何以我如此在乎老爹的恐懼，一如匿名戒酒協會每一位戒酒人如此在乎保持清醒。我是自私的爲著生者的烙痛而渴望把死者的恐懼否定掉，這樣就表示死者並未受太多苦或不曾受苦，這樣就使生者獲得了赦免和解脫？

看噢家屬們強迫症似的一再回溯凝視著那些不確定之中的場景，反覆疑惑著是否最後那次化療其實不必做？那次由於仍未見進度所以家屬們催問主治大夫何時做第七次化療，天眞認定著按計劃做完一個療程便可殺絕癌細胞從此康復了。記得吧，那次主治大夫低眉垂目說，看家屬決定。怎麼是看家屬呢？不是說主治大夫的決定和責任嗎？一向信任主治大夫與之互動良好的家屬，首次，起了怨言。當時家屬們何曾知曉，根據經驗，主治大夫其實已經判定做與不做差別不大了是嗎。主治大夫本來可以告知家屬但他並未告知，這是因爲家屬，多麼理直氣壯的家屬啊因此阻斷了言路？主治大夫讓家屬就獲個安心罷所以做了第七次化療，當然，最終一次化療。那是一次對病患完全無效，也根本不需要的受苦。死者已死，後見之明的生者，再也補救不了的故而如此咬著悔恨不放彷彿被虐狂的，痛楚計較著死者不該多受的那一次苦。

不是嗎所有爲了死者的儀式原來都是爲了鎮定生者，解脫生者？

瞧，牧師站在那裡說：「死亡是從身心束縛中得到釋放。面紗落了下來，盲人又重新看見，他的靈魂高高飛去。」這不是擺明著撫慰人催眠人的美麗詩語？

我說馬修，到底我在在乎什麼？或者我其實是在乎——珍肯恩說話了。

馬修已分手的情人，罹癌的珍肯恩說：「天曉得，我費了這麼大功夫不再酗酒，走，我也要走得清醒明白。我寧可忍受痛苦，也不要藉藥物來掩蓋。見鬼，這是我手上的牌，我的命運。我會盡力堅持到底，直到我決定不再玩。這是我的牌，我可以決定什麼時候結束。」

《惡魔預知死亡》，珍肯恩要馬修給她一支槍放在身邊。馬修來找米基。曾經，米基問都不問理由便幫他弄到一支槍。

——如果我是珍，馬修說，我想我會吃止痛藥，但從另方面說，如果我要走的時候，我要心裡明明白白的走。

——呵你們這些戒酒人，對這點，看得可嚴重。

——你可以說我們對保持清醒看得非常嚴重。

——就像我們看待自殺一樣。

現在，天主教徒米基知道他要槍的理由了。米基可能仍會給，可這樣就破壞了他們之間的友誼。一如對戒酒對自殺，馬修乃如此認真對待著他們的友誼，他得另外去找槍。

珍肯恩死在四月。殘酷的四月，紫丁香從死亡大地裡盛開出來。馬修告訴我：「她沒有用任何止痛藥，也沒有用槍殺死自己。她一直留著槍，所以她永遠可以有選擇，而她選擇並不去使用槍。」

我說馬修，我想我在乎的或者是，我所認識的老爹是我認識的嗎？我執拗感覺著何處有不是。有誤，有不準。父女一場，我在乎的是識人之明，契知之深。我感覺老爹不是恐懼，不到恐懼那個程度，不到風格的問題。而是，該怎麼說好……

「著慌嗎？」

「唔，著慌。」

在那陰暗與光亮的凝滯並陳，白晝與黑夜的靜止混合，一醒眼，哪裡？這是哪裡？我在哪裡？一生清清楚楚，事事上心的老爹，那一夜，經過前一夜血壓驟降至高七十低三十急輸血兩袋，白天又兩袋才氣色恢復之後的聖誕節夜裡，老爹得再三伸手取錶一看，茫茫古今，我在這裡麼？是的一點不錯，我在這裡。

蠟與燭蕊燃燒的氣味，淚水滾落像斷了線的珍珠。好溫柔燭光裡，我聽見清鈴鈴金屬片的觸擊聲擦過我眼前，燭光暗了一暗，似熄止卻又定靜的，娉婷的，明亮了起來。是馬修。

消失的馬修，消失了。

不結伴的旅行者(4)

藥學博士郝修女來訪的時候，是天使，也是死神，只有前出版社社長知道。而親人之愛，蒙蔽了親人們的眼睛，再明顯不過的事實呈現於表面一覽無遺，可親人們就是看不見。

前社長是從郝修女進門第一眼看到他時，郝修女清澈如鏡的注視驟然霧起一陣憐憫柔光，從這注視裡前社長看到了自己的病容。然則親人，他們完全看不出來他的口腔黏膜和嘴角潰瘍而他的眼睛多麼渙散沒有焦距多麼弱黯嗎？前社長明白自己已走到盡頭。

因此那個下午郝修女的家庭探望，前社長視之爲上天給他捎訊息來了先。

郝修女的話語都是訊息，經由一種商量的疑問句方式，一種抱歉帶笑服侍人的軟甜音質，傳達著再清楚不過的訊息了。親人們以迎接專業菁英到訪的規格接待郝修女，力持理性有知識善溝通的態度背後其實搖搖晃晃不堪一擊。親人啊親人，只能聽見他們想要聽的和願意聽的。他們甚至以爲過完年天暖了前社長就會痊癒，他們簡直耳朵聾了聽不見郝修女大白話在說嗎：「藥物並不能治癒，只是減輕症狀喔，讓病人感到緩解是不是。」

「所有的藥呵，都是毒。」

郝修女要他們把藥袋拿來看，袋子上天書般列印幾排英文字母，每次一手心一把丸片，服藥服得來像吃花生米，好嗎？但前社長別無選擇只有照吃。天使郝修女卻一眼射中前社長內心，亦像爲自己藥學這門行當向大家陪不是的，蹙著眉無可奈何笑，從一把藥裡分撥出兩顆，教導他們細辨，兩顆都是止痛藥，一顆藥效四小時，一顆八小時，重複部分其實沒必要，徒然增加腎臟負荷。郝修女教他們做記錄，一次吃一顆，八小時完接四小時，或四小時完接八小時，不必照三餐吃，甚或病人不感覺痛就不要吃，所以喔，這就要靠大家的細心觀察看護，也不要到有痛癥出現再吃，最重要是做到讓病人舒適不痛才好。

說得不能再清楚了，安寧緩和醫療，是罷，針對治療性治療反應不好的病人，前社長明白他已身列其間。可憐啊親人們渾然不曉，好聽話的受教於郝修女卻完全沒搞清楚重點。

郝修女復撥出一錠指認，由於止痛藥會引起胃不舒服，這顆是胃藥，但如果止痛藥減量或可以不吃，胃藥就也可不吃。還有這顆軟便劑，如果以上兩種藥皆減或可不吃，軟便劑就也不需要。

親人們，唉就是老妻，愛嬌的向郝修女邀功，就說呢老先生生病以來從沒有便祕問題，哪需要軟便劑，都靠他們每天用果汁機打一缸杯營養汁吃光，大便漂亮極了。難掩炫耀之色的老妻，描述著大便的材質形狀澤度，由此追溯到其上游原料，儘量，能取得有機的都用有機，營養汁像芽菜就有苜蓿芽、小麥草、蘿蔔嬰，加上包心菜，胡蘿蔔，有時候是青椒，黃椒，彩葉萵苣——

「一嘴草腥，像牲口。」前社長打斷老妻沒有節制的描述。而就在人生走到盡頭的此刻，忽然吹開雲霧，前社長好清楚看見自己跟老妻的關係。多年來他們故意錯聽對方說話以避免衝突的相處模式，演化成各自說話，各自不聽的舒服運作。他清楚看見自己所有的話語，只會引來老妻所有與他意思相反的行動。

是罷此刻正火上加油，老妻昂揚說所以嘍，去草腥就加松子，黑芝麻，杏仁片，葡萄乾，還有葵瓜子，南瓜子，都是些核果類出油的，還怕生菜太寒，加一片薑。水果是梨跟蘋果，送的一盒又一盒可以開水果店了，加上水分多的蓮霧，季節現在是柳丁，全部打成汁，營養又好吃。但現在就還在試，還沒做成功用來打汁的水——

「這個營養汁吶，營養，跟好吃，不可兼得。」前社長再次打斷老妻，努力爲防止老妻開始講，叫什麼來著，回春水？

果然，回春水——

「喝起來餿味。」前社長仍再打斷老妻儘管徒勞，亦果然話語一出便與本意相反的，前社長懊喪垂目自己，眞是個挑剔難伺候的病人。

老妻說把小麥種子浸水十到十五小時，然後讓小麥發芽兩天，再把小麥放進罐裡加三杯水，泡二十四小時後，水倒出來喝掉就是回春水。可以泡三次但絕不能超過三次，然後換種子重新催芽。餿味麼，也許小麥浸水過久味道變酸，也許小麥種子本身有問題，再去有機店買一包試。一杯小麥，三杯水，這個回春水——

「說是酵素很豐富。」小女兒總結以科學的口吻，讓回春水不至於淪落成像是符水之類。

「沒錯，這道理和釀酒的酵母菌類似，對消化有幫助，蛋白質維他命B都很豐富。」郝修女溫暖的佐證給親人們刷上一層撫慰糖衣，竟致老妻泛滿淚光說其實空腹喝一杯回春水最好，既然老先生不喝那就當成打營養汁用的水也蠻好。

郝修女極溫柔喊前社長北ㄅㄟˊ——

北ㄅㄟˊ，北杯，杯杯，皆爲伯伯的發音。打從進門郝修女便這樣喊他，若非天使和死神，怎會使用這樣一個幾已消失的語言。

只有天使和死神知道，使用此語言即立刻可辨識出他，以及他那些先他倒下走入了消失的海海同輩們。他們都是軍眷一族，上世紀中葉那次大遷徙來到此南方島嶼的一批大陸人，生出了下一代，喊他們杯杯，王杯杯，陳杯杯，張杯杯……但天使郝修女喊他北ㄅㄟˊ，這是把他當幼兒的喊法了。就譬如市上一本暢銷書《飛飛與芽芽》，前社長發現，凡有小孩的，或有過育兒經驗的，芽芽皆好自然發音成，亞牙。而沒有小孩的單身人，又分成單身女跟單身漢，單身女尚有喚亞牙者，單身漢則毫無例外一概按字發音成，牙牙。

郝修女當他是幼兒的喊著北ㄅㄟˊ，可憐啊什麼時候他已不再是梁杯杯，無冠無蔭，光禿禿的杯杯，上天把他的姓已收回了先。上天藉郝修女之口對他呢喃著：「北ㄅㄟˊ可以喝牛奶的喔，很多人對牛奶敏感，會產生排斥。」

可以，向來是每天早上沖一杯克寧奶粉，看報紙，最多的時候看三份報，現在一份都看不完，莫說一份，一頁吧常常，說是看了後句忘前句，連接不起來。生病至末，老妻已成爲他的發言人，不管他同意不同意，實在，老妻都發言太多了。

「北ㄅㄟˊ，那就吃優酪乳，優格，尤其化療完口腔黏膜受傷沒胃口，吃優格很好，冰淇淋也好。」

「冰淇淋，junk food？」小兒子誇張的表示詫異。

前社長好嘆氣，毛毛還是這樣尖銳沉不住氣，什麼叫做垃圾食物，能這樣對客人說話嗎。虧得用了英文字，乍聽沒懂，回過意知是垃圾食物，慢幾拍已漂流去才聽來不至於太刺耳。前社長想說卻不能說，對一個大限就在眼前的人，垃圾食物，跟營養汁回春水有什麼差別。

老妻發言人甚表驚奇，倒眞怪，一輩子不吃冰淇淋這些東西的，年來轉性了，偏要吃，不宜吃哦？

「無妨，北ㄅㄟˊ想吃什麼，就吃什麼。」

是罷，人間的食物對他已沒有差別。前社長感覺著郝修女抬起眼簾望向周邊，恍似穿過郝修女打開的眼睛，驟然拓大的間距，生病以來頭一回，前社長看見了自己的周邊。瞧，這棟屋子，什麼時候這棟屋子已經被一大堆奇怪器械芳香花草所佔滿？病了這麼久嗎三個月，半年，一年，從什麼時候開始的？從他老是疲倦嗜睡竟至看著書便在客廳沙發睡將起來，對於自律甚嚴的前社長，失禮莫大於晝寢，其嚴重度，等於是跌落回猿人階段。所以猿居的那一小塊方圓內開始堆疊書籍雜誌報紙，老花眼鏡，放大鏡，紙筆簽條，裁刀剪子，膠水，訂書機，大理石紙鎭，茶具，茶食，衛生紙包，被單靠枕，襪套，耳挖子，面速力達母，香港腳藥粉，指甲刀，菸灰缸置滿擤過鼻涕濃痰的紙團，咳嗽糖漿，藥袋，紅花子油，熱敷包，電毯……一如前社長目睹他那些同袍僚友們把他們的老病氣味從身上散播出來逐漸盤據了屋子。

於是前社長看見，那些瓶子罐子，粉的丸粒的濃縮液的，天然健康有機補充食品，拆封沒拆封的，友人送來強力推薦神效的，多到沒有可能吃，但擺在那裡眼見爲憑，架開一股陣仗也好。前社長看見那兩大袋中藥藥材，大袋得膨膨如鼓，如帆，光是煮中藥也煮壞了一台電磁爐。前社長幾回聽見有時是老妻，有時是小女兒，即便窸窸窣窣壓低著嗓門，唉親人們爲了怕吵到病者而把一切調暗，調低，在那琥珀似的安靜中，任何一點聲音結果都被放大了聽得一清二楚：「拜託，藥又煮乾了！」新爐買回來時，娘兒倆互相警告恐嚇，再別讓水煮撲出來，再別煮乾，再別打瞌睡……前社長聽見自己在夢中安慰大家：「煮藥打盹，自古皆然，還打翻丹爐咧，多少仙童仙子不都是這樣給罰謫到人間來，藥煮乾了就煮乾罷。」

所以是從什麼時候開始的，鐘面停止？

從親人們不以爲意鬧哄哄家庭聚會般夥著到醫院看X光片，嚇人哦第三根肋骨已癌蝕空空沒有了，眞是，右肩胛痛了兩個月還當是感冒引發的肌腱炎！立即，聞有單人房就搶進去佔住先，再回家拿梳洗用具衣物來，簡直是路遇綁架，給綁架了進去開始無休止之例行檢查，等報告，聽報告，在親人們簇擁中別無選擇的，一起進去了一個他們從不認識，亦未打過交道的系統裡。

不認識的系統裡，一加一不等於二。

系統裡把時間催眠了，把空間一格一格放慢且放大。放大到已分辨不出屬於哪塊部分的粗顆粒碎片，無聲無嗅的靜音停格，在那些走廊與走廊，燈照與燈照，電梯與電梯的停格滯留裡面，時間不醒來，生命就可以延長。那些器械與器械，藥物與藥物之間，生命與時間互成牴角沉沉拒峙著，在那黑夜與白晝的靜止混合之中……

砰地一聲，是誰？誰碰倒了花瓶，水珠濺開，罌粟花和雪青色香碗豆花散在地上顫動，時間醒來——

廚房在煮中藥，藥味像斜陽裡的朱砂色。幼時下湖拾麥，燒地灶，新稭生的火好旺……時間醒來。

於是前社長看見，老妻整個頭都白了。

何時老妻也不染髮了於是在他穿過郝修女的注視裡，眨眼蒼蒼，他跟老妻都變成了老婆婆老公公。

於是他聽見小女兒截過老妻的發言，小女兒每把醫學根據搶前先說絕不讓人以爲他們在搞偏方，語氣裡一股自我防衛的緊繃。小女兒說的是中藥，「楊教授是明講，開的這藥方管不了治療，只管增強免疫力和有胃口能吃，管這兩樣，營養指數弄高些，給化療做條件，打一層底。」

楊教授半年回大陸，半年來台灣，來就在仁安堂駐診把脈，說信得過仁安堂，藥材老實，雖不敢講都用最高檔，但貨眞價實絕對可以擔保。老妻倒成了仁安堂的超級推銷員，介紹好多朋友去把脈，包括誰媳婦抓藥吃了幾帖把身子調暖果然很快受孕開心死了。楊教授回大陸後，藥吃完他們便把檢驗單傳眞過去，楊教授看那些檢驗數據開方子，傳眞來再拿去仁安堂抓藥，楊教授一樣會看西醫的檢驗單哦蠻不容易——

「人家名片上是醫學院中醫內科教研室主任。」前社長完整述出楊教授頭銜，喟嘆老妻自始至終，從來也沒搞清楚過任何社會位階的名稱，包括他跟他那些袍澤們的單位和級別，老妻亦不甚了了到像一個文盲。

而於此刻，過往那些聲音跟話語，南海潮般，湧現於耳。前社長字字到耳記起來，小女兒在別房間打電話給楊教授，聲音又明朗，又結實，小兒女說、

父親已經做過第四次化療，楊教授您上次開的十二帖藥吃完了，下星期二要做第五次化療。父親的情況穩定，血壓，脈搏，體溫保持正常。白血球偏高，但沒有發燒現象。排泄通暢，能吃，能下床走路二十幾分鐘。以前有的腹脹氣，胃悶疼，大致消除了。前天X光片顯示，小細胞癌部分比第三次化療前又縮小了些，甚至比去年X光片初發現的時候還小。不過每次做完化療後三四天內會感到躁熱，睡不好，舌乾，無津，嘴跟舌赤紅赤紅的。而且因爲口腔長黴菌，吞嚥困難，會嚴重影響食慾，醫生開了藥膏擦，囑咐用鹽水漱口，不過只要黴菌消除，食慾就也恢復。還有，父親的眼睛跟以前不一樣，呈灰藍色。現在傳眞兩張檢驗記錄表給您，請楊教授您示知藥方。

是罷，無舌苔無味蕾的赤紅舌，病至將亡的灰藍眼。

在抑制著亂糟糟盲動，看似按部就班的作息表面但其實一片混沌噩運中，小女兒的聲音，好清醒的聲音。前社長由衷想讚揚一聲小女兒，好觀察，好條理，好描述。人間的智性之音，夠跟病魔打成平手了。

此刻，好難得清醒的一刻，恐怕稍縱即逝，前社長想把握住交待後事。

前社長想請小女兒拿紙筆來，口述給小女兒寫，寫下，該怎麼說妥當，寫下遺言，是罷，就是遺言了。

遺言、

第一條，喪禮以基督教儀式舉行，火葬於五指山國軍示範公墓。登報周知，不發訃文，不收奠禮。

第二條，所有動產不動產均為我與我妻所有直到兩人均逝。後者有分配財產權。子女接受財產後，相互禮讓分配。

第三條，

前社長聽見羽翅擦擦聲。

一直聽見，但好像只有他一人聽見的，時微弱，時揚起，好奇怪的擦擦聲？前社長定睛尋那聲音去，原來，半點不奇怪那是一大張玻璃紙，晾在廊下曬衣架上夾著，風吹擦擦響。那些紮飾花束用的漂亮包裝紙，一層裹一層浪費到礙眼，前社長每將之拆解歸類，集疊了好多玻璃紙棉紙宣紙縐紋紙錫箔紙、不織布、網紗，繩線結帶也捲妥收好，材質從奢華蕾絲到低調極簡的草繩，前社長皆可惜不丟棄，如同從小教孩子們吃飯必碗裡扒乾淨不許留一顆飯粒。還有那些花，蘭花——瞧吶，蘭花虎頭蘭正開，一梗著花二十餘朵，楞頭楞腦一開兩個月丁點不帶香。洋蘭加德利亞在打苞，粗短梗兩支花鞘，這盆出鞘是黃瓣紅唇，加德利亞就有三盆。全是撿來的，前社長家不大的院子，各種蘭，全是回收來的。白花蝴蝶蘭最多。石斛蘭有濃紫，有純白，有紫瓣白邊，白瓣淡紫邊，紫瓣白唇，白瓣紫唇，以及瓣細長捲曲如角的羚羊石斛，都有。文心蘭是常見的亮黃色。自前社長從垃圾堆救回第一盆花已枯謝卻葉片好健康的蝴蝶蘭，善門難開，一開便再不可能視而不見的，乃至舊曆年總要去花市逛逛報歲蘭素心蘭的應景興致也免了，寧把配額留給諸多棄蘭，撿不勝撿。最浮濫時候，千禧年交替，後來知是網路泡沫化前夕，三天兩頭新公司成立，誌慶花籃用完一呼啦扔出來，跟裝潢廢材之類當做大型垃圾堆在街邊待環保署來收，花皆鮮麗，眞是美人落難啃觸目驚心。晚上垃圾車來，新婚夫婦肯定是，惺惺忪忪手偕手出來倒垃圾，一盆翠生生葉不知礙著他們什麼了也要往車裡扔，前社長連聲叱住劫下來，給當成瘋老頭就瘋老頭罷。一看，果然是達摩！多早年前達摩還得了，報歲蘭的變種，葉短拙，叫價至上百萬一株，如今花市千元內也買到了。滿院棄蘭啊，懇請善待之，所以遺言第三條——

還有老銅，修鞋人老銅。

何時開始的，前社長取出綻口鞋拿給老銅修，自此修鞋修傘便從老妻手裡移轉了給他。每個星期六上午，「修理皮鞋呃——」如唱如喝，隔壁街巷喊，他們這條巷子喊，喊完便待巷角陰涼地裡抽菸候著。生財家當，一台摩托車，一口工具箱，一張板凳，腰腹上掛的收音機切切嘈嘈播相聲卻什麼也聽不清，不過就是鄉音伴隨。大遷徙中失散的同代人，重逢於此。

前社長開始搜尋家中一雙雙鞋，鞋底耗薄的加底，鞋跟磨平的加跟，因此發現老妻左鞋跟的磨損度特大，反之小女兒是右鞋跟磨損成楔形，都交給老銅，老銅便撬掉鞋跟的膠塊，新剪一方丁釘上。這樣，鞋也修完了，傘也修完了，修到連老銅也說朽成這德行別修了划不來。修到提袋揹包有的沒的都拿出來請老銅縫補一下，修到家中委實也再無物可修了，就出巷子去馬路對面小女兒家，女婿鞋，孫女孫兒鞋，壞傘朽傘，一一清出來修。前社長很會分辨，小女兒家有好鞋貴鞋是不能給老銅修的，小女兒自有百貨公司裡的修鞋部門會修。老銅的粗針粗線，銅臂銅掌在臂上留著刺青「殺朱拔毛」及一枚黨徽，修他跟老妻的任何鞋都行，修小女兒家的有些鞋就不行。待到連小女兒家雜七雜八也修完了，便只能端午中秋年節，前社長拜託老銅幫忙消化消化他的酒，好酒咧，茅台，大麴，高粱，紅星二鍋頭，老銅住的寶藏巖自有一批嗜貨酒友。又或是小女兒拿回來旅行社友人送的國泰航空月曆，朱紅底浮凸大大的泥金福字，多一冊贈老銅，月曆？老銅說月曆沒用，只要日曆。

那回納莉颱風之後不見老銅，大水從市政府淹到總統府，臨新店溪的寶藏巖坡底一片汪洋，前社長盯著電視報紙看，水源路成排停車沒頂於水中像一隻隻甲殼蟲。整冬天灰茫茫過去，等見老銅，每個星期六上午，前社長支起耳朵等老銅的唱喝聲，等得心焦只聽見天外鳥叫，怎麼聽都是「洗衣——洗褲——」聽久了，又分明錯不了是在叫「穎之——穎度——」孫女孫兒的名字可不是？春天來時，老銅出現了，就在牆外一聲聲喊，「修理皮鞋呃——」那股子確鑿，那股子輕易，前社長抑住激動趿了鞋往外跑，差點跌跤，好久不見嘍，這趟好久嘍。

老銅說感冒從樓梯摔下，肋骨斷三根，去三總看，七七八八扣除也花掉三千塊。老銅扒開衣襟讓前社長瞧，一把老骨頭這麼不經摔，差不多啦。

差不多啦，前社長欣悅應和之。

老銅好抱怨，年來白露秋起，就覺一股子殺氣，只有挨著，挨過冬至，挨過小寒大寒，挨過立春，若過得了年，再過得了最後一個西伯利亞寒流，算是挨過來了。

是罷，兩年前，舊曆年前後走掉好幾位，都說老總在那邊點兵點將了。跑喪禮比跑街頭超市買衛生紙還頻繁，拿回來的毛巾多到可以開毛巾店，越做越高級盡是國際名牌。喪禮八竿子打不著的都去參加，細讀訃文，思索自己屬於哪個組織部門或哪個關係的名冊而給抄了名字地址收到訃文？萬分可憐這越來越稀薄的社會聯繫，互相參加喪禮，冀望禮尚往來彼此的後人互相支援，好歹喪禮場面不致太孤寒。或者像瑜公那樣去參加教會，有龐大的教友們祝禱，有唱詩班誦歌。或者像年夜飯祭祖，兩支香，一支祭父，一支祭母，還有一支，昔年受惠於卓爺，無後，卓爺禍故時前社長允諾爲其點香奉祀。點到下一代罷，至多再一代，三代湮滅不可考矣。

所以老銅，月曆沒用只要日曆的老銅，日子是一天一天撕去的老銅，不需預知兩天之後沒有行事曆的老銅，那些酒，就讓老銅拿去罷。老妻約莫會扣下木匣子精裝的陳高，說是近來陳高緊俏，有錢亦未必能買到。但有幾瓶束之櫥櫃一角佈滿塵網和蟑螂屎的酒，前社長要叮囑老妻將之取出擦拭乾淨，諸如行憲三十年紀念酒，總統蔣公八秩晉二華誕酒，物從其主，一定讓老銅拿去才好。所以遺言第三條——

唉南機場的魯仲連。

這個魯仲連，前社長不敢想，已然七旬老翁不是半仙也是半鬼的人，兩年前又生了一個女兒。在醫院時魯仲連帶小學四年級的兒子來探病，問起來，羞愧說女兒可愛哦，會喊爸爸了哦。

每個月，前社長搭老人優惠公車到南機場公寓站下，逕去里辦公室，有一陣是下象棋。昔日排版印刷廠在附近，前社長熟門熟路，所以舉凡沾上邊的這類事情自然都到他這裡，譬如唏嘘同學會完，通訊錄就交他做。譬如老總退役，熱鬧聚餐畢，前社長負責編印紀念集「永遠的袍澤」，封面設計好專業水準典雅列著四行小字：豈曰無衣，與子同袍，豈曰無衣，與子同澤。譬如挺興旺經常聯誼的同鄉會，會訊由他管，魯仲連好腿勤的聯絡東，聯絡西，聯誼完跑印刷廠，跑完印刷廠便邀前社長走路至南機場家看字畫。什麼字畫吶？鄭板橋的竹和字「難得糊塗」，孫文的字「博愛」，齊白石的蔬果和蝦，皆魯仲連從一宅日式房屋清出來的成堆廢物裡扒回來，可值點錢？不值，是拓本和複製品。魯仲連訕訕笑傻了，還以為撿到哪個敗家子扔出來的傳家寶唷。前社長安慰說眞跡都在博物館，還不見得能看到，一般也是看複製品看熟了的。尤其齊白石，僞作遍天下。不過說起字，你看看，老孫的字，是不是比老蔣的好？

因著編會訊，不能讓魯仲連白跑腿，前社長幾百幾百的給稱是公費，也不報銷，後來再給，就說給阿祥買尿布。病前最後一次去南機場，穿上克拉克氣墊鞋，持一把長柄有塑膠殼傘套的傘讓人錯覺是拐杖，前社長一頭醒目白髮。走路，公車，走路，人行道已完成更新工程的路段確實宜於走路，可嘆是，再無導盲磚矣。幾年來前社長多次想市民投書，指出市內那些時斷時續的導盲磚只會將視障者導到撞物或跌跤，建議市府去考察鄰國日本的導盲磚。那是某次賞櫻團在東京解散自由活動一天，前社長跟隨孩子們從丸之內地鐵下車後左轉右轉，走長長的地下道回旅館，那導盲磚道從第一腳踏上便堅定不移直直往前去，在階梯底往上爬時，前社長仰望磚道一階階導往曝光的出口，吾心信其可行一定會導到要到的地方。站在果如其然到達的四星級旅館門口，抗日份子前社長，在導盲磚道這件事上，由衷對日投降。是以去南機場的路，前社長帶著替盲胞們不平的目光審視更新過的人行道，斜紋式磚面，對向來杖行於凸直紋磚的盲胞們，已表明全面拒絕。新磚道規劃了無障礙斜坡道，因應越來越多菲印越看護工推輪椅散步，越來越多輪椅裡戴帽覆毯宛如嬰兒的老人。新磚道新設有機車灣讓機車停放，卻跟人行道之間無任何警示標誌，以及十步數十步一坑行道樹樹穴，都叫盲胞們只好絆倒。前社長遂徹悟，與其導盲磚時有時無末了也是撞牆，索性拉倒皆無，無到一種地步索性連半點取代措施也無，日照炎炎，各自隨緣好去罷。

是罷，各自好去。

那是前社長最後一次出門走街。

按例給魯仲連送每個月該送的五千塊，逕至里辦公室，託范里長轉交。范里長有一口保險箱，鎖著好幾戶獨居老人的身份證存摺，老人們屢被乾女兒或落翅仔騙光錢。范里長好嘆氣，有錢找女人啦，榨乾乾才來找里長唉。用嘆氣當句點說話的范里長，活動力恁強，跑醫院跑殯儀館，里辦公室變成了又是殯葬中心，又是送餐中心。

范里長之前，有獨居老人病死發臭了才被發現。啃饅頭度日，老人們送到醫院一看皆謂營養不良，沒病也病於營養不良。范里長當差後，開始給獨居老人送午餐，一天有一頓正常餐的話，夠一天營養了，范里長嘆氣又抱怨，幫他們還不就是替自己省麻煩唉。遂跟區內醫院合作，一份營養餐七十塊，老人自付二十，范里長負責五十，找了紅十字會，找了城隍廟佈施，治療餐視病歷量身訂做要多兩塊錢，硬是向醫院拗下來。范里長起先請社福志工送餐，如今就由里裡獨居老人組成志工隊，攪和得老人們日日聚在里辦公室好似一窩子鵪鶉。前社長見到送餐班班長，九十歲的任奶奶，分派指令不紊不亂，每天中午送出四十份餐。范里長又申辦了緊急救護系統，給里裡二十多名獨居老人戴上感應錶，脈搏若停，感應器傳到消防局，立刻響鈴救人。任奶奶腕上就戴一只。范里長把自己奔波得，大冬天也一額汗，逮住前社長便逢到知己般，舌燦生花抱怨不完。前社長沒看過有這麼在享受抱怨的人，耐煩奉陪。最後那趟，范里長攤開十幾份衛生局長簽發的公文讓前社長看，說要設社區復健站，一年了，只見公文到，不見人錢來，健康城市個鬼，馬市長出一張嘴巴啦唉。可范里長逕自提報了，不但老人送餐，緊急救護，還要到家照護，送藥到家，全部網到一塊兒，不是我說，成果絕對驚豔到叫官方汗顏！

那是最後一次，前社長聽見范里長對他誇下的雄圖。

瞧吶轟轟烈烈芒果祭，行道樹本島土芒果足足一里長，全綁上了紙籤紙鶴一派濃濃東洋風，那亦是范里長的雄圖之一。可平白放著好好的節不說，說祭？到處都是祭，桐花祭鮪魚祭蜂炮祭。不無血腥意味總之叫人不舒服的祭？前社長蹙眉走在芒果纍纍樹底下，千羽鶴，千籤結，南海路西藏路夾著中華路的芒果里。

里裡三千戶，范里長謂百二十戶低收入，魯仲連居其一。

低收入戶補助，每月魯仲連六千及老人津貼三千，太太六千，小孩一名四千。太太差魯仲連三十來歲，小兒麻痺，兼領殘障補助。但太太掃街每月有一萬塊，加加說是超過符合低收入戶每人每月收入門檻，若喪失低收入戶資格，則現金補貼以外各種全免，減免，小孩義務教育學雜費全免，高中大學學費免，都要沒有了。太太只好放棄掃街工作，下月開始沒有一萬塊錢嘍。也罷，魯仲連唯苦嘲，太太掃街有條巷子，兩邊人家都種九重葛，一下雨，九重葛葉最難掃，銅板大落葉一片片黏巴在地上，一長巷子掃完，可不去掉半條命。前社長聽進耳裡，從那時候起，每個月送五千塊給魯仲連。

魯仲連自嘆不識字，不能當門房。前些日子一批水溝鋪板賣了五百塊。最值錢的還是銅，再是鋁門窗和膠皮纜線。運氣好時，一整天都忙著削纜線膠皮，裸出紅銅絲，一束束順直綑成落，一公斤紅銅賣到一百一十塊。青銅嘌，比方水龍頭，一公斤四十塊。電池一公斤二十塊。

無以回報前社長，魯仲連便自認有義務隨時向前社長報告交易行情。報紙每公斤一塊七毛，紙箱硬紙板一塊二毛，一高臺板車危危峨峨拉去賣掉不過四百五十塊，怎比得從前那陣子，股市上萬點，硬紙板也賣高到每公斤兩塊五。三月投票前，鐵一公斤賣七塊，投票後跌到三塊五。馬達比鐵值錢，內有銅絲之故。紙中值錢的是影印紙電腦紙，可以當白報紙賣，南京東路辦公大樓最多了，成箱成箱搬下來拉去賣。那是從前嘍，報紙每公斤兩塊時白報紙兩塊三毛，那時候太太的姊姊在大樓當清潔工，通風報信，都留給他，一車車拉走，年紀也還拉得動。後來裁員，就離開大樓了。最好的時候，到處在蓋房子，勤勤跑工地，跟工人們打成一片，許多廢材讓他拉走，最多一次一車子賣了一萬兩千塊。

前社長每月初送錢，卻彷彿是散步散到南機場跟棋友下棋，送錢是順便。生病以後，老妻打電話請魯仲連來取，客氣歸客氣，收授之間呢總之，味道不對。所以遺言第三條，得囑小女兒問清楚魯仲連的郵局或銀行帳號，以後每月匯，舊曆年匯一萬，從他每半年領一次的退休俸裡支用，直至老妻故世俸止，戶頭金盡，魯仲連兒子可也書唸完做事了？一枝草，一點露，他要擔也擔不到了。

瞧吶，映亮窗几前的白花蝴蝶蘭，挨挨簇簇亮得像雪光。前社長看見老家那場多少年都未有過的大雪，落了兩夜一天之後放晴讓人眼盲的雪光，雪牆高過人頭，招呼聲此起彼落卻看不見人。年幼的自己隨祖父走在小鎮厚雪裡開出的一條路壕，祖父一口熱痰，呸在雪壁上立刻打進去一個小洞，淡綠淡綠的。

前社長看見大放光明的舞台上聚著亮簪簪的人，戲是「紅鬃烈馬」，黃金大戲院。他初次來到嫁在上海江灣路公園坊的四姊家，三十二年八月，民國紀年三十二年，他眼裡的上海亮得像銀碗盛雪。

他亦看見年輕的自己走過雪封的鐵道，道旁雪地深深裡停放著一台澆了石灰水的白棺材。

於是他看見大玩偶般被各式樣靠墊和枕頭實實塞坐在沙發中央病亡的自己。死神以天使的模樣出現，前社長感謝上天如此善待他。

於是，抬起眼簾，前社長望向郝修女。

他們互相望見，識出彼此，在眼底互施一禮，默視而笑。

所以您說，前社長默視郝修女，這好上路麼？

是嗎？

瞧，那前仆後繼送來置滿屋子的盆花水果禮籃。那盛情難卻之下收到的微量元素巴西蘑菇澳洲蜂膠東北靈芝深海鮫鯊油，以及各種叫不出名號的祕方。那一整落抗癌書，往往這本跟那本主張完全相反只會更讓人糊塗受挫的，一如買聯考參考書的騙過自己以爲多買多贏，竟至目昏眼花買了封面不同卻內容完全相同的兩本書而不自知。前社長憐憫翻閱二書，《自然生食療法的奇蹟——我戰勝了癌症》，《我怎樣用自然療法克服癌症——小麥草的食療奇效》，作者一位叫艾迪美，一位叫伊黛．梅，結果都是同一人 Eydie Mae。前社長比較二版本，明瞭了較早一本是一家名叫「培芽公司」的副產品，賣各種芽菜種子，因此也賣泥炭土栽培盤小麥草榨汁機，和書。前社長很想告訴老妻這家芽菜公司，小麥草種子肯定比那家有機店便宜實在，還可按月訂購芽菜且有專人送府。但前社長沒把這條利多消息告知家人，因爲太違反他向來不替自己請求東西的自律本能。

親人們手上那些或主動取得或被動收下的資訊，有一張密林水畔吹飄著綠氣泡的廣告單，介紹居家呼吸器，謂有十二支分子篩檢管循環製造出百分之九十五濃度氧氣，含智慧型的濃度和流量設計，配備十五公尺長距離輸送，及煞車裝置的輪子便於移動。前社長揣測親人們不知有此產品，故而向氧氣公司租氧氣。親人們一派輕鬆無虞大方用的自若神色掩飾著緊張，就怕斷糧接不上，強迫症般頻察指針刻度，然後大陣仗一輛卡車駛進住宅小巷，載滿一人高之鋼瓶裝氧氣筒，跳下員工進屋卸換筒子看起來啃，實在比較像送瓦斯。前社長曾想按那居家呼吸器廣告單上的電話打去問價乾脆買一台，好解除親人們對氧氣供應的焦慮。然也因著同一個不替自己請求東西的自律理由，前社長僅止於將這台像個小家電的呼吸器，當做是未來世界一件新穎玩意兒知道。

是罷，如瓦斯筒般跟氧氣公司租用的氧氣筒，亦如頑強習性般，關燈省電，洗菜水洗臉水雨水沖馬桶，不開孩子們硬是給強迫安裝的冷氣以節約能源，前社長非不得已不開氧氣筒，不戴氧氣管。便是住院期間，床頭諸多按鈕中只要旋開其一即有源源氧氣可吸，前社長亦儘量不用。前社長已臻於斯巴達精神的自律本能，寧捨依賴呼吸器，倒要鍛礪肺功能。

所以，所以如何可能沒有癌痛。都說恩寵前社長，沒有怎麼痛到。加總而言，對抗頑強習性讓自己舒服點，奢侈點，願意受人服侍點，就譬如拿一株長歪了的老竹來扳直，其困苦度，堪與抗癌相抗。生病以來違反前社長一輩子習性的大小事情，一件件，一樁樁，都讓前社長像改用左手持筷刷牙的，艱難克服著。可不是，南機場多早以前叫克難街，克難精神，抗戰精神，死過多少人吶，又不是沒見過，前社長總要到胸腔彷彿鐵砧一塊再也透不過氣要裂解了，才用氧氣管。癌痛，前社長感覺並不比他壯年時期每每上火牙痛，幾顆爛牙的痛更痛，更別說那一拖又拖拔牙做假牙的漫長熬程了。

前社長望著天使郝修女，您瞧，這周遭，走得了麼？唔。

您看怎麼著，再留幾日？

天使郝修女默然稱是，三個月後吧。

三個月後，好的三個月後。

默視的凝神中，前社長與天使郝修女，達成了協議。前社長抱拳答謝。

此協議，與死神的協議，前社長明白，多出的三個月，因此他得放棄——無論是美其名爲讓步也罷，妥協也罷，前社長明白他得放棄、

首先，他得放棄求知欲。

是求知欲，讓他翻完了差不多那一落抗癌書。便最厚一本好大來頭叫《細胞轉型》，懾於其癌權威之名亦親人們買來準備好好研究正常細胞如何轉型爲癌細胞的罷，然而依然是，除了他以外，緩不濟急，誰讀啊。唯前社長一人在讀。一邊老編輯惡習的凡有錯字漏字乃至不該是問號卻用了問號的標點皆一一校訂之，一邊則栽進一個似科幻似未來的免疫療法基因療法世界裡。前社長很快脫離利害關係人的聚焦，被那如偵探探案般在實驗室及臨床試測中的迷離過程吊足胃口讀到完，連完後列的英譯名詞解釋，也一一讀之彷佛倒帶總檢案情線索。結果，前社長比任何人都清楚知道開刀、放射線、化療之外，先進醫療裡最先進的基因療法。

因爲求知欲，前社長忘卻自己是個臥病無用的人。保持看報看書習慣，讓他錯以爲自己仍在日常生活的軌道上，運行自如。那些眾說紛紜言之鑿鑿的抗癌途徑，讓他更驗證了自己的信念：眞理的對面還是眞理。未來世界裡的基因療法，不但他，連小女兒一代，大約他們皆受惠不到，

可光是知道有這樣東西，也叫人神旺。支援得基因療法的背後，一國之國力吶。前社長見吊在半空的化療藥劑一滴滴注入手血管時總想，說是新藥國內還未上市故而並不在醫院的批價領藥系統裡，因著女婿人脈才拿得到治癌新藥，又有密宗信徒教他佐以念力觀想藥物正在一點一點殺死癌，但前社長總想著，這滴劑背後所調動之人力物力資源，夠發一枚衛星上太空去了。

前社長如追探案續集，很想再追基因裡如雷貫耳巨星中之巨星DNA，說是一種雙螺旋的鏈結構，號稱自然界最完美的形式，更屬於物理學，而非生物學？說是兩個年輕人，一個竟只二十五歲，兩個小伙子一夕間，開創了分子生物學從此改變了科學的方向。啥玩意兒恁厲害？

前社長想起古代西方聖賢，說是人們在準備毒藥時而賢者在吹笛習曲，人們問他這對你有何用？賢者曰最少，我可以在死去之前學會這首曲子。

順服於命運，順服得如此清醒明白，夠跟命運打成平手了。

最少，我可以在死去之前學會這首曲子——好氣派，這是聖賢。前社長不是。

雲霧吹開，好難得清醒的一刻，此刻。前社長明白，他得放棄掉清醒了。

未來多出的三個月，不必未來就是現在，精神不濟時，他會一份報紙也看不完。未來，莫說一份，一頁罷。到最後，數行，一行，一條頭版標題，一個一個方塊字，都將棄他而去。他面對它們，認識它們，但它們都不對他發出意思了。他跟這世界最主要，最不可缺失的連結，斷線了。他跌落回無明長夜，變成猿人。

這是你願意的嗎？死神再確認。

我願意。

前社長想起佛陀，傳法來到拘尸那迦羅，窮人奉養粥缽，粥餿了，佛陀安靜吃完。是罷佛陀八十了，腹瀉虛弱，在沙羅雙樹間置床臥下不起，花開滿樹，月圓夜空裡入寂。

肉身多苦啊。前社長願意放棄清醒，留待肉身予親人。

可憐親人之愛，蒙蔽了親人們的眼睛。前社長願意多件三個月，讓親人們認爲他們卯足了力，盡到了責任。讓肉身的終止，像斜陽一吋，不知不覺消融於夜晚。讓死亡比較像瓦斯用罄，由紅而橘而軟軟無光的火苗，然後再也打不出火了。

前社長願意放棄自律，交出肉身，他再也無法管理自己的起居作息了。

以身示教。前社長但願這是自己留下的最後一個身教，讓死亡的銘記印象，不至於太猙獰。

他是親人們以後將面對的一個個親人死去裡的第一個，他但願不要太驚嚇。

那麼，死神起身告辭，三個月後見。

是的，三個月後。

他聽見死神說——小女兒送郝修女步出房屋到院子，前社長聽見郝修女悄聲叮嚀小女兒：「注意不要感冒，不要受到感染。我們身體好比馬車靠四匹馬拉著，心、肺、肝、腎，四匹馬一齊跑。注意父親的這些功能。要是一個衰竭的話，其他也會衰竭。」

是罷不要插管無需急救，徒然醫療武器摧殘人，這是親人們契知的。那麼，最後他將像四座馬達，一座一座熄火了。

於此之前，前社長環視屋裡，最少，他還可以消化掉那些他走以後就當場變成廢料的中藥藥材。他記得要囑咐老妻，到時候必定必定要幫他戴上假牙。

此刻，院門帶上喀答一聲，他聽著小女兒陪死神一路走遠去坐車。

前社長眞想，眞想把這一刻的清醒明白，傳給誰知道，如科幻世界裡一按鈕，腦中所想便輸至另一腦中。就像基因，會得複製，傳給下一代。

可憐無法複製，無法傳遞，無人知曉的清醒明白啊。

他此刻獲得的，親人們受惠不到。他們終歸要自己走一遍。走到盡頭，如果上天恩待，他們亦將有所獲得，這算幸運的了。前社長終於明白，人生如旅，終歸，每個人都是不結伴的旅行者。

在那親人們聽不見也看不見的冷冬下午，前社長最後一次環顧四周。摺疊於側的羽絨被褥，印花圖案似荊棘，似閃電，好威猛吶哪是能讓人安眠，倒叫他要武裝著配備進入夢境，打一場抗癌之戰。交出肉身，放棄清醒。於此之後，他會跟喝了孟婆湯一樣，這個下午發生的一切，將會逐漸模糊，終至遺忘消失。

前社長低眉垂目，眼角濡濕起來。

風吹擦擦響，廊下曬衣架上夾的大張玻璃紙反射著太陽光搖亂得一院子一客廳明迷。前社長進入了夢境。

巫途(2)

那時，一整代人，大遷徙從烽煙蒼黃大陸來到南島的一代人，經歷著他們猝不及防、忽焉而至的狼狽衰老，和死亡。

由於他們父母都留在大陸，他們簡直的不知什麼叫老病。沒看見，沒經歷過，他們壓根不知人是會老的。富國強兵，增產報國，一代人在幹這事，他們哪知道有什麼老年生活，居然也會要佔到他們的人生十年，二十年，甚或相等於他們青壯忙碌期的三十年。他們都會說，飽備乾糧晴備傘，老年生活，卻沒有人要去準備。不知老之將至，光手光腳連件起碼的配置也無，參考系統也無，支援系統也無，不知所措出演了難堪的退場。

都說嬰兒潮，忽然有十年間，嬰兒潮經歷著他們父母輩的老病死亡潮。大家都在跑醫院，探病，申請外勞看護，看靈骨塔，奔喪。嬰兒潮目睹了父母（配偶雙方就有四人）衰亡，早早開始預後，總算知道老年生活跟婚姻生活一樣，皆需費心經營。第二春，銀髮族，市場利基很大的。新興行當是買賣塔位，生前契約。

那時，我猶豫著，是否要把那一大落奇奇怪怪抗癌書扔進回收籃。或者，束之高閣，以備來日不時之需，難保我們之間不會有誰再走一次老爹的抗癌路。惜書省錢？可那些書，連我們也不大信的不看，或姑妄看之只覺更加遠水救不了近火。事發時都不看了，事完後會看？騙阿財吧。

關於抗癌，關於死亡，似乎我並不想累積這方面的知識和教訓。盡信書不如無書，這一點上得承認，我是既反智，又民粹。來日不管誰罹癌，那就再把罹癌路走一次。

於是我把所有那些書，那些只不過坐實了我們失心瘋日子的確鑿證據，一股腦全數扔進回收籃，快意且獰笑，對書們道，我們又不是被嚇大的！

然而且慢，有一本，唯一本，那是最後老爹在看的一本書。《細胞轉型》。

磚頭厚，猩猩綠書皮，有猩猩綠嗎？猩猩紅的對面，對比色我認定了便是猩猩綠。書厚所以看了很久。久到，也許其實並沒有那麼久，在那些重力蕩失時間瓦解的日子裡，那個關閉在醫院九樓玻璃大窗外的跨年倒數煙火悄無聲息兀自成爲一張張靜物，猩猩綠書跟老爹，久到成爲一瞬。一瞬的靜止，一張肖像。

《細胞轉型》，看眞的看假的？不會是道具吧。我翻開書——

劈劈拍拍，書裡的字群鳥飛起掠過樹梢紛揚著落葉枯塵而我像闖入林中的陌生客訝不能言。一時駐足，不敢驚動。摸尋著依稀林徑往前去，似聞人聲，遙有水光。

那時，我遇見老爹的腳蹤，這裡，那裡。「除非這個新基因眞能改變他們兩位的身體功能，否則在這本書附梓之前，他們將已離開人世。」附梓，老爹的鉛筆字把附，校正爲付。

「上述淋巴球和嗜酸性白血球是兩種是特殊的白血球，其中，淋巴球在免疫系統中扮演著殺手細胞的角色。」是兩種是，多一個是，老爹以刪除符號（像龍鬚菜的捲鬚）刪掉後面的是。

「我如大衛在波士頓就相識了，那時我們都既想做研究，又想做外科醫生。經過幾番磋商後，他決定留下研究免疫學，不再做外科住院醫生。」我如大衛，黑色水筆改如爲和。

「我懷疑根本就沒有多少這的藥存在。」黑原子筆劃掉的，插入的，改這的藥爲這藥的。

「『情況很可能不只四個』，我說：『我們無法取走所有的癌。但是，我們還有一些從未做過的實驗可以試試，只要你有興趣。』」天啊老爹連這個也不放過，紅原子筆以置換符號（像大寫的字母S）把一個引號，跟一個逗點繞住，表示前後置換，「情況很可能不只四個，」我說：

天啊這些小丁小豆是職業倫理？已內化爲老爹的身體肌理？除了對老爹，對任何人會有何意義。

我想起猶裔化學家李維，沒錯，那位曾說化學的起源微寒那是煉金士的窩的李維兄。他說：「我經常在同伴（有時候甚至我自己）身上，發現一種奇異的現象。把工作做好，這個企圖是如此深植我們心中，迫使我們連敵人的工作都想做到最好，以至於你必須刻意努力，才能把工作做壞。蓄意破壞納粹交待的工作，不但危險，還必須克服我們原始的內在抗拒。」

李維說的是奧茲維茲集中營。在那裡，少數得以從事原本職業的人，裁縫、鞋匠、木匠、鐵匠、水泥匠，因爲恢復了原本習慣的活動而重拾某種程度尊嚴。一個痛恨德國和德國人的水泥匠，卻在納粹派他去建防彈保護牆時，把牆建得筆直牢固，磚砌得整齊錯落，該用的水泥分量一點不少。眞是驚人，李維的觀察。

眞是勇敢，李維的描述。我目睹約書亞新政府，不，舊政府，其折舊折損率快得果然像好萊塢電影裡風一颱就報銷掉的 made in Taiwan 傘。約書亞舊政府把綜藝島加劇綜藝化，煽鹹腥煽到即便是帝力予我何有哉只想清靜度日的小老百姓家裡。沒救了綜藝島。除非，除非還有水泥匠。那些該用的水泥分量一點不少一生只做一件事把那件事做到無人可取代的有一藝之長的工匠們。用那已內化爲肉身的職業倫理屏擋綜藝化。一代人擋不了，兩代人，三代人。讓那些不論是摩西是約書亞，一概屏擋在外，站遠點，別擋了我們光好罷。

主後九年，呃，父後九年，我且驚且喜遇見老爹的腳蹤。是的不是發現，是遇見。黑色紅色藍色各種筆的筆跡，而非老爹一向一支筆用到完，反映了老爹在不同的作息裡閱讀此書。在客廳沙發老窩，在赴島南文藝營鳳凰木正火紅的長途火車上。在醫院病床，在回診的候診室一廊屋病患和家屬好似倉皇轉運站不知會給發落到哪裡。我如聞其聲老爹嘖嘖自咒因爲轉眼筆又不見了在找筆，那些圍在老窩四周的日用小物件簡直像長了腳，剛剛還在，這會兒怎麼也找不到了。老爹大悟告訴我們，人老了咕嘰咕嘰個不停，原來都是在咒罵自己，忘性，手腳不靈光，腦不聽使喚往東卻走了西。我不敢相信我遇見的，可書頁最後名詞索引，「prognosis，預後：疾疾的期望後果」，疾疾，校正爲疾病，老爹的字仍然精神飽滿。

那時我蹤隨老爹一路貪看，闖入他人的夢境。一個實戰派科學家羅森伯醫生，羅氏的免疫療法之境。

老爹說，細胞轉型，並非什麼正常細胞轉型爲癌細胞的病理研究吶，不是。羅氏先也不過一名病患的胃腫瘤竟自萎縮沒有了，痊癒了，眼見爲眞，就對羅氏好像天啓一擊，開始問，如若吾人能了解癌的自發性痊癒如何發生？其自癒過程如何運作？如若吾人能將此自癒的運作重複施於病患身上？則豈非……

天啓給羅氏出了一道拼圖謎面，我說。

免疫療法的謎面。

就是說，刺激自身的防禦力以抗癌，有沒有可能？

最主要是會得辨識先，老爹帶路說。

免疫系統先要辨識，指認出我，跟非我。我者留，非我者殺。若對非我者反應過度，就成過敏。你瞧你妹妹，八九是過敏體質。而若錯把我者當做非我者攻擊，就成自體免疫，老媽的關節炎可不是。若有器官移植，得吃抑制免疫系統藥防止排斥，否則系統要起而攻之至摧毀止。若系統不健全時，愛滋吧，後天性免疫不全症候群，愛滋病毒並不叫人死，卻叫系統破壞了沒有防禦力這才可怕。是罷，若模糊難辨我者，非我者時，癌？

癌。彼時醫界有定論，人無法啓動免疫系統來攻擊產生於人自己的癌細胞。正常細胞與癌細胞，都是我者，系統無法辨識，不能指認。人或動物，皆無法對自發性的癌發生免疫反應。難唷免疫學家的夢想，想用免疫系統治癌。

夢魘吧我說，免疫學家的夢魘，找不到對人類癌有免疫反應之物？

沒有研究癌免疫的人，除了羅氏。畢其一生，羅氏做每件事，依我看，無不是爲了解謎這道天啓拼圖。

有許多小片段證據，免疫學文獻浩瀚俱在，一小群相同想法的研究員，加上三十四歲羅氏就做了美國國家癌症研究所的外科主任。有病房，有實驗室，國家健康研究院內最大臨床單位，每年美元數百萬預算，權力有，資源有，波蘭裔猶太人羅氏、

奇哉，羅氏。此之前，羅氏亦只是名資深住院大夫，每隔一晚值班守夜，睡在頭頂一粒光禿禿燈泡比廁所還小的小房間，隨時應召於主治大夫和院內每位外科大夫，既未掌管過開刀房，也非開刀檯前最資深的外科大夫，卻年紀輕輕做了外科主任。是罷英雄出少年。天時，地利，起先當然人不和，誰跟你和吶這麼年輕。當然還要歷經幾場實戰收服人心那決斷過程眞眞精采似傳奇。可就算天時地利人和了，依我說，那好運的機率，好到就像羅氏初始碰上的天啓，一千萬名癌患中唯四名患例係自發自胃癌中完全痊癒，所謂四名，不是美國一年四名，是全世界四名哦，其中一名，還眞讓羅氏碰上了。

話說回來，碰上的固不只羅氏，可只有羅氏一人，他先生一人觸動靈感。然後他站到那個位置，有權力，有資源，他才有辦法叫夢成眞。他才不過拿到入場劵，入到一個嚴峻荒岩無人來過之地，用免疫系統治癌。

但科學這研究也奇怪，竟如此之沒準兒。好比有人朝空發一箭，箭落哪兒，便哪兒畫紅心。基礎科學的研究，倒通往不可預知處，工作引人到哪裡，人便跟隨到哪裡。科學也這樣？年復一年，暗無天日吶，在焦慮中尋找。如獲至寶的一刻，很少出現。即使有，也要許多許多年，可許多科學家還從未經驗過咧。大多數科學家於大多數時候，皆在懷疑和憂愁中活，眞眞想不到。

聽起來很像人生。

是罷羅氏計劃，說來簡單，要在病患身上找到可殺癌的T細胞，取出體內，大量培養，再打入病患身上，讓T細胞吞噬掉癌。

寥寥三五句簡單，但這於自然界，沒有先例。待羅氏做到批准臨床第一個病患，花了十餘年。還是好運開頭的十餘年。好到適逢T細胞被發現的論文剛剛才發表。T細胞，T型淋巴球，一種孕育於骨髓，成熟在胸腺，能夠認出外來物，此外來物即所謂抗原嘍，一種會得認出抗原的淋巴球，剛剛被發現。免疫活動的主角，不折不扣正就是它老兄，叫它殺手細胞不為過。

瞧吶殺手細胞，表面有數千個小刺突是接收器，與抗原對位連結時，抗原即爆炸死亡。被認出是外來細胞的抗原，會引起免疫反應，就是說會產生抗體，所謂抗體所謂免疫細胞，即殺手T細胞。

稀罕是，每個殺手細胞，就只跟一種抗原對位連結。接收器只辨識一種外來物，遂殺之。原來免疫之基本法則，免疫反應的專一性。每個殺手細胞僅一個目標物，只殺要殺的。

那麼羅森伯醫生我問您，找得到能將癌細胞當成外來物的殺手細胞嗎？

這是謎面第一問。核心之核心。

很像深藏在巖峻荒岩裡的精怪？如果能找到一絲絲縫隙，從那隙間打進楔子，就能掰大縫隙，掰開縫隙，精怪就從裡面蹦出來了？

有時候是，羅氏點頭稱讚，如果不知如何可解決問題，便得去攻擊問題。顛躓跑到它跟前，搔搔它，戳戳它，甚或魯莽鑿一口鑽進去看看能否迫它開一隙。好一段光景，我們就這樣在惡搞。

若先放掉核心問題，我倒想知道，你們說取出殺手T細胞大量培養，可殺手細胞它老兄，能在體外培養長成嗎？

好問題，老爹說。

是的提出重要問題，羅氏再次稱讚，是科學探索最關鍵的起步。

經驗是說老爹說，答案就在問題裡，只要你提得出問題。

不錯，殺手細胞的成熟和分化程度，好比吧，如同手指，沒有人能從手指取個細胞來長出一根新手指。一般公認，殺手細胞無法生長於體外。免疫學家不相信實驗室可培養殺手細胞超過幾天。就算可以，也需抗原不斷刺激。但是我告訴你，最新文獻證明，可以的。在並無抗原刺激下，殺手細胞培養了九個月。

這又是好運我說。

可好運也只對羅君他一人有意義吶。

說來慚愧，因爲論文發表者不是免疫學家，是白血病研究者。此人長期在培養人類血癌細胞供實驗用，然每每發現培養物都變成，不可思議，都變成健康的T型淋巴球。太奇怪了。反覆測試之，竟然尋獲一種蛋白質。將此蛋白質叫做，T細胞生長素。便是此生長素，使血癌細胞轉型，成爲T型淋巴球。

喏，聽見了，細胞轉型這才是。

不過這位發現者，並不跨前一步往免疫學去，仍自回他白血病細胞領域，卻讓我們驚喜撿到籃裡成寶物。好運伴隨好運，論文發表後十個月，又有用此生長素成功培養老鼠T細胞的論文刊出。T細胞生長素，這會兒正式有了名字——

介白素二號。

是的此論文不但確證之前人類T細胞的發現，也打開一扇實驗大門，不能以人類實驗時，以鼠。

聽起來眞不公平。

你是說人，與鼠？死掉一個人，跟死掉一隻鼠？

唉死掉一隻螞蟻，跟死掉一頭象，當然不一樣。怎麼會一樣。但我還是要說，眞不公平。你們看，有哪一種動物，所有動物裡有哪一種，有誰會跑到空中往下扔炸彈？

※#※@＊？

對不起，偶爾我是人類憎惡者。抑或憎惡人類者？心理學上肯定有這個名詞。

老爹說，她是齊物論者，莊子的信徒。

那眞抱歉，我是醫生羅氏說，救一人是一人。

總之箭射到哪兒，哪兒畫紅心。羅君原本殫精竭慮，要用抗體證明，存在癌抗原，如今，轉向了。

我走到另一條實驗路上，用介白素二號，用它來培養殺手T細胞。

問題是，體外養出的殺手細胞，仍有殺力？

專業說法叫，老爹說，殺手的活性。

畢竟，離開母境跑到異境，誰知會發生什麼事。何況許多長期培養物，不是失了活力就變了特性，馴化了。野生動物馴化爲，呃，馴化爲——這個髒字眼髒名詞，我說不出口，只能用注音符號說，吃嗚嗡ㄔㄨㄥˇ，嗚嗚ㄨˋ。物怎麼可以去寵，太噁了人憑什麼去寵呀。齊物論。老爹包容笑著，撫平我每一觸及動物話題就豎起的逆毛。

坦白講，我們比你更想知道答案羅氏說。光搞這事，測試殺手的活性，就搞了五年。這五年，我們只解謎了一樁，殺手細胞，鼠的，呃，人的，都可以在培養皿裡生長，並保有其刺殺力。不只這一樁，羅君也研發生產了介白素二號。

我像拓荒者闖入陌地，除了基本工具，赤手空拳，我得自己發明新工具。介白素二號是起步時最好的工具。

培養殺手細胞，得有大量介白素二號吶。

我們決定自己生產。可以說，岔途去製作新工具，搞到利器能用，歧之又歧，歧路花園迷亂人，讓我幾乎忘了作這利器是要來幹嘛。工具鋪天蓋地，我們簡直，簡直忘了來路和去處。

問個蠢問題你們不要笑。我說，殺手細胞，往哪裡去找啊？

兩個地方羅氏說，殺手在兩處。一是脾臟，大部分淋巴球聚集於此。脾有上千億個淋巴球，或許僅有一個能認出癌細胞是異物。我找過，找這個癌殺手，就如同在沙灘上找一粒特定的沙。沒找到。

另一處是，腫瘤。

一點不錯是腫瘤。因爲如果我相信免疫系統會和癌細胞作戰，則豈非最有可能找到癌殺手的地方即腫瘤。我決定找腫瘤。其他也有科學家從腫瘤找，沒找到。我不受他們失敗威脅，我想我能做得比他們好。

先要做癌模型哦，老爹忙不迭說。

（我訝見淘氣開心的老爹彷彿得到新玩具，一如那次雜誌訂戶抽獎居然抽中一架顯微鏡，便看那陣子老爹白花花一蓬大頭終日伏在案前儘把些微小物拿來鏡下觀察。）

癌模型？我問。眼睛霧起了淚光莫叫癌去世的老爹看見呀。

是的，癌模型。我們用一種化學物質MCA，來引發腫瘤，在實驗室培養。MCA引發的腫瘤，最接近人類的自然癌。我們還把此腫瘤從一鼠，呃，移植於別鼠，呃，許多不同鼠，因爲這會產生變異，發育成不同的細胞株。我們建檔了許多癌細胞系列。

編號MCA——一〇二癌，老爹興致高昂說，毒性極強，生長極快，羅君用來植入鼠體。

（唉畢竟鼠，在老爹故鄉農業社會裡，已根深柢固成爲鼠害，並列於害蟲害鳥之屬——害人呢？時至今日，依我看，人害比什麼害都大。）

植入後兩週，腫瘤長大了，我們手術把它摘除。用酵素消化它，呈細胞懸浮液的狀態。所有細胞一一懸浮在液體培養皿中，從中我們分離出淋巴球，所謂殺手細胞。然後我們測試殺手的活性。光做這件事，花了六個月。

可憐分離出來的這些殺手們，不會辨認，不會刺殺腫瘤吶。

於是我們把這些殺手養在介白素二號裡。長得眞好。然後把它們跟癌細胞混合，測試其活性。結果，驚人。長在介白素二號裡的殺手，殺死了癌細胞。

刺殺力雖然弱小老爹說，可的確有。

我們重複實驗之，把介白素二號，加入癌細胞跟殺手的混合物中。先是癌很快貼著培養皿底部生長，形成薄膜覆層。幾天後，覆膜上顯現許多小小的島狀凹陷。透明清澈的凹陷中央，是殺手，沒有癌。殺手刺殺了癌。我親眼看見了。

老爹說，因爲同時並行還有別種實驗，有的僅僅只量測出有刺殺的癥兆，而量測又極度困難。但現在，目視可矣。

我們立刻做更大的實驗，設立了幾個對照組。其一，是把殺手放在和殺手來源不同的癌中。照理，一種殺手只能辨認、並只能刺殺一種特定的癌，那麼來源不同的殺手就應該對與它素無干係的癌沒反應。結果，殺手殺了對照組的癌。這些癌，殺手並未接觸過，也不認得。怎麼回事？我們再增加對照組。仍然，殺手殺了各不相同的癌。前所未聞。

因爲免疫之基本法則是，免疫反應的專一性。老爹說，這些殺手給介白素二號培養後，發生了非專一殺傷力，殺各種癌。

我們實驗復實驗，五年間就在搞這事。從癌患血液、或腫瘤裡析離出來的人類殺手細胞，也一樣。我們想盡辦法要找出專一刺殺個別癌的殺手，得到的，都是非專一殺手。

有何不好呢非專一殺手我說。管它黑貓白貓，能抓到老鼠的貓就是好貓。

這就不是免疫學了。

是不是免疫學有啥關係，殺手能殺癌就行不是嗎。

羅氏搖頭，我們岔離了免疫學大路。選擇ＭＣＡ——一〇二癌模型，使我們多花了五年時間。

我講個數字你就明白了老爹說。羅君始終認爲，專一性的殺手攻擊力最強。五年後，羅君找到專一性殺手時——

哇，專一性殺手，你們找到了癌抗體！

是的癌抗體，能夠指認出來鼠癌上的單一抗原。一種抗原和抗體的鑰匙作用，發生了。

石破天驚我大叫，癌抗原！怎麼找到的？

羅君實驗室有人用了另一種癌模型，ＭＣＡ——一〇五癌。

一〇五癌？一〇二癌？

差別看來很小，差異結果很大。也是運氣，老爹說。

之前我們選擇一〇二癌，運氣格外差，因爲一〇二癌恰恰是抗原性表現，最差最差的一種。

天啊癌抗原。癌抗體。你們解碼了謎面第一問——

（我的驚呼聲中，謎底精怪飛嘯而出，核爆強光般使一切目盲碳化待我們從宛若底片的硝黑裡恢復了視覺，只聞見謎底精怪留下的灼烈氣味。）

（啊我目睹了無論是眞理，是原理，是頓悟的一刻，都像鐳一樣，具有無與倫比的輻射性和殺傷力。）

（輻射在那裡，幾千年後也還在那裡。鐳的輻射性過十三個世紀才減弱一半，而居禮氏自三十歲起便暴露於輻射線下。）

灼烈氣味中，居禮氏頷首對吾等仨說，我們那珍貴的產品全無掩蔽，就那麼放在桌上。它放出的微光在我們周遭形成影像，那光輝像是懸浮在黑暗中。

您終於有了一公釐的純鐳鹽吶，老爹充滿感激禮讚。

您結晶了幾千次的產品……羅氏如夢似幻漲滿了淚水。這四年內，您體重也減輕了至少十五磅吧？

那是一九〇二年三月二十八日，我在我的黑皮本子上寫下，Ra = 225.93，鐳的原子量。後來您又花了四年，提煉出十公毫的鐳，純鐳元素。羅氏已泣不成聲。

居禮氏好平靜說，製造的過程，非常非常困難。

我們悄立於居禮氏夫婦、皮耶和瑪麗的實驗室裡，神聖如祭典。獻身科學，爲了逸逃此世的蕭索枯涼。然而發現鐳，竟若窺見祕中之祕，那是物質之謎，令人著迷又悚慄。

實驗室是未來的神廟，巴斯特如是云。

講個數字罷老爹說，一百萬個專一殺手，等於十億個非專一殺手，專一是非專一的一百倍強。是的我一直擔心癌細胞沒有抗原，使免疫療法無從下手。這個老夢魘過去了。我們用了五年時間，找到能辨認單一癌抗原的人類淋巴球。當初如果我跟實驗組深信會找到專一殺手，也許我們會嘗試用其他癌模型和其他系統再做一次。當初我對這種抗原的存在沒有足夠信心，沒有翻山越嶺把它找出來。

五年後老爹說，又一個五年——

十年。

要到十年後，我們實驗室有位怪人，才從一〇二癌養出來專一殺手。此人能成功，是因爲他堅信一定做得到，且只有經過筋疲力竭的實驗跟細胞培養才做到。早期找不到一〇二癌專一殺手說明了一件事，實驗成功，其關鍵在於，研究員的信念。要達陣，研究員得相信他所做的。

聽起來很像宗教信仰我說。但如果他的信念結局被證明是錯的？

當初我認爲一〇二癌、一〇五癌，並無什麼不同。我們試過各種假設，結局皆無效。而之所以無效，正就是因爲假設錯誤。

所以居禮瑪麗了不起的天分，天才，老爹說，唯在她獨力一人提出的一個假設：放射性是原子核內部活動的結果。

羅氏點頭，其餘的，不過是堅持，勇氣，和辛勤。

聽來更像信仰了。

是罷錯誤也帶來非凡的貢獻老爹說。發現一〇二癌非專一殺手的那篇論文成了引用經典，是最常被其他科學家引用的少數論文之一吶。

非專一殺手引我們到另條路上羅氏說。我開始想，在體外，介白素二號能把淋巴球轉變爲殺手，那麼活體內如何？若把介白素打入體內，直接培養殺手如何？但如今已不是我一個人這樣想了。介白素二號已引起全世界的注目和激動。

拓荒有成，蜂擁者潮至。已是供應量不足問題。

由於介白素係免疫細胞分泌的分子，其產量靠計算細胞數目。我們實驗證明了，鼠介白素打入癌鼠有效。單單介白素二號，即對腫瘤起作用。那麼如果劑量高，如果打入夠多介白素，前提是如果拿得到足夠介白素，就有辦法對付癌。我們急需大量的高純度的介白素二號。你說到哪裡去找？找杜邦。

先是杜邦老爹說，世界最大的化學公司。

我們需要一百毫克純介白素二號，杜邦願意合作。三個月後，杜邦送來六支瓶子，一共七點五毫克。實驗室爲之瘋狂，我們從未有過如此量大的介白素二號。

據說隨七點五毫克送來的是一份協議？

對，協議說，只要杜邦產品適用，即便有其他資源開發成功，也要繼續使用杜邦。其他資源，說的當然就是合成介白素二號。合成，意指重組ＤＮＡ，所謂基因工程。

您沒簽罷。

是的我沒簽。因爲與此同時，遺傳工程學也在摩拳擦掌。其中有一家叫，西塔免疫。西塔邀我加入公司，還可持股。我也沒答應。

利益迴避吶，羅君是在國家癌症研究所工作來的。西塔計劃投資上億美元想把介白素二號發展成商品，要求羅君得資料保密。羅君很火大。

我火大，因爲科學上的機密，永遠叫人火大。西塔不願公開的資料，可能極有助於癌症治療。生物科技工業，的確負面影響了傳統科學資訊的自由交流。健康研究院其他實驗室，也開始拒絕供應試劑了，除非我們簽署保密協議，一份我根本不會簽的協議。當時我即跟西塔說無法保密。這很嚴重，他們請我暫離開會議室，他們要討論。

當時我想，羅氏說，沒錯科學是世界的一部分，它一向都有利益衝突。然而它也是極爲特殊的一部分啊。如今，它正一點一點失去它的特殊性。研究生的論文題目也出現了變化。原本追求新知的衝勁，如今已被新產品驅策，尤其有賣點的產品。西塔在史丹福大學附近，公司班底皆大學裡的傑出科學家，私立大學是允許教授們持股的。

唉黃金古代。那時，居禮瑪麗說，人類累積的智慧，應由人類共享，我不想佔爲己有。在古代看，羅氏說，科學研究目的只有一個，推展知識的領域。這種態度延伸到極致，自成一種美學，充滿濃厚的貴族氣息。法國科學界直至二十世紀仍持這種態度，流風及於英國。是罷古代講究不實用的科學研究老爹說。理論的進步每每來自這種研究，結局是實用價值自在其中。

啊黃金古代，去聖逾邈。愛因斯坦可以不用設備，只要有紙，有筆——

老爹笑起來，這說到咱們本業了，一張紙，一支筆。

很誇張呢愛因斯坦，他說有心鑽研理論物理學的人，最理想的職業是做燈塔管理員。

我開始投入做研究那時候羅氏說，七〇年代吧，都還存貴族氣派。我們這些外科醫生出身的，哪算得上科學家，不過就是屠夫。我們大概是有幸目睹，該怎麼說……對，最後的貴族，我們是看過貴族氣派的最後一代科學家了。

去聖逾邈，寶變爲石。

那時，我們站在西塔大廳，彷彿站在時間滾滾的岸上。大廳裡最醒目是一幅巨畫，西塔的標誌，巨鯨，正躍過金門大橋。

而另一幅畫，畫著柏克萊突然失去地心引力時驚嚇的人們。

（非常的加州，非常的柏克萊。我朦朧聽見羅氏，來自東岸的羅氏，如是喃喃自語著。）

時間拍岸，揚起了氤霧很快降止於我們四周。時間的霧裡，轉眼不見了他們。聽見老爹的低語，羅氏爽亮的笑聲，他們已遠在時間彼岸。

霧迷津渡。我知道，羅氏終將跟西塔合作。

羅氏需要介白素二號，比西塔更需要。而西塔所知之介白素二號已超過羅氏，再無誰堪比西塔更有實務經驗。西塔已投入大錢，再無任何阻力可使西塔放棄介白素二號。而羅氏可以幫助西塔。雙方皆同，不知介白素二號究竟能否成功。一場可觀的冒險，收益亦然可觀。逐鹿者五家，西塔決心贏。若要贏，必得把握好整個生化工業賴以構成的兩個基柱，重組ＤＮＡ科技，及分子生物學。羅氏跟西塔終將同盟。

唉生化工業。唉重組ＤＮＡ。秦失其鹿，遂教天下共逐之。先要找出介白素二號的基因。

日本科學家搶先西塔分解出基因，並植入猴子細胞。那細胞製造出低層級的介白素二號。西塔立刻，亦從人類淋巴素取得介白素二號的基因。然後將此基因植入大腸菌。細胞轉型，大腸菌轉型了。

轉型大腸菌產生的蛋白質中，有百分之五到十是介白素二號。重組的，介白素二號。西塔工作組快馬加鞭，於實驗室收得十公升濃縮大腸菌，好似一包冷凍奶油。然後將其轉型，濃縮，純化。

於是規劃進入量產。三目標，一、製造出重組介白素中最高層級最純的一種。二、使重組之機能庶近乎自然之介白素二號。三、儘快，儘快達到以上二目標。

西塔領導人隨工作進行亦將改變。從遺傳工程的微生物學家，變成了負責篩選臨床用分子和增產蛋白質的化學家。以及執行臨床實驗的協調人員，以及業務主管。例行週會原只有科學家參與，到得連專利權律師亦加入。

羅氏亦終將在週年研習會上，演講介白素二號的最新實驗進度。那場在舊金山海灘旅館舉行的豪奢研習會，上百名西塔科學家以外，來了許多時髦局外人，將令羅氏目瞪口呆。西塔的大手筆大賭注，因羅氏而起，邀羅氏演講是用羅氏來激勵西塔人。羅氏將會提出他所有最好的資料和夢想，因爲他們是在對付癌症，而非只製造產品。西塔人已經很努力，羅氏將供給他們更努力的理由。羅氏將叫在場所有科學家們，目瞪口呆。

（神聖同盟互相目瞪口呆的背後眞相是，關於臨床用途，介白素二號的臨床用途，西塔人所知比羅氏少，而羅氏所知至彼時止，又差不多是零。）

（焦慮的羅氏迫不及待演講完要走，西塔內部正嚴重爭執。由於羅氏曾反對保密要求，西塔憂心無法控制羅氏將如何應用他們的介白素二號。他們害怕產品在羅氏的實驗裡表現不佳。害怕羅氏的需索，會耗掉所有他們的產品量而無法給其他研究者用。害怕所有的成敗會全部只押在羅氏一人。）

（爭執另一端，則辯稱他們的目標是臨床，放眼全世界，再無一人如羅氏如此執著於免疫系統治癌，亦再無一研究機構其臨床資源可比美國癌症研究所。）

（便在旅館外面羅氏正搭車離去時，得到了結論。西塔科學家從口袋掏出一支內裝清澈液體貼有潦草字條的試管，靦腆交給羅氏說，這是剛提煉的，不夠純淨，坦白說，不是很好，我們會做得更好。）

（別擔心羅氏說，你有更好的東西再寄給我，現在我們先看看這個有多好。羅氏連夜飛回實驗室。）

羅氏終將獲得報償。看吧，自然介白素二號不能低於二分之一的稀釋比例，重組者卻可以在稀釋到兩千五百分之一比例裡，培養出優質的非專一殺手。西塔產品於實驗室和鼠活體內做各種測試時，杜邦首批產品，是的就是那批讓羅氏實驗室瘋狂的七點五毫克產品，送達。

（聯邦食品藥物管理局已批准杜邦產品用於病患。此批准馬上引起國立科學院院士們怒責，因爲介白素二號太珍貴了，珍貴得只可作爲研究，而羅某竟將之浪費在病人身上？）

杜邦和西塔，自然與重組。杜邦需時一年，投入人員三十名，才從一萬公升懸浮液裡精煉出總共三十四點五毫克。西塔呢，幾天之內即自一公升大腸菌生產出一百毫克。生化工業重組DNA的威力，打敗了傳統生產的杜邦。被如此供應量沖昏頭的羅氏實驗室，像座核子潛艇在衝。

而羅氏，終將面臨兩難。

臨床治療，和基礎研究之兩難。病，與病人之難。研究一種病，跟治療帶一種病的病人，其間滿佈張力。研究者熱切想嘗試新知，獲得答案。醫生卻得為每個病人做最有利的判斷，然則求知欲或好奇心，能不蒙蔽了醫者的判斷？羅氏之前尚無夠多介白素二號足以發現副作用，治療決定容易下。無限量供應後，決定變得非常難。作為醫者，加諸疼痛於病人很難。而不知究竟有療效否，決定更難。羅氏想治療癌患，想說服每一位患者往負荷量之極限推進，又覺應停止此無謂的痛苦。臨床實驗一旦失敗，癌患再無第二次機會了。患者的時間迫促，醫者豈非竊占了患者的時間？

就說吧，老爹一整代所天經地義奉行的，犧牲一連救一營，犧牲一營救一師，犧牲全師救國家——

且慢，國家？這年頭還有人相信國家嗎莫騙阿財了。早早已有葛林兒借哈瓦那特派員之口悍然說：「我不會為我的國家殺人。我不會為資本主義、共產主義、社會民主國家、福利國家而殺人。我會為卡特殺了某某人而殺掉卡特。我會為家庭恩怨殺人，這比為愛國或喜愛哪種經濟體制殺人更理由充分。我愛，我恨，都是我個人之事。我不會在什麼國際戰爭裡扮演五九二○○之五（特派員的編號）。」

醫者更鐵桿。須知，犧牲一人性命以救百萬人，這是違背醫學倫理的，不道德。啊每一種倫理，亦每一種紐帶。我朝向時間彼岸在那裡的君父們說，每一種紐帶不但是互不相連的力量那樣互相平衡者，並且亦那樣成爲了繁複多樣的說不的力量。不，我不同意。不，我不遵從。有那樣多樣的說不的聲音，始足以對抗政治權力濫用始足以屏擋綜藝化始足以護守珍愛——看吧人幹了多少爛事遂至對於人的凡所作爲物，只能用凡是不字開頭的作爲來抵消。雲霧吹開，坐在星空版圖上的君父們啊我對你們說，你們打造的世界，我們卻只能以負面列表式的活法，活在其中啊。

羅氏終將以重組介白素二號加殺手細胞的合併療法，揚名立萬。醫者救一人是一人，故而此療法對百分之四十的癌末患產生療效，便是重大醫學成就了？此療法將會標準化。自人類腫瘤取得的殺手細胞之培養將會半自動化。投一百億個專一殺手給癌末患，目標很快提到一千億。實驗組說，取得那麼多細胞猶如突破音障，有七十二袋細胞要收，光收就得花上兩天。於是目標再提高，標準治療將注入癌末患兩兆個專一殺手。這些專一殺手聚集起來，可以有一個拳頭那麼大。專一殺手將會被改裝，被插入外來新基因因此長得更快更盛更強更配備優良。專一殺手將攜帶新基因進入人體，這是史上創舉。這叫基因治療。羅氏實驗室將成爲史上第一批討論操縱人類基因的人。

人可以不必受自然界原有細胞限制了？這已不再是科學。這是一宗歷史事件，倫理事件。

終於羅氏來到了倫理的邊界。如果越界，他可能會遇見一種東西。一種所有科學家都害怕遇見的東西，大家叫那東西 unk-unks，未未。未知的未知物，unknown unknowns。嚴禁越界。送君者皆自崖而返，每一位科學家都知道。

那時，於是那位初始的天啓化身將再度賦予啓示。那位胃癌痊癒者，打過二次世界大戰的退伍軍人，削瘦，落魄，十二年前開完刀即被宣佈沒救了。癌自癒者，一身譏誚彷彿在說，想不到吧大夫？咱們這把老骨頭還硬朗著呢。

沒錯，描述。

咱們忘記了觀察描述。

天啓曾以史陀氏的面貌溫柔說，描述才是所有科學的根基。我無意質疑實驗的價值，而只想提醒一句，觀察應是第一步驟。唯有透過觀察，才可能發現問題，爾後才能用實驗來解答。別忘了，對科學家最大的恭維莫過於對他說，唉呀，我怎麼沒看見？

是喔世界如此之多樣，我觀察，我描述。然而也許我已忘記自己的來時路？

我和老爹和羅氏，羅森伯醫生，那時我們站在西塔大廳宛若鹽柱。時間拍岸，巨鯨躍過金門大橋。就在那時，我們恰恰回望了一眼，恰恰共同看見，是的我們看見，黃金古代返照於時間上空的輝煌霞彩旋即隱沒於霧裡。

第五章
巫界

二二九

二二八嗎？不，二二九。

這個被約書亞當成提款機的受難日二二八差不多戶頭金盡矣。受難人不堪其擾從地下跑出來說，不要再綁架我們了，讓我們安息罷。不要再用苦難當人質。請讓死者安息，請讓生者自由。當然不是二二八。

看哪二月二十九，每四年增加這一天。閏年三百六十六天，此乃紀元前凱撒大帝的曆法改革。如此凱撒曆，每年十一分十四秒之誤差，每千年則多出七天，多到十天便教會再無法決定復活節日時，教宗指派耶穌會大數學家來解決。辦法是，先去掉十天。故而有那麼十天，不是修辭不是隱喻，歷史上有那麼十天便貨眞價實的，消失不見了。如此曆法與恆星同步，然後修正閏年規則。

一則、取消世紀之交的閏年，即每一百年取消一次閏年。二則、每四百年恢復一次閏年。三則、每一百年取消的閏年遇到可以被四百整除的年分時，仍恢復爲閏年。此乃格烈哥里十三世的改革，沿用至今，精準度達到兩千八百年誤差一天而已。

格烈哥里曆通行於羅馬天主教統治地區。英國打心底不甘願，仍自使用凱撒曆直到，根據記載那是一七五二年，日曆上又多出來一天，如今是十一天了。忍無可忍終於，國會宣佈放棄十一天。所以那一年的九月三日至十三日，也消失不見了。

而今唯有啊，唯有那繁麗似星空刺繡奇魅如夏卡爾畫的東正教，唯仍不用天主教之曆，繼續它那與恆星繼續錯步下去的凱撒曆。

那麼得以四百整除的二○○○年，四百年一次才有的世紀交替之閏年，二月二十九，碰，胡了！得來的平白這一天，再無可能再有下一次。四百年之後，下一次。

如果我們只有一個地球，正如那時鄉民大眾畢竟也略悉環保觀念會得說了，他們說，一個行星只容許做一回試驗ㄋㄟ。如果，正如一次生殖的動物鮭魚八目鰻牠們不可能活到下一次生殖季所以牠們把自己的脂肪肌肉消化系統免疫系統全部、全部轉化爲卵子故而不可能再存活，牠們不會再有第二次機會了。如果這四百年才碰到的一天，傾國與傾城，佳日難再得。看哪這一天，人們都在做什麼？

應該這麼說，如果前面出現過的人有機會再出現一次，這一天，他在做什麼？

前出版社社長，正如每一天的清晨這個時候站在馬路上。所有日光色路燈仍亮著但在冷白曦色裡並不感覺到是亮著的。前社長呆望那些路燈，像是冰塊在冰水裡的燈，又再浮出同樣念頭，何時才能安裝一種自動感應系統只要天一亮路燈便熄了。省多少電吶。可嘆系統沒有架設之前只有等待時間到時，冬天是六點半鐘，叭地，路燈一起熄掉彷彿城市眨了一下眼睛。只有燈熄時才知哦原來燈是亮的，眞是，浪費得來兮。前社長汗蒸蒸穿過停滿車輛變成狹道的馬路回家。此時前社長已快步走完每天清早的小學操場二十圈，包括第十六圈擴胸展臂大禽鳥般的闊臂拍掌拍響操場，見當空有高壓電線幾根從天西南角橫過東北角秀出一巨幅樂譜棲著麻雀和什麼不知名鳥的音符。第十七圈前社長形效王永慶毛巾操，高舉雙臂踮腳尖走體會著全身器官一齊拉直了抗衡於地心引力，唯四分之三圈已是抗衡極限所以第十八圈基本上是鬆弛跟深度吸呼。十九二十圈則交給兩掌讓手指尖互擊，手背骨互敲，手腕根互打，最後虎口杈互撞。跑道邊有杜鵑搶先開了堆堆如雪噴出野氣。阿勃勒樹下永不缺席一老者吐吶練功若老者他是阿勃勒樹樹魂，嗯，樹仙，也不會奇怪。這棵五六月吊綴亮黃穗花紛開紛落又叫金急雨的樹，去年結的節莢果已綠變黑到今年仍一條條掛在枝頭並不開裂是何道理？就聽見旗桿滑輪一下下拍打著空桿，有些風呢。二十圈走畢一小時。正如每天五點鐘起床，梳洗完喝一大杯涼開水即出門快走，返家即信箱取三份報紙、

唉關於報紙，前社長算是戒報有成。

沒錯，戒報紙。戒齡尙淺與走操場同，兩年爾爾。起因是小女兒女婿猛然覺醒開始健康飲食並晨跑，老妻是早大家十年已晨操晨舞發展到跨鄰里去別社區示範教學，前社長拗不過親眾道德勸說終於加入晨走，一走倒比出來老人的恆心與耐力，除非暴風雨，細雨乃撐傘走。而所謂戒報紙，意思是，正刊掃掃標題可矣再無須逐行看進去。此固然因爲，唉副刊已早就淪陷不必說了，便連當連載小說看的正刊上那些老面孔新嘴臉實在爛戲拖棚到每人之出場前社長皆可預誦無誤其人之台詞故而不看亦知矣。不看亦知仍看個不休，肯定即報癮。直到三兩年前忽忽紛出一批新記者，其新，好似火星人新來乍到本地球，渾矇不知地球的過往，一言以蔽之，不知戲唱到哪兒了，動輒見怪很怪，不然便是該怪不怪。前社長本然心涼看淡，竟給攪亂一湖秋水，一肚子惱火

戒報不看了。除非一椿，三份報中的甲報，凡甲報所有寫到關於修憲的社論，好文章，前社長一定看。其好好在，由於甲報已被之前摩西老大黨跟之後約書亞政府判定出局了，反正局外人，我自高歌我自幽懷，十數年來便一隻牛頭犬般咬住了憲法內閣制不放。相較於乙報東倒西歪左右共治一陣子且成爲總統直選總統制的鼓吹者，前社長從牛頭犬社論那一旦咬住就不鬆口的笨勁裡，久久像是充一次電。

前社長取報進屋先向馬桶報到。冬天不沖澡。早餐吃昨晚的酸菜白肉鍋下一把粉絲，掃完報紙標題，跟院中諸蘭花一株一株打過招呼，喝龍井繼續看《孫立人傳》、

關於孫將軍，

孫將軍啊，前社長閱有所有能閱到的孫將軍事蹟。此傳由於晚出，前社長一瞥目錄即知，沒有看過的新材料是出土了女青年大隊訪問記錄，中研院積功德做的口述歷史。前社長心中密有一龕專門存放孫將軍檔案。包括共方觀點《雪白血紅——國共東北大決戰歷史眞相》，乃至北京解放軍文藝出版社出的《緬甸，中日大角逐》，都看。十二年前那回翻案出土一大批古祕，晚報頭條「孫立人恢復自由」，孫將軍虛歲九十矣，自由此時才來難說不是死神的僞裝或化身？三十三年幽居，孫將軍終竟沒有抑鬱成疾，不但活過老蔣且活過年頭死的小蔣遂生見翻案，年尾還熱熱淚淚過了嵩壽。浮生若大夢，嵩壽古來稀。前社長看電視轉播，國校大禮堂樓上樓下擠爆世界各地來的祝壽人，孫將軍進場一老兵跪倒門口磕響頭不停：「總司令好，多年不見了。」前社長倒小杯高粱飲盡。「漢家本與功臣簿，不是將軍老數奇」，詩說李廣，古今皆然吶。前社長從電視

螢幕認出不少人。之前說身體不好爬也要爬來主持祝壽大會的舒將軍，比孫將軍更老衰。兩眾攙扶下，兩白頭握泣良久，誰想到還有這一天。湘佬舒將軍，昔年三諫孫將軍不從而去，後來算是沒給牽連到。印緬戰場舒將軍隨身攜本木刻宋字版《唐詩合解》，上印度大吉嶺還作詩咧。前社長看傳看到某老部屬來見孫將軍，儘把蔣介石數落得想必替老長官出氣博老長官歡慰，卻孫將軍不樂起來怒斥：「蔣介石豈是你可以叫的！」前社長掩卷，喝乾龍井，今天就看到這裡。

前社長找信封裝好五千塊，信封上寫「煩交仲連兄」。脫下家常穿女兒買的輕軟夾克，換上多年多年前仍貴的時候大女兒買的絲棉棉襖，套了克拉克氣墊鞋，凡他跟老妻跟老屋子裡的好東西，皆孩子們添置。這件駝色條格圍巾，小女兒告之係英國伯貝利的經典紋樣，百分之百開什米爾，亦小女兒教導才知什麼是開什米爾。前社長帶齊零鈔，敬老證，和敬老愛殘公車優待票。票的圖案是蔚藍雲空有一朵愛心雲一朵巴士雲，細部線框及特別放大一些粗墩墩的檸檬黃指示箭顯然是爲老眼昏花而設計。好設計永遠吸引前社長目光逗留，此源於出版社創業期間前社長一手包辦的書頁封面設計。於是前社長取了傘出門，長柄有塑膠殼傘套的傘總讓人錯覺是枴杖。午前此時，馬路寬得像廣場，停車都開去上班了。關於停車、

沒開車不知，聽開車的女婿講才知巷子裡幾戶人家爲停車位暗潮洶湧。前社長家院牆外等於兩個車位，古代（上個世紀八〇年代）隨便鄰居們停。女婿早先在彼家馬路那邊停，漸漸越來越難停便來停岳父家牆外。冬天女婿習慣先暖車，那馬達發動的頻率對老妻無感，對前社長如何就正正搭上心跳故而讓前社長像是心臟裸在馬達上顚，每給顚得作暈發嘔。唯前社長這一代人忍功

恁強，強到將之化為痼疾，自己受苦，絕不引爆事端。而餘一車位，只在小兒子年節從科學園區回來那日老妻會把蘭花一盆搬出去標立，平日皆開放為公。但永遠有人要據公成私。私的宣示，歷經搬盆栽佔住空路，或馬拉巴栗或蛇木攀掛的蔓綠絨黃金葛，前社長每順手澆水否則肯定乾死。無效盆栽每給搬開就改為家具，歷經破沙發，椅子晾被褥，陳家阿婆在世時桌子曬蘿蔔乾菜乾。腳踏車，廢機車。家有二車三車時，雙排停車的擋別家進出半夜吵起來以為要殺人了，燈都亮起來看。三車人家則把兩輛車不前不後鬆散停，以此佔三個車位，激怒別家去查報，前社長開院門見是警員，答以不知誰家車子停好些時日了總之非我家車，年輕警員蠻有禮貌抄了車牌騎車離去。而對門租屋少婦遇見老妻氣登登吐訴，昨晚十一點停的黃線竟給抄了單子要罰三千塊！不是說黃線停車八點以後不管嗎，她都趕早上起床把車開走，礙到誰了，根本是陳家去報的，報復她查報他們家佔三個車位。（她憑啥知道陳家知道她去報？）年除夕陳家忽然送重禮，烏魚子帝王蟹，兩老不安極了卻女婿女兒說也該的嘍，一個車位一年下來值多少錢，都讓他們家佔了，約莫是看對面新鄰居跟媽媽有說有笑害怕車位叫人拿走了。兩老翻然始悟，有這種事？前社長居家，不止一回，猛聽見霹靂一聲雷打下，不止一輛車，防盜鈴給打得漫天怪叫好嚇人。停車難，家庭聚餐一輪小菜吃完女婿還沒出現，車停老遠走路過來一身汗，往後吃飯視地點也不開車了，不如坐計程車。所以關於車子、

地狹人稠，廢氣汙放，前社長漸形成自己的主張。擁護環團人士倡議的碳稅能源稅，提高高排氣量高耗能汽車牌照稅，尤其非生財用車應苛重。前社長曾努力影響老妻別教孩子們開車接送

去哪裡，影響不了，便固執一人向隅使用著大眾運輸系統。有時情境，車擠不下自然該是小輩先行老輩坐車，前社長偏不，早早先行說是公車老人票優待，弄得似果眞爲省那兩毛錢而寧讓小輩落個不照顧老人家不敬老之實，前社長踉蹌出門，一路奔突，趕親眾們到前先到，還有工夫把自己從容坐定，是罷並沒牽累了誰，並沒添大家麻煩嘛。大家也只好撂開不計較，當然，唯老妻除外。自古至今，凡老妻對他十分之感冒，爲免眾人面前跟他辯嘴，老妻便會朝著他時彷彿臉上五官倏地消隱不見了剩下一張白幕向他。對此白幕，前社長慣常只有呵呵呵自笑。故此前社長關於車子的主張，不但無人知曉，便前社長自己亦似晦暗漸忘其由來，未蓋棺已定論的教親眾們再再搖頭嘖嘆，唉呀搞不過他老人家，一輩子儉省，省到一個地步！

是以前社長搭公車轉車到南機場公寓站下，先打過電話，逕至里辦公室，要把五千塊交范里長轉魯仲連。關於魯仲連、

魯仲連沒老婆孩子前，隨便混日子，獨獨一宗不隨便，吃。喜歡鍋灶之間弄吃，錢都花在吃上，是吃過好東西的，比前社長倒識貨。從魯仲連年節漉漉纍纍提來的年禮即知，幾條剖淨的大黃魚，小烏骨雞，好豬肉請人灌的香腸。魯仲連最會選豬肉，經常替人買肉帶肉。有時魯妻煮菜，魯仲連哀聲嘆氣菜亂煮，不該煮在一盤裡的煮一起，刀工粗，胡七胡八切一通。魯仲連反覆向前社長怨訴，儼然是個事兒。十二坪住家，古代之古代（民國紀年的話應是五十二年），爲安置堤外拆遷戶整建的一期國宅，昔年還是歐美新潮公寓建築工法在本島的首次實驗吶。住戶後來遷的遷，租的租，打單的呼朋引伴自成群落，河南幫，安徽幫，浙江幫，南京幫，下港區。面孔

換了好幾代，失業人，殘障人，單親媽媽，獨居老人的單身老友們，都來了，房租便宜。正在形成已經看得見的，外籍新娘大陸新娘家庭唷。魯仲連是半買半收頂替了病故的一貫道道友的房子，有了落腳處才敢討老婆。今天南機場可喧騰了，消防大隊突檢夜市瓦斯桶。

前社長到時，消防大隊已離開，鑾像扔個煙幕彈嗆得四地生煙，待煙硝散淡能看見，卻是突檢人員皆撤了，瓦斯桶照舊在。「他們這些官，以爲滿街蚵仔煎怎麼來的，鑽木取火煎出來哦！」里辦公室內外聚著人罵翻天，每回消防局抽檢，滿街瓦斯桶不見了，人一走全又冒出來。

「就是不管，放給它爛。」里辦公室已陳情市政府無數次。上個月夜市計程車擦撞吵架，運將把攤上瓦斯桶拖出揚言放火眞眞驚悚一場。再陳情，謂個案無從管。「個案？難道要有人點瓦斯桶集體自殺才叫通案！」這會兒大陣仗來人，係報紙報導南機場是火藥庫，垃圾窟。突檢人員拿著報紙對攤商進行道德勸說，勸設鐵箱封住瓦斯桶，不然收攤後帶走。帶走？怎麼帶走啊眾攤嗆。

「說是無法可管。」魯仲連也在人群裡，向前社長憤憤唸。前社長始知，合法使用可以，備用不可以。瓦斯桶接有管子的乃合法使用，於法只能查未接管瓦斯桶這叫做，過量儲存。果然，諸多攤商索性把備用瓦斯四五桶都接管，使用中，非備用，無法可管。

魯仲連一定要請前社長吃老張水餃，擀皮的。前此里長選舉，里內爆裂成兩派，老國宅住戶跟上百名攤商組成的市場自治會。范里長一千四百多票，勝自治會支援的前里長一百票。過往投票率三成五算很好了，這回超過五成，都爲了瓦斯桶。魯仲連嗆馬市長小馬：「小馬放我們住在火藥庫上！」

前社長耳朵靜聽心頭想，你們一期整宅違建成那樣，把瓦斯桶熱水器都違在屋子裡，那才叫危險。前社長取出五千塊封套交魯仲連，拱拱手作揖。魯仲連晃搖著腦袋嘆息，萬般不同意也只得收下。

前社長出里巷，往西藏路去搭車。五步一駐足，倚傘杖，東張張，西望望。第一期整建住宅，五層樓高水泥刷白建築元件峨然於四周亂雜一片的棚屋眷村違建，搶眼是飛天迴轉樓梯，緊拉住兩邊住宅本體，採光佳，通風好，中華路拓寬中華商場之前也是熱門景點，都來這兒拍照。古昔曾是漳州街，克難街，雙和街。漳州街南段後來併入中華路二段，還沒有西藏路呢，古昔叫特三號排水溝，新店溪舊河道，前社長一輩老居民叫黑龍江。每遇颱風黑龍江必淹水，大家躲到小學校和一期整宅打地鋪過夜。黑龍江後來拓寬，加蓋，不淹水了，開闢成西藏路。往後又蓋三期整宅。一期，三期，前社長五步一回望，永遠望見新光超高層在雲裡，而那一期和三期，范里長估有三千桶瓦斯坐落於其中，光天化日之下，唉一顆未爆原子彈。可嘆孔雀東南飛，五里一徘徊，前社長吟徊來到北美館。跟家人約在市立美術館看畫。關於畫、

畫展叫「世紀風華」。

法國運來的八十幾幅畫，展了三個月，倒數第二日，女兒大吃一驚隔天就要結束了，趕緊來看。某財團人壽獨家贊助的畫展，乙報主辦因此不要錢般半版廣告卯起來登。號稱面對國際世界，讓世界知道，震災並沒有擊倒本島，在重建的路上我們已做好萬全準備重新回到國際競爭舞臺上，本島已經沒事，我們來看畫展了，世紀風華——橘園美術館珍藏展，陪你過冬，跨世紀。

前社長到後，佇立階梯高處令自己銀雪一頭成為目標讓家人找見。滿廣場人，經傳媒警示一催，果然催出來大批懶散蹉跎人，趕在畫展結束前湧至，挨挨蹭蹭看畫，想必明天更塞爆。老妻偕晨操班的秦太太同來，很快找到前社長。小女兒跟老同學阿慧還在乙報設的攤座那裡塡單子取票，訂五個月乙報可獲四張門票及一冊導覽。老同學阿慧職任銀行襄理，跟女兒一樣，鼓綳綳的皮夾錢包打開，密麻插滿各種卡，亦不知什麼卡總之抽出來一亮，獲得門票兩張導覽一冊還有免費語音導覽。阿慧把多一張票去向排隊人兜售，以學生團體票的一百元價便宜賣。阿慧叫前社長梁伯伯（發音為涼玻），吐舌做鬼臉，嘻嘻賺了一百塊。

女兒租四支語音導覽，一人發一支，幫秦太太和老妻戴好耳機，教他們如何使用掌中的放音機。前社長悠然自去，從出口處的畫看起，逆向而覽比較不壅塞。手握語音導覽，聽聽，也不聽。幾幅畫，頗有些看熟，好似認出小學同學卻鬥不上名字的湊前去看簽貼，雷諾瓦，鋼琴前的年輕女孩。沒錯，塞尙，蘋果與餅干。那些蘋果，像是要滾向看畫人，好野蠻的蘋果唷。重重的，粗粗的，用調色刀建構出來，施以拇指震動而成形。前社長開機聽導覽怎麼說。塞尙，現代繪畫之父。沒有他，就沒有畢卡索的立體派，馬蒂斯的野獸派，乃至再後的抽象畫派，都從他而來。祖師爺吶。塞尙推翻了傳統的單一透視法，採用多重視點。塞尙講過一句千古名言：「自然的一切，皆可由圓形、圓錐形、圓筒形表現出來。」這項繪畫上的革命在當時或許不過是星星之火，但以現今的眼光回望去，塞尙燃起的這把火直到今天都還未燒盡。這啥意思？塞尙的革命星星之火？意思是，塞尙改變了一種觀看習慣。此習慣紮根於，嗯，比方說透視法則啦，明暗法則解剖法則空間法則啦之類，所有這些，天翻之，地覆之……前社長琢磨著把導覽翻譯成自己可理解之事時，訝見迎面蠕蠕移動的人堆裡老妻和秦太太，兩人臉黃黃似叫什麼東西絆住了的步履顛躓。前社長蹙眉覷去，絆住兩位太太的並非它物，可不就是語音導覽。

唉，事不出其然。即便女兒已仔細教示過，老眼昏花按錯鍵也罷了，這般簡單到不能再簡單的放音機若也叫做機器，唉關於機器、

老妻每每自我召告天下是機器白癡，簡直就以白癡為榮的絲毫無慚色。又把孩子們那裡聽來的語彙什麼什麼恐懼症，代換成「我嘛反正就是機器恐懼症」，以憨為直，博得親眾護愛。莫不是，自古以來舉凡涉及機器事，老妻一概扔給他。古代的年輕時候，憨直誠可愛，老來棺材進一半的人，若連語音導覽就那三兩個操作鍵也要叫做機器的話，前社長苦嘆，夫復何言。

可憐是秦太太，好好一位太太亦捲入，看來正為找不著導覽到哪一幅畫而迷茫。女兒跟阿慧呢？兩個精得鬼一樣早已看完畫展在出口處販賣鋪。兩位女士埋首於琳琳瑯瑯複製藝品裡，顯然比看原作更熱情。印有畫作圖案的杯碗碟盤茶墊啦，絲巾陽傘提袋筆記簿檔案夾啦，年曆則是半價賣。兩女士恍如重返學生時代，迫不及待做完畫展功課好去購物玩。九折、八折、七折，直呼畫展結束來看畫買到打折貨眞個物超所值。兩女士風一陣買完東西欲過廣場去找咖啡座，叮嚀前社長負責把兩位媽媽同父女的共四支導覽交還給那邊的櫃檯記得要拿回證件然後走出去就看見對面那棟糖果屋房子的屋頂有沒有，好，我們在那房子門口見。女兒的叮嚀，讓前社長起疑自己是否老人癡呆了？坐在糖果屋裡，累到半句場面話亦說不出的兩太太，才脫離了美術館苦海，不及

喘口息，苦難又來了，女侍遞來雅致小箋問大家點什麼。秦太太撐出做客人的禮貌，拉開提包取老花眼鏡戴上像是在穿戴登陸月球裝備好沉緩吃力。而那小箋上的茶點名稱瞬間叛變皆成火星文，秦太太一個茶點也識不出只把目光落到還識得的阿拉伯數字上，怎麼這麼貴？木白了臉。

女兒興高采烈——小女兒只要跟阿慧一起，吱吱喳喳似一對黃鸝鳥兒語速也快了，脈搏也快了，高中女生死黨情態登時復現，一高一矮，一陽一陰。一冷冷，一暖暖。唯歲月潛移默化不留情，冷冷的那個現在很會自嘲嘲人，暖暖的這個，瞧，小女兒語勢咄咄向三老介紹糖果屋。這棟都鐸式洋樓即圓山別莊，從前從前大稻埕茶商姓陳吧，陳什麼，他蓋的，蓋來招待仕紳和海外貴賓的別墅。進門那裡有彩繪玻璃，大壁爐，剛才沒注意的話等下可以去參觀，但樓上還沒有整修沒開放，樓下外包給人做咖啡館，古蹟新生活用喔。想起來了，大茶商他叫陳ㄔㄠˊㄐㄩㄣˋ，朝廷的朝，駿馬的駿。

啊如此多訊息，如此多新知，女兒當老師當久了傳遞知識已成本性，前社長須半闔上眼睛才能集中聽力一一收納到訊息。可憐這是爲何老人們聽講話時總要低眉垂目兼作深深首肯，不如此無法關閉掉喧鬧的紛陳光影而專致於聽覺。乃至開口發言，亦不時須拉下眼簾，黑裡讓該浮現的詞彙浮現並跟詞意抓在一起，啊人老了詞彙跟詞意，如此散脫不牢黏，稍一鬆神便分崩離析不見了蹤影，一片忘海。老妻和秦太太，則已至負荷極限不再承受任何不熟悉不知之物如冰雹來襲，躲進自我架起的強化玻璃防護罩裡，睜大眼任憑那語詞撞擊蹦落可保證了一詞一語也打不進來。

秦太太說就喝水罷，遵行老一輩的客氣什麼吃食也不點。前社長若非畫展看得口苦舌臭，對照孫輩動輒販賣機取喝取吃隨時上洗手間，老一輩人直如沙漠駱駝那樣耐著長長的飢旱視爲天經地義。前社長按自己這時候的需要，一起替兩位太太叫了柳橙汁解乾，消苦。而兩女士滑壘搶進下午茶時限或茶或咖啡加一塊蛋糕，佔到便宜但未免也開心得過頭，時光倒流兩高中女生相加相乘相激盪的結果是反智，既亢進，又喧譁。女兒掏出一袋紀念品說是給秦媽媽的，五支一套茶墊。阿慧說是呀不然好像白看一場過幾天都忘得精光光了，至少嘛這幾個茶墊，有物爲證。女兒又非要三老一人分食一口下午茶蛋糕，一塊叫黑森林，一塊叫提拉米蘇，將那好時興的提拉米蘇的來歷和做法解說一遍吵得人頭疼吶。唯三老當做女兒是稚童擾人，不，綵衣娛親的把來消受和福納，食不知其好亦被迫回答好吃吧（是肯定句而非疑問句），答者只能合音天使的和聲著，好吃好吃。但是椅子都還沒坐穩，一股旋風要跑人了，阿慧車泊遠處去開過來接他們，三老呆若木雞給點了穴般只能腦子裡在反應，哦年輕人這種花錢法沾一下椅子就走，可又省東省西二十塊三十塊叫賺到了的那種得意勁兒，這帳怎麼算的？前社長這才發現咖啡館前一條人龍等空位，哦明白了，這哪是喝咖啡，這是參觀古蹟活用，方才他們是坐在古蹟裡吶。

女兒領三老出別莊，擠過美術館廣場至馬路邊，下班放學了湧進更多人，竟不知市民們如此之向學？女兒接聽完阿慧手機，謂車子在對面，若開過來得上橋那就事情大條啦——大條什麼？前社長肚內忖度，翻譯成可理解的意思是，因爲車子先要碰到可以U轉的路口U到這一邊接了他們之後只有上橋一途，故此不僅跟他們要去的地點方向相反太繞路且這時候肯定塞車，所以明智的選擇應當是人過馬路，對面上車。

於是四人從美術館移往不超過五十公尺之遙的紅綠燈路口。前社長知其所以然的實實伐步緊隨女兒身後，回頭一望，兩太太猶似頂著剛才架起的玻璃防護罩困頓朝前在挪移。兩太太不明白不是說好了車子來接嗎何以逕往前走走哪兒去啊？綠燈亮了，人行匆匆，父女倆忍耐著等候後頭兩太太跟上來，待下一次綠燈再過。前社長倚傘杖，西望去中山足球場，捷運圓山站，出站那邊庫倫街。那片地方不在生活動線上亦不在人際網絡內，也許簡直就未曾到過那裡，只有庫倫此名，標示出街在城西北，予人亦蒙古高原荒曠不毛之印象。比起僅僅去過一次的異國東京，其街道上堅定不移指引著盲人的導盲磚道深深烙入前社長心坎，庫倫街？對之毫無心得，一如對帛琉群島只知女婿公司不少同事迷戀去浮潛渡假。出庫倫街，再西是縣境了三重蘆洲嗎？那比帛琉群島又更遠了。而就在那更遠處，被捷運巨築擋住視線被水門堤防隔開的縣境天空，有燎燎星斗飛過來。國內線航道下，猛瞬間，星斗從巨築背後爬出來了，好個幽冥大物！噩噩似戰時的轟炸吶，此刻，如膠片放慢了速度壓境而來令萬物皆仆倒委於地。萬念俱息，只能挨過。過了的，沒死，死活了。而那些死了的呢？譬若兩位跟上來的太太若就仆地未起的話，那眞叫死得不明不白可不是麼一路盲走走哪兒去唷也不知道。於是前社長轉身告訴兩太太，阿慧車在對面，他們得過馬路去對面以免繞路塞車。他們要去 Sogo——

「嗄，搜狗？」好大一吼聲令路人側目，像是掀開玻璃防護罩爲了聽清楚的老妻，更像是終於受夠這一切不想再承受了的遂故意，不，惡意，惡意的聽不見（聽不懂）。可憐啊關於聽不見、老人們的聽不見有很多種。

一種就是老了，耳背了，聽不見。一種是聽見了，但聽見的詞彙們尚與詞意們在速速撮合中故一時間猶如聽盲。或一種是詞詞皆聽懂，可詞詞相疊成爲句，倒又不懂了，有聽沒懂，新事物新資訊年輕人的花花世界，唉聽不懂（僞變爲聽不見）。故此亦一種，因爲聽不懂，或顧左右言他，或答非所問，或你逕自說他逕自講，或先下手爲強臭出一張臉啐呀唉世風日下人心不古，皆聽不見之僞變。又一種，由於只聽想聽的要聽的（不限老人），果然不想聽不要聽的自然就聽不見。類若此一種，由於舊識泰半已成鬼（或仙），此世無可留矣不想聽也不要聽，寧聞鬼語不與人言，聽不見了。故而便一種，早早將自己登錄仙籍讓出位子和發言權，奉行郭令公遺訓：「不聾不啞，怎做翁姑。」進入化境的話，聽世無聲南海潮。所以還一種，爲了避免衝突，好比現在，對付老妻的惡意聽不懂，前社長已啓動自我靜音系統，以下老妻云云，一概聽不見。

「哦 Sogo。」老妻自己回答了自己，復質詢前社長：「去 Sogo 幹嘛？」掀開了玻璃防護罩，疲憊老妻像一碟蘋果切盤很快在氧化變黃中。

「……」

「妹妹（發音爲美眉），去 Sogo 啊？」潛台詞是，回家吧美眉。

「……」

女兒正接聽手機一邊押隊趕鵝鴨般趕三老過綠燈。老妻向秦太太抱歉說明，要轉去 Sogo 領大臉貓提袋，可以領三個喔。好啊 Sogo，秦太太頗些欣從，這是熟地方。前社長的靜音系統則明顯發揮了功能，吸吶著老妻於自言自答中消散的火氣。

車上唯一男士，阿慧向座旁斜繫著安全帶的前社長閒話，涼玻涼玻的喊似發語詞，似敬語，似職場裡的上司，也似古代以來千奇百怪各種禁止女性參加的男性友誼俱樂部裡的共謀者。「景氣不好，省一點是一點，歹年冬（台語），涼玻您說是罷。」

歹年冬，是啊各方面都是。雖然阿慧自嘲的是兩女士手上一把兌換券折價券以及形形色色從雜誌報紙剪角下來的保養品試用券，一股腦要去Sogo用掉。就說三不五時寄來的Sogo促銷型錄，憑封套上貼條姓名即可來館領一支大臉貓提袋，光女兒手上就有三份型錄分別隸屬於老妻女兒孫女，三代一網打盡。孫女也罷了，便連兩女士，從銀行裏理到學校講師，到阿婆級兩太太——後座悄然無聲微有鼾息，前社長掉頭去看，老妻仰天長嘯狀睡倒座背，秦太太維持客人風度假寐中，而坐擁一堆提袋於膝上的女兒閉眼小憩果然像隻棲鳥。無論老少，不分階級，全部，都愛大臉貓。關於大臉貓，沒有嘴巴左耳戴一朵蝴蝶結或一朵花的大臉貓、

Hello Kitty，凱蒂貓。

這隻日本製造的凱蒂貓本名Kitty White，一九七四年十一月一日出生於倫敦郊外，天蠍座，A型，三個蘋果重，五個蘋果高。一家四口，爸爸外交官，媽媽家庭主婦，以及雙胞胎妹妹蜜米（Mimmy）。凱蒂鋼琴彈得很好，喜歡做小餅干，打網球。愛吃媽媽焙的蘋果派，愛搜集小飾品特別是蝴蝶結。凱蒂的願望，要成爲偉大的詩人和鋼琴家。凱蒂的初戀情人叫丹尼爾（Daniel）。活到二十歲初，凱蒂已奄奄一息，便在公司的新生計劃下將其從鉛筆橡皮擦筆記本、手帕拖鞋圍裙、便當盒漱口杯鬧鐘之類升級——好唏噓世紀交替之際，凱蒂迷始祖第一代，至

少，最小，也二十五歲了，怎能不升級到化妝品礦泉水啦、寢具家電啦、手機電腦汽車啦、乃至信用卡。凱蒂復活了，不可思議的MQ（不是IQ不是EQ），高智商，不，高錢商，挽救了瀕臨破產的製造公司。於是凱蒂來到福爾摩沙綜藝島，不，火山島，嚇人吶關於火山島、語源出自本島最優秀的政治漫畫家 CoCo 發出的驚呼：「天哪，他仍是座活火山！」

他是誰？他是摩西老大黨黨魁暨綜藝島前總統。世紀交替前三年，火山爆發過一次，讓島民著實慌亂一場後，災難的唯一受益人，自然是摩西老大。彼頭上頂著暈濛光環，看哪第一個人民直選（直如一顆快樂丸）的第一個本島人（另一顆快樂丸）總統。往後三年，眾皆以爲畢竟火山已經熄止了罷。沒有。沒有例外的一如災難片裡，火山又爆發了。照舊是，又一次的大選前儘管這次摩西老大本人於法已不能選遂指派阿舍先生當傀儡，以及又一次的聲東擊西轉移糟糕透了的內政問題，因此又一次的島民大起乩。這會兒可是吃了無論新世紀稱它爲快樂丸E丸，抑或搖頭丸，摩西老大搖呀搖，搖出火山爆發「兩國論」。搖出摩語錄：「兩國論越鬧大越好。」

兩國中之另一國，北京搖頭店的搖頭樂（發音爲月），動輒搖進上千人，順口溜邊拿螢光棒邊搖頭邊唸，上千人齊搖頭齊喊：「沒有朱鎔基，沒有新經濟，沒有新經濟，沒有新中國。」搖呀搖呀搖，搖到外婆橋。搖到本島加進吹哨子又叫哨子樂（月），畢畢畢畢畢：「男生站左邊（台獨站左邊），女生站右邊（統一站右邊），沒帶身份證的站中間！」呵呵警察來臨檢了，搖頭丸快樂丸忙忙拋一地，沖進馬桶裡，都說誰曉得哪來的丸。搖呀搖呀搖呀搖，男生搖出三支腳，女生搖出喂喂實在太不雅，難聽吶。攏總而言之，火山島上演著災難片裡永遠的公式：專家們的老實話刻意被忽略，數據遭塗改，趕快埋葬受害者，異議給打壓——且慢，有島外人士毫不同情問，那麼輿論在哪裡？是罷，輿論。挺虛無的，輿論。

您有所不知，對於相信上帝永遠站在我這方的摩西老大，輿論只不過是彼方。「在革命與事實之間，一個革命份子會先選擇革命。」蘇共二十大結束後某大頭在記者招待會上如是云。把革命代換爲宗教，即摩西老大的榮光圖像。那麼您問他，誰說上帝一定是在我方而不在彼方呢？很簡單，因爲我方相信上帝，而彼方不相信。因信稱義，我方終必得勝（世間的得勝算什麼），在那最終審判日在那應允天堂地，因信稱義者終必吹起勝利的號角。革命與宗教，這對孿生兄弟，如戰神如瘟神如轟轟然命運交響曲，如天狗蝕日世紀最後一次日全蝕穿越歐陸到印度兩小時內白晝成黑夜，您說吧，輿論在哪裡。

可憐火山島上，咱們無法期盼像但丁峰——是的前社長跟著孫女看了若干磁碟洋片，那座但丁峰爆發時，畢竟有一位叫皮爾斯布洛斯南挺斯文書卷氣的英國男演員還擔綱過兩集○○七詹士邦，此人在洶洶火山灰的奔騰追擊中把車子開進礦坑逃掉掩埋而救了全家人。可憐咱們也無法像看完《大白鯊》，那是孩子們選看的片子看完一家去吃「一條龍」的水餃和酸辣湯，眾皆很驚嚇，但也能安慰自己，只要咱們不去海灘，不進水裡，大白鯊就拿咱們一點沒轍不是。可現在，活火山杵在那裡，打開窗，走出門，隨時隨地看見它。那又是孩子們選看的另一部片子《大法師》，驚嚇度之超過大白鯊好比一個在天，一個在地。承小兒子毛毛教導，毛毛是學校視聽社成員儘看些前衛電影，偶爾折節屈就，太難爲了狂狷青年居然肯參加家庭的庸碌聚會看電影吃飯眞是榮幸，這點得佩服老妻總有辦法把大家招招來拴一起。大家教大法師嚇得啞巴了沒有半句觀後感，毛毛看他們一群沒見識的老百姓，冷冷摔下話：「這是恐怖片裡的一個里程碑。」老妻每每反射反應成了人家的回聲：「里程碑啊？」回聲是不會有回答的，兀自餘音消淡於空氣。前社長比較像反芻動物，事後再拿出來咀嚼，何以是里程碑？大法師神父驅魔，那魔可不是如過往只在魔該出現的地方出現，墳場墓穴廢屋古堡山野棄城之類陰沉又鬼森。完全相反，片子既明敞，亦家常，魔不在暗晚不在黑裡，魔在青天白日下。在街道一轉角，在超市貨架行列間，魔來了。照規矩，人魔兩界，你人若跑到魔地方去，不怪要遭殃。可現在，魔過界來了。恐怖的倒不是魔，是界線崩解魔出現在不該出現的地方。是這個，不但嚇壞人，也絕望人。所謂里程碑，意指崩解了這條界，是罷大法師？

可憐活火山在那裡，逃不開，躲不掉，只能好壞存亡共處之，島人頗練就一套防禦措施和裝備。看哪，那時兩國論，兩岸軍機頻頻升空下，全民總動員。捍衛福爾摩沙嗎？島外人呵您說得美，搶購凱蒂貓啦。

火山爆發期間，管他另一國文攻武嚇，管他股票連連跌停，咱們在搶購麥當勞限量發售的一組貓，凱蒂跟它的男友丹尼爾。

每逢星期一，火山島各地舉凡金色大M字前面，伸出一長條撐傘人龍。可憐啊前社長的老袍澤尚良公便在人龍裡排隊幫孫兒買凱蒂。放眼看去不少老人，橫豎無業無事巒高興派上用場當個排隊人佔位人，亦一肚子怪哉這希罕景看不懂。罕得來兮什麼相識篇凱蒂與丹尼爾相識，中國篇——

咦，中國不是敵國嗎？中國篇凱蒂穿旗袍丹尼爾著馬褂，新婚篇，麥當勞篇，夏日篇，每週一篇。君不見豔陽傘海下，有人昏倒，有人推擠，有人爭吵竟至拔槍相射。有人懷疑店內將貓偷藏，令店員疲於解釋。黑市和仿冒，立即登場。大Ｍ取消了員工的貓福利，撤回媒體公關的貓配額，連大Ｍ總裁的全套五組貓都捐出來賣，並鄭重否認謠傳大Ｍ接受整套購買，還有吶、

君不見還有那銀行開放後的新銀行來插花，散佈凱蒂貓扇子好體貼供排隊搧涼跟小面紙其上皆印該銀行名號，當然，眞正要散佈豈會放過的，沒錯，信用卡和活存開戶申請書。據阿慧云，此銀行花了近千萬元取得凱蒂貓肖像使用權，年初推出凱蒂貓存摺信用卡時，家家分行開戶人潮以爲是擠兌。又有那島南貓迷由於南部無分行，搭機飛至中部去開戶。年來金融商品打玩偶牌，小熊維尼酷企鵝米飛兔芭比娃娃皮卡丘輪番上陣皆有佳績，唯凱蒂貓一出，全部遜色。阿慧給的情報，凱蒂貓活儲存款老少通吃，固然Ｙ世代佔一半，Ｙ世代？二十歲至三十歲嘍。Ｘ世代，三十至四十也獨鍾。十至二十Ｚ世代，居第三。可四十至五十亦喜歡，佔百分之九。越年長之凱蒂貓活儲戶越出手大方，存款餘額相當高，就說五十歲至六十歲，平均有十三萬元咧。雖說開戶只要一百塊，但凱蒂貓活儲戶頗似在意存摺上打出的第一筆數字，開戶存入五十萬元以上者竟達上千人，阿慧持那種男人友誼共謀者的口吻，如果有菸，兩人互遞，打火點菸，阿慧說：「涼玻啊，這在活儲存款產品裡是比較少見的現象。」

火山下，各方祭出卡通玩偶滿天飛。

大人小孩養電子雞（第一次火山爆發期間），貴婦手提貨眞價實絕非仿冒的ＬＶ卻包上夾一

支塑膠粉紅小凱蒂。繼人龍爭食葡式蛋撻和巨蛋麵包以來，前社長的凱蒂貓初體驗，親震撼，早兩國論一個月前，在Sogo，太平洋崇光百貨——哇崇光百貨，七年後此百貨聲名噪到登上紐約時報因約書亞總統夫人收受此百貨禮券再九折售出行徑一似阿慧轉賣世紀風華畫展優待票曖昧無識自己已是第一夫人了。七年後前社長並不在此世之間故不知有此瞠目大戲。世紀之交替，年中慶，崇光百貨宣佈作了十五萬支凱蒂貓手提袋當卡友回店禮，頭日便有九萬多人領取，造成東區大塞車。那時，在Sogo對面，通衢大道往東一里處，前社長跟老四老六老八一共四家，臨窗圓桌吃生日飯。關於生日飯、

前社長同船來台的三個加上入伍生總隊的五個，結拜八兄弟。老大六十生日時兄弟們打了金牌慶壽，此後凡過六十皆吃飯打金牌，太太們去銀樓選。除老五早早結束了梨山墾地移民巴西，老二沒過六十走人了故而冥壽那天二嫂代表，幾年一圈下來，七家皆有一支金牌。可七十沒過，老大也走人了。七十慶壽，便只吃飯不送禮。老七遠在枋寮，常得意說老人飛機票優待竟跟坐火車票價一樣，但這會兒老八過七十，說是白內障要開刀也飛不來了。雁行單數就剩前社長，席間三爺三爺的喊。一桌四家八口人，不知下次輪到誰缺席。又且都在這家江浙館，其間圖新鮮試試下一代薦介的名店名菜，不對味，還是換回來。然老店也改了裝潢，亮錚錚的照明沒有了，看不到一盞燈，全藏到天花板跟牆裡，從隙間輻散出柔黃光源。那柔光令所有人都放小了聲音，壓低著語調，兩人桌，四人桌，喁喁吃談。可他們八位老人家，耳不聰目不明，講話你吼我我吼你，老店時候，每桌差不多，這會兒柔光一打，不就是變個法子叫他們噤聲，沒吃過這麼悶的生日

飯。正悶時、

大街上原先零零星星的提袋人，突然匯集成一川粉紅流，「又是遊行嗄？」重聽的老四開足嗓門說。見人手一個粉紅方方大提袋川流於濁滯不動的車陣之間很快鋪滿能鋪滿的空處，突然就有幾名提袋人給擠進二樓他們餐館裡，掀起幾桌豔羨嘖呼。哦 Hello Kitty，太太們倒琅琅上口。這才看出粉紅袋上佈著凱蒂貓圖案，別說唷，顏色眞嬌。八老翁老嫗俯瞰市街，默無一語，彷彿已成爲雲端上的祖先們。

二二九，星期二。

崇光百貨來店禮仍然是凱蒂貓提袋，換個樣色跟袋型。週末帶二二八連三天假已瘋過，仍然，人龍從樓頂領取處沿邊門逃生樓梯一層層蜿蜒直下至外面大街。無論貓迷或非貓迷，眞配合，不怨不疲一番番協同擺置出街市奇觀。這會兒前社長給安插在地下一樓詩特莉姑媽餅干鋪的小吧檯座上對著一杯咖啡兩片手製餅干，女兒選的，一片蘋果餅干，一片巧克力燕麥餅干。女兒樓上樓下去跑，領凱蒂貓提袋拿修好的鞋換各種試用品贈品，然後跟兩位太太在超市會合。呵呵呵超市，兩太太如放鳥歸林，魚入水中，早沒人影了。女兒跑離開，又跑進來，喘說是 Blueberry Fair 小藍莓節，Aunt Stella 推出新產品，買了一袋小藍莓葡萄餅干嚐嚐新，取出一片置於盤中並一張樸拙紙壓在盤下，紙上有藍莓小故事可以看，老花眼鏡帶了嗎？帶了那好，安頓完，復跑離開。女兒那種顧喚過多幾至囉嗦的老師行爲，以前不感覺，近來屢叫前社長疑心自己總不會有了老人癡呆？當然，三女性一入百貨公司何時能出誰知道，所以妥善放置好老爸免得良心不安即可無後顧之憂儘管逛去，這也是女兒的潛在思想。缺少阿慧男性友誼式談話相伴（開車送他們到 Sogo 即走了），前社長折臂折腿矮矮坐在小桌小椅的小餅干舖裡，給編派做了一名幼稚園生吃點心，對著一杯咖啡，三片餅干。說到咖啡、

咖啡啊，那時前社長跟著孩子們勉強學會享受咖啡，苦豆水，只能加糖。因爲喝咖啡，看報看到凡關於咖啡便看進去。以下乃報紙上看來的情調，加糖後順時鐘方向輕攪咖啡，或奶球或鮮奶，請貼杯沿緩緩注入，由那旋攪的咖啡帶著奶白旋去畫出奶跟咖啡相遇時的一渦渦旋紋，至渦漩凝止，奶白完全覆蓋了杯面而底下是熱熱的咖啡。前社長像埋頭拉胚拉完這杯陶藝品。從棉襖內袋掏出老花眼鏡，看小藍莓的故事，呃，藍莓的小故事、

愛好果醬的飛行員是研究的開端——一九四〇年代，一位英國空軍飛行員證實，連在夜間飛行的時候，也可以看得很清楚，「我每天早上，把藍莓果醬夾在麵包裡吃」，從此學者開始研究，發現藍莓含有豐富的花青素，能有效維護改善視力。

這就樣，藍莓小故事。

那時兩千年，二三九，前社長於百貨公司一隅，團裏在煮咖啡的聲音香氛裡，罩燈下煙薰，暖氣烘烘。前社長給施了魔法般夢怔。霎間，聞女兒喚他，醒來見杯空，盤也空，竟過了一小時？棉襖擱於膝上。他像祖先們那樣在夢中脫了棉襖，吃了供物？

那時，女兒率三老蹣行於堆積如綾羅綢緞如金銀珠寶的食品櫃檯之間眩似迷航，前社長一輩子不能忍受搞不清楚方位所在而東西南北一望，抽離出座標鳥瞰，他們四人正穿越對角線往東北

方向去，鑽出地表，無誤是後門出口計程車排班處。先送秦太太再逆路迴至家門，大小包，果然，又買了許多無需買的多餘品。無事忙吶多餘品、

爲了湊到可以換贈品的額度而買，以及差幾元即達集點數的一點於是再買一個。以及爲買二送一所以帶走了三個。更爲平日此物絕不打折強硬得很，不料居然打折了怎能饒過不買。亦爲鍾情於贈品只好概括承受那根本不想要的正品。總之，前社長再次目擊，百貨公司果然很像港片重拍《倩女幽魂》裡的樹精姥姥。那是毛毛返家在家，晃悠晃悠，坐客廳裡一把遙控器跳電視台，兩秒一跳台跳得人眼暈心悸，唯跳到港片就停下看——毛毛看港片？變天了唷毛毛看港片、

聒噪港片好吵人，前社長常在客廳因此有的沒的看了頗些片段。一陣子輪流老是那幾部片子反覆重播，前社長有時才終於看到某部片子的頭，有時傻看半天哎唷這不是看過的難怪一路似曾相識。邊看，邊困惑毛毛不是都看前衛電影如何耐得了這些港片，殺時間？前社長一生最最無法理解幾至於要道德譴責不能原諒的，時間如何可以殺。可有時毛毛也看得哼哼悶笑？怪了。前社長從閱書中抬頭瞄見毛毛的側臉，笑意撐出了鼓鼓的頰還擠出來眼尾紋，那表示毛毛是有給娛樂到——前社長至今不習慣，台式中文每愛使用「有」，我有聽到，我有去買，功能等同於英文文法的過去式，亦如「了」在中文裡之用，我聽到了，我去買了。看來，毛毛是給娛樂到了，倒並非殺時間。或者下班時間不談公事？那表示，毛毛看前衛電影像上班，或至少是，在做功課？前社長尊重下一代工作跟娛樂分離，雖然老一輩泰半不明娛樂爲何物，打麻將罷，還是食衣住行育樂之育樂？魚要逆游，人要體露金風，前社長倒願見毛毛看前衛電影如做功課。前衛——前社長

抑制著心底一肚腹不同意，前衛前衛，多少妄誕無知假汝之名以行。前衛的內容經常不過就是個，就說了罷，是個屁，但勉而學之的上進心其經驗過程是好的。說它虛榮心也可，然至少不要是痞。水往低流，人從惰性好歹偷偷去從嘛，哪有從得來理直氣壯的，這就是痞。而那些舊片已夠得上資格叫人懷舊，巨星嫁作商人婦連生兩小孩也長大了，捉妖師父不久前癌故，毛毛有時消了音靜看看熟的畫面走過眼前，年紀輕輕已有緬懷故人之意？

樹精姥姥呵，你的名字叫 Sogo。

看看女兒，看看老妻想必秦太太亦然，莫不是姥姥手下那些飄來逸去的聶小倩一夥，待踏入家門大小包一擱，頃間魂魄離體，皮囊癟於地。這時候，前社長出面收拾殘局，把需冷藏物一一歸檔於冰箱。歸檔完，將那杯早上喝乾的龍井注水，準備看晚報。但這時候，女兒、

女兒打橫賴躺在沙發上睡著了。

此行徑，可比幼雛稚畜的嗷嗷乞食聲立刻喚來動物爸媽的餵哺。女兒這時候不是人妻，不是兩孩子的媽，不是學校講師，而是妹妹（美眉）。永遠的妹妹，立刻喚起永遠的拔（爸），永遠的麻（媽）。自小，老大老二都很持重，小女兒則易嗔易喜易臉紅像小鳥，講話快也像，若跟阿慧在一起，便宛然成小鳥。興許代謝速度比別人快，女兒從外頭回來，進屋就電池耗盡般往沙發一倒，又躺又歪賴，全不管客廳多少有點公共場合之意思及眾人（即便是家人）交集之所在，多少該有個最大公約數大家來遵守好比說，儀容整飭。然而妹妹，電力不足可憐硬是撐回家充電的妹妹是例外。結婚以後愈發是，住得近，簡直沒斷奶。於是永遠的拔，拿來一條薄毯覆在女兒身

上，關掉客廳燈，避於飯桌一角借立燈看晚報。永遠的痲，掙扎爬起來張羅晚飯，躡手躡腳別吵醒妹妹，把Sogo買的混一堆的東西分一分。女兒自己的那一份，老妻買給女兒和孫女孫兒的一份，大部份都分了過去裝一袋，待女婿返來一起提走。時間晚了，作息整個往後延了兩鐘點，是叩應節目的時間。叩——應，唉叩應、

早該戒了，比戒報紙更百分之百該戒。今日既沒看，便從今日始，以後不看啦。

沒看叩應節目的三十年老房子裡，靜得出奇。一靜，卻聽見左右鄰舍，四面八方，都在看叩應。前社長大吃一驚，不是只有他上癮？

前社長甚驚駭，搖頭教主——此名詞，人稱DJ，唱片騎師，如今被奉爲電音巫師，搖頭教主。那是電視新聞直擊搖頭店臨檢，攝影機一馬當先跑得比警察還快，機槍掃射般令曝光中彈人抱頭掩面鼠竄不及，眞眞，難看啃。新聞獵隱搖頭店，然後獵奇搖頭丸堂皇謂爲專題報導跨世紀電子舞曲風靡之現象樂得來猛播放聳動畫面。前社長因此被迫知曉這輩子毫無必要，也壓根不想知曉的一些異物異名詞。譬如說，DJ。這是平日閱聽裡從上下文之間幾回琢磨忽然一日琢磨出來的，哦DJ，負責放唱片的人。新世紀到來電子舞曲法會上，法會？不錯，不是舞會是法會，DJ變成掌控法會成功與否的靈魂人物，尊爲大祭司。瞧，螢幕上頭髮用髮膠抓成寒毛豎立型的小伙子，炸毛人，在搖動不停的鏡頭前突左突右不停搖動的說，其受訪內容若非打出字幕，前社長不會曉得是何物，不，就算打出字幕也不曉得唯有照錄其字句炸毛人說：「如果現場已經很迷幻你又來一段House，靠（只聞其音沒有字幕），那簡直是解high。」前社長反芻甚多時，仍芻

不出DJ大祭司是把法會搞好了？搞砸了？前社長驚駭的是，搖頭教主摩西活火山，令火山島上島民們，好壞死活跑也跑不掉的島民們，全上癮了。

什麼意思？

意思是，電影裡男主角悚然發現整個小鎮的人原來都是吸血鬼。（或是殭屍，或是外星人，或是一種人叫豆莢人——當然那又是毛毛燒錄來的磁碟片《豆莢人》，毛毛說，這部是經典。）男主角身處絕境，他，這名唯一的一個不是，要不要變成是。可憫啊他的戀人稍早已變成是了。毋寧逃。可逃哪兒去？

當然，電影畢竟要結束。男主角畢竟逃出了小鎮且好不容易攔到一輛車，登上車，最後一個畫面有那麼一下，幾幾乎覺察不出的訊癥譬如說，吸血鬼的犬齒尖尖，一閃即逝。可怖啊駕車人竟是吸血鬼？抑或另一種版本，男主角其實也成了吸血鬼？可怖啊，慘怖。

不過因爲電影已結束，吾人無法得悉變成吸血鬼的男主角，知或不知自己已成鬼。這有差咧（台式中文）。知與不知，差很多咧。如果知道自己已成鬼，極有可能是，打著紅旗反紅旗，鬼反鬼，倒有機會反出來。

然或又有一版本，登車人跟駕駛人，眼底相視一默笑（一露齒），兩人原來都是鬼。如果都是鬼，那就沒差了。小鎮一場無稽夢，港片一部無厘頭。全民皆爲鬼，抱歉，全民皆上癮。

看哪新聞與叩應，雙雙搶收視率第一。「全民開講」延長播出時段，「大家來審判」亦開始一週播七天，老房子給包圍在叩應綜藝大擂臺的沸沸洪流中。熒熒燈影裡，前社長和老妻，和睡倒沙發上的女兒，彷彿漂流木上碰在一起的三條小生靈，牢牢抓好啊，荒波中，載浮載沉。前社長自忖，是罷，至少咱們可以不上癮。

至午夜十二點鐘睡覺前，吃過晚飯不開機，不開電視機。尋常是，前社長看叩應兼剪報，分類收妥剪報，積至一定數量即裝封。所謂數量，按港澳航空印刷品郵資克數計，一座小秤，放上去秤，不逾二十公克七塊錢，每續重二十公克五塊錢，前社長一定秤到每二十公克的極限，不足數待再剪補足或補重一張近照什麼的。前社長每日必剪是 CoCo 漫畫，寄重慶愛看諷刺漫畫已退休的外甥。醫藥新知寄北京唸中醫的侄子。大陸新聞版，近來關於三峽建壩，外國專家反對意見連篇累牘想必陸內看不到，一定剪，然後至小學校門口的阿德文具店影印十一份，分寄陸內十一家親朋。親朋們甚擔憂火山爆發下的前社長一家。

二二九，兩千年。

四百年才有的這一天將盡時，以戒爲師，咱們起碼可以做到不上癮。那時，前社長做如是想。

二二九，浣衣日

「四百年來第一戰！」本島人第一次直選總統時約書亞黨響亮喊出的口號。

但巫人說：「四百年來這一天，傾國與傾城，佳日難再得。」

古代曾有巫人英文著述，題曰〈Stale Mates〉，以當下地球文（相對於火星文）之解碼，可理解為、〈過了賞味期的伴侶們〉，述中諧謔一夥中國的五四青年。題目尚繫一副題，解碼之後是、〈愛情蒞臨中國那時所發生的短篇故事〉。愛情在那時意指，自由戀愛。

今有巫人借其題以述，把愛情換成民主，把中國換成台灣，題曰〈民主蒞臨台灣那時所發生的短篇故事〉。

這在述什麼，民主嗎？巫人正述到浩室，和銳舞。有云：「失敗為成功之母，浩室乃舞曲之父。」House，浩室。

浩室可謂上世紀狄斯可到了七〇年代的一種突變。狄斯可舞廳放唱片跳舞始於五〇年代，但離開紐約和洛杉磯這條軸線，舞廳仍都是樂隊現場演奏。狄斯可只用一個唱盤放唱片。待混音機出現，聲音可以從這個唱盤轉到另一個唱盤不間斷，只因為不間斷，跳舞喝酒一直跳下去駭到飛升不斷氣，不過器材上小小突破就全套變革了舞廳樂曲。誰還理樂器編排呢，唱片騎師站在混音機後播放唱片如駕控一艘星艦迷航。

那是上世紀流動騎師的七〇年代中期，小伙子持一疊唱片，一座巨喇叭，在公園連連數小時用兩個唱盤播歌撼震他的聽眾。騎師把唱片來回旋轉摩擦唱針發出奇詭聲效，把兩盤片子輪流往後旋轉播放讓一段樂句反覆重複，把一盤以原速而同時同步另一盤以加快或放慢播放同樣一首曲目遂產生曲變。把鼓奏從旋律析離出來讓邦加鼓的拉丁式打擊席捲人心，而非洲鼓宛若部落祭典醉人懾魄。把唱腔軌抽掉，又把樂器伴奏軌抽掉，剩下鼓與貝斯像鑽孔機重擊而於其上重新混音，讓唱腔攜帶著迴聲飄出飄進，讓吉他的反覆樂句和其他小噪音有時加入有時淡出，這是電腦取樣合成的前身了。騎師在唱片垃圾堆挖寶減價品或更便宜的老唱片。小鬼毛捲頭們圍在騎師唱盤旁，觀其操作，儀其風格，默記其播放之唱片，轉身立刻剽用。摩擦唱片技術在手眼協調超優的電器工騎師手下發揚光大，且優破諸多混音技術。電器工騎師且勇於發明器材諸如時鐘理論混音法可以讀唱片，長條紙貼於唱片上可以立即抓到摩擦唱片時要用的鼓奏點，改裝電子鼓爲節拍盒可以給一段音樂混音添入新打擊。於是第一台取樣機研發成功了，呱呱誕生於自家汽車車庫裡。

看哪後靈魂樂一代的作曲者和消費者，習於遙控器微波爐電視遊樂器長大之一代人，用取樣機取樣，做成循環鼓奏，加上其他打擊元素，這就叫音樂。看哪，作曲工具最主要是舊唱片。沒錢的年輕舞曲製作人在自己臥室裡搞唱片。一台四軌錄音機，兼以取樣機節奏機，然後壓成十二吋白標單曲唱片。已停產的電子鼓機，在垃圾堆裡被小伙子們發現，重生於舞廳，發出的聲響擊中身體跟骨頭又彈回來。街頭自會爲東西找到不同用途。DIY，自己動手做。誰都可以做，沒有作者論，樂手也許連樂器亦無需學。無需好歌喉，無需伴奏團。無需排練租錄音室辦演唱會，甚至無需和唱片公司簽約。沒錯，誰都可以做，這就叫音樂民主。

「你在公園跟人拚臺，你在舞廳震翻全場，你生產自己的十二吋單曲，你聚集自己的歌迷，你巡迴表演，你累積聲譽，如果你熬過這些階段，你便成爲眞正的饒舌明星。」嘻哈巫人如是云。

然以上已屬實才實能，已成古典，民主的古典啦。所謂 underground，還未被媒體炒作之前有實力的地下。也要有實力ㄋㄟ。來至世紀末，你只要結合正確的電腦取樣和錄影帶，你就瞬間魔術成明星。西曆九五年，唱盤和混音機的銷售量超過了電吉他，每個人都要當騎師。騎師是九〇年代的搖滾巨星。而大麻和藥物，賜聲音以影像使聲音變成可見體，使狄斯可昇華爲浩室。

浩室從芝加哥舞廳 Warehouse 始，年輕騎師的星塵往事啊：「客人是黑人和同志。每週只開放一次，星期六晚上一直持續到星期天下午，對大部份舞客來說，那裡是他們的教堂。那三年裡，舞會的氣氛很熱，應該說一直都很熱。那段時間我感覺，非常純粹。」Warehouse 小鬼們把來自紐約南布朗區騎師的混音作品喊做 house music，「本店招牌音樂」。於是橫渡大西洋浩室到了龐克王朝中心倫敦，王朝的加冕，浩室成迷幻浩室。

那時，草莓味煙霧漫漶，冷硬雷射光將舞動的肢體凝結成鋸齒狀，喇叭架和貝斯箱前擠滿人且總有人要把頭努力塞進喇叭裡以爲自己是流體，有人亦直直撞上牆壁鏡子才覺悟自己不是飛鳥。一整個夏天大家都在跳舞，銳舞，Rave。黑天到黎明，愛之夏，永不結束的夏天，寶瓶宮與我們同在。

「我們將教導人們停止仇恨……開始一場愛與和平的運動吧。」

這是什麼？火山島上終於有人看不下去跑出來呼籲了？不，這是古代艾倫金斯堡第一次吃了幻菇後的談話。第一次愛之夏。

二十年後第二次愛之夏，連續四度執政的保守黨佘契爾主義末期，富者愈富，貧者愈貧。兩位老嬉痞誤闖時光隧道掉進迷幻浩室給認出來登時成了聖者，小伙子們團團環住兩老癡癡問沒完，到底，到底，到底六〇年代是何樣子？肯定比現在好多多嘍？不不不，老嬉痞們連三不：「現在比較好，我們那時候沒有這種丸。」

「It's E for England。」E代表英格蘭，足球隊在御前唱，除了女王陛下一人狀況外，人人皆通關密語的卯起來唱：「快樂丸代表英格蘭。」布萊爾工黨競選歌採快樂丸名曲而捨社會主義聖歌，〈紅旗〉遜位，〈事情只會變得更好〉（快樂丸初食者如假包換的眞實感受）登場。看哪幻菇圖案也上了LV新款揹包，世紀之交替，銳舞掃蕩全世界，浩室王朝的日不落國。

「我是老 gay，我聽浩室。」巫人的好友暨同業，大D說。

「浩室對同志舞廳常客來說，有很強的功能性，砰滋砰滋砰滋，基本上一強一弱拍。」大D的親愛伴侶小D說。

巫人田野調查浩室時，大D永遠言簡意賅：「每分鐘一百二十、三十拍的速度。」

意思是？

小D很熱心當一名報導人：「意思是不論你嗑藥跳舞，自然駭跳舞，邊抽菸邊跳舞，邊喝很多裝飾品的大杯雞尾酒邊跳舞，邊對嘴唱歌邊跳舞，邊留下隔壁帥哥電話邊跳舞，或是跟，呃，跟今晚的宵夜邊擁吻邊跳舞，這種音樂都能在你好好玩耍的同時，保持完美髮型不致塌掉，駭到要脫衣服時，你看起來像肌肉但其實是肥油的奶子和里脊部位也不會像跳 Techno 或 Drum 'n' Bass 那樣，上下不斷跟著鼓點打拍子。」

是喔 Techno，科技？

「科技，至少每分鐘一百三十拍以上。更重的話，每拍都強拍，砰砰砰，砰到底。」

「那是硬蕊。」

「又快又重，兩百拍。」

那是底特律汽車城出來的工業之音，Techno。騎師三人以隨手能找到的工業廢棄物再利用，鼓點霹靂雷擊聲音卻沉沉低訴好哀淒。蕭條的底特律也許一直沒有從暴動裡恢復，騎師那曲〈黑夜駛過巴比侖〉，帶你行經如核爆後倖存人類活在地下反抗機器人統治的底特律城。

Techno 演化出許多亞種，呃，次類型。其中 Jungle，叢林，皆碎拍。小D把桌沿當鼓打起來。「浩室，科技，都是四分之四拍，一拍裡面一個大鼓。碎拍屬於嘻哈搞出來，在兩個大鼓節拍之間加進許多小碎鼓，像這樣——」連敲打帶嘴器發著碰滋滋滋聲，小D頓然變身爲騎師節奏感之好，好到大D迴避開目光以免磁吸電斃。老夫老妻的大小D仍不擇時地輻散出戀氛，異哉奇蹟，巫人忍住不要獵奇。

「若用碎拍貫穿全曲，就是叢林，像這樣——」小D復一陣鼓擊放蠱。巫人靜默自持，力求田野客觀。

「所以叢林絕對不給你韻律操音樂的感覺。然後碎拍往低音鼓和貝斯去強化，更繁複多變，就是 Drum 'n' Bass，近兩年台北終也紅起來。」

大D說：「像我這種骨子裡的老 gay，繞一大圈回來，還是浩室。」

「我們在紐約算見識過，Vinyl 駐場DJ，每次關店前用 ABBA 的〈Dancing Queen〉結束，全場歡聲雷動大唱和，那場面，連抗戰勝利也沒那麼震懾人心。」

嘎有沒有聽錯，抗戰勝利？兩位老 gay 可眞老哇。

二二九，這一天巫人在家不出門，洗牛仔褲。看光景天冷有風晾得乾，趕明天可以穿。

平日巫人拎了手提袋出門，去咖啡館寫字，叫份早午餐，咖啡續杯，寫到下午回來。有捷運以後，咖啡館在捷運動線上。可憐啊以前巫人寫過好多字的咖啡館一家，兩家，紛紛關門了。寫得久的那兩家，功能性強。所謂功能性，對巫人而言只有一件，一個誰也不理誰可以讓人放心寫字的地方。換言之，那兩家的侍者小妹，上道極了。她們完全收訊到巫人的需要，立刻裝戴上面具成爲人模，人的模型。人模是布烈松大師電影裡的演員，總之大師就是不要他的演員有任何演技，NG到演技瓦解才過關，故被封稱爲人模。上道的侍者人模，配合巫人需要，拉下眼睛的簾幕，絕不洩露一絲絲人之目光讓雙方一不小心撞見。

咖啡館之於巫人，無非一扇小叮噹的任意門，拉開門，便去了要去之處。不管咖啡館放的音樂是什麼，即便歌壇新偶像女的唱「煩哪煩」，男的唱「媽媽我要錢」，都不會干擾巫人，無礙巫人已置身於石炭紀，如二戰前老式飛機的古生代蜻蜓浮棲於石松類喬木、樹木賊、蕨類組成的森林中，蕨的孢子紛吹若下雪。亦咖啡館不管如何採光之佳，馬友友版的巴哈無伴奏大提琴低沉輕快，一時半會兒，巫人已來到廠倉祭場，黑漆如黑曜石的黑，乾冰稠瀰不散像固體，哇 9p.m.（Till I Come），國歌出來了，翻起雙手朝空搖。巫人從陡峭於倉頂的騎師臺往下看，雷射光明滅重擊在堆積似雲層的冰煙上閃見千千隻手伸出雲層齊亂搖掙著眞他媽的人人都要進天堂。

沒錯任意門，咖啡館。但只要咖啡館裡有一點點超過了禮貌周到之限界，溫暖的招呼，會心的微笑，解人的眼睛，這家咖啡館便廢然喪失功能。不靈光了任意門，巫人得換另一家。

那兩家呆得最久的咖啡館，直到有一天，巫人結帳離去時，聽見刷一聲，侍者人模拉開了眼睛的簾幕，恢復爲人對巫說：「對不起打擾一下……」

巫應之以淡漠不理人的防護面罩，且頭上立即戳出兩支尖角表示警戒。

侍者小妹脹紅了臉，萬分爲難卻仍鼓足勇氣說：「你能不能幫我簽名？」

太過分了，巫頭上的尖角發出憤怒紅光。

侍者小妹堅決把話說完，詞意破碎但只要拿掉一堆吱吱唔唔的虛字，意思則再清楚不過：「因爲明天我就不來了，不在這裡做了。」

嘩刷，巫的眼簾駭然拉起。連動裝置般，眼簾拉起的瞬間防護罩也一並解除了。解除掉簾罩的巫，根本是個，怎麼說好，只能用比喻說，是個無殼的裸貝，蛋打破的一粒蛋黃，沒有胸腔包住卜卜彈跳的紅通通心臟。巫好悲傷問爲什麼呢？

連鎖咖啡館係日資，要撤了，侍者小妹將去別家快餐店，故而帶來兩本巫人字述拜託簽名。

巫不但簽，且一定要留下小妹地址待新述出來寄送。很久以後某日，巫照常人模人樣行走於市，突然有人越過跟前來——跟前，在城市裡的不成文法則是，一人一臂伸展之距。地狹人稠的城市，一臂伸展之距，是禮貌，更是基本空間。所以城鄉差距，鄉村即無視於跟前，不知有跟前，鄉村零距離。所以兩岸差距，呃，海峽兩岸，差距還大得很囉。最大就是，譬如你（一個資本主義環境中長大之人）在彼岸的城市街上駐足下來看什麼，隨即有些人便圍上來，不，不是圍，是貼，貼上來看，扒過你的肩頭也要看，體息咻咻令你駭異莫名，容忍著暗忖，天啊這就是文化差異？兩三代人，並非鄉村零距離，而是共產主義的空間亦共產，何來之私人空間你說笑罷，故此當然也要以等同之兩三代時間，才長得出來這一臂之距。

故而突然有人越過巫的跟前來，一如多年後約書亞總統在友邦國觀禮行列中突然越過蘿拉第一夫人的跟前伸手出去（襲胸？行刺？）把蘿拉本能反應往胸口擋的手拉下來一隻握喧並面朝事先講好的拍照人說時遲那時快拍到了與蘿拉的合影有圖為證我有見到布希總統分身有握到手喔，巫的反應與蘿拉如出一轍，鎮定微笑（驚笑？）的教養掩飾不住以隻手護胸隔開距離的肢體語言已清楚說明了一切。唯巫的肢體語言比蘿拉還多了連連退三步，這才看分明，噯呀不是別人，是昔日咖啡館小妹。

破涕為笑，彷彿歷劫歸來，倖存者重逢，城市裡的偶然相遇也像星星的相遇要億萬年。咖啡館小妹以為隨便說說留下地址，豈料真收到東西了超感動的，小妹雙手揉眼做卡通式哭狀還配音嗚嗚嗚……

巫眼底微潤說怎麼會不寄，那本字逑都在那家咖啡館寫的啊。而那以後，那以後繞樹三匝無樹可棲，流離在幾家咖啡館之間如何如何都不對，好像失愛人徘徊於昔日情蹤而今日廢墟之中欲找回自己的魂魄。巫說著頗多雀斑熱顯出來登時如京劇旦角兩頰擦紅直紅到眼底鬢裡，果然坐實了咖啡館小妹即是那個魂魄所繫之人竟現身於前。因爲不會再遇見，所以保證了這一刻傾心以授，不必負責沒有承擔，轉過身離去，自有浩瀚忘海來收拾，仁慈的忘海將這一刻很快吸納去，永久呑沒了。

咖啡館小妹說：「你還是這套衣服，一模一樣。」

一點不錯，小妹眼尖，還是這套衣服。應該這麼說，一襲鐵衣走天涯，鐵衣著盡著僧衣。後句乃黃巢語，對，「非青非白非赤紅，川田十八無人耕」，就是那位讖言預知死亡即將出世殺人不眨眼的大煞星黃巢。對巫而言，巫的鐵衣和僧衣，外出服與居家服。基本上巫有兩套衣服，一套出門，一套在家。

唉說起來也是因爲，巫老了。

從前少年巫們互相豪興豪語，豪到收不了場經常只能總結以、「那麼就去大西北墾荒！」蠻像竹林七賢那樣，只好嘯，長嘯以抒志。而所云大西北，不是夢土不是虛擬，是老老實實地理上的大西北，蒙古沙漠大戈壁。啊但願少年有知，少年如此新鮮多汁，他們要用自己的體汁潤化沙漠那景像一如蛞蝓蠕過礫地泌出的黏液留下一條銀痕但他們卻嚮往看見柳色陽關，大漠上的落日，孤煙直。

啊但願老者能爲。

老了一次只能做一件事，反映在穿著上，但求功能性，裝飾盡除。那些披披掛掛，戴的吊的頂的拴的插的繞的環的，人穿衣，端賴精氣神三位一體飽滿來撐住。三位一體少一位，看吧，波希米亞情調民俗風變成路倒街貓，呃，街友。看吧綠松石紅珊瑚土耳其玉鑲老銀一概成贗品，而各種加持過的珠串磁力礦石、或號稱具高電磁波遮蔽率的純鈦鍺健康鍊物（王建民投球都在戴）則當場貶值爲迷信。老了不再照鏡子，何苦照，只會照見總是到不齊的三位很抱歉無體不成形。年輕塑膠都可以穿，老了怎麼穿悶死有份呢。老了得靠天然材質來包裹，棉麻絲毛開什米爾或以上彼此之混紡。

可是絲，軟貼的不行，只會毫不留情貼出贅肉膘肉和擱淺。有垂墜感也不佳，無非更加重人身各部位已投降於地心引力的沮喪感。凡造成以上兩種爛效果之衣著皆須排除。

至於凡不對稱有奇數感之剪裁，禪風，侘意，素衣樸服，其極至（造型造價皆是）好比那批日本設計師的論述「衣非衣」，解構，內爆，殘缺是有機，不完美是美，「要人穿衣而非衣穿人」（不幸效果相反，這樣主張強烈的衣，末了唯見其衣不見其人），凡此，都當捨棄不穿。不信儘管穿，年老氣衰或至少氣不足以抗衡，奇數感的衣著將令你處於拗若偏航狀態中遂一直要去矯正因而形似忽然重聽，斜視？落枕？脊椎歪曲或扭筋跛踝，或噴嚏鼻水眼睛吐霧是過敏還是感冒了竟至於扞格到免疫系統大亂。老了只能穿保有平衡感的偶數衣。

而套頭毛衣，是的毛衣，古代那枚三弧毛線綹構成的純羊毛標誌圖案代表含純新羊毛百分之九九點七以上，並染色堅實度拉力強度縫工皆達國際羊毛事務局檢驗標準。曾經多麼誘惑打動人的標誌，物以稀爲貴，後來自由民主了，普級化了至有一年佐丹奴推出的套頭毛衣釘著此標誌卻便宜到令人起疑，對，那句防騙守則教人的：「如果太好的話，那就不是眞的。」然純羊毛情結立刻打敗懷疑論，一式各色的套頭毛衣，卯起來買，分送家人兼及大陸探親時的各省親友們。可毛衣，一旦毛衣穿到開什米爾便給下咒似的再穿不回其他毛類了（由奢入簡難之實例），純羊毛ㄋㄟ，照樣，搔癢不堪至脫除止。

又且毛衣領不能高。那種酷黑高領毛衣不用說了——高領套頭毛衣麂皮裙，巫青春期發誓將來長大要像珍芳達那樣穿。即便稍早些，高領套頭毛衣法蘭絨便裝外套（法國知識份子們的制服？）還能穿，卻什麼時候起（更年期前後的燠紅盜汗？）中高領也不能穿了，凡遮過咽喉的都不行。一夕間，高領毛衣變成刑具窒息人。毛衣領只能到鎖骨。爲此某一年始，開什米爾套頭毛衣領彷彿約好的一齊上漲了半公分，那以後就沒有降下來，讓巫把僅有一件穿到腋下破洞靠外套掩蔽後來下決心唉那是宴請去國多年的老友大夥吃麻辣火鍋終至得脫下外套，窘境迫巫下了決心才拿去超市附屬的修改補衣換拉鍊小舖補好，差強交代過每一年冬天。至今，巫仍繼續尋覓領子在鎖骨的開什米爾套頭毛衣，若尋得，肯定要儲藏數件以備夠穿到死。

衣著以一種削去法在穿。

削去，削去，再削去。這是削去之途，巫一途？這是一生結果只能做一件事？夢一途。最後巫站在鏡子前對自己說：「可以了，就是這件。」

這件削去各種不能不行，不合不適的衣著，成爲巫的外出服。鐵桿一件，無論什麼場合，打死這件，穿到底除非破了爛了補也補不回了，只好從頭來過，再找一件。萬難找到一件，從此又可半點不必花腦筋照鏡子搭配，出門只要穿上就走某方面而言，蠻像萬用衣（萬用筆萬年曆？）誰教老了一次只能做一件事，只能管出門去到目的地，其他，顧不到啦。

故而嚴格細分，外出服是三件，夏一件，冬一件，春秋一件，這對巫來說，頗些滋擾，因爲有個換季問題。看吧，冬拖到春末，夏始春餘，竟就跳過了春。反之亦然，夏延過秋，待一場秋雨落完天驟涼下來加條絲巾（世紀交替許多人都有了一疋帕什米納極管用）又延至冬，總要第一個寒流駕到逼得非去把去年隆冬的全套搭配一一挖出，這才想起哎唷那件終於送乾洗的薄青色索絆釦連帽式長外套還在店裡。遲遲沒換季，變成禮貌問題。或淒伶丁光兩條腿，或黑烏鴉長袖衫一鼻尖汗，招人一再噓冷問熱，只好一再鞠躬抱歉是啊衣服還在箱子裡沒拿出來。乃至若接連二三日不巧皆遇同一人，令巫眞的很想掛出標識云、「這件衣服有洗喔」。夏天，洗衣晾一夜即乾。冬天呢，冬天比較麻煩。譬若這一天，巫沒得出門了，唯一一條牛仔褲，無論如何絕對要洗了。

是的牛仔褲，有幾年甚至於，四季都在穿，冬日居家也穿。輕磅丹寧布按吊簽所標識，含百分之五 Spendex 故帶有伸縮性，窄版窄褲管插在半筒齊於踝的黑色銳跑鞋裡，短打風貌很抖擻，穿到眞正磨白毛損眞正洗薄綻鬚了，只好再找。找不到，沒有這種窄管牛仔褲了。全面復古，新骨董，家家都賣褲腳反摺一大截現出紅色兩直線的復刻版。

從前巫有同業做過〈李維牛仔褲考〉，沒錯，就是牛仔褲發明人李維去註冊的品牌 Levi's 。

新骨董一海票模製李維，見其然，卻不知其所以然。儘管不知其所以然，倒指指戳戳很知那些褲腳大幅反摺可摺上來的反面沒有那古老美麗的紅色兩直線說是：「不夠 update 。」新骨董，不夠更新。那是古代紡織，尚無防縮技術，牛仔布的易縮水必須預留長度以供縮水，便初穿時把褲腳反摺，此是不得不然耳。而古代織造，織出布匹係窄幅，很窄，兩沿收以紅色緣邊防綻線，裁製褲管車縫時，布幅兩沿相逢於褲管外側接縫處遂形成兩線紅緣邊，若褲腳反摺，即翻出搶眼細節，即醒目視覺。

由於當代織出的布幅寬，緣邊乃用拷克車包縫毛邊的拷克邊，骨董褲沒有更新，褲腳反摺出來是拷克邊，遜。立即更新，模仿織出相連兩塊窄幅牛仔布中間一道紅條然後裁開，分爲兩道紅緣邊，分裁的，緣邊呈毛毛感。故此當代牛仔褲翻出褲腳，有是有了做出的兩直紅線，卻毛渾不分明。便有那最會復刻，一復刻就復到不行的日本人，愛德恩找到古早美國生產牛仔布的窄幅織布機，尚要拼拼湊湊才能用。古早織布機，不但織出愛德恩五〇五鮮明亮眼的兩直紅布邊，連粗細不勻有節粒紗的紗線，此紗線織成之手感鬆軟之布，皆直擊原汁原味。台灣愛德恩向日本母廠進口布料製褲，當然，價格也高些如何能不高當代織造一天織一千碼，古代窄幅機一天才兩百碼！

巫東張西望，原來詹姆斯狄恩年紀輕輕去世也四十年，Lee 推出紀念版「返古牛仔褲 Lee Vintage 204」。普威 Blue Way 廣告大放送台語：「必鉅咖（摺褲腳）。」既然細節，指戳不完，巫爲了找牛仔褲被迫輸入無窮細節。買一條新骨董，天啊褲上的車線爲何歪歪斜斜且車出了界限老遠再轉回來又還車線顏色不一致？店員小姐渲染如佈道家熱烈宣揚著：「這是新骨董特殊的針腳表情喔。」想當年，單針縫紝機常會車過頭，再回頭。又當年作業多是一人完成一件牛仔褲，有時色線用完但交貨迫在眉睫不管了覓出顏色接近的線替代反正交貨先。巫舉一反三，褲後面的皮帶環所以也是故意車斜嘍？

沒錯，重磅牛仔布因接縫處布料重疊變得很厚，後面中央接縫線上再車一枚皮帶環就更厚，古代機針無法穿透重重厚布只得將環扣加長斜車繞過厚處，店員小姐說：「這是手工製作才有的彈性措施ㄋㄟ。」

好罷這些做出來的拙跡是新骨董不可漏掉的趣色巫接受，但是臀和大腿部位鬆泡泡？感覺蠻敗的以及怎麼後面褲口袋一蹼囊？是啦不必店員小姐鼓吹巫已推理可知，那是因爲舊時牛仔褲係勞力工作者穿，所以預留鬆份供肢體運作容易並爲了耐磨耐操而於口袋內側加一片布補強。這已不叫拙趣，這叫太超過，巫人做出一個表示停止的標準手語，以下恕不收納了。

這一天，也有三兩年歷史的復古牛仔褲洗好曬在陽臺竹竿上，必釦咖放直下來，好長的兩條腿，像東非肯亞遊牧部族高腿人的臀部長在腰上，不，腋下。又或九頭身酷女靚男，ABC放寒暑假隨雙親更多是單親，返台探望祖或外祖父母，四處閑蕩被傳播演藝圈發掘走紅後，越來越多單眼皮、窄長臉的高腿族湧進本島。窄長臉是嬰兒趴睡理論的實踐成果，附帶渡過牙箍矯正期出來的立體輪廓，卻斜吊一雙東方標誌單眼皮。聖誕節瘋到新年跨世紀，各種銳舞法會裡，鯡鯡外來種壓過了本土種。

是嗎代代相傳，略有差異，這是芬雀。

巫人在家不寫字，東倚倚，西靠靠，開開冰箱，貓言貓語。仰頭望見牛仔褲，則神往於加拉巴哥群島上的芬雀，演化是很慢很慢，長之又長的。但偶像，很快很短。不過幾回合汰擇，影歌偶像剩下幾名扁頭型圓短臉圓中帶俏女，再一番沖刷，也絕種了。

Zen，禪。

巫人在家，一回神，想找這兩個字，Zen禪，卻翻遍當日報紙和廢紙回收籃，都沒有。家裡簡直有個百慕達三角或宇宙黑洞，轉身就東西不見，嘖嘖稱怪咒罵聲中，永遠消失了。巫人明明瞥見栩栩如黑鳳蝶的兩隻大字，拴著一串小蠅字，那小蠅字黏在視網膜上去除不掉的變成魔音穿腦：「會過去的！要過去了！已經過去了！不再流行了！褪流行。」

香水廣告嗎一逕恫嚇人還是春裝上市宣言也太早了點吧才二二九？巫人發病般翻找到不行，疑惑自己究竟是否剛剛看見的？抑或昨日前日，不知什麼時候從哪裡看見的？抑或其實有兩隻大鳳蝶打腦海如鏡的波面追逐飛過映出的倒影Zen，禪？

庸人自擾眞是，無事找事瞎鬼找找這幹嘛呀就在巫人咕嘰咕嘰自咒不停時，耳聞撲隆咚一聲，有物從空中摔落。

貓嗎？還是馬拉巴栗的拳頭大木質蒴果掉在遮棚上每以爲是貓，開門去喚貓，哦是鄰居高入三樓違建彷彿屋子長出一棵樹傘的馬拉巴栗蒴果彈落於地迸裂得身首異處。巫人好心把散了一地的鮮硬果殼及大如剝殼栗子的種粒八九顆一一拾起，扔到花壇肥土上，各憑本事掙出芽的，紮根秀苗的，就移置盆栽。但這會兒，不是貓，樹很靜，何物摔落聲？

劈叭振起，又跌下。

啊一癱黑色鳥在陽臺上，拍地不起，噴得漫空飄羽。原先一隻也不見此時卻天篷地角，貓影紛出，隻隻殺機畢現都對準了陽臺。巫人箭步躍上樓，喝斥搶在貓殺手之前護住了黑色鳥。鳥在手中燙得像一顆狂跳心臟。

巫人拿毛巾將黑色鳥一裹裸好，放入「波赫士全集」郵送來時封裝用的紙箱裡，一塊布毯覆箱讓鳥安於黑中不驚擾。巫人打電話給貓狗醫生，請提供資訊受傷的鳥可以送往哪裡。貓狗醫生回覆了一名同業的電話，彼同業是賞鳥協會成員。巫人電話去，抄下地址，叫計程車。地址係市區黃金地段，有巷有弄，想必那種商家林立背後轉進去的老住宅區大隱隱於市之神隱居處，同時空裡的異次元。巫人不指示路，放給司機走。

司機長一副兵馬俑臉，亦祕默如泥俑。車裡沒有調頻調幅，亦居然沒有摧毀人耳神經的無線電叫車撈撈嘎嘎聲，反常得一似兵馬俑墳靜的坑陣裡。

巫人，司機，黑色鳥。

捧在巫人懷裡布毯覆蓋的紙箱彷彿捧一鉛盒放射性元素。黑色鳥不慎從哪個異次元跌到此界中，巫甚憫之。折翼天使啊你別驚慌，莫喪志，巫心電感應傳訊入內云，撐著點喔，我保證送你到站，平安返家……

此時，車子一拐，轉離了大道。

濃蔭蔽頂，天光鑽隙射下散成碎片掠過。巫朝空一瞥即逝的，魚木。傳說本市唯兩棵魚木，一棵這裡，一棵不知哪裡。春走夏來時，一夜遠雷急雨，轟地，花全開了。花絲細長又叫蜘蛛樹，雪鏃鏃，摻著黃簪簪，堆砌得遮天大樹不見綠葉，樹下行人仰頭看樹像看放煙火的照片年年都上一次市政版：「魚木，一夕開花。」

魚木此時未開，卻像通關祕路啓閘，兵馬俑司機穿街行巷走了一條樹影撩亂、枝低打車的狹道可暢行無阻信不信由你，半盞紅燈也沒碰到，最後行經一長列髯鬚飄垂停滿機車的榕蔭底下抵達巷尾地址所示處停下。平房小門面，有一株木槿，一株緬梔，一株番石榴。

太酷了，司機先生。

小門面診所，拉開玻璃門，不必掛號，無需塡單子，無屏無障直接一床看診檯。醫生在那裡接受來人把籠子或小動物放到檯上，低垂眼簾悉聽求診人通常是，一堆亂糟糟毫無邏輯不成句型的描述著小動物病況。診所一派野戰氣息，速簡神準，酷。（去看看台大動物醫院掛號窗口吧，塡單人慌慌張張抓筆就寫把畜主姓名欄塡成動物名字欄，身份證字號？嗳呀塡錯了換一箋。棄置的初診登記卡扔得一櫃檯望去淒慘喲全是畜主姓名，糖糖，妮妮，Happy，Puppy，Mickey，Doggy，Bonnie，張咪咪，熊熊，球球，小寶貝，小肥肥，哈哈，噹噹……）

巫進診所自報來歷。

醫生臥蠶眉，丹鳳眼，虬虬蓬髮一攏收在腦後束一把馬尾，講話不看人，似瞑非瞑。醫生掀開布毯取出襁褓，很快檢視完收到屋後，撥電話出去，巫聽清楚是：「我阿峰啦，這裡有一隻紅嘴嗶仔（台語），肩翅部位開放性骨折，我會先處理。你那裡有人的時候再過來帶。」

你那裡是哪裡？「野鳥協會救傷中心。」嘴喙紅似朝天椒的黑色鳥，什麼鳥？「紅嘴黑鵯。」？「卑微的卑加鳥字旁。」紅嘴黑鵯。「牠的聲音很容易分辨，有時發出像貓叫聲喵——」是喔原來牠老兄，屢屢聽見的。「停棲時常會發尖銳鳴叫聽來類似，小氣鬼，小氣鬼。」那我們聽是，（台語發音）氣死你得賠，氣死你得賠。

臥蠶眉醫生沉吟二者之差別，仍不看人唯目光唧在眼睫上表示首肯：「意思差不多嘛。」巫與臥蠶眉醫生，交手三兩語已摸清彼此之底細，巫與醫，自古巫醫不分家。物傷其類，藏身人界中，海海人界，同類的驚豔交錯，互相識破，好生保重呢。醫請巫塡表格，撿鳥人姓名地址何處撿到的，其餘醫塡。鳥可留下，傷好即放野。哦不，不用收錢。目光始終不交集的醫與巫，互相忍住不攀談，多言揭底啊。再見，比較合宜。

出榕樹巷，果然，捷運站在望。鏡褐帷幕牆，歪折映著雲層和行駛中的藍白捷運彷彿通往異次元。

冷白天，巫人這才發現自己露個醜陋膝蓋，膝上居家睡袍套扣車棉背心再罩件厚夾克，膝下長筒襪。而急急趕出門手捧紅嘴黑鵯箱，腳蹬重得可以練輕功也會踢死人的馬汀大夫鞋，都是因爲唯一一條牛仔褲洗了晾在竹竿上，遂胡亂把自己穿成這樣上身臃胖底下細桿一支的大陀螺狀立於街頭，好畸零。

四百年來這一天，銳舞與浩室，巫人未寫一字，在家浣衣，並救援了一隻受傷的紅嘴黑鵯。

巫界(1)

颱風之後，天空變得非常高。雲堡一座一座，往西緩緩移動，彷彿神祇們在大遷徙，在那湛藍鏡境中。

鏡境映到我書桌整片玻璃墊內，重疊著墊下兩幅字。

一幅尺方絹巾，印一大字，花。墨色的花，古拙的花，骨子是碑體。有碑路，有帖路。帖路流盼可熟極而流就要回到碑，碑的澀。碑路雄健，樸厚。骨子是碑的花，卻形似敦煌壁畫裡那些吹樂飄舞的飛天射逸出裙袂。字的花，是世間全部、所有、一切一切花的抽象，意指，和符號。但我每一看它，皆驚喜如看見不是才吐苞若一紋藍寶石的菖蒲忽然在五月鯉魚旗給風吹得橫直的晴日裡綻開了。不是梵谷那種滿畫面許多焚開的鳶尾花，是幽獨一枝搖曳的藍菖蒲。絹上花字做爲喪儀的答謝禮，書字人已幻入大化。

另一幅字，小字賦詩書字人自己的詩：「浪打千年心事違，還向早春惜春衣，我與始皇同望海，海中仙人笑是非。」

總總，事與願違，書字人的一生啊寥寥數言道盡。鏡境的倒映和重疊，我於其上寫字。如字寫在大荒中。

寫在河水上。

寫在牆楹如有一隻隱形的手寫出神祕文字無人能識好惶悚那時候是巴比倫末代國王，豪宴作樂用聖殿餐器以此褻瀆以色列上帝。末了，流亡的希伯來少年但以理被帶到眾人前面，望了牆楹一眼即解碼：「彌尼，彌尼，提客勒，烏法珥新。」譯爲地球文是：「神已數算你國的年日到此完畢。你被秤在天平裡，顯出你的虧欠。你國要分裂，歸爲瑪代人和波斯人。」（但以理書第五章第廿五節。）

是故，字寫在羅塞達石上。

一份內容，以三種銘文刻於石碑。一種半遭遺忘美如頌神的埃及象形字，一種此象形字的俗體文，一種希臘文。石碑由石英硬岩、長石和雲母構成。那時，尼羅河一彎支流於羅塞達小村入地中海，小村疲憊單調像是這支法國遠征軍的寫照他們陷在沒有戰果看不見目標物亦不記得爲什麼戰的長耗裡。「打擊英國，必須借道埃及。」阻斷英國的印度航路，拿破崙卻要求以知識之名拿下埃及。隨行學者超過一百又多半百，拿破崙年方二十九，憧憬埃及文明，他要把埃及的今日與昨日皆納爲己有。

進埃及，崇拜著年紀相仿的亞歷山大，拿破崙要埃及人歡迎他像當年歡迎亞歷山大一樣視他爲解放者。迴異於波斯人，亞歷山大禮敬埃及神祇，把埃及從尼羅河谷內陸式生活移至地中海岸看哪，亞歷山卓城建起來了。繁盛和犯罪的亞歷山卓，夜以作日炬焰燒枯了天又燒溫了海。七十英尺的燈塔以巨鏡加倍光線強度導船入港。希臘文聖經首次出版於此城由七十人合譯名之爲七十士譯本。拿破崙頂著暴風雨朝此城去時，在船上吼叫粗俗的笑話，即興發佈一道道命令：「不准掠奪財物……尊重清眞寺就像尊重教堂……當心水井，可能有毒……」暴風雨止，亞歷山卓東方八英里處海岸，這批遠征軍，法國人，噤聲呆立，看著那海岸後面是空無一物空灰的沙漠。

遠征軍大敗而歸。

只有一樁，羅塞達小村，沿舊牆掘壕時掘出來一座黑石巨碑，立刻運至開羅拿破崙創設的埃及學士院，那批隨行學者在這裡癡醉迷亂於古物研究而另一批在路克索的卡納克神廟從事大規模發掘。石碑立刻拓印模鑄數版偷偷運返巴黎。拿破崙把自己的憧憬渲染到遠征軍每個人內心從最位尊的老學者到最年輕的擊鼓手，巨碑成了蒙昧戰事中唯一可見物，從那沙暴蔽日之昏黑裡透出輪廓的暈光。故而戰勝的英國人攔截住沉沉緩航於歸鄉途上的遠征軍船令交出羅塞達石碑載走時，法國人嚎啕大哭如喪考妣，如昔日以色列人丟失了他們的約櫃。

羅塞達石碑做爲戰利品陳列到大英博物館，鎭館寶。碑上希臘文，將是解開兩種埃及文的重要線索。但要經過二十多年才因一個單詞破譯成功屛息的一刻，字從啞石般拓頁裡翩脫而起像蝴蝶飛出，搖搖晃晃，怔忡猶疑，看哪，古埃及醒來了。失語了一千五百年的古埃及醒來。（西元三四九年埃及象形字最末一次刻到廟牆，之後，一片寂然。）

石碑解密，那些棲息之鳥，瞪視之臉，盤捲之蛇，蘆葦之葉，可以組成跟它們形象完全無關的詞。錮咒打開，釋出的埃及熱及埃及學，輻散到巴黎世界博覽會再現埃及奢逸宮殿到韋瓦第歌劇「阿依達」到上上世紀末克林姆在維也納以古埃及女人做題的大壁畫到雪萊詩詠歎拉姆西斯二世巨像大半掩沒於黃沙之中。

到上世紀七〇年代末開放觀光後島國人四出海洋，整個八〇年代島國人竟也像當年希臘人尋找金羊毛般駕起葵螺船要尋至世界的盡頭，好天氣與順風，我們恰好是那波四出海洋人裡的一批，路經尼羅河啊尼羅河羅馬人說：「或尼羅河，或一無所有。」我們路經河上游阿斯旺水壩附近一處紅花崗岩採石場，一座始終沒完工的奧塞里斯巨雕在亂石堆裡躺了兩千年。有小孩在那裡兜售埃及藍珠串。大地和植物之神奧塞里斯，旱季時死去，然後復活於六月氾濫季來臨時。

十二肘，捱飢餓。十三肘，量尚足。十四肘，真歡喜。十五肘，夠安全。十六肘，大豐收。十七肘，過大節。

我們下到階底，手電筒照亮井壁現出測量水位的刻度那時，法老王用香料塗壁畢登船以權杖三擊舷，遂令推缺堤口。那時，希羅多德身歷其境他描述，埃及全部成了汪洋只有城鎮露出頗似愛琴海島嶼，船在氾濫區任意穿行，任何人從諾克拉提斯到孟斐斯，都可乘船貼著金字塔擦過。水將世界一切抹平，水退後拉繩者（土地測量員）得重新丈量世界，畫出界線。埃及人面對冥世審判，延續生前無休止的水權爭執和官司，除了自認沒有殺人放火沒有奸淫擄掠之外同等秤價的是，沒有築壩截水，沒有在氾濫季攔阻水。

埃及熱，時光迢迢，千里萬里，一直到我從大英博物館帶回來一塊黑鐵紙鎮，其上模鑄象形文字。羅塞達石碑，乃歌頌托勒密五世之碑文。托勒密，是最早被識出的象形字。飾以長方形框的名字好似金石印章，框內有獅子，有蘆葦葉，有摺疊布，有麵餅，有方塊，有不知如何可形容物，線條潔麗構圖好悅目，讀做「托勒密」。

黑鐵紙鎮置於重疊著玻璃墊下兩幅墨字的天空鏡境上，我不禁按那象形文字輕輕讀出，托、勒、密——

一種金屬搖鼓的迴音盪來，好悅耳。

那是一種樂器，女先知米利暗拿它唱歌跳舞偕婦女們歡慶逃離了埃及追兵走過紅海海中乾地。樂器，希伯來人叫它 hatof，希臘人叫它 sistra-so，埃及人叫它 sesheshet 那是仿樂器音的擬聲語。sesheshet，那是紙莎草風拂過時的兮施施施聲從古代吹來吹開我寫字的五百字格子紙吹落一室……

托勒密，是的托勒密，意爲、神顯現。

巫界(2)

那時，颱風把樹蘭整個吹到對鄰始終密閉的廊窗外，二樓我窗前遂空掉一大塊好像亞馬遜雨林又消失了一塊。而雨林裡每死去一名巫師，就像又燒掉了一部文庫。

兩年後，颱風把樹蘭吹回來。狂風掃雨過後的翌晨我醒來，驚呼不已以爲置身於水底藻域中，是吹回來的樹蘭覆在我窗上整棵綠海把屋裡也染綠恍似水族箱。滴滴，滴滴……簡訊信號，蝴蝶鍵冷光藍螢幕：「經濟不景氣但人豈可不爭氣，只有超低利率○‧二分才能化危機爲轉機備支票、公司票，中信融資保障您洽 83809700 王曉珍小姐。」唉又是詐騙電話。

此刻哦不，那時。

我剛得到的一支方舟擱在窗檯上，抱歉，諾基亞如果以中譯名詞出現的話在我眼前叫出的總是諾亞方舟，而非手機 Nokia 。手機擱在窗檯，端正而愼重，於我陌生如隕石曾經劃過太空大氣層如今沉默坐那裡令人心生敬畏。

那是老友慶賀小輩學測晉入高中送的禮物亦家裡第一支手機。老友強烈暗示家裡人，再不用手機已非落不落伍問題（知道有人偏就不怕落伍），而是嚴重失禮。因此有了一支手機，不久便有了第二個人擁有第二支手機，待高中生換新手機時那支被汰擇掉的家裡第一支，再自然不過傳到我手上。妹妹幫我整理了電話號碼，刪除高中生的朋友同學據說少得可憐因這位寧愛昆蟲和騎馬的高中生幾乎不跟人連絡。然後妹妹輸入一些我的朋友電話，同理，也少得可憐。手機所以只跟家裡人打。最常是我接獲小羊電話，呃，高中生從小常認自己是小羊隸屬於主人這種奇妙關係一直延續到長大想必老了也是。小羊手機：「主人，三隻攔路虎，快來餵餅干。」不然便是小羊媽媽，跟著小羊亦喊主人放空手機讓我聽，廟前面的角頭貓大王怨聲載道直罵人，小羊媽媽：「趕快來餵餅干。」我即扔開手邊在做的不論任何事，抓了茶罐裝之貓食料飛奔出門第一時間抵達現場。放學回家的小羊，拎提袋去咖啡館寫字的小羊媽媽，皆一臉巴結陪盡笑語也安撫不住訴餓（訴愛？）的貓們。

手機乃如此。我當它是隕石般尊敬又暗喜它亮起來時的冷光藍，好好安放它如其他所有放在我窗檯上的絕世寶物。啊那些寶物、

一束金黃稻穗。

我的同業暨畏友（彼嚴厲批評我寫的每一篇字），因有長假一年，便在家旁耘起了水田。畏友與家小插秧的照片我們只看做是天倫玩耍，豔羨兩小孩野長得釉黝結實毫無麥當勞速食或營養過剩之虛肥浮胖，更服氣畏友有膽讓下一代野長，誰知水田眞的長出米還秋收。畏友割下一把猶青芒穗寄來，誘使每隻貓嗅之即縮瞇了眼被那濃烈的芒青味衝到。畏友且種曼陀羅，耀白喇叭形大花每以爲是百合可千萬莫拿來烹煮有劇毒。畏友數數曼陀羅花至少兩百朵戳滿一樹，花是草本但幅龐如灌木又高若小喬木，那樹下黑土，碩碩蝸牛滿地在交配。曼陀羅花葉種子皆可入藥，麻醉止痛，去濕熱鎮咳，催眠。據知（有木刻版畫佐證）古代採藥人，吹著號角採藥以蓋過曼陀羅

被連根拔起時發出的銳叫聲。畏友字述〈論中體〉，我每想一字一字膽抄像抄經，像落霞蹤印著秋鷺——古代張恨水這樣寫：「落霞大清早買菜在胡同又遇江秋鷺，秋鷺走遠了，落霞追上來，見那皮鞋腳印深深印在雪裡，便試將自己的腳，補著那腳印，一個一個踏著，不知不覺，一步一個腳印踏了去。」（原來島國人士講爛掉沒人要再講的一步一腳印，典出此。）畏友大哉問：「道術爲天下裂，中體不得不面臨解體，此後或魂飛魄散，還是以現代要素或法則重鑄中體？」

「當其所託的制度及生活形式消散後，生命的學問是否因失去了廣大共同體生命的託付遂體現爲絕對的異化——神誕生了，在言說中。教主也誕生了，以學院爲道場？那是文化遺民的最後戰場？」

「即使是迎生送死的生活禮制，也全是道、佛、基督教的領地，它們在人的世俗生活裡還保留了神聖時間及神聖空間（教堂和葬儀），讓它們的神有地方顯聖。可是儒教沒有這樣的空間。」「五四可謂古史的大懷疑時代，現代性灼熱的啓蒙之光遍照整個古代，是典型的除魅弒神。」畏友遙指康與章，稱他們是晚清民國兩大，儒？不，畏友稱他們是兩大神人兩大巫。

康字述〈以孔教爲國教配天議〉，高標猶太人流離異國，因有教而民族魂不亡。可哀啊大儒陳氏，他像當年坐在巴比侖河邊的以色列人一追想錫安就哭了他說：「儒家通過建制化而全面支配中國人生活秩序的時代已一去不復返。」

往上，儒士們欲重構儒教的絕對域。往下，則要再建日常生活的神聖空間。但儒士們只能像川端氏的啓示錄口吻嗎：「戰敗後的我，回到了日本自古以來的悲傷中，我不相信戰後的世態和風俗，不相信現實的東西。」而康章兩大巫，他們有宏願悲願，事與願違啊他們想要築一條天梯，一聳通天塔（巴別塔？）畏友云：「一條民族精神心靈歷史的梯子，讓後來者可以沿著它走向共同體幽深的過去，通向眾神的居所。」

畏友的黃金稻穗，插在玻璃長筒瓶內，瓶子纏匝荊藤般鐵絲圈串有紫小石黃小石桃紅小石。瓶內並插一支提秤似的銀簪，多半用來伸入網孔裡挑開紗門扣鉤開門讓貓跑出跑進。一支木飯杓烙字「橿原神宮延壽」是路經大和平原帶回，橿原乃《古事紀》第一代天皇神武即位地，辛酉年春正月即位日萬世一系今之大和人開國紀念日，辛酉最吉祥。以及一支白錫筒，貼墨綠紙標其上橙字橙框是歐舒丹，內裝西洋杉香杜燃點時宛在杉林中。

歐舒丹，L'Occitane。也許唯有歐舒丹紙標上才有的粒粒凸點，那是讓盲人能讀的布雷爾點字。

那時歐舒丹規模尚小，我所謂小，是指尚見得到它種類多如繁星的小香膏排滿售檯，那種五毫升裝扁圓金屬盒零點一五盎司的小香膏。澄澄金屬盒蓋盒底籤貼圓致致紙標標示種類和成份，沒有一枚顏色相同的紙標，細繪圖鑑式花葉隨舉六種你看，佛手柑、茉莉、忍冬、紫羅蘭、花梨木、天竺葵。單一香味，單一香名，我簡直不知該選它的氣味它的顏色還是它的精美圖鑑。那是我初識它時，不識其名只見普羅旺斯到處有它，小鎮小店，與各種乾燥花藥草香料精油橄欖皂並置而非只在它的專賣店。末了，我選在一處肯定此生我不會再來的天涯海角處，從山底遙望那裡是世界的盡頭不可能不是因為一觸手即碰到天的天之入口處，盤山山路兩小時車程的天之小城，不選擇的，我取了三盒香膏走。多年以後（馬奎斯的時態和語態）我才知，但那時我怎知，那時正是瀕臨絕種前的最後一顧而我恰巧在那個地方迎見，那樣的時間點加上那樣的空間點，其機率之恰巧，一兆光年的平方。

後來小香膏改了包裝，十毫升圓錫盒零點三盎司，種類也還多唯我僅擇其二，一淺紅叫橙花玫瑰，一深紫叫黑醋栗。再後來，歐舒丹全世界通行了，包括高空吃完飛機餐空服小姐開始賣免稅品亦有它。它已採取顯然有效率得多的生產流程和管銷通路，一次只推一種產品系列名之爲節慶，乳油木節、橄欖節、馬鞭草節、蜂蜜節、香橙節，四種玫瑰節唉呀讓人心甘情願完全墮落之中的保加利亞玫瑰摩洛哥玫瑰土耳其玫瑰以及徐四金香水殺人的發生地格拉斯玫瑰。今朝正在進行式是蠟菊節，銀綠葉亮黃花又叫永久花見它開始上電視打廣告了，那個小香膏鋪滿售檯種類多樣似雨林生態的歐舒丹時代已一去不復返。

我從天之小城亦帶回一隻只有小拇指一半大的玻璃鹿。天之小城 Gourdon，顧禾東（DK指南的譯名因此格拉斯譯爲格哈斯）。典型普羅旺斯山村，壁壘稜堡，峭崖廣場近看河谷腹地遠眺海岬，嵌於環村厚石牆中的房舍，狹仄主城門及窄道險彎都是防禦功能，卵石路巷弄階梯拱道噴泉教堂。腹地砂土宜於製作玻璃。拱室像穴窟滿滿是玻璃，宛若肥皂泡泡挨蹭一起又像冰滴冰吊垂落半空亦炫豔如熱帶魚族們吐著氣泡游梭其中，所有都從伏在燈炬竄跳光焰裡的老人口裡吹出來。熱熔的玻璃挑料在細長吹管末端給吹出形形色色小動物。幻巧易碎啊，冬夜旅人亦發出了嘆息，是的那位不結伴旅行者嘆：「一種內在的靈感瀕臨著一接觸空氣便散掉的邊緣，一種消失的知識迴音顯露在半陰影和含蓄的典故中。」

火與冰，我一路攜回好似從天盜得的火種拆封時我當它已幻碎成煙，沒有，它靜靜的就在。酸紫色玻璃小鹿有著松石綠眼睛，招風耳太大了些比較像一對翅膀，我放它在親族裡，一支來自北海道小樽玻璃產地的冰裂紋岩石杯。

老式杯，岩石杯，喝烈酒加冰塊用的杯，純喝或要加冰塊：「Straight or on the rocks?」酒保中的酒保，島國第一吧，打鏢（不叫射鏢叫打鏢）第一強。跨躍兩千年那個冬天，我若人模人樣出門見人總把地方約在南樓只爲第一酒保當爐，然後喝一杯愛爾蘭咖啡。濕冷會得憂鬱症的冬天，一杯一百分愛爾蘭咖啡端來，我亦不辜負它的絕不會攪拌鮮奶油而是，端起酒杯，對，不是咖啡杯是酒杯，讓熱濃咖啡攜著愛爾蘭威士忌穿過冰滑鮮奶油入口並且在鮮奶油融化變成濁灰半涼污液前一氣喝淨。

第一酒保桃李滿天下，門生訓練有素一過手即知譬如客人點酒後立刻要問：「純喝或要加冰塊？」於南島本島，酒吧這一問，問出驚愕和反問：「什麼？當然要加冰塊。」可加什麼樣冰塊？師父說的：「如果一杯蘇格蘭高地純麥芽威士忌，琥珀液體，你幾乎聞得到炭泥的煙燻味，海風吹過麥芽的鹹腥味，跟陳年在裝過雪莉酒木桶的軟甜味，你捨得丟進幾塊未經煮沸過濾的生水冰塊嗎？」

師父教的，耶穌基督是家庭的磐石而冰塊是酒吧的基石。製冰工廠每天送出一袋袋冰塊。可島國第一吧，自家以礦泉水結成整磚又硬又凍得老久的老冰塊，用時鑿一大角扔入杯，冰鎮而且最要緊的，不致融化太快糟蹋了好酒。師父教的：「一杯只要攪拌的雞尾酒之王馬汀尼，若冰塊才攪兩下就化成水叫客人退回來，你嘛做酒保的只有摸摸鼻子再做一杯。」

門生驕傲得很：「在我師父吧裡，如果有人點啤酒，絕對，不可擅自杯裡加冰塊甚至，不可先問要不要加冰塊。開始我們眞的嘀咕因爲每次都是，我們得多跑一趟在杯裡裝滿冰塊再送去。當然師父是努力說服我們啦——天知道哪天來了位內行點啤酒，酒沒開，你就先送上一個裝滿冰塊的杯子，見笑啊，千萬不要說認識我。」

冰塊是酒吧的基石，可師父都在教戒冰塊。紅酒規則一、千萬千萬別在公共場所喝紅酒加冰塊。此無關乎品味，也不是失禮，而是沒有公德心。某年干邑於島國業務最大一家公司的法國總裁肯定酒廊（愛灌XO）業務拜訪太勤，駭（諂媚？）到不行記者會上竟宣稱，干邑白蘭地在福爾摩沙找到了最佳的新喝法，加冰塊、加薑汁汽水、加可口可樂。我們師父傻B了哦：「眞是沒有榮譽感的商人，自甘墮落，枉費干邑號稱白蘭地女王。就莫怪白蘭地市場一落千丈，你看書店還有關於白蘭地的書嗎？也沒聽哪個人會自稱是白蘭地專家。」

是罷以戒爲師：「Not to be，比 to be，可重要多多也難得多多。」

所以我的冰裂紋岩石杯，爲著它澱在杯底的藍色是極光藍抑或冰河藍如果用來純喝冷凍庫取出的伏特加——伏特加？爲什麼不是威士忌，波本威士忌，馬修的波本不加冰，岩石杯裡琥珀液體像是藏著答案像是透過琥珀濾鏡看世界看哪，讓光線變暗，音量降低，稜角化圓，它沒有答案它只是溶解了問題。伏特加呢？

「伏特加絕對不需要，也不可能，陳年。」

什麼意思？

「意思是，你不會二百五的買一瓶藥用酒精，倒進埔里酒廠做的橡木桶，期望三五年後倒出來是瓶XO罷。」

聽不懂。

「意思是蒸餾出來酒精度達百分之九十以上的乙醇已純到無甚雜質了故此並不因陳放或與木桶結合而更香更醇，除了揮發一些酒精吸收一些木桶的琥珀色，不會成爲更有價值的陳年伏特加。市售伏特加，即把這種酒精摻水稀釋到百分之四十左右。」

還是不懂。

「好，大白話。由於幾近純酒精，它不需腸胃消化可直接由小腸吸收，亦沒有雜質令人頭痛噁心，加上無色無氣味之特質，只要你不上臉，即無人能發現你中午溜班去喝了兩杯伏特加或是你咖啡杯裡裝的不是義大利濃縮咖啡而是伏特加。其壓倒性優勢即，不會宿醉。想想如果你早上醒來，昨夜酒醉的人事物已不堪一提卻要命的頭痛到快爆炸，請問，這是幹嘛？」

瞭了。

「今日醉今日畢，伏特加是內行人追醉的最佳選擇。」

瞭。

「附帶一提，伏特加不管你是Absolut是俄產芬蘭產波蘭產，摻水稀釋是用蒸餾水天然礦泉水高山雪融水，是傳統風現代風是當代藝術大師的限量包裝設計風，伏特加終究是伏特加，價差有限。換言之，它肯定不會像威士忌白蘭地，有三五百一瓶也有三五萬一瓶。」

所以，我喝伏特加。或者喝伏特加調之雞尾酒爲了那顏色，加柳丁汁是柳丁色螺絲起子，加葡萄柚汁及杯緣抹一圈鹽是柚色鹹狗，加番茄汁則得一杯血色血腥瑪麗。當然，純喝，不加冰。冰鎭的透明的伏特加，帶我去到我這一輩子永遠不會去的地方，基努納，那裡從河鑿取上萬噸巨冰建造冰屋，秋末建，來年四月融，從河裡來回河裡去，所有仍在的是記憶……

我們師父有寫字喔——「一瓶都別留」。

所以純喝，純喝伏特加，帶我猶置身於臨終時的眼睛，那是川端氏的臨終之眼：「在修行僧冰一般透明的世界裡，燃燒線香的聲音聽起來好像房子著了火，而落下的灰燼也如電擊雷鳴。一切藝術的奧祕就只在這臨終之眼罷。」

臨終之眼，以身爲祭。那是大和人的描述。

若另一人來述，他會說，從事物之間的無聲距離中，必須產生一個符號，一個召喚，讓某個事物從其他事物之間分別開來脫身而出。他說：「這種時機並非經常出現，但遲早它們必得要出現——只須等待某個幸運的巧合就夠了，亦即當世界既想要觀看，同時又想要被觀看的時候，正好帕洛瑪先生路過。或者，帕洛瑪先生根本就不必等待，因爲這種事情只有在人們並未等待它們的時候，才會發生。」

看，就是這個時候，砰咚一聲，有物跳上遮棚，再一跳，嘩——刷、竄出樹濤躍在窗沿，黑虎斑貓狸狸。在窗玻璃跟樹蘭湧綠似濤之間，一個凝止的霎間，狸狸和牠驚異的琥珀眼。黑夜，對鄰悄然無燈因此把窗外的黑夜做成了鏡框映見我屋裡天花板的垂燈櫥壁掛著藍染長衣白牆上有墨寶「人在藐姑射之山」桌前的我在寫字，而檯燈照亮我窗檯上的絕世寶物們、

一束黃金稻穗。

冰裂紋岩石杯澱底冰河藍內有玻璃小鹿，有高中生搜集的礦石分給我幾枚，有多年來我在地面桌上窗邊院角拾得的貓鬍鬚獰猛的柔弱的粗短的妖嬈的積多了宛若芒草林，以及撿來小如指甲的鈣色螺旋殼卻不知殼主是誰。

一陶缽，缽是大和陶師所燒，有墨字云、「佛火仙焰劫初成」。缽盛許多拾來物溢高如小丘叫得出名號者，幾片烏桕葉銀杏葉楓香葉、炸裂的馬拉巴栗蒴果、大花紫薇蒴果、爆吐團絮的木棉莢、苦茶樹籽、孔雀豆、蘋婆、各種針葉樹的毬果、印度黃檀翅果槭翅果、殼斗佈滿棘刺活似海膽的板栗堅果、白千層樹皮、攪拌過咖啡丟棄不用的肉桂棒、乾皺的一簇鐵冬青一串山桐子一顆海檬果。

一支勘景隊路過那須高原帶回的綠葉大紅椿花木盒，一雙符貼「火防厄除御守護」木排漆繪猛禽惡獸互敲時好響脆是古代巡夜提醒小心火燭。風從西伯利亞穿越日本海攀過那須巒峰變成旱乾北風自山頂重力加速度摜下的那須山風！十一月中旬已是放水期限，無論如何日本友人得返老家放掉全部水管水以免結冰管裂。

一對石雕並蒂貓，一仙陶捏踞坐婦人好嫻美也許是在榻榻米人家家裡做客，一隻鈷藍釉燒大

臉貓倒像怒舉兩螯的生猛蟹。畫家好友跟貓一樣喜新奇每愛嚐試異質材，除了畫，有時捎來古怪剛出生的創作物。

看，一殘塊巴掌大噴有綠漆塗鴉的柏林圍牆轟然倒塌於一九八九年。

拴著楮木纖維繩結的落柿舍紅泥柿被貓打破剩半圓塊放在油加利葉拼貼的茶墊上。芭蕉有弟子名喚去來住京都嵯峨野的落柿舍，有去來之墓。

諸般一切物，就是這個時候，幢幢影影交錯在黑夜窗亮中彷彿無數計之異時空看哪，給做成了標本釘在鏡框裡。凝固的時間波摺，那是長達二十億年地質史的大峽谷。從最底部寒武紀岩層至最高處二疊紀岩緣，二十億年（那是時間嗎？）以現在同時並存於此的大峽谷景觀，震懾著觀看它的人。

我起身拉開紗窗讓貓進來，凝止的時空鏡框在一觸指間閃電般裂開，紛碎如濺，琥珀眼貓施施然進屋來。

巫界(3)

二三九，贖罪日。我們傴僂攀行於如山脊如高原如月球表土的廢紙回收場上翻找，如果有，天啊那些簽有我們名字的古舊字冊，渺茫得就像恆河沙數。

事情是這樣的。

忽一日，海海人界中我們遇見一位食蟻獸，呃，食字獸。雖然我們微笑敬稱他「嗜字人」，但六年級的他堅持自己叫食字獸。

嗜字人／食字獸，搜集並珍藏各種版本字冊到一種地步，不久前在網上總算買到一本我們蛹蟲時期的字集，說是那套集子終於終於收齊全了。唯不知我們能否爲他諸多絕版孤本簽名？他會打包寄達，待簽好通知他即來取，希望不會太打攪到我們。

多麼有禮的食字獸啊一口氣陳述完便垂下眼睛準備接受被拒絕的認命態度，眞不像六年級，而比較像總是自我抑制至多悶騷的四年級。我們當然簽，怎麼會不簽。

數日後食字獸來電話，頻致歉打攪到我們但可不可以麻煩我們開門看一下，有一箱字冊放那裡，太不好意思了就是那些拜託簽名的字冊。

電話，果然不是什麼好東西無非一再驗證了那句警告：「人在家中坐，禍從天上來。」活於彼日島國，凡消息皆噩運，沒有消息便好消息。無作爲即好作爲。故而我一臉皺縮又苦嘆，怎麼這樣事先不約直闖上門逼得人不及換裝只能披蘿掛荔頭插鯊魚夾來應門，可既然你不顧人在先就莫怪我心狠手辣於後，別想我會請你入屋喝茶小坐什麼的頂多罷，開門⿰目虛一隙縫表示接應夠好了。故此我拉開一隙門縫看人（把人看扁），咦，不見人？左邊、右邊、遠方，空空皆無人。只有腳邊一紙箱，封裝整齊立於門側牆角一方凸鑄「量水器・北水」的水錶鐵蓋上，好謙靜，好儼然。

太上道了，食字獸。身為摩登原始人（哇靠靈機構做的問卷調查我僅獲一分給歸入摩登原始人），我首度萌動了使用高科技念頭，恨不能立即訊給他一枚顏文字、Orz。發源於倭國的顏文字Orz，據稱很像一人屈膝跪下狀，我真的想向他表達佩服，被他打敗。

桂花低，一次高明而體貼的相遇卻不見。

我恭身向紙箱致意，一如聽見貓嗚喵開門一看又是紙箱裝奶貓，附卡片哭兮兮告以小黑貓叫硯台。古早也有奶狗，後來犬植晶片政策實施遂漸絕。暑旱分區停水時期來一尊天藍籠和一大包偉嘉食料，籠內半大貓白毛潑墨以及，一口彼得兔瓷缽，一支玻璃小水杯鑲澄金色鏤花金屬，一枚「守護・出世する」牌霧金甸甸繫五彩絲繩——既來此，以上所謂，呃，由於底下二字我視為髒字眼髒名詞礙難出口只能使用注音符號，吃嗚嗡ㄔㄨㄥˇ嗚嗚ㄨˋ，以上所謂ㄔㄨㄥˇㄨˋ配備皆當拋棄做無，蓋因眾貓平等。就是眾貓平等，所以眾貓各異其性，各居其位。我們替牠取名旱停，紀念旱災停水時期有貓來此。

紙箱裡五十七本字冊，有一半是食字獸好義氣為其同類爭取到機會亦託我們簽名。啊又還有另一位嗜字人，彼收藏的孤本絕本令我們迷惘，有這本字冊嗎？幾時出的？確定不是荒夢誕言或者他人所寫？包括古時老爹所著老媽所譯已紙張黃脆細心以套殼保護根本是一級古蹟。一整晚，屋裡人匯集客廳簽名，也未徵得食字獸們同意即擅自題字題句澎湃賦詩般唉眞的很濫情。然後我把字冊一本一本還原回箱子但此時已無法按原樣封裝，因爲我們也不管人家要不要又自濫情奉送了幾本題名字冊，所以我只得用寬膠帶把四面箱蓋豎起黏牢才擠出空間夠裝並覆上硬紙板做蓋嚴整封妥，爲了便於搬運我且用尼龍繩紮好箱子以供提拿。於是連絡食字獸，約準了時間眞可謂，交淺言深，深到完全不必客套，天經地義我說，我會把箱子放在門口。食字獸再三道謝，其口吻，是把原本應該當面授受時候的道謝一併先謝了，換言之，他跟我們的接觸到此通電話止。

眞是聰明有禮眞正酷啊，我未碰過六年級有如此者。寫字人與食字獸，再一次的相遇而不見，此也許是這兩種物種之間最宜當的距離？最酷的相處模式。

星期一。我提早十分鐘把紙箱搬到門口，老位置，但我讓它立在小椅子上而非水錶鐵蓋上以示對食字獸的珍重。小椅子是高中生稚兒時期物。

十分鐘稍過後，電話響一向由老媽接，說是食字獸，要來搬箱子。已經放在門口了，老媽照轉我的話。（咦，怎麼會這樣，難不成我一廂自駭高估了食字獸？）

沒有呀，老媽把食字獸話轉給我。

我想老媽老耳聽不眞了遂將電話拿來直接跟食字獸講。沒有呀，食字獸說小椅子有，但箱子沒有。就在我顧不得蓬頭亂衣更別說沒換隱形眼鏡硬是頂副超厚鏡片腦殘狀一路怪哉怪哉嘰咕著開門的刹那，腦中一轟，明白了。小椅子上果然空空如也。

五分鐘哦不，兩分鐘前，我聽見收取破銅爛鐵的擴音機和馬達三輪車一如環境裡的嗡雜背景聲經過院牆外。我幾乎是對食字獸下命令的，趕快，右轉去兩條路，往上公寓社區如果此人還要繼續收舊報紙廢紙說不定正在收，往下是馬路右轉出隧道那邊有回收場，左轉是街上，哦你騎摩托車正好，趕快去追，就是前後腳，快追。我亦登時變成瘋婆子奔出，撒開腿在別條動線上沒命跑，逢閒聚人便問，有說是看到一個胖胖的騎過去，跑啊里辦公室門口，木匠兄弟家，小廟金爐前，自助餐店，鹽酥雞攤，OK便利店馬路邊因此撞見食字獸復分頭各找去。跑散人形跑斷肝腸的跑亦果然跑毀一隻藍白拖，都沒看見馬達三輪車。食字獸騎摩托跑更遠，也看沒見。才不過前後腳之差，那麼點大地方，幾條巷弄跟馬路，沒見就是沒見。我簡直相信有扇任意門或者異次元入口，除非共謀者或祕密會員，誰都找不到。

桂花低，我在樹下將一張名片交予食字獸，囑按地址喏，臥龍街，出隧道碰到超市前面巷子進去一百公尺即是，不錯，本市確有此街與諸葛先生出山前大隱隱於市之地同名。若名片上的余先生在，報上我們姓，就說隧道那頭兩棵大桂花樹的貓狗人家余先生即悉，請他示知南區周邊有哪幾處回收場趁天黑前趕緊去攔劫。食字獸馴耳默聽，表現著雙倍的鎮定和樂觀以稀釋我深深罪咎，畢竟，本來我若能循一般程序正常請他進屋搬箱的話又何至於弄到這步田地！

太陽下山食字獸來電話，附近五個回收場臥龍街土地公廟旁，麟光公車總站背後，第二殯儀館側，羅斯福路基隆路口，公館寶藏巖下，都去找了都沒有。余先生說會幫我們放消息。食字獸儘量安慰又鼓舞，大不了去舊字攤古冊舖慢慢尋，一本一本再尋回來。我驚訝還有舊字攤不是已絕跡了？有呀有得很，化整爲零散在某些處而已。是喔異次元入口，只有同類才知道。我只能嘆氣表示，明天我們會去那五處再看看說不定此人今天騎回家沒交貨或者，又是前後腳之差這廂才走那廂交貨——食字獸委婉打斷我，可能不需要，跟回收場人算都打過招呼了。我自忖，然而無論如何總要做一個贖罪的動作罷。食字獸聽我不語，聰明極了說，那就臥龍街土地公廟旁去，其它地方恐怕不需要例如麟光總站那裡，基本上是收五金廢料而非廢紙。慧心的食字獸慈悲指點了我們一條贖罪路。

晚飯過後有人敲門，眞正是敲門，因爲電鈴壞了起碼二十年。啊余先生？

由於余先生沒有我們家電話竟就親自跑一趟來，聽聞一箱子字冊給一位胖胖的收走了，胖胖的話，是姓黃的，都送木柵靠山邊的廢紙場，不妨找找那裡。通報完余先生即走，待我在自己的一長串鞠躬感謝中醒來，趕忙跟出去至少送送人一程。咦，右邊，左邊，路燈下蕩蕩無人影，走這麼快？余先生如何來的，還是騎他的三輪帶篷車嗎可是既沒看見也未聽到車子的馬達聲？下工不騎工作車了所以搭公車走路？但一眨眼就不見人（簡直又是一扇任意門），或者另有交通工具停在外邊沒進巷子來？我們只見過白天上工時候的余先生，一週來一次通常星期五。我們的舊報紙廢紙只認他，認到單憑耳聽即認得——他的車從右邊巷頭騎上來然後左邊轉出巷，另一收貨人則反之。擴音機似有兩種播放帶，包括呼叫內容和音調皆不同。遙遙騎近的馬達聲，亦無一輛車相同。綜合諸項構成一聽即認得的，是他，而不是其他二三人。農曆年間，連元宵也過了余先生仍沒來，繁多廢紙禮盒紙箱堆積得有礙觀瞻正抱怨時，余先生出現，回老家西螺過年了。好抱歉余先生遞給我們名片，日後，但凡堆積物多了打電話給他立刻就來運走。名片哪知有一天竟做此用途！

星期二，二二九，那時兩千年，我們叫了計程車往山邊去。

古代先民望星尋路的，大方向，儘管往山邊走就對，一途問人，問到山坡盡頭處下車，放了車子走。彷彿工務重地勿進的水泥路走進去，我們置身於，哦這裡不是靠山邊的廢紙場？這裡屬於市政府回收場。對，回收場，不是垃圾場。崗亭執法人也洩露出同情貌，指示我們正確該往之地，約莫最大一家廢紙回收場，原途折回至三岔口最左一條轉上大馬路直直朝前開沒多遠就是。於此荒絕處，我們抽出諾基亞方舟鍵出叫車號碼一訊即通，十二分鐘後車到。車費如流水，不算計的拋丟著錢，這是贖罪。而我終於首次深刻感受到方舟之實用，正如家中第一支方舟係老友長輩獎勵送給高中生，便第二支方舟持有人乃高中生母親決定去買來的爲了高中生學校位在中樞區若果然台海開戰炸成廢墟可供瓦礫覆埋下相互發訊。等車來，置身於分類回收場，我們拉下眼簾不看見。那些成千上萬回收物於此等候發配投胎前的最後一瞥啊，我們只能把自己變成一株草本靜立其中，讓氣味充塞，讓細細如無的嘆息如濛濛灰色一層一層落下落止在我們身上。這只能是一個贖罪的行動。

所以廢紙回收場，廣漠曠地公路旁。場主願意保存我們的連絡電話和賞金承諾，事實上場主云，早上已有人來講說如果胖胖的黃先生有交貨請告之把那箱字冊歸還原址。哦已有人來講說？那是余先生了。

一座高聳似樓房的貨櫃車開走。一架轟轟舉在空中傾擲漫天紙張的大怪手放下手挖滿字冊復舉起。

啊猶太法典 Mishnah ，米市納將神聖之書定義爲、「自火中救出」，只有會被火燒毀的——看噢塞拉耶佛，上個世紀末遭塞爾維亞軍隊燒夷彈攻擊全城火海中圖書館館員身歷其境他描述：「紙片燃燒，灰黑而脆弱的餘灰佈滿整個城市好像天降黑雪，伸手抓住一張頁片你還能感覺到它的熱，還能從它奇異灰黑反白中讀到字的碎片，當熱度消散，字片也在你手中變成灰燼。」

只有會被火燒毀但仍存留的，是的自火中救出的，才能讓人學習到某種必要性，某種可能永遠失去無法取代之物的必要性嗎？神聖之書。

【附錄】

關於《巫言》

唐諾

朱天文與卡爾維諾

在這本《巫言》大量引言如繁星如咒語中，卡爾維諾的《帕洛瑪先生》只出現一次，這頗讓我感覺意外（正確的說，在後來的補稿朱天文又引用了一次，這無改我的驚異）。那是〈2.3.3.有鱗目〉帕洛瑪先生最後看著鱷魚的一段：「它們像是都睡著了，連那些睜著眼睛的也是。又或許它們皆置身於一種迷茫的荒涼而無法入睡，連那些閉著眼睛的亦然。」

原書，在看鱷魚之前帕洛瑪先生看的是鬣蜥蜴，事實上吸引他去爬蟲館的也是蜥蜴而不是鱷魚。至於章節名前面所出現的鬼一樣數字，卡爾維諾在前言中解釋，1是一般視覺經驗，其對象大致上是某種自然形式，內容則偏向描述；2是人類學或是廣義的文化性元素，牽涉了語言、意義與象徵，內容傾向於說故事的形式；3則是冥思，關懷的是宇宙、時間、無窮、自我與世界的關係，乃至於心靈的向度云云，內容則從描述和敘事轉移到沉思。也就是說，從無內的極小到無外的極大、從日常眼睛所見的尋常實物細節到宇宙大題目的沉思，就這樣1 2 3三個大步聯繫起來了，乾淨到像是數學，還是最初級的正整數加法，卻神奇如巫數，召喚最深最遠的沉睡奧祕，眞的可以這樣子來嗎？

讓我們費點字數和心神來看這〈2.3.3.有鱗目〉的較完整模樣——

「帕洛瑪先生很想知道，爲什麼鬣蜥蜴會吸引他。在巴黎的時候，他經常會去植物園內的爬蟲館參觀；沒有一次會讓他失望。他非常清楚鬣蜥蜴的外表十分奇特，可以說是獨一無二；但他覺得此外還有些其他東西吸引著他，卻說不出來那是什麼。

「鬣蜥蜴身上覆蓋著綠色的皮膚，看來像是由非常細微的鱗片所組成。牠身上的這種皮膚顯得過剩；在頸上和腳上，多得都形成了皺褶、囊袋、褶邊，就像是一件原本應該合身的衣服，卻到處都鬆垮垮的。牠的脊樑上長著鋸齒狀的肉冠，一直延伸到尾巴；牠的尾巴前端也呈綠色，卻愈往末端，顏色逐漸變淡，變成淺褐色和深褐色相間的圓環。在覆有綠色鱗片的鼻口部，有著能夠開闔的眼睛；那是雙『進化的』眼睛，能夠凝視、關注和表達悲傷，透露了在那似龍的外表下，隱藏著另外一個生命：一個比較類似我們所熟悉的動物，而不像表面所見距我們那麼遙遠的生命……

「牠的下顎底下也長著刺狀肉冠；脖頸上長著兩個圓形的白板，猶如助聽器；上面還有一些配件、附屬物件、突出物和防衛性的裝飾，簡直就是動物王國甚至還有其他王國的各種形狀的樣品箱——一隻動物身上長著這麼多東西，實在太沉重了。這有什麼用途呢？是爲了要掩護在牠體內窺探著我們的什麼人嗎？」

注意一下，〈2.3.3.有鱗目〉此一章節名中並沒有「1」，也就是說，鬣蜥蜴在此並不是純視覺對象的自然物，而是說故事形式的人類學、文化性元素，牽涉到「語言、意義和象徵」。實際用內容來講是，帕洛瑪先生並不是第一次進爬蟲館，他說他「常去」而且每一次都不失望，因此，他對鬣蜥蜴精確如科學觀察報告的描述其實是「重述」；他帶著某個特定疑問而來（「卻說不出來那是什麼」），並依著這個疑問指引眼睛、安排次序、編組「客觀」視覺細節，這就成了某個故事，或更正確的說，有個故事開始成形呼之欲出了。

其中最刺激、最爲科學所不容的莫過於這一句了：「那是雙『進化的』眼睛，能夠凝視、關注和表達悲傷。」這不是我們在科學文章裡常讀到（也因此常被誤導）的所謂擬人化語言，卻也不是文人雅士無力往下思索的付諸一聲喟歎，這是帶著神話傳說而來，有著豐碩人類學的、文化性記憶線索的某種「結論」。這裡，「似龍的外表」的鬣蜥蜴所追溯所聯繫的不再只是科學館另一角所復原的雷龍三齮龍厚頭龍偷蛋龍云云，而就是龍了，一種神奇的、變化的、更高階的、已化爲天上星辰但或許在某處猶存活的「我們所熟悉的動物」。演化論證實的曾經漫長統治和戲劇性滅絕除魅了它，卻同時也把龍拉回來並賦予了它某種添加著科學成分的新想像，像某種文明的岔路，某種文明失落的可能，某種文明訴諸偶然的脆弱命運抑或終歸無法遁逃的演化宿命——

如此，作爲龍的子裔的鬣蜥蜴便遺民化了，甚或就成了廢墟了，比方說像馬雅文明那樣子的無言廢墟，牠多出來太多已然無用的沉重東西，遠遠超過此時此刻存活、攝食、傳種之所需，從功能性的工具轉成了往昔歲月故事的記憶載體；而且我們會察覺到，當未來的可能性已阻斷，如同一棵樹不再生長，現在失去了未來的保護，這些東西便只能枯萎、剝落、腐朽或者石化，而我們彷彿看著它發生，在進行中。

如此，我們便能感同身受、聯繫著當下人類文明世界的往下讀。

「爬蟲館的生物奇形怪狀，展現了一場沒有風格、也沒有計劃的形式大搬弄，什麼都有可能；動物、植物和岩石彼此交換了鱗片、尖刺和凝塊。但是在無法勝數的可能組合裡，只有少數——也許正好是最難以置信的幾種——組合固定下來，抵擋了各種拆毀、混雜和重新塑形的變動力量；然後，這些形態迅即都自成一個世界的核心，與其他形式永遠隔絕，就像動物園內分隔牠們的成排玻璃箱籠一樣；這些有限的生存樣態，每一種都有牠們自身的怪誕，以及自身的必要性和美麗之處，卻又屬於生物學上的同一個目，在這世界上可以辨認的唯一的目。植物園蜥蜴館的各個明亮的玻璃箱裡，昏睡的爬蟲躲藏在來自牠們原產地的森林枝葉和岩石，或是沙漠的沙礫之間，這反映了世界的秩序；那可能是天空在地面上的觀念映照，或是具有創造力的自然，其祕密的外在展現，也是隱藏於存在之物深處的規則。

「那隱隱約約吸引著帕洛瑪先生的，是否就是這種氣氛，而不是爬蟲動物本身？一種潮溼的、柔軟的溫暖，像塊海綿般的吸取著空氣；一股刺鼻、濃重、腐敗的惡臭，令帕洛瑪先生摒住呼吸；陰影與光亮凝滯並陳，宛若白晝與黑夜的靜止混合；這些就是想要窺探人類以外世界的人，所獲得的感受嗎？在每個玻璃箱那邊，有著人類出現以前的世界樣子（或是人類消亡之後的世界），揭明了人類的世界既非永恆，亦非唯一。帕洛瑪先生參觀這些睡著巨蟒、大蛇、竹林響尾蛇和百慕達蝮蛇的箱籠，就是爲了要親眼目睹，以便了解這個道理嗎？「但是對於人類缺席的這許多世界而言，每個玻璃箱籠都只是這些世界而言，每個玻璃箱籠都只是這些世界的一個細微樣本，取樣自或許從來沒有存在過的自然界，只是個幾立方米的小空間，依靠精密的裝置來維持固定的溫度和濕度。易言之，這一套上古寓言動物集的每個樣本，都是由人工維持生命，彷彿它是我們心靈的假設，是想像的產物，是語言的建構，是荒謬矛盾的推理，而其企圖是要證明只有我們的世界，才是唯一的眞實世界……」

演化論流傳著很多誤讀誤解誤用的神話，其中一個是所謂「生物極度完美及複雜的器官」的概念（相對於帕洛瑪先生在鬣蜥蜴身上看到的那些無用沉重東西），一如古爾德指出來的，這反倒和天擇演化的最基本邏輯不容易相容。簡單來說，如果生物及其器官構造的完美適應是緩慢的、嘗試的、逐步的完成，那麼「這些有用的結構最初期的形式到底有何適應價値？」也就是說如何才能讓每個中間步驟都合理。「如果一個生物只擁有眼睛（眼睛也是演化出來的，少數生命才擁有的）最初百分之一的構造，這對它又有什麼好處？模擬糞便的昆蟲能藉此保護自己，但如果牠的僞裝只有百分之五像糞便的程度時，那還能有什麼保護作用嗎？」由此，古爾德以類似李維—史陀「修補匠」拆解／轉移用途的概念，討論了不必完美的器官以及局部的、鑲嵌式的適應；同樣的，天擇演化在消滅不適應個體和無用的器官構造也是逐步的、更換的、調整的、遺跡處處的，更常不以整個地球爲單位（比方有袋類在南美洲的覆敗和在隔離澳洲大陸的存留欣榮）。物種的大毀滅不是演化的常態，那通常有戲劇性的巨大外力介入，諸如一顆大隕石闖入或者氣候、大氣起了急劇變化；天擇的淘汰基本上如米蘭．昆德拉所說的小說死亡方式，它是喪失了用途或說喪失了可能性，它只是被棄置，孤寂的、安靜的，一點一滴的逐漸死亡。

古爾德在另一篇文章裡提出來，馬這個美麗、敏感的大眼睛物種，就生物演化而言應該是個走入岔路死巷、滅絕的物種，是人類的喜愛，人類的畜養和保護，讓牠存活了下來。

完美的器官並不存在，所謂完美只是我們凍結時間的一句讚歎語或禮貌話。這樣一種恢復了時間流動顯現出其層次、萬事萬物皆「完美中」或「死亡中」，得一物一物檢視、猜測的世界圖像，所支撐起來對人類文明作爲「一個」小說目標的思索，是卡爾維諾式的，也是朱天文小說逐漸水落石出的模樣。

我個人不止一回驚訝到朱天文和卡爾維諾的相似，有機性的相似或者說逐漸的趨近疊合（以某種「同功演化」的方式，意即以不同生物材料、不同演化路徑的趨同，像鳥和昆蟲的翅膀），尤其在書寫世界裡一些特殊的、並不容易那樣的地方。我說的首先是，他們絕對有太足夠的聰明、敏銳和挪移翻轉文字語言的技藝，看穿眼前世界遍在的庸俗、虛僞、粗暴和愚昧，卻奇怪的幾乎不譏誚不嘲弄，就連順手的、已送到眼前的都一一輕輕放過柳暗花明，背反著書寫者「聰明／諷刺」的最基本正比關係，這一點依我個人看已近乎奇觀了（別想托爾斯泰、納布可夫、葛林或昆德拉這樣的人，想想溫文如契訶夫或波赫士這樣的人）；但更特殊的毋甯是，這樣溫和有禮且富同情心，他們的小說卻有一種奇異的冰冷，其溫度不相襯且遠低於書寫者自身的人格心性。我們讀小說的人很容易心生讚歎，但很難感受到自己的心事被觸及、自己難以言喻的處境被說出來，得到慰藉，遑論仗義執言。這種就差這麼一點點的感覺其實是挺失落的，我們併肩站在同一個生命現場，看著眼前一樣的人和事物，我們才要開口交談，卻發現他們的心思已滑了開去，已飛到了遠方某處，用卡爾維諾自己的話說是，「因爲我不熱中於漫無目標的遊蕩，我寧可說，我偏向把自己託付給那直線，寄望那條線延伸到無窮，使我變得遙不可及。我寧願詳盡計算我飛行的軌道，期望自己能像箭矢一樣的飛射出去，消失在地平線上。」

在小說諸多的可能「用途」上（其實是可共容的），他們不用之爲克敵制勝的武器（比方昆德拉），不作爲融解個人獨特經驗硬塊的故事傳遞（如本雅明語），它較專注的、線條清冷的使用於認識。

由此，從最細瑣最貼身的視覺經驗現場１２３．就直達宇宙、文明、自我與世界之間的關係云云，時間的樣態無可避免的徹徹底底變了，它易爲某種歷史時間（以百、千計）、文明時間（以萬計），乃至於演化時間（以億計）。這裡，馬上暴現開來的便是書寫者本人以及所有人生年不滿百的狼狽滑稽生物原形；跟著，所謂的變動、進步、可能性以及結果都在不同的時間丈量尺度下改變了感受及其意義，並直指一種深刻的、極富內容的虛無（如卡爾維諾自問的，「淵博」和「虛無」是否已混成一體？）。冥思遂成爲必然的，或甚至是人唯一可能的應對方式，只因爲以日和月計算的個人行動太不相襯於以億萬年計算的時間，鵲橋俯視，人世微波，人最樂觀、最有效乃至於最爆發的行動成果預期，只能水花般泯滅於此一時間大海之中，成爲哈姆雷特式的悲傷。也因此，卡爾維諾和朱天文一樣宛如大隱的生活方式，還有他們不約而同的沉靜寡言已屈失語邊緣（《巫言》中朱天文寫自己奮起出門見哈金那一段，和《帕洛瑪先生》末章〈帕洛瑪先生的沉默〉，尤其是其中〈3.3.2.宇宙是面鏡子〉那節幾乎如出一轍，相互解說，亦一樣辛酸），除了恬靜不爭的修養和個人生活選擇之外，極可能還有著硬碰硬的認識基礎，有不得不耳的成分。

這樣的書寫目標，這樣的冥思進行，其實很容易讓人變得殘忍——我說的倒不是本來就鐵石心腸如魚得水的社會達爾文主義者史賓塞者流，而是像馬克思這樣由同情由義憤開始、最終卻敵視人道主義的人。然而，素樸的人道主義和大時間結論的天地不仁云云並非完全不可共容，即使以某種矛盾的、道理不容易說清楚的方式並存，人的確確實實感受不必因爲某種理性邏輯的判定無效而取消它。這一點，杵在實體世界、眞人眞事世界的小說家總是遠比抽象眞理的思維者要強韌也要謙遜自省，事實上還更深奧（矛盾並陳是事物深奧的必要表徵，相對來說，所謂的「眞理」總是簡單的，一句話就可說完，也直線般一眼就能洞穿）。理知上曉得無力及遠的義憤和同情，遂以某種不追究其成果、某種日復一日的生活實踐的形式保留下來，如每天都得做的灑掃清理工作，如朱天文在《巫言》中說馬修．史卡德的戒酒一天就是一天，清醒一天就是一天，還有她欲說還休引用的古詩，憐取當下，「還將舊時意，憐取眼前人」。

無論如何，這樣典雅的、節制的、知性的低溫，並不眞的是無情，內行的、細心的讀者仍看得出，如內行的、細心的厄普戴克說，卡爾維諾最溫暖、最明亮，卡爾維諾對人類的眞實，有著最多樣、最仁慈的好奇。

我沒說這樣的懷疑、這樣的矛盾並陳是容易的，事實上這的確有作繭自縛的味道，是小說樹立過大野心目標的代價。《巫言》中最動人的篇章，我以爲是重回父親死亡的那一段，現實時間來說這是足足擔擱了十年的書寫，對於一位如此獨特的、意義深遠的親人離去（父親、朋友、同業、啓蒙者、家的創建者等等），不是那樣直接的情感和悲慟不在或說這才想起，而是當你要想清楚它乃至於說出它來時，總發現它消融於你所知道無時無處不有的、數字無限的，以至於已是某種日出日落生命規則的死亡大海之中，它的獨特性何在呢？你要如何不損傷它同時又合理的安置它並說出它來？最後，朱天文借助的是一本偶然發現的，「磚頭厚，猩猩綠書皮」，父親最後看的一本書《細胞轉型》。在這本羅森伯醫生探索癌症之謎的科學著作中，朱天文循著父親的腳跡如小心翼翼闖入了他最後的夢境中，看到了父親仍恪守著這一生閱讀書寫習慣、恪守著自身職業倫理的校正著書中的每一處錯字錯植乃至於標點符號（朱天文朱天心都公開講過，從小父親讀她們小說原稿時唯一做的就是鉛筆錯字校訂，並溫柔的以狗耳摺頁標示出來方便找到），而朱天文同時也細心看出來，這些校訂的筆跡黑、紅、藍各色並陳，背反了她再熟悉不過父親總一支筆用到涓滴不剩的節儉潔淨習慣，這既復原了當時父親的路線行蹤（「在客廳沙發老窩，在赴島南文藝營鳳凰木正火紅的長途火車上。在醫院病床，在回診的候診室一廊屋病患和家屬好似倉皇轉運站不知會給發落到哪裡。」），也悲傷的暴現了滲透於如此精神奕奕心志中的衰弱失魂（「我如聞其聲老爹嘖嘖自咒因爲轉眼筆又不見了在找筆，那些圍在老窩四周的日用小物件簡直像長了腳，剛剛還在，這會兒怎麼也找不到了。老爹大悟告訴我們，人老了咕嘰咕嘰個不停，原來都是在咒罵自己，忘性，手腳不靈光，腦不聽使喚往東卻走了西。我不敢相信我遇見的，可書頁最後名詞索引，『**Prognosis**，預後：疾疾的期望後果』，疾疾，校正爲疾病，老爹的字仍然精神飽滿。」）——父親面對的究竟是自身的一死還是普遍的、眾生的死亡？探問的究竟是自己惡疾的可能乃至於僥倖、抑或依然轉爲知識（一種馬上隨肉身灰飛煙滅的短促知識）的純淨吸收學習呢？

然而朱天文個人的回憶也就這麼多了，或者能說出口、願意說出口的也就這麼多了。當你不知道如何說，也就不知道該怎麼想了。小說旋即跳入2.3.的故事敘述和冥思，進入到羅森伯醫生的細胞奧祕世界裡去，父親的死變得像是註腳了，像引證歷歷的其中一則實例，在凝視知識的眼角餘光中。如此，噤口不語的悲傷化成了沉積沃土也似的憂鬱，朱天文自己也意識到其中的無情、其間的解脫／負咎懲罰的成分，這是代價，不見得是她要這樣：「天啓曾以史陀氏的面貌溫柔說，描述才是所有科學的根基。我無意質疑實驗的價值，而只想提醒一句，觀察應是第一步驟。唯有透過觀察，才可能發現問題，爾後才能用實驗來解答。別忘了，對科學家最大的恭維莫過於對他說，唉呀，我怎麼沒看見？／是喔世界如此之多樣，我觀察，我描述。然而也許我已忘記自己的來時路？」

知識的追索也成了一種遺忘，你不一定要的遺忘。

朱天文和卡爾維諾。這原本只是我個人這幾年來進行不怠的私密閱讀方式之一，私密閱讀樂趣之一。我不斷讓他們的書寫參差交疊，如同安排一場定期且持續的交談，就像我手中一本非常好的對話之書，由波赫士和薩瓦托這兩位違隔半生避不見面（他們是因爲政治立場不合）的文學大師老友對話，我自己則一旁扮演巴羅內這樣提問、膠合並記錄的角色。我由此看到了想到了很多原來發現不了如擦身而過的東西，這些原本就豐碩的藏放在他們的文字之中；我也因此得著了某種超乎我能耐的猜測能力，居然若合符節的可以猜中日後才寫出的作品。當然這指的只是朱天文不是卡爾維諾，卡爾維諾已事成定局不可能再有新書，這也許要再等到我自己哪天更大年歲、懂更多可以堪堪站到他《帕洛瑪先生》書寫後所在的位置，才可望思議他天若假年再寫出來的東西。我與始皇同望海，海中仙人笑是非——

具體的題材選擇、書寫接下來會在怎樣的現實一角觸發是無可猜想的，這由偶然決定，有時鬼使神差到就連書寫者本人都不見得能預見；但我觀察我描述那個主體的我基本上是連續的，以某種日復一日的專注面向我們或許比較喜歡以無盡來指稱的未來可能性，這裡有一部分是透明的、可參與的。

需要再強調一次這不是閱讀朱天文（或卡爾維諾）的唯一方式唯一路徑嗎？我以爲這不僅是小說閱讀的ABC，還是小說閱讀者對書寫者的基本禮貌。這裡，帶點以暴易暴意味的把卡爾維諾提出來，很大一部分是現實閱讀策略的考量，爲的當然是擠走張愛玲，那個盤桓不去在朱天文小說上空已幾十年了、幽靈化了的張愛玲。用張愛玲來說朱天文小說的可能性老早已用盡，以至於變成了扯回而不是打開，我們該放張愛玲好好休息了。

溫和不爭如朱天文對此倒是從不多說話，也自始至終對無論年齡、閱歷、視野，以及知識準備都已成她文學書寫「後輩」的張愛玲（指的是她每一部小說書寫時的眞實年歲，以及那個方興未艾的小說年代）保持善意乃至於敬意，人前人後皆不來心理學弒父弒師那公式一套。這其實是朱天文日阻且長的一貫書寫方式，她不怎麼接受社會的暗示，不更換成另一種書寫人生，她緩緩的累積也因而緩緩的調頭抽換，新的小說建造在舊的小說土地上，不遷徙不留遺棄的廢墟，甚至新的信念使用的還是舊信念拆下來，改換了位置、意義和用途的老材料。用赫拉克里特的話來說是，閱讀者很容易不察的以爲自己伸手進去的仍是原先那一條河、那一部小說，仍是朱天文和張愛玲。

所以，換一個通關密語吧，把張愛玲刪除，試試卡爾維諾（或者誰有更好的建議）。誰都曉得，長期使用同一個密碼是很危險的，容易發生你的東西遭盜用一空的不幸之事。記得定期更換確保自身權益。

世紀末的這一趟路

從悲傷到憂鬱，卡爾維諾這麼解釋——「正如憂鬱是悲傷著上了輕盈的色彩，幽默則是喪失軀體重量的喜劇（儘管如此，人類肉體的這層次，仍然成就了薄伽丘和哈布雷的偉大），它對自我、對世界、對所有攸關得失的關係網路都加以質疑。憂鬱和幽默交織混合，不可切分，彰顯了丹麥王子的語調——這種語調，幾乎可以在莎士比亞的所有劇本中從許多哈姆雷特之化身的口裡認出來。《如你所願》中的傑克就是其中一位，他在下列的句子中定義了憂鬱，『但那是我自己的憂鬱，以多種草藥混合，焠煉自多種物體，更是我在旅程中的多方冥想，而藉著經常反覆思索，將我包裹於最幽默的悲哀中。』所以，那不是濃稠、晦暗的憂鬱，而是一層幽默與感覺的微塵，就和其他構成事物的基本物質一樣。」

這眞令人嘖嘖稱奇，儘管在文學書寫歷史上並非不常見但依然不改神奇。卡爾維諾的解說係寫於一九八五（民國七十四年，朱天文深入電影世界，尚未寫完《炎夏之都》集子裡那些有點硬塊、有點未熟成的短篇小說），而所引述那番以草藥混合、提煉自實物並加以冥想和反覆思索的幾乎不能再精準話語，更是好幾個世紀之久了，但卻彷彿預告著二〇〇七歲末的這本《巫言》，新鮮欲滴。所以說波赫士是對的，書的評論可以超前寫出來，依據你的人和歷史的不懈同情和理解，以及某種熱切的探問。

而《巫言》也果眞是朱天文最滑稽的一部小說，陸續發表於副刊和雜誌時令不少人笑出眼淚來。過往朱天文的小說並不如此，比較嬌矜，比較知書達禮，不苟這樣的契訶夫言笑。

今天已是二〇〇七了，廿一世紀初年，儘管世局和人心並沒因此變好，所謂的「世紀末」卻喪失了日曆計算的直接支援，又回轉成爲原來的冥思象徵之詞。這樣其實也好，讓它從人云亦云的不用腦子世界退出來，洗掉了添加的流行語成分，也洗去了一部分頑固的、急躁的宗教味（可憐的宗教人士又回去等一千年），讓認眞的人得以比較不被打擾、不被污染、不一句話才出口就橫遭篡奪無法進行討論的繼續用之面對人類文明命運的大題目。

寫出〈世紀末的華麗〉（並進一步用爲書名）的朱天文在台灣此地算佔領了相當一部分世紀末這詞，但意思有點不同，她不認爲這是結束，而是開始。朱天心曾藉由自己小說裡一名中年男子作家之口這麼說這篇小說：「你看過嗎？去年在文學圈引起一陣討論的小說，描寫一個才二十五歲卻老衰若僧尼的女子，隱居似的在某大廈頂端築一間這個咖啡館味道的小屋，成天晒晒藥草、自製怪茶、看看落日和城市天際線，是我近年看過最恐怖的作品。」這個「恐怖」，除了作爲讚譽的變形字之外，還眞的是某種令人打起寒顫的生理反應恐怖。我回頭翻閱彼時討論這篇小說的各家評論文字，有些莞爾於眾人某種程度都被朱天文給「騙」了，像被某種暴射的文字光華，被喃喃而起的吟唱咒語給震懾得不能動彈，就像《聖經・先知書》裡那些進入幻境的以色列曠野先知一樣。我指的是他們所謂朱天文寫出了年紀、寫出了中年和時間的滄海桑田云云，眞相其實是，朱天文直接跳過了年紀，取消了中年，事實上還越過了死亡，如干將莫邪般專注的縱跳進去。跳進去哪裡呢？〈世紀末的華麗〉預告的是眼前這個文明的必然崩毀，而不是米亞這個人的衰老和死亡，她甚至相信，以某種無可質疑的、如接受祕密神諭方式的，自己會是存留者，是新世界的夏娃或者說新夏娃世界的一員（歷史已給過了男性機會以及這麼長的時間，但他們陷於抽象、喪失實體、隔絕於每一生命現場的理論和制度搞砸了不是嗎？）。而崩壞如果已是定局，等於說的是此時此刻已進行之中了，是現在，你當著手爲下一輪女性的、實物的太平盛世做預備。〈世紀末的華麗〉由此寫出了一個極詭異的時間景觀，不是現在總無可阻止的化入、消亡於非過去即未來的奔流時間大河之中毫無厚度，而是倒過來，過去和未來兩頭傾注於此時此刻，讓現在幾近無限的膨脹、凝結、延長，以某種近乎全然靜止的最從容最徐緩速度進行，時間分解成光陰實體化的一寸一寸，讓米亞帶一抹微笑的得以一物一物挑揀、加工、收存，讓那些如電似幻、瞬間消滅的東西俱成堅韌不壞。《聖經・創世紀》裡挪亞收留的是一公一母的所有活物，包括最笨重最佔方舟珍貴空間的大象河馬犀牛（我們總忍不住去計算有著實際尺寸大小的方舟其收納量），而米亞的是花草和香氣，以及她自覺的嗅覺和顏色的記憶。卡爾維諾在他遺留的講稿〈輕〉裡原本打算也朗讀這首詩給我們聽，是他慷慨的贈禮之一：「她的馬車輪軸用蜘蛛長腿做成，／車頂，用了蚱蜢的羽翼；／挽繩，用的是最微細的蛛網；／軸環，是晶瑩的月光柱；／馬鞭，用了蟋蟀骨頭；皮帶，則是薄膜」。

〈世紀末的華麗〉正正式式寫出了朱天文筆下的第一個女巫，同樣說著《馬克白》洞窟三女巫那樣的現實災異訊息，但卻是個才廿五歲、未知生也未知死的女孩，以她猶如童音清朗的、不疑不懼還帶點欣喜的宛如附魔語調的說出來。我們總不禁會問，她這是說眞的還是說假的？她所堅信世界的倒塌究竟是什麼意思？是某種思維層面的、象徵性的說法，還眞的是山崩地裂人死畜亡地球變成個大火球云云那一種？尤其當我們如朱天心所提示的，也正是我個人實際情況的，以一個育有差不多同齡女兒的中年人身分重讀這篇小說時，眞正讓我有點不寒而慄的與其說是末日訊息（這我們聽得很多了，儘管它可能是眞正的，或說嚴肅的），毋甯是米亞本身，這個隔離獨居、把自己關在濃郁花草香氣（都是心生幻境的要件）世界裡的米亞。

米亞廿五歲，廿五歲可能只是個信手拈來、適合小說中人物的吉祥數年紀，但如果我們以納布可夫的方式來讀，廿五歲對朱天文自己是什麼意思？那是民國七十年彼時，《三三集刊》告終，一干年少友人星散，我自己人在南台灣的屏東龍泉當兵，熱天七月裡，接到胡蘭成老師猝然病逝於日本的消息，留下許多寫成未寫成的書稿，包括主張人類文明係由女人建立的《女人論》，而朱天文正是負責整理收存遺稿的人。

我也想起來，稍前在《中國文學史話》書中，胡老師曾寫過一幅他想像中的畫，有趣的是，朱天文還曾經手抄這段話來說朱天心的後三三小說〈時移事往〉：「我曾爲小倉遊龜先生講說此童謠，想她可以作畫。我的構想是暑夜的天空畫一顆熒惑星放著光芒，天邊一道殺氣，隱約見胡騎的影子，畫面的一角是一妖氣女子白身仰臥星光下，眼皮搽煙藍，胭脂嘴唇，指甲搨紅，肩背後長長的披髮，在同一星光下，井邊空地上是幾個小兒圍著一個緋衣小兒在唱那首童謠，畫面上是一派兵氣妖氣與那小兒眼睛裡的眞實。／今天也是浩劫將至。童謠畫面上那委身於浩劫將至的女子，她不抵抗，亦不逃避，亦不爲世人贖罪。她是與那浩劫，與胡人扭結在一起，要沉呢就一同沉沒，要翻呢就一同翻過來。她是妖氣與漫天遍地的兵氣結在一起了。她亦喜反，喜天下大亂。此時的喜怒哀樂與言語、成與敗、死與生，那樣的現實的，而都與平時所慣行熟知的不同。也許一樣，然而眞是不同的了。她清清楚楚知道自己是委身於浩劫，便是歷史有了一靈守護了。但不知畫家可如何畫得這妖氣女子的眼睛——」

重拾往事，凡此種種，這可能解釋了一部分朱天文堪稱奇特的小說書寫——我指的不只是她在當前一片喃喃自語的小說聲浪中單獨的、堅決的射向某種文明論的過大也過遠的目標，還包括這部分取得順序的「倒置」。這上頭，朱天文是先相信，因信稱義，不是通過自身足夠的知識、閱歷和思索，而是以某種遺志繼承或守護人的方式開始的，這一點明顯和卡爾維諾的不同，也讓朱天文小說多了一層宗教感，宗教的光采、魅惑和悲願氣息。如此的「先甘後苦」使得朱天文的小說書寫有著超乎儕輩小說書寫者的困難或者說自找的大麻煩，你無法完全順應自己的現實人生書寫，很多其實可以供應、發展爲小說材料的小感覺小幽默小情小緒小奸小壞都得收斂；你也無法完全順應著自己的年紀書寫，這遠比一般人想像的要難要不自然，書寫者通常質地眞實的、近乎馴服的和自身的年紀保持著有機綿密的基本聯繫，形成一種理解的節奏和質感，他的超越性總是源生於也逐步意識於這個大地般的親切束縛，也因此朱天心曾甚有道理的倒過頭來把這樣的束縛體認爲某種書寫不可替換的「優勢」，讓超越成爲某種有著獨一無二、億萬年無法重複的時空一點（赫拉克里特式的我和這個時空一點的奇蹟相遇）其質量和層次的起飛。這個提早到來的高懸頭上書寫目標對朱天文小說起著各種過濾、節制的功能，書寫甚至如宗教的祭司或巫女般必須維持某種「貞節」，爲的是專注而非道德，不要也不敢輕易跨入到那種暮暮朝朝、既容易在理性上分神又容易在家常日子中重複失神的黏稠感情世界中（這一點其實在稍後「委身於浩劫」、原名爲「航向色情烏托邦」的《荒人手記》中顛沛造次的表現得最爲清楚）。

我們大致可以這麼說，這是一種無法同情自己的小說書寫之路，你眼見、耳聽、嗅聞、觸碰乃至於不意閃入心頭如禮物的所有細碎靈光之物，除非能化爲知識、快快化爲於此文明思索「有用」的知識，便不值一寫，只能以朱天文的私人身分收藏起來（沒那麼容易遺忘，也還好沒那麼容易忘，事隔多年，《巫言》不又一件一件的回頭想起來了嗎？）。我們看尤其是〈世紀末的華麗〉寫出後的整整十年時間，無論年紀、心智、書寫技藝乃至於閱讀者的誠服信任，按理都應該是朱天文的書寫黃金時日也應該是她最複雜多樣的眼觀四面耳聽八方無比自由時刻，朱天文卻彷彿進入了某種書寫的直線加速期，眼前好似只剩一事只孑然一身，一直衝到正面攻堅的、女人文明論的〈日神的後裔〉受挫不成才告一段落——儘管朱天文把書寫第一段最好的時光獻祭出去，〈日神的後裔〉終究未如所願的獨立成篇，朱天文（想想她已見似無所不能、什麼都能化爲小說的驚人技藝）放棄了小說形式，改以如是我聞的直書方式補了〈記胡蘭成八書〉一篇長文爲自序，並命名《花憶前身》，以回首之姿作爲美麗的揮別。

所以說，相較於這樣清操厲冰雪的自我整飭自我收拾，眞正的大麻煩還是得回到小說自身來，回到朱天文終究是小說書寫者的此一身分或這一位置的問題。對不自戀（她只是年輕時天生麗質難自棄的應景喜愛過此類青春風情而已，如某種角色扮演）也從不自怨自艾（極好也愈來愈稀有的書寫者品質）的朱天文而言，前者只是恍惚的寂寞和想起來不免荒誕而已，後者才眞正是但使願無違的見生死問題。小說，的確如米蘭．昆德拉說的，有「只有它能做的」和它做不到的，用波赫士的大白話來說是，我可以知道宇宙知道時間之爲物，但我卻搞不懂汽車構造而且永遠學不會騎腳踏車；也的確如維吉尼亞・吳爾夫指出的，散文化的現代小說好像什麼都能寫到，再細碎再幽暗的角落它都走得進去，卻愈來愈難說出那「簡單而巨大的東西」，那些人們很長時間用格律的詩就能直直講出來的單純崇高、偉大、神聖或美麗云云。說這些話的昆德拉、吳爾夫乃至於波赫士都是實戰的小說書寫者，這樣見似一般性原則的討論，其實是實踐的、具體的、針對性的。對朱天文而言，你如何把一個如此巨大而且已不存在人心中、人生活行為裡的東西重新放回此時此刻的小說之中？你舉目四顧那個阿基米德點在哪裡？這裡是台北市，擁塞但平靜如昏昏欲睡，你要怎樣才能把一個浮沉於東區的女孩，一個掙扎於自己身體的同性戀者云云的命運，他們有限度的所思所為，和文明劫毀的大題目聯繫起來？有意思的是，從結果看無論是〈世紀末的華麗〉或《荒人手記》都是極成功、極佳的小說，我們敏感些或可察覺出書寫者的某種意猶未盡，覺得她某一部分心思的孤獨飄開，眞正不滿的毋甯只有寸心自知的書寫者自己吧。這的確很像《巫言》裡朱天文深有所感講的煉金術士，她沒寫成黃金，她小說坩堝裡出來的是也許更多生活用途、更富文明價值、有更溫暖色澤和質感的瓷，但煉金者高興嗎？事實上，如果說〈世紀末的華麗〉宛如一幅末世日落前的時間靜止之畫，它的的確確也遠比昔日胡蘭成老師希望日本女大畫家小倉遊龜畫出的那一幅要好很多厚很多不是嗎？

事後之明，我們也許可以倒轉的這麼想，其實一九九〇年也就是十年後朱天文寫〈世紀末的華麗〉，然後《荒人手記》，她已動身且無可避免的走上小說之路，用她小說之眼來回看這一切，等著她的不會是她想望的芬蘭車站令人熱血沸騰的老革命夥伴，而是各自隔離，依循自己，卻可以跨過時間空間如共同「寫一本大書」的文字共和國孤獨書寫者。福克納在他小說之路的中途，曾浪漫的宣稱他最後的一部小說將是一本「末日／黃金之書」，寫成之後他將折斷鉛筆一切到此爲止，這個戲劇性的美麗謝幕沒眞的實現也不會眞實現，如果書寫者夠好也夠認眞的話，你知道有哪個小說家曾經這樣嗎？這也許提醒我們一件背反常識但確確實實如此的事，那就是在看似全然自由的表象底下，小說書寫的嚴格、必然性和它來自生命第一現場的無止無休要求（所以本雅明說生命只是要「繼續」，而不是眞要更換成新的一種），太多領域（政治、宗教云云）可容忍或者說可不當眞、放任它存在的浪漫在這裡是不成立的。

所以，當昆德拉一而再再而三告訴我們，有些事只有小說能做這些話，指的便不是小說工具性的用途乃至於其承載能耐而已，小說就是「認識」、就是「發現」，即使它只像重述某件事某個故事，仍然是面向著人「存在」的總體問題；它甚至不該被理解爲獨特的，而更接近是唯一的或說我們已在其他思維領域失去的或放棄的。如果我們這些不寫小說的人聽著不舒服，以爲是小說家的自大之言，那我們或可改用卡爾維諾較溫厚並自我要求的話：「過分野心的構思在許多領域裡都可能遭到反對，只有在文學中卻不會。只有當我們立下難以估量的目標，遠超過實現的希望，文學才能繼續存活下去。只有詩人與作家賦予自己別人不敢想像的任務，文學才得以繼續發揮功能。因爲科學已經開始不信任一般性說明和未經區隔、不夠專業的解答，文學的重大挑戰就是要能夠把各類知識、各種密碼羅織在一起，造出一個多樣化、多面向的世界景象。」還有一段：「但或許這種缺乏實體的現象，不只存在於意象和語言當中，也存在於這個世界本身。這種瘟疫侵襲著人們的生活和國族的歷史，使得一切的歷史變得沒有形體、鬆散、混亂，沒有起點也沒有終點。我的不安來自於我生命中察覺到形體的喪失，而我能想到的抗衡武器便是文學觀念。」

如此說起來，〈日神的後裔〉反而才眞的是回頭，試圖把已然動身的那一部分自己硬生生的扯回。究竟朱天文是覺得自己已大致準備好了終於可以實踐年少心志的放手一搏呢？還是她其實也意識到了自己的變化、自我的紅位移現象，再不寫下就永遠不可能再如此寫了呢？她一定察覺出她啓自於胡蘭成老師的文明觀內容已抽換已大有不同了，面向的不是刀兵的、災異的，所謂西方文明黃昏的一次「劫毀」，而只是「死亡」，命運的、時間的、綿密的、終點性的死亡，這樣的死亡甚至於不必在現實中必然發生，它可以被推回到無窮遠處成爲某種天文學式的星球熄滅沉睡（「當活人記憶的最後一絲物質證據衰退成爲一撮熱量，或者它的原子冷卻結晶變成無法活動的構造時，人類的記憶磨耗而消逝在虛空之中的時刻便來臨了。」），成爲某種無可替代的思維背景乃至於前提。於此，小說不再是發生警訊、預言休咎，不是因爲現實裡這類高低不等玉石相混的恫嚇預言如今太多了，而是預言能對付的只是那些歧路性的、意外性的乃至於人無知犯錯的一時災難，無助於本質性的比方說人的基本生命處境、人終歸得一死這樣存在意義及其荒謬的思索不是嗎？也由此，所謂女人論式的文明解答方式救贖方式，這些年來一物一物過手、收存、摩挲、鑑別如手工匠人的朱天文已知道可以更寬廣、更普遍的來解釋來思索，它包含在一個更大的且已有的討論裡，不見得唯名的就是女人，而是有形體的實物實相實體，就像她在李維—史陀或卡爾維諾諸人書裡讀到的。

凡此種種。

《巫言》，大致上便書寫於這樣後預言的、自由了但也捉摸不定的心緒裡，置身劫毀事外的米亞變回了包含在普遍死亡中的朱天文自己，那些曾經或化爲象徵或只能捨棄的自身細碎事物遂復原爲實事實物，歷歷在目的重新得著意義。這樣的憂鬱如卡爾維諾所說，不是幻滅的，而是穿透的；不是唐・吉訶德調子的，而是丹麥王子哈姆雷特的；不是火熱濃稠的，而是顆粒的、微塵的。

朱天文說，「不結伴的旅行者」。

不願就此結束的書寫

守護人朱天文，是三三諸人中最後一個得到自由的，這樣認眞的緩慢沒什麼不好，這使得年少時日有價值，使它極大化，不恍如一夢。

對於朱天文，多年以來我個人一直有某個特權，可以極近距離的「看到」她。但基於某種不易講清楚的理由，我不大願意引用朱天文生活中的、不防備的話語，儘管這其實也不多；朱天文是標準那種下班不談公事的人，幾乎絕口不提自己作品，尤其是書寫途中的作品——有些書寫者期待從聽者臉上找到某種確認，像某種新配方化妝品香水的試用塡問卷；有些書寫者則徹徹底底封閉自己，唯恐擔心常識的天光隨雜語滲入，曝白掉未成形作品的層次、縱深以及那種朱天心所說的夜間奇異飛翔。想像的夢幻之鳥很膽小，很容易被驚跑，而且，書寫的魔法有一部分是魔術是詭計，需要暗中布置，洩露出去就瓦解掉不値錢了。

下不爲例。《巫言》進行途中，我曾聽過朱天文親口這麼講，彷彿回轉更早先的自己，更像要記住一個具體生動的心中圖像。她說她一直想寫成一部不要「盛極而衰」的小說，像她小時候讀《水滸》、讀《戰爭與和平》、讀每一本小說看到的總是那樣。娜塔夏成了個溫和的、眼睛追著小孩跑、還有點發福走樣的少婦，本來就很胖大的皮耶更是胖大得成了個昏昏欲睡的俄國佬，好像什麼事都如夢蒸發再想不起來了；或者像波赫士那樣幾乎得靠著存留不住的童心才可能讀到的，在愛麗絲的奇遇裡，不是樹洞加撲克牌那次，而是後來鏡子加西洋棋那次，那位總不斷從自己馬上跌下來、笨拙但溫柔的白棋士陪著愛麗絲走出迷途森林並道別，棋子不能越界，也意味著旅程不能再橫向離題蔓延下去（藉由童謠等語言的聲音、形狀和氣味），白騎士知道自己是愛麗絲夢中的人物，而愛麗絲要醒過來了，波赫士說那眞是讓人悲傷。

但朱天文說，現代小說怎麼寫都是多疑的、拆穿的，而且一寫成一個當下，它就是一紙圖像了、就是照片就是回憶；它可以靜止，但無法進行下去。〈世紀末的華麗〉時她試過一次不成，只能強加意志的留一個頑強的尾巴一句狠話，《荒人手記》時又試了一次，還是只能在最後說「因此書寫，仍在繼續中」。她開始在想，這樣的盛極而衰若屬時間的必然，那是不是應該而且可以把線性進行的時間給打斷甚或完全捨棄掉？朱天文說她能想到的是星空這樣的東西或說意象，不是拼貼成的一層星空圖，而是，朱天文用了吳清源的話，是那種「當碁子下在正確的位置時，每一顆看起來都閃閃發光」的星空。

我得老實說，聽朱天文這番難得也不免零亂、但光點閃爍的話時，我想到的首先是公西華，孔子學生的那個公西華。老先生喜歡沒事時要學生盍各言爾志的說話，公西華有鑑於子路和冉有兩人（〈世紀末的華麗〉和《荒人手記》嗎？）的口氣太大，說他只想在宗廟之祀或會同之事的舞台上扮演個「小相」（小小的司會或司儀），孔子笑起來揭穿他，宗廟之祀是天子才能做的事，諸侯會同一樣是跨國的難得盛會，而且你說幹個小司儀，難不成另外還有個大司儀？

我的意思是，這樣有更容易嗎？若依我個人看，這當然是更難的，因其回轉文學、回轉小說書寫的緣故——「回轉」這詞也許用「停留」、竭盡力氣的停留要妥當一些。《帕洛瑪先生》的最後面，帕洛瑪冥思著人類世界人類文明的死亡一如個人的一死一樣終歸無法逃遁，精采的說他「準備要當個滿懷怨氣的死人」，不願意屈服於死亡這個固定不變的刑罰一如不願意在劊子手面前求饒誣指自己。不放棄自己任何事物（包括直面死亡所有可想而知的痛苦和悲傷），這意味著他不要任何宗教性的懺悟、宗教性的死亡馴服好得到平和無懼或甚至還可以喜樂，這些種種卸除負擔的方式其實是否決了生命一場和你熱愛的、認眞相待的所有東西，取消了意義及一切可能的痕跡，把人生化爲無內容無實體的一瞬。帕洛瑪先生以某種文學的方式、文學的詭計抵住死亡、停留下來並反向而行——「帕洛瑪先生想著，『如果時間要有終點，它就可以被一個瞬間、一個瞬間的描述，但每個瞬間在描述時都會延展，因而再也無法看到它的終點。』他決定著手開始描述自己一生的每個瞬間，而在他能夠完全描述完之前，他將不再想到死亡。就在那個時刻，他死了。」

朱天文如何看待帕洛瑪先生這樣深刻但明亮的文學詭計及其極限呢（帕洛瑪先生死了，並未繼續）？以及，回過頭來朱天文究竟怎麼想朱天心的《漫遊者》（末日／黃金之書？）呢？

我自己是很喜歡朱天文所說的「正確位置」，就像我一直認爲中國古來對於太平盛世最好的描述，正是素樸如幾何學、毫無行爲規範意圖的星辰日月的位置都對，風霜雨雪來的時間和分量都對，萬事萬物以及人都各得其所。幾乎是權利的，而不是義務的；是知覺乃至於認識的，而不是制約的。這是顆粒的、微塵的偌大空間感，如卡爾維諾所驚歎的，星球竟可以因爲引力平衡而飄浮空中（「『空』與實體一樣具體。魯克瑞修斯關注的焦點，就是要避免事物的沉重把人壓垮。

甚至在判定主宰一切事件的嚴厲機械法則，他也覺得必須讓原子出乎意料的偏離直線進行，方可確保原子與人類的自由。」）。

「那時，颱風把樹蘭整個吹到對鄰始終密閉的廊窗外，二樓我窗前遂空掉一大塊好像亞馬遜雨林又消失了一塊。而雨林裡每死去一名巫師，就像又燒掉了一部文庫。」——這是小說末尾〈巫界(2)〉的開頭。〈巫界(2)〉，依我個人看，是相應於書寫老爹之死〈巫途(2)〉的另一處「重」章節，藏放在朱天文總是顯得太平等、呈平行並列的諸章節中。此刻巫界其實就是朱天文寫小說的書桌，幾年前《印刻文學生活誌》創刊時侯孝賢來拍攝過成為一支沒幾個人看到過的傳說中廣告影片，而此刻的小說畫面則是桌前窗檯上的所謂「絕世寶物們」，其實我們凡俗之眼仔細看都只是朱天文善於收藏的尋常不甚值錢小物件，如一方柏林圍牆石（六馬克），如購自京都嵯峨野詩人芭蕉舊居落柿舍的幾百日圓小泥柿云云，但每一物朱天文都識得它的來歷和每分細微長相，都留著自身的記憶和知識縱深，遂也都物神也似的有其潑散附著的神性，在大神不來或不復存在的日子。「諸般一切物，就是這個時候，幢幢影影交錯在黑夜窗亮中彷彿無數計之異時空看哪，給做成了標本釘在鏡框裡。凝固的時間波摺，那是長達二十億年地質史的大峽谷。從最底部寒武紀岩層至最高處二疊紀岩緣，二十億年（那是時間嗎？）以現在同時並存於此的大峽谷景觀，震懾著觀看它的人。」——再說一次，這怎麼不是卡爾維諾呢？怎麼不就是他觀看玻璃箱籠蜥蜴時想的呢？

1.2.3.

新到的寶物是才收割寄來的「一束金黃稻穗」，是教書七年得一年假的同業畏友（黃錦樹吧）自耕的成果如古時的蒸嘗之禮。黃錦樹是當前認眞批判（有別於八卦批判）胡蘭成老師最烈的人，但善於聽人言並吸納之的朱天文卻在他《論中體》書中稱康有爲和章太炎晚清民國兩大神人兩大巫的論述中，不言而喻的爲胡蘭成老師找回一處超越成敗是非、可等待的歷史起碼安居之地。朱天文的悲喜總是謙抑的低溫的，她重抄了張恨水記述落霞蹤印著秋鶩的一段文字：「落霞大清早買菜在胡同又遇江秋鶩，秋鶩走遠了，落霞追上來，見那皮鞋腳印深深印在雪裡，便試將自己的腳，補著那腳印，一個一個踏著，不知不覺，一步一個腳印踏了去。」

秋水長天一色的遼遠靜止視野，恢復成一前一後的無望跟隨，而且降落到下雪天的賣菜巷弄裡來。

正確的位置可以是很容易的，像納瓦荷神話創造第五個世界（亦即我們眼下這個世界）第一個男人（也是第一個巫者）用大小雲母碎片裝飾天空，原子的微塵的則成爲「億萬個靈魂所走過的光亮腳印」的銀河（他們也看出來乳狀的銀河其實是細碎縫隙的小星）；像《聖經．創世紀》有神的日子，有單一確定秩序藍圖的日子把這個放這裡把那個放那裡、把光和暗分開就成那樣。正確的位置也可以是困難的無解的，相對的版本則是中國古時南方雨林巫者（就說屈原吧）的〈天問〉，一切都動起來都任意而行，人得重新追究每一事每一物。有人試著爲〈天問〉這古老的巫言標上現代的標點符號，算出來共有一百七十二個疑問，平均每八個字就是一個問題，其實可能不止如此，而是大問題套著、疊著、映照著、誘生著小問題，如波赫士的鏡子般繁衍至無盡。它從「天地之初，誰傳道之？」的神之前（未有？未出生？未被創造？）問起，如波赫士詩裡所問上帝站在人背後如碁士操控著碁子，而站上帝背後的又是誰？有科學的問題也有神話的問題，有深沉的問題也有天眞的問題，有本質的問題也有語言的問題，有硬梆梆建國治世的問題，也有滲透性情愛糾葛家庭恩怨的問題，有迫切不能等的問題，也有永恆的無解的但仍須一問再問的問題，沒有邊界，未成分類條理，甚至連線頭都不知從何抓起，迂迴，反覆，參差，重啓，由此構成人孑然一身、孤立無援的「存在」總體疑問，舉頭向天。

附帶說一下下。〈天問〉這樣的詩後來消失於儒家文人的除魅世界中，日後中國的文人詩不再用於知識，不再用於發現和追問，不僅僅只是沒有敘事詩的問題而已。

如此，小說之巫，「巫」的意義，對昔日宛如神姬、如今天我們在日本神宮神社舉目可見那種素淨安定絕美神女的朱天文，便被推回到最原初、創世紀秩序之前，那種李維—史陀所說和科學同源且平行、一樣用以認識世界認識周遭萬事萬物一切現象和人自身處境、知識本質的巫術。卡爾維諾的說法是：「我習慣將文學視爲知識的探求。爲了進入存在的層面，我必須將文學的思考擴展到人類學、種族學、神話學。巫師在面對部落生活中的危殆處境時（如乾旱、疾病、惡運），其應對之道是拋去他的肉體重量，飛向另一個世界，另一個感受層面，去尋找力量改變現實的面貌。在距今並不遠的年代文明中，在婦女肩負大部分生活重擔的村莊裡，女巫騎著掃帚或更輕的東西，諸如麥穗、草稈等，飛翔夜空。這些景觀在宗教裁判所列爲禁規以前，是民間想像的一部分，或者甚至可以說是實際生活經驗的一部分。我發現，這種人所渴望的超脫與實際忍受的匱乏之間的連結關係，正是人類學中持續出現的特徵。文學長久保存的正是這個人類學的設計。」

這裡，最迫切也最關鍵的東西是知識，人肉眼所及看不到或不敷足夠的知識，以此得到、掌握某種足以改變現實苦阨面貌的神奇力量，如《楚辭》裡上天入地去找去問、不惜一身殘破的屈原所行的那樣，這才是卡爾維諾所謂「拋去肉體的重量，飛向另一個世界」的基本意思。沒有知識的飛翔，很容易成爲「躲入夢境，或是逃進非理性之中」，切斷掉巨大苦阨世界和自身的連結關係，舒適的回歸一己的身體和靈魂，甚至生物性本能性的器官和腺體，只喃喃與之對話。卡爾維諾便曾婉言指責過海明威（其實適用於一排人），說他「走向了原始與野蠻，通向了D.H.勞倫斯和某種民族學」。

較之從前，我們若瞇眼稍稍濾開朱天文依然華麗耀眼的文字光芒，會看到更多掃帚、麥穗、草桿之類的東西，或者更正確的說，這些掃帚麥穗草桿一樣煥發昔日鮮花藥草的香氣和光華，並多了琳瑯物件成品其背後人的活動（偏向於某種專業工匠技藝的方式而非素樸的左派實踐論方式），拉出了垂直性的縱深，收納也要求更多的知識。《巫言》的視角和書寫位置下降了，更貼近著人的生命現場，也因此，過往「另一組」的朱天文小說，亦即朱天文因爲編劇工作半作爲侯孝賢電影背景和補充、半廢物利用再生所寫成的那批小說及其世界，一直到《巫言》此時此刻才逐漸有機的和朱天文自己的世界匯流爲一，而且愈隨著《巫言》書寫的進行愈融入（附帶的，我一定得提一下，作爲一個長期看運動節目的人，我實在非常非常驚訝朱天文哪裡來的對F1賽車知識和專業術語的熟極如流，我知道這不可能從雜誌或網路資料要用才直接抄過來，你非得與之建立起某種眞實的聯繫不可）——作爲一個如此專注認眞的小說書寫者同時，朱天文過大的目標和太厲害的書寫技藝，使她對文學也一直有一種自我貶抑的輕蔑，如同可以拿自己的小說集子來墊傾斜的桌腳或糊破掉的窗戶，由此構成她一個意外且弔詭的書寫危機。

然而，以巫爲名，並以此言志，說明了這部小說不可能是單純的寫實小說，也不會甘心於就是回歸當下現實的寫實小說——《巫言》中，朱天文有感於小說同業川端康成的哀傷話語但不以此為足：「戰敗後的我，回到了日本自古以來的悲傷中，我不相信戰後的世界和風俗，不相信現實的東西。」小說家可以棄絕這一輪人生，這一層頹敗的現實，這一眼望去糟糕的人糟糕的一切，但一個巫師不如此，他們會如卡爾維諾所說有「另一個感受層面」，並由此尋找改變現實面貌的力量。這是納瓦荷的老巫師說的一段話：「他們教導我們，一切事物都有兩種形式，葛蘭茲市附近有一座山，白人叫它泰勒山，那是外在形式。他們說還有內在形式，就是在最早的第一個世界，又稱黑暗世界的時候神族所居住的神聖松綠石山。第一個男人把它從第三個世界帶出來，在他的魔袍上建造它，並且用松綠石裝飾它。接著王蘭出現了，我們周遭所看到的王蘭是它的外在形式，但是當我們挖掘王蘭的根來製造肥皂洗淨身體的時候，就是以它的內在形式獻給祈禱羽飾。藍知更鳥有兩種形式。所有的生物都一樣，你也一樣，我也是。兩種形式。……人類在某個時期是有兩顆心的，他們能夠在兩種形式之間穿梭變化，從自然轉變為超自然。」

所以，既是朱天文的書桌，也是巫界。

我們說，小說家重新敘述你我每天生活在其中也多少看在眼裡、已無法懷抱希望、「充其量不過是避免更壞事情發生」的現實世界是什麼意思？除了像本雅明所說更大的孤獨、更多的沮喪和更深刻的意志消沉而外？單純的寫實的確是讓人不耐的，無法幫我們從「每當人性看來註定要淪於沉重」的線性現實時間，從一步一步走向理性鐵籠的森嚴邏輯掙脫出來，事實上寫實不僅不是打斷它阻止它，而是催促它並提前實現它。我們的確需要有些神奇的事發生，有些會閃閃發亮的東西，一點點魔法，一點點巫術，讓現實改道而行，或至少相信仍有如此可能，不只是我們一般人這麼想，就連瑪克斯・韋伯都這麼想——沒有神蹟，我們能仰靠誰？

卡爾維諾為我們揭示並細心說明這個，但他太理性太線條乾淨通透了，他對巫術的明亮解釋也不免拆開了它，他的小說毋甯更像一次次的嚴謹科學實驗而不是巫師作法祈靈。這上頭，朱天文其實是有機會越過他的。眞正的小說偉大巫師是賈西亞・馬奎茲。

有趣的另一件事是，作為一個如此頑強不屈服的小說巫者，我們所看到朱天文和她電影「老闆」侯孝賢合作的這一路以來影片成果，卻是如此樸素的、收斂的寫實調子，除了說電影終究是導演的這句我們已經知道的話之外，如今的朱天文還會多怎麼想呢？

光亮而且快速的文字

巫言，巫的文字語言，巫師這門行當最重要的工具或說技藝，喚醒萬事萬物的靈魂，改變現實的面貌。

這裡，我們先來看巴赫金的說法，讓卡爾維諾如白騎士休息了。有關詩的語言和小說的語言：「詩人即使講起他人的東西，也是使用自己的語言。展示他人的世界，他從不利用更符合這個世界的他人語言。說到小說家，我們在下面將會看到，就是說自己的東西，他也總想使用他人的語言（例如運用講述人不標準的語言、特定社會思想集團的代表使用語言），時常用他人語言的規矩來規範自己的世界。」以及，「社會上的不同語言當是客體的、典型化的語言，只用於社會的某一局部，有侷限性。而人為創作的詩歌語言，則是直接表達意向的、無可爭議的、統一而又唯一的語言。」

還有，巴赫金指出來：「所以在詩歌的土壤上才可能出現這類念頭：應該有一個專門的『詩語』、『神聖的語言』、『詩神的語言』等等。」

我曾拿這段話給朱天文和朱天心兩人看，帶著某種莞爾之心——的確有如此相當清晰的傾向，朱天文即使說的是他者比方說東區夜店嗑藥狂舞的小鬼或隻身一人黏在熱帶雨林田野調查的世界級人類學者，她用的，或者說她總有辦法把他們所說所想的話語巧妙的轉爲，朱天文自己的、統一的語言，如同他們俱面向同一個命運；相對的，朱天心說更多私密的、精細的心事，但她總試著躲入某個他者角色之中，即使因此得迂迴尋路，甚至有所制限而難以淋漓盡意，甚至變易岔開迷途，甚至造成誤解，得耐心的一次一次、海潮般重來，每一回都只能說一部分話，語言有著「邊牆」不那麼容易跨過，世界呈現著拆解而且衝突的基本模樣。

也不少人發現，眞實年紀大兩歲的朱天文，她的小說反而顯得年輕，不是很久很久以前（如《喬太守新記》或《淡江記》）那種當時年少春衫薄，而是某種豁脫於時間的不折損不反應，小說家阿城講的「不接受社會的暗示」；朱天心的小說則永遠有一枚的答作響的現實時鐘催趕，她少了點朱天文「告子先我不動心」的胸中定見，多了不少敏感，遂讓自己捲入於、泅溺於險惡的眞實時間航道之中，聲音相對的蒼老掙扎，布滿了德昆西所說的各處稜角和裂紋——這個小說年齡的逆向歧異，其實也和兩人書寫語言的不同有關，是其源由，也是其必然而然的效果呈現。

如果我們藉朱天心再往下追究一點，朱天心小說的蒼老聲音中其實不難聽出來一直有一個極不協調的「童音」存在，並不化合，而是一根鋼弦般（駱以軍比較慷慨，稱之爲黃金之弦）孤獨的存在，平常在她化身入他者角色、熟練的使用他者語言、不得不置身於巴赫金所說語言的「最稠密地帶」討價還價同時如不說出、不輕易示人、不參與辯論因此也就可以不妥協不變形的最後心事（在現實邏輯中，有些東西如匹夫懷璧總是危險的）。但偶爾它也會穿透而出，帶著某種不顧一切乃至於絕望之感大聲的、直言的說出來，尤其當各種交鋒的社會雜語已陷入某種停滯的、無從清理起的語言泥淖時，當她意識到自己已牢牢被現實的因果之網給綑住，不由自主被推動向前，久假不歸的快變成另一個或另一種人時。就像年輕的耶穌騎驢進入耶路撒冷市集（意即大家已完成一種相安無事的、識時務的現實秩序）砸攤子時宣稱我是帶刀兵來的，這於是成為一個質疑的，乃至於破壞性的聲音，以天眞對抗老於世故，以記憶對抗安全的有利的遺忘，以我相信對抗遍在的懷疑、虛無還有靠著懷疑虛無取得的舒適——朱天心藉由回憶的形式，把時間推回到某個天空比較藍、汗水比較乾爽、人窺見過天光一角如《聖經》所說進得了天堂的時日，一併洗滌乾淨已歧意、已蒼老、已充滿懷疑的語言本身，讓它能夠說出維吉尼亞・吳爾夫所說的「簡單且巨大的東西」。

身處於共產主義已成為某種宗教、某種架空神聖之物並遭迫害遭流放的巴赫金，他深入小說的雜語本質，除了志業本身的理由而外，也不無當下的現實感懷，文學語言得重新進入人的生活現場，恢復其社會內容，尤其是他所指出殊少被開發被理解又被蘇共以「人民」一詞取消掉的活生生民間第二世界；但我們這個時代有另一端的匱乏和遺忘，「我們竟至於忘記了，生活的一個大而重要的部分，在於我們對於玫瑰和夜鶯、黎明、日落、生命、死亡、命運這樣的事情所懷有的情感。……我們渴望獲得某種更為非個人的關係。我們渴望獲得思想，獲得夢想，獲得想像，獲得詩的意境。」

看朱天文和朱天心這樣兩個如此層級的小說書寫者數十年如一日的擠在同一間坪數不大的屋子裡，其實其景觀是很奇特的，仔細想起來也不免提心吊膽，好像誰在進行一個異想的、魯莽的、不知目的爲何的書寫實驗一般。依我個人所知，她們自從結束了小學暑假苗栗外公家假期之後（去的通常是朱天心一個），便從未彼此分開超過一個月以上時間，一起生活，一起養貓救貓結紮貓，接觸大致相同的寥寥可數友人，讀一樣的報，交換傳遞彼此看完的書云云，重疊率高達百分之八十以上，卻得各自回頭寫各自百分之百不同的小說（理論上，但也相當程度是事實），這如何可能？偏偏她們又都眞誠的相信，對方的小說寫得比自己的要好，這種崔顥題詩在上頭的心思，也必定讓某些有感的、原本有發展的書寫材料嘎然而止；也就是說，這樣的善念無疑更擠壓著彼此本來就不大、就沒關緊門的「自己的房間」不是嗎？

朱天文詩的文字語言，朱天文總有辦法用自己的話語講他人的東西，用自己的話語來展示一個一個他者的世界，原本彼此隔離而且總會彼此排斥、歪斜乃至於沒關係的這一切，很簡單就統一起來了，不太需要去想結構、組織云云的煩重問題，也不太需要考慮異質之物接榫、嵌合的瑣碎問題。是的，我們並沒看錯，我們這些只讀不寫也不從事文學研究工作的單純讀者，理論上習慣上既沒能耐也不必太去關心專業性的書寫技藝之事，但我們很自然察覺出朱天文寫起來有某種奇妙的自由，近乎從心所欲，寫小說一事在她手上顯得這麼容易，有種流水之感，彷彿流到哪裡是哪裡，或者更正確的說，她要它流到哪裡就無磨擦無阻攔的流到哪裡。儘管我們另一方面也還記得，比方說《巫言》此書的直接耗用於書寫的時間長達七年（至於那種唯心的所謂興起、醞釀、聚形、熟成的更漫長時光因爲無從計算任由人說，我們就不論了），廿萬字換算成每日的工作成果才得寥寥八十字（七十八・七七字，七年中有兩次二二九，朱天文說的多出來贖罪日）。但就是不像，埋首如遭詛咒的流汗工作和飛翔姿態的輕盈成果恰成對比，並成爲隱喻。

但我個人不以爲朱天文躲開或無能於小說的結構問題，她同時是個電影編劇，電影劇本的思索和書寫於此有更清楚的要求；我以爲朱天文的如此語言文字，和她文明論的、過大的小說目標是一致的，或許還是必要。他者的、雜語的文字語言如巴赫金所說是侷限性的，容易黏著於當時當地，而當前的世界人工建物已太多太堅實如米蘭・昆德拉所說櫛比鱗次的遮擋住天空，她得夷平這些。我相信朱天文會非常非常有感覺尼可拉・萊斯可夫的這段話：「一個遠古的時代，那時地心中的礦石和天空中的星塵，仍在照料人的命運，而不是有如今天，蒼天不語，大地無言，完全不管人的死活。人再也聽不到那和他說話的聲音，更別提那些會聽他命令行事的聲音。新發現的行星在星象盤上並不扮演任何角色，也有一大群新礦石爲人發現，受人測量、檢重和檢驗，以確定它們各自特定的重量和密度，但它們對我們來說，並不帶來任何訊息和用途。它們和人說話的時代，早已一逝不返。」

也就是說，巴赫金所多少暗含貶意的詩語，在朱天文手上多了個深向的轉折，也多了某種恢宏，它並不只簡單走向唯我，要說這個作爲統一場的自我，也不等於那自大自戀、歸結爲生物性存有的窄迫自我，事實上恰好相反，它奮力的乃至於過於快速的、不顧一切的開放向或說想像一個去除藩籬的巨大世界，借由語言的一統，把異質的、各自有邊界、有特殊意義指向和用途的萬事萬物以及人的工作成果收納進來，把學科林立無法匯流的知識成果收納進來，這樣的自我，抱歉卡爾維諾又回來了，毋甯更接近這樣的面貌：「但我會這麼回答：我們是誰？我們每一個人，豈不都是由經驗、資訊、我們讀過的書籍、想像出來的事物組合而成的嗎？否則又是什麼呢？每個生命都是一部百科全書、一座圖書館、一張物品清單、一系列的文體，每件事皆可不斷更替交換，並依照各種想像得到的方式加以重組。」

但還沒完，緊接著卡爾維諾又多說了一段話，彷彿由天上又降回人間，由璀璨變得柔和，由快速變得緩緩而來，也讓他回轉小說家的模樣：「然而，也許我心深處另有其他：設想我們從『自我』之外構思一部作品，這樣的作品會讓我們逃脫個體自我的有限視野，使我們不僅能進入那些我們相似的自我，還可將語言賦予那些不會說話的事物：那棲息在陰溝邊緣的鳥兒，以及春天的樹、秋天的樹、石頭、水泥、塑膠……」

其實最棘手最兩難最不易找到平衡的部分大概正是在這裡，隱藏在卡爾維諾作爲結語看似連續的、一語誇過的隙縫之中，也因此我們這裡才刻意的又把它打斷開來，恢復其本來的鴻溝樣子。以巫言爲名，除了持續召喚萬事萬物之靈，帶著某種意志的不放棄神奇的可能而外，我不相信這不包含著某種抉擇的成分，乃至於自嘲的成分。朱天文不可能不知道，比方說在人類眞實的歷史上，巫術是如何失敗消亡的，所謂每件事皆可不斷交換更替並依照各種想像得到的方式加以重組，所謂把一部百科全書和一枚鏡子置放一起的詩，把它往更急躁、更極致處推去，便成爲典型的巫術了。它借助著我們除魅完成已然失去或並沒完全失去只不再信任的種種精緻感官，從顏色、形狀、聲音、氣味乃至於更細微的一種質感（比方生的或熟的、比方納瓦荷人分男性的雨和女性的雨）、一處裂紋、一個斑點去跨越物之邊界，但最終陷入了某種唯名論的謬誤或說迷宮之中，反而讓它脫離了生命現場，也一併失去了各種精緻感官和萬事萬物持續綿密相處所磨擦出來的神奇火花，失去了認識、發現和想像云云。事實上，李維—史陀重新揭示巫術並爲它辯護，要洗刷掉的正是後面這半截及其帶來的汙名，恢復其乾淨的上觀日月星辰下察大地山川旁及鳥獸蟲魚和木石花草的認識世界本來形貌；卡爾維諾重新談論巫術，也包含著對這些已鈍化感官和想像的復原，以對抗他所說石化的、失去實相的世界。

這裡，我們來看詩的另一個特質——如果我們用人的年紀，用人的個體生命經歷，人的情感、思維微妙變化的身體刻痕爲丈量之尺來說，詩，基本上係處於人紡錘形生命的兩端，它要不就是年輕的，要不就是蒼老的，絕少眞正進入到中年這個最膨大、最忙碌不堪、也最擁塞擠滿了他者的生命階段場域之中。而中年，並不僅僅只是人生命的一個時間連續階段而已，就生命演化來看，人的中年其實正是一切生命的基本形態。人太長的童年和青春期，人的幼態持續，生物學者告訴我們，其實是獨特的，是生命演化史上的一樁「意外」（好吧，美麗的意外）；而生物基本上是沒有老年的，人非常非常漫長時間裡也沒有老年，只有生存傳種云云生命責任已了的死亡，老年是極純粹的人類文明產物，最多多不過四五千年時間，像在古代中國，大致便要到周代老年人才取得較明確的存在正當性，不論是通過道德系統建構的辯護，或者通過文明功能意義（其經驗、其記憶的價值云云）的強調等等。詩的避開中年，所以說便不是詩人忙於「生活」無暇寫詩的問題（中年的詩人寫的仍是青春與蒼老，或年輕的詩人改行成爲中年的小說家），而是難以進入這個沉重、無趣、瑣碎的生存現場本身，尤其是它總是垂直性、層級性組織起來的社會秩序，世界被持續的拆解分割並彼此隔絕，人一進入很容易身陷其中，像卡夫卡的土地測量員K

被緊緊纏住。

在我們這樣一個時代，我以爲再沒什麼比這樣的分工層級秩序更聲名狼藉的了，尤其對思維者、對創造性工作的人而言，但眞正的麻煩是它並非單純的只是人的錯誤和愚行而已，正因爲這樣才使得困境如此巨大眞實而且無可躲閃，也使得人諸多聰敏精巧的詭計最終總是失效（比方說宗教）。我們不無可議的這麼說，它某種部分是不得不耳的，比方說你要超越偌大一個地球的自然負載量養活幾十億人口，人類世界便得有效的分工組織起來；它還是自然的，我想這部分對反抗它的思維者創作者打擊最重，因爲如此的層級秩序同時我們認識、發現工作所穿透的結果及其縱深顯示——由此來說，小說書寫的垂直性結構本身，便也不是單純的某種容易替換或丟棄的框架東西而已，它在被因襲、硬化成不假思索的某種規範什麼的之前，原是小說書寫者持續往事物深奧處探入的一趟趟獨特旅程。

重回巫術，這裡便多了幾千幾萬年人類沉沉歷史時間經歷的計較，卡爾維諾如此，我們看到朱天文也逐步如此——「這樣的作品會讓我們逃脫個體自我的有限視野，使我們不僅能進入那些我們相似的自我，還可將語言賦予那些不會說話的事物——」，讓我們再仔細讀一次這段話，注意其中「逃脫」和「進入」的複雜難以言喻關係，一如我們在《給下一輪太平盛世的備忘錄》這本慷慨的書讀到這話前，我們已充分看到卡爾維諾是如何反覆奔跑於輕與重、快與慢、顯與微、精準與朦朧、極大無外與極小無內，以及最美麗的例子，他自己小說《看不見的城市》中忽必烈汗的征服虛無和馬可波羅的木頭棋盤凝視之間。卡爾維諾還說出了他少年時代至此垂暮之年無改的古拉丁文座右銘，Festina lente，慢慢的趕快，陌上花開君可緩緩歸矣。

一種不只是快速的巫術，一種慢慢的趕快的巫術。

整本《巫言》，係由這個問題開講的：「你知道菩薩為什麼低眉？」——怕與眾生目光對上，怕殺人的強烈光芒，怕放電勾引人魅惑人，怕「原來儀式行之有年，為的是大家生態平衡。一旦撩開，雙方跌跤。重新支起的和諧關係裡，施與受，施的一方前社長變得很低很低，兼之受者跛腳，施者也許又更低了一些。施比受有罪，他得彎腰更多，低眉垂目。／收廢紙的跛漢呢，他得站穩另一個支點。驚懼於平衡狀態之脆弱易毀，低眉垂目，唯恐一抬眼世界就崩裂了。」

我一位勤讀小說的朋友聞此感慨係之的說：「眞是個了不起的小說家。」——了不起指的是，我們大家記憶猶新，朱天文的文字之美，一路到《荒人手記》上達已引發驚懼的高峰，尤其幾位高傲根本不理這類事的同業如郭箏、如張大春還特別為文讚歎，但朱天文沒停下來享受榮光，她嚴苛的寸心自知並丟開它們繼續前行。

的確，朱天文詩傾向的語言文字，朱天文的女巫咒語，在《荒人手記》時已ㄍㄧㄥ到了某種極限，不像在書寫，而是作法了，幾乎已到達了巴赫金所說「神聖語言」的地步，進入了某種迷醉狀態、某種幻境。

什麼幻境呢？遠一些我們會想到〈九歌〉，降靈的場面以及那一個萬物俱靈的世界；近些點的呢？波特萊爾曾努力的想描繪出來，在他〈印度大麻之歌〉裡，其中最不可思議也最根本的變化之一，便是萬事萬物邊界的夷平、萬事萬物的混同為一——幻境開始的時刻，所有不會動的都動起來了，沒有聲音的發出樂音，沒有色彩的璀璨光華，沒有生命的活了過來，「全部存在物都以至此未被懷疑的新的榮光站立在你的面前」，即使你眼前只是一本攤開的文字之書，枯燥乏味的語法也變成某種類似召魂術的東西，「詞語皆披戴著血肉之軀復活過來，名詞有了威嚴的物質實體，形容詞成了遮飾名詞和賦予名詞以色彩的透明外衣、而動詞則是動作的天使，是它在推動著句子。」邊界消失了，包括你自己，「你甚至與外部存在物混成一體，你成了在風中吼叫和大自然敘述植物旋律的樹。現在，你在無限廣闊的藍色天空中翱翔。沒有了任何痛苦。你也不再掙扎，你聽憑被捲走，你已不再是你自己的主人，你也不再感到悲傷，不一會兒，時間觀念便完全消失。」

在幻境中，不同人們一樣「看到」的是，萬事萬物皆發出極強烈的光華，以及一種可怕之美的流動之水，這也恰恰是我們在《荒人手記》書中所看到的。但波特萊爾告訴我們，這樣的光芒，以及無限膨脹下去延伸下去的宏偉風景，我們人的眼睛承受不了，會壓垮我們，最終會轉成一種濃烈的憂慮，會有窒息缺氧之感，我們會疲憊不堪，累到連「切斷一支羽毛筆或一支鉛筆」的力氣都沒有。

朱天文想必也發現了，乘在她如此恣意發光而且如此高速運行的文字翅膀之上，我們其實是很難看清楚任何東西的，世界一略而過只能是印象，以至於她想伸手指出的我們來不及，她苦苦思索要我們一起認眞想的，我們只能欣賞它織錦般的表象之美，她搜集的知識睿智之言，我們只能當它是象徵、是文字美學的一部分。

最後，能把人從神聖幻境叫回來的，能存留住人切身情感的，總是坦言的、直言的白話。語言文字的放緩腳步、語言文字的徘徊不去意味著說者的不捨，他還不想結束，還想再看清楚，這與其說存在於話語本身，毋甯說是存在於話語的停滯、話語的呼吸、話語左顧右盼所爭取到的有限時間空間裡。於是，在箭矢射去般的遠方和此時此地的人自身之間，在巨大的事物和人最精緻的感官之間便有著反反覆覆的快慢疾徐，便不斷交換著記憶和遺忘，這個節奏的層次奧祕，既是書寫的技藝，也可以只靠著書寫者的專注直接抓取。這是波赫士很喜歡的一段話，他是這麼引述的：「……他正在跟那些慰藉他孤獨的可愛之夢告別。他自然會回想起米格爾・德・塞萬提斯在他與自己的朋友（也是我們的朋友）阿隆索・吉哈諾永別時的傷感之情：『此人就這樣在身邊親友的哀傷與淚水中靈魂飛升了，我是說，他死了。』」

所以菩薩爲什麼低眉？因爲要讓世界的光度黯一些，可以有陰影、有層次、有縱深，而且讓人像馬修・史卡德辦案那樣下來用走的，人不僅要看，還要停下來凝視，必要時還要鑽進去尋找，去敲一戶戶人家緊閉的門，去找黯夜裡並不存在的一隻黑貓。

結尾

最後，我們來關心朱天文這回是怎麼結束小說的或說怎麼停筆的——朱天文要打破線性進行的時間，但我們還是隱約看出了一道若斷若續的巡禮之旅，觀看，思索，因事起念，動身上路，止於某個高原也似的平坦之地回望。最後這個駐足的〈巫界〉，朱天文繫詞似的以「二二九」這個在曆法詭譎邊界、現實裡多饒出來如彗星有獨特軌跡的具體一天給繫住，這裡，我們得學卡爾維諾那樣，不快速的、急躁的去解釋它，「我忍不住要把這個神話視爲一個寓言，它喻示詩人與世界之間的關係，一個寫作時可以遵循的方法上的啓示。然而，我也知道，任何詮釋都會削弱、扼殺神話。閱讀神話可不能急率，最好讓神話沉入記憶之中，慢慢玩味各個細節，反覆思索，而不錯失描述神話的意象語言。神話的啓示，並不在於外加的詮釋，而存在於文字敘述之中。」而我們也看到了，朱天文這本書儘管仍用句號作結，但這回眞的是完成了。

我們稍前說過朱天文有一種極特別的書寫危機，那就是她過大的目標和她太從心所欲的書寫（文字）技藝，這裡還得再加上對小說前人成果的熟稔和敬重，以及對自己文學聲名的一貫淡漠，使她對自己小說有種輕視之心，隨時可喊停就這樣一生擱筆不寫了。《巫言》作爲她連續三次長篇書寫叩關（包括不成降爲短篇的〈日神的後裔〉）的終底於成，於是有著多一點點的不祥——想想這的確是夠長的一趟路，一個目標，三鼓不衰，消耗的已不只是心力了，也包括體力了。

對朱天文這樣快步走在我們抬眼小說之路前端的人，有些話其實是多說了，構不成建言，至多只是某種好奇或請求。我想的是賈西亞．馬奎茲的往事，在問到怎麼回看他自己最早的長篇《枯枝敗葉》時，賈西亞．馬奎茲說，那個年輕的書寫者，好像以爲自己一生只會寫這本書似的，要把他所想的、所看的、所知道的一切全部裝進去，一次全講完。

因此，還有一種「慢慢的趕快」的書寫方式，那就是把一個整體、一個目標的世界再復原回來，不是笛卡爾那樣的概念分割小塊，而是卡爾維諾所說「文學長久保存的正是這個人類學的設計」的田野工作。一直以來，我們感覺朱天文其實並未將她巫者般、世人已普遍鈍化失落的精緻感官力量用到自己的極限，她都一一碰觸到了，卻總是不足惜的扔下來快快飛走，形成某種高貴光朗的浪費。

朱天文也必然知道本雅明的這句話：「每一個句子都像重新起頭，開啓另一篇新文章。」線性的打斷也可以極致到如此不是嗎？

寫《億萬又億萬》的卡爾・沙根說過一個和他這個書名有關的眞實故事，在他一場討論宇宙終將熄滅沉睡的演講結束後，一名聽者急急舉手問他：「你說的末日是 millian 還是 billian？」聽到沙根回答他是 billian 時，此人鬆了一口氣坐了下來說，「哦，那還好。」

我一直認爲死亡在文學思索文學思維有著無與倫比的位置，是某種內核，又像是不易的背景，我們意識到這個終點，生命才有了界線，從混沌之中浮現出來，成爲一個對象；或者說不只是文學而已，還是整個人類文明成立的內核，文明的前提和永恆的背景。文明的如此代價，可能讓我們失去了某部分 Born Free 的本能性自由，我們無法再像一頭獅子般漫遊在平坦、無限大的土地上，我們也無法再像 D.H.勞倫斯欣羨帶嘲諷的說生物不悲憫自己和他者的就只是死去。我們知道了這個生命之牆，再想盡辦法用盡詭計的打破它、飛越它、繞開它，生命的內容由此才開始，時間之流也由此才開始。

《巫言》的最後一個畫面，引用的是塞拉耶佛目睹著圖書館燒毀的火光四射描述，連文字語言都會灰飛煙滅：「紙片燃燒，灰黑而脆弱的餘灰布滿整個城市好像天降黑雪，伸手抓住一張頁片你還能感覺到它的熱，還能從它奇異灰黑反白中讀到它的碎片，當熱度消散，字片也在你手中變成灰燼。」

而我想到的仍是白騎士卡爾維諾，由他開始，也由他目送我們離開。故事中那枚戒指，正像巫者穿越邊界之物，神奇但具體——

我要從一則古老的傳說說起。

查理曼大帝晚年愛上一名日耳曼姑娘。朝廷大臣眼看國王耽溺於情欲，不顧君主尊嚴，荒廢國政，都極爲極爲擔心。後來那位女子溘然逝去，朝臣們如釋重負，然而爲時不久，因爲查理曼大帝的愛並沒有隨著那姑娘的死亡而消逝。國王命人將她那敷過香料的遺體搬入寢宮，寸步不離。杜賓主教對這駭人聽聞的情欲，感到驚惶不已，他懷疑有魔法在作祟，堅持檢驗屍體。他在這女子僵硬的舌頭底下，發現了一枚鑲寶石的戒指。戒指一落入杜賓主教手中，查理曼便就瘋狂的愛上了大主教，並倉促命人埋葬那位姑娘。杜賓爲了避免困窘難堪，將那枚戒指扔進康士坦丁湖，查理曼便愛上了這個湖泊，在湖邊徘徊，不忍離去。

……

讓我來試著解釋爲什麼這樣的故事如此引人入勝。呈現在我們眼前的是一系列不尋常事件的串連：一老年人對一少女的癡戀、戀屍狂及同性戀情結，最後，當垂暮之年的國王欣喜若狂的凝視著湖面，一切都消褪，化做憂鬱的冥思。

唐諾

台灣宜蘭人，一九五八年生。台大歷史系畢業。曾任職出版公司；從事自由寫作，以「專業讀者」角度撰寫的書評文章尤其受到注意。著有《閱讀的故事》、《文字的故事》、《唐諾推理小說導讀選》（I、II）、《讀者時代》，譯作則以推理小說為主。

朱天文作品出版年表

喬太守新記	小説集	1977 皇冠	
淡江記	散文集	1979 三三書坊	（1989 遠流）
傳說	小説集	1981 三三書坊	
小畢的故事	散文集	1983 三三書坊	（1989 遠流）
最想念的季節	小説集	1984 三三書坊	（1989 遠流）
三姊妹	散文合集	1985 皇冠	
炎夏之都	小説集	1987 時報・三三	（1989 遠流）（2001 上海文藝）
戀戀風塵	電影劇本	1987 三三書坊	（1989 遠流）
悲情城市	電影劇本	1989 遠流	（2001 上海文藝）
世紀末的華麗	小説集	1990 遠流	（1993 香港遠流）（1999 四川文藝）
朱天文電影小說集		1991 遠流	
下午茶話題	雜文合集	1992 麥田	
安安の夏休み	日譯小説集	1992 筑摩書坊	
戲夢人生	電影劇本	1993 麥田	
荒人手記	長篇小說	1994 時報	
好男好女	電影劇本	1995 麥田	
花憶前身	小説集	1996 麥田	
世紀末の華やぎ	日譯小説集	1997 紀伊國屋書店	
極上之夢	《海上花》電影全紀錄	1998 遠流	

Notes of a Desolate Man（英譯《荒人手記》）1999Columbia University Press New York

千禧曼波	電影劇本	2001 麥田
花憶前身	散文集	2001 上海文藝

Anthologie de la Famille Chu（法譯《朱家選集》）2004 Christian Bourgois

畫眉記	小説集	2005 廣州花城
最好的時光	電影作品集	2006 山東畫報
荒人手記	日譯本	2006 國書刊行會
巫言	長篇小說	2008 印刻
劇照會說話	圖文集	2008 印刻
朱天文作品集		2008 印刻

INK PUBLISHING 朱天文作品集 8

巫言

作　　者　朱天文
總 編 輯　初安民
責任編輯　丁名慶
美術編輯　吳苹苹 陳文德
校　　對　朱天文 吳美滿 丁名慶

發 行 人　張書銘
出　　版　INK 印刻出版有限公司
台北縣中和市中正路 800 號 13 樓之 3
電話： 02-22281626
傳真： 02-22281598
e-mail : ink.book@msa.hinet.net
網　　址　舒讀網 http://www.sudu.cc

法律顧問　漢廷法律事務所
劉大正律師
總 代 理　展智文化事業股份有限公司
電話： 02-22533362 · 22535856
傳真： 02-22518350
郵政劃撥　19000691 成陽出版股份有限公司
印　　刷　海王印刷事業股份有限公司

出版日期　2007 年 12 月 初版
ISBN　978-986-6873-63-8

定價　360 元

國家圖書館出版品預行編目資料

巫言／朱天文著.
--初版.--台北縣中和市：INK 印刻, 2007.12〔民 96〕
面； 公分.--（朱天文作品集； 8）
ISBN 978-986-6873-63-8（平裝）

857.7　　96025552

INK INK INK INK INK
INK INK INK INK INK INK
INK INK INK INK INK
INK INK INK INK INK INK
INK INK INK INK INK
INK INK INK INK INK INK
INK INK INK INK INK
INK INK INK INK INK INK
INK INK INK INK INK
INK INK INK INK INK INK
INK INK INK INK INK
INK INK INK INK INK INK
INK INK INK INK INK
INK INK INK INK INK INK
INK INK INK INK INK
INK INK INK INK INK INK
INK INK INK INK INK
INK INK INK INK INK INK
INK INK INK INK INK
INK INK INK INK INK INK
INK INK INK INK INK
INK INK INK INK INK INK
INK INK INK INK INK
INK INK INK INK INK INK